Xiran Jay Zhao

Rise of Legends

Das Erbe des Drachenkaisers

Xiran Jay Zhao

RISE OF LEGENDS

DAS ERBE DES DRACHENKAISERS

Band 1

Aus dem Amerikanischen übersetzt
von Katharina Orgaß

Loewe

FSC
www.fsc.org
MIX
Papier | Fördert gute Waldnutzung
FSC® C014496

Klimaneutral
Druckprodukt
ClimatePartner.com/18521-2202-1001

ISBN 978-3-7432-1763-8
1. Auflage 2024
erschienen unter dem Originaltitel *Zachary Ying and the Dragon Emperor.*
First published 2022 by MARGARET K. McELDERRY BOOKS,
an imprint of Simon & Schuster Children's Publishing Division,
1230 Avenue of the Americas, New York, New York 10020.

Published by arrangement with Margaret K. McElderry Books,
an imprint of Simon & Schuster Children's Publishing Division.

Aus dem Amerikanischen übersetzt von Katharina Orgaß
Umschlagillustration: Natalie Dombois
Umschlaggestaltung: Michael Dietrich
Printed in the EU

www.loewe-verlag.de

Für meine Familie,
die das mit dem Schreiben anfangs
nicht ernst genommen hat,
nicht mal, als mein erstes Buch unter Vertrag war,
aber nach diesem Buch hier dann doch.

Inhalt

1

Wie man mithilfe von Wikipedia Superkräfte erwirbt

Zack hatte es sich abgewöhnt, seine Lunchbox zu öffnen, wenn andere dabei waren. Was ihm seine Mutter mitgab, aß er sowieso nicht. Sie konnte zwar super kochen, aber seine Freunde verzogen jedes Mal das Gesicht, als würde ihnen der Geruch der Soßen und Gewürze einen Schlag verpassen. Sie machten auch so schon eine große Sache daraus, dass der einzige asiatische Junge an der Schule immer das »krasseste« Essen dabeihatte. Zack hasste dieses Klischee.

»Warum kümmerst du dich darum, was andere sagen?«, hatte seine Mutter verständnislos gefragt, als er sie gebeten hatte, ihm einfach ein paar Sandwiches einzupacken. »Was ich koche, ist doch viel leckerer als zwei Brotscheiben, zwischen die eine Scheibe Schinken geklatscht ist!«

Was zwar richtig war, aber sie verstand das Problem nicht. Nach der fünften Klasse war Zack auf eine andere Schule gewechselt als seine Freunde aus der Grundschule. Hier gehörte er noch nicht lange zu seiner neuen Freundesgruppe und wollte nicht riskieren, wieder zum Außenseiter zu werden. Aber egal, wie oft er seiner Mutter erklärte, dass sie ihm keine aufwendigen chinesischen Mahlzeiten mitzugeben brauchte – sie hörte einfach nicht zu. »Wo willst du sonst deine Nährstoffe herbekommen?«, fragte sie jedes Mal. Und wenn er die nicht angerührte Lunchbox wieder mit nach Hause brachte (manchmal mit der Ausrede, dass Ramadan war und er fastete), kam in ihr die Wissenschaftlerin durch und sie hielt ihm Vorträge über den Tagesbedarf eines Zwölfjährigen an Proteinen und gesundem Gemüse.

Da war es einfacher, so zu tun, als hätte er alles aufgegessen.

Trotz seiner Schuldgefühle klemmte Zack sich die Lunchbox unter den Arm und huschte den leeren Flur entlang, als würde er etwas Verbotenes schmuggeln. Vor einer Reihe Abfalltonnen machte er halt und öffnete seine Box. Der Duft von gebratenen grünen Bohnen und Fleisch auf einem Berg von Reis wogte ihm entgegen. Ihm lief das Wasser im Mund zusammen und er konnte nicht anders, als sich mit den beigelegten Stäbchen ein paar soßengetränkte Happen in den Mund zu stecken. Doch er hörte sofort wieder damit auf, weil ihm einfiel, dass der Geruch womöglich in seinen Haaren und seiner Kleidung hängen bleiben würde. Außerdem wollte er nicht dabei ertappt werden, dass er sein Mittagessen vor den Abfalltonnen aß. Er durfte seinen Mitschülern nicht noch einen weiteren Grund liefern, ihn seltsam zu finden.

Er klappte die Tonne für den Biomüll auf.

»Du willst dein Essen wegwerfen?!«

Zack fuhr zusammen. Es war, als hätte ihm jemand direkt ins Ohr gesprochen. Die tiefe, barsche Stimme klang nach einem Lehrer, doch als Zack sich umschaute, war niemand da.

Er stellte die Lunchbox auf den Deckel der Papiertonne und checkte sein Handy. Keine Benachrichtigungen und auch keine App, die sich plötzlich geöffnet hatte. Daraufhin holte er seine Augmented-Reality-Brille von XY Technologies heraus – sie war neben seinem Handy das Einzige, das Geräusche von sich geben konnte. Als er die Brille aufsetzte, ploppten am Rand des Sichtfelds neonfarbene Anzeigen für Uhrzeit, Temperatur, Wetter und so weiter auf. Aber keine neuen Benachrichtigungen.

»Hey, spielst du damit *Mythrealm*?«

Zack fuhr wieder zusammen, aber diesmal war es kein barscher unsichtbarer Sprecher, sondern ein fremder Junge, der den Flur entlang auf ihn zukam. Auch er war eindeutig asiatischer Herkunft und lächelte schüchtern. Der blank geputzte Boden unter seinen Schuhen schimmerte wie ein Pfad aus Licht.

Zack traute seinen Augen nicht. Hier in der Gegend lebten fast ausschließlich weiße Familien. Zack war der einzige asiatische Schüler in allen sechsten Klassen. Nahm der fremde Junge bloß an einem Ferienkurs teil oder würde er auch im Herbst noch da sein?

Zack riss sich zusammen. »Kennst du irgendwen, der nicht *Mythrealm* spielt?« Wie immer, wenn er jemand Neuen kennenlernte, sprach er absichtlich mit tiefer Stimme. Sonst wurde er zu oft für ein Mädchen gehalten. Da halfen auch die kurzen Haare und weiten Hosen nicht – er war einfach zu klein und dünn. Trotzdem freute er sich jetzt. Dass man über *Mythrealm* Kontakte knüpfen konnte, war echt toll. Er hatte lange genug darauf warten müssen, selbst dabei sein zu können. Das Spiel – und die ersten AR-Brillen von XY Technologies – waren vor ungefähr drei Jahren auf den Markt gekommen. Aber damals hatten Zack und seine Mutter aus New York wegziehen müssen, weil sie sich die Miete nicht mehr leisten konnten. Eine Brille für Zack war da nicht drin gewesen. Von *Mythrealm* gab es zwar auch eine App, aber die war ziemlich umständlich. Keiner wollte mit jemandem spielen, der dafür nur sein Handy hatte. Erst seit Zacks Mom ihn an seinem letzten Geburtstag mit einer AR-Brille überrascht hatte, konnte er richtig spielen. Er verdiente sogar auf einem Online-Portal für *Mythrealm* ein bisschen Geld. Nur so konnte er sich jeden Tag das Schulessen leisten und war nicht auf seine Lunchbox angewiesen. »Ich bin sogar im Schulteam«, ergänzte er. »Deswegen nehme ich an den Ferienkursen teil. Dann habe ich im Herbst, wenn die Schule wieder richtig losgeht, mehr Zeit, mich auf die Turniere vorzubereiten.«

»Cool! Wollen wir uns adden?« Der fremde Junge öffnete die *Mythrealm*-App auf seinem Handy. Sein leichter Akzent ähnelte dem von Zacks Mom. Wahrscheinlich kam seine Familie aus Festlandchina, wo hauptsächlich Mandarin gesprochen wurde.

Zacks Freude über die neue Bekanntschaft bekam einen Dämpfer. Wenn er andere chinesische Kinder kennenlernte, war er immer vorsichtig. Als Zack noch ein Baby gewesen war, hatte seine Mutter mit ihm aus China fliehen müssen. Die meisten Leute aus dem Westen glaubten, dass alle Chinesen den gleichen kulturellen Hintergrund und die gleichen politischen Ansichten hatten. Großer Irrtum. Zack ärgerte sich oft, dass in westlichen Ländern alle als »Chinesen« galten, wogegen man auf Mandarin zwischen *Huárén* (jemand mit chinesischen Wurzeln) und *Dàlùrén* (jemand, der in der Volksrepublik China lebte) unterschied. *Huárén* wanderten schon seit Jahrhunderten, vielleicht sogar seit Jahrtausenden, überallhin aus. In New York kamen die meisten chinesischen Freunde von Zacks Mom aus Taiwan, Malaysia, Singapur und anderen südostasiatischen Ländern. Sie waren *Huárén*, keine *Dàlùrén*, und darum waren viele, so wie Zacks Mutter, Gegner der chinesischen Regierung.

Zack ging aber nicht allen Kindern aus *Dàlùrén*-Familien aus dem Weg. Seine Mutter hatte auch *Dàlùrén*-Freunde. Trotzdem hätte er jetzt gern gewusst, ob der fremde Junge gung ho war, was die chinesische Regierung anging. So wie manche seiner Mitschüler alles, was die amerikanische

Regierung machte, total super fanden und nie kritisierten. Aber es war auch komisch, jemanden als Erstes nach so etwas zu fragen. Darum schenkte Zack dem fremden Jungen ein hoffentlich überzeugendes Lächeln und öffnete auf seiner AR-Brille sein *Mythrealm*-Profil, das mit der Handy-App synchronisiert war.

»*Du* bist Zachary Ying?« Der Junge hielt sein eigenes Handy mit dem QR-Code für Freundschaftsanfragen hoch. »Ich bin Simon Li.«

»Woher weißt du, wie ich heiße?«, fragte Zack misstrauisch, zeigte aber mit dem Finger auf den Code, worauf seine Brille ihn scannte. Um den Code herum leuchtete ein neonfarbenes Quadrat auf, dann erschien Simons Profil. Zack nahm die Freundschaftsanfrage an.

»Von einem Lehrer.«

Zack wusste nicht recht, was er davon halten sollte. Wahrscheinlich hatte irgendein Lehrer Simon bei der Anmeldung zu den Ferienkursen von Zack erzählt. Als müssten sie sich automatisch anfreunden, bloß weil sie beide chinesische Eltern hatten. Es war wieder mal eine Bestätigung, dass andere Leute Zack nur nach seiner Herkunft beurteilten. *War ja klar, dass sich die beiden Asiaten zusammentun, haha!*, hörte er in Gedanken seine Mitschüler schon spotten.

Zack hatte das alles gründlich satt. Er hatte es satt, wegen seines Aussehens ausgeschlossen zu werden, was seit ihrem Umzug nach Maine noch schlimmer geworden war.

In New York lebten so viele Menschen mit unterschiedlichen Nationalitäten, dass Zacks Herkunft kein großes Thema gewesen war. Hier hingegen schien er mit einem Schild um den Hals herumzulaufen, das in Großbuchstaben AUSLÄNDER verkündete. Zack verstand das nicht. Er war genauso Amerikaner wie seine Mitschüler. Er sprach ja nicht mal Mandarin (von ein paar einfachen Sätzen abgesehen). Warum spielte sein Äußeres so eine große Rolle?

»Geht dein Name auf den Ersten Kaiser ›Ying‹ zurück?« Simons dichter Pony musste dringend geschnitten werden. Seine Augen waren darunter kaum noch zu erkennen.

»Hä?« Zack nahm die AR-Brille ab und fuhr sich durchs Haar. Seine Mutter schimpfte immer, dass er so ungekämmt war.

»Ich meine den Ersten Kaiser von China. Die meisten kennen ihn unter seinem Titel Qin Shi Huang, aber ursprünglich hieß er Ying Zheng. Als seine Dynastie gestürzt wurde, wurden fast alle seine Nachkommen umgebracht. Wenn dein Name aber auf ihn zurückgeht, stammst du wahrscheinlich von jemandem ab, der damals überlebt hat.«

»Hä?« Zack hatte noch nie über seinen Nachnamen nachgedacht. War »Ying« denn ein chinesisches Wort? Und was bedeutete es? Außerdem konnte er seinen Nachnamen sowieso nicht leiden, weil er immer damit aufgezogen wurde. »Da kommt ja unser kleiner Lieb-Ying« und dergleichen.

»Hast du etwa noch nie vom Ersten Kaiser gehört?«, fragte Simon erstaunt. »Was geht hier an den Schulen ab? Er hat das chinesische Reich gegründet und ist damit in die Geschichte eingegangen! Um 221 vor Christus hatte er schon die sieben Streitenden Reiche vereint und sich selbst zum –«

Zack reichte es. *Da haben sich zwei China-Nerds gefunden, haha!*, würde es heißen, wenn seine Mitschüler das mitbekamen.

»Apropos Geschichte«, fiel er Simon ins Wort. »Mein Geschichtskurs hat schon angefangen und ich hab dem Lehrer gesagt, dass ich nur noch kurz aufs Klo muss. Bis später dann.«

»Ach so.« Als Simon sich den Pony aus dem Gesicht strich, spiegelte sich das Handydisplay in seinen Augen. »Du solltest dich trotzdem mal mit dem Ersten Kaiser beschäftigen. Er ist echt cool. Ich schick dir 'nen Link.«

»Ist gut. Danke.« Zack schnappte sich seine Lunchbox, die noch auf der Papiertonne stand.

»Wolltest du dein Essen wegwerfen?«, fragte Simon.

»Wie kommst du denn darauf?« Zack lachte, aber es klang gezwungen. Rasch klappte er die Biotonne zu. »Natürlich nicht. Ich wollte … etwas anderes wegwerfen.«

»Dir ist viel zu wichtig, was andere über dich denken.«

Zack fuhr herum. Kalter Schweiß brach ihm aus. Nein,

die Stimme kam weder aus seinem Handy noch aus seiner AR-Brille. Sie schien direkt in seinem Kopf zu ertönen.

»Ist was?« Simon sah ihn eindringlich an.

»Äh … nö. Tschüss dann.«

Als Zack an den Toiletten vorbeikam, erwog er kurz, sein Mittagessen im Klo runterzuspülen, aber das wollte er seiner Mutter dann doch nicht antun. Biomüll wurde wenigstens noch verwertet. Das redete er sich jedenfalls immer ein.

War die unheimliche Stimme vielleicht sein Gewissen? Aber meldete sich ein Gewissen derart laut?

Als Zack wieder in den Klassenraum kam, setzte er sich zu seinen Freunden. Sie sollten in Gruppenarbeit ein Referat über Alexander den Großen vorbereiten.

»Na, auch wieder da??« Aiden saß ihm an dem kleinen runden Tisch gegenüber und spielte grinsend mit dem Stift für sein Tablet. Er war ihr *Mythrealm*-Teamleader und peinlicherweise bekam Zack bei seinem Anblick regelmäßig Herzklopfen. Aiden war nicht nur ungewöhnlich groß, er hatte auch strahlend blaue Augen und seine kurzen blonden Haare waren immer perfekt gestylt.

»Irgend so ein neuer chinesischer Junge hat mich aufgehalten.« Zack zwang sich, den Blick von Aiden zu lösen. »Wisst ihr irgendwas über ihn?«

»Wir? Du bist doch hier der Chinese«, entgegnete Trevor, der ebenfalls dem *Mythrealm*-Team angehörte. Er hatte struppige braune Haare und trug das ganze Jahr über denselben verwaschenen Hoodie. Oder er besaß zwei genau gleiche Hoodies, zwischen denen er abwechselte, da gingen die Meinungen auseinander.

»Deswegen muss ich den Neuen doch nicht kennen!«, erwiderte Zack ärgerlich.

Trevor hob abwehrend die Hände. »Schon gut. War nicht böse gemeint.«

Zack verkniff sich ein genervtes Seufzen. Er wollte nicht überempfindlich rüberkommen. Nachdem er sich vergewissert hatte, dass sich Mrs Fairweather gerade einer anderen Arbeitsgruppe widmete, schaute er unter dem Tisch auf sein Handy. Simon hatte ihm bereits über *Mythrealm* einen Link geschickt. »Der Neue ist irgendwie komisch. Er hat die ganze Zeit von so einem alten Kaiser geredet und ich sollte ihn bei *Mythrealm* adden und … *Wow*!«

»Was denn?« Trevor spähte auf das Display. Zack hatte Simons *Mythrealm*-Profil geöffnet. Seine sechs virtuellen Lieblingsmonster waren nur für Freunde sichtbar. Alle waren superstark und extrem selten.

Auch Trevor fiel die Kinnlade herunter. »Ist das eine *Exalted-Level-10-Hydra*?!«, rutschte es ihm so laut heraus, dass sich die Schüler an den Nachbartischen umdrehten. »Und ein *Exalted-Level-10-Chinesischer-Drache*?«

Exalted-Kreaturen zeichneten sich dadurch aus, dass sie

aufwendiger gestaltet waren als die Standard-Kreaturen und es von ihnen nur wenige Exemplare gab. Besondere Fähigkeiten hatten sie nicht.

Zack schielte zu Mrs Fairweather hinüber. Sollte er das Handy lieber wegstecken? Aber zum Glück schien sie nichts mitgekriegt zu haben.

»Echt jetzt?« Aiden nahm ihm das Smartphone aus der Hand. »Den Exalted-Drachen brauche ich unbedingt! Wie viel ist der momentan wert?«

Trevor holte sein eigenes Handy heraus und recherchierte rasch. Verblüfft sagte er: »Zweitausend Dollar.«

»Dann hat der Neue reiche Eltern. Sonst hätte er diese Kreaturen nicht fangen können«, erwiderte Aiden.

»Na ja, er ist bestimmt ein internationaler Gastschüler.« Trevor zuckte die Achseln. »Die haben alle reiche Eltern.«

»Zack nicht«, gab Aiden zurück. »Seine Mom arbeitet im Supermarkt.«

Zack spürte, dass er rot wurde, entgegnete aber gespielt gelassen: »Ich bin kein Gastschüler. Und meine Mom arbeitet außerdem noch hier an der Uni.«

Trevor verzog verächtlich das Gesicht. »Meine Schwester studiert in Kalifornien. An der UCLA wimmelt es von superreichen Asiaten, die teure Klamotten von Supreme tragen und BMW und Porsche fahren. Meine Schwester kommt sich schon wie die totale Minderheit vor.«

»Das war jetzt aber nicht politisch korrekt«, sagte Aiden belustigt.

Trevor stieß Zack grinsend an. »Wir dürfen so was sagen, weil wir deine Freunde sind, oder?«

»Äh …«, stammelte Zack ausweichend und streckte die Hand nach seinem Smartphone aus.

Aiden zog es blitzschnell weg. »Du musst dich unbedingt mit dem Neuen anfreunden und den Drachen für mich ausleihen.«

Zack ließ die Hand möglichst unauffällig sinken. Wenn Aiden merkte, dass er das Handy wiederhaben wollte, würde er es erst recht nicht hergeben.

»Puh, du Schwächling! Diese Jungen sind keine echten Freunde.«

Zack sog erschrocken Luft durch die Zähne. Wer war das?! Und wieso hörte nur er die Stimme?

»Hast du mir überhaupt zugehört, Zack?« Aiden beugte sich vor.

»Ja … klar.« Wenn Aiden »ausleihen« sagte, bedeutete das, dass man seine Sachen nicht mehr zurückbekam. Als Zack vor ein paar Monaten mit seiner AR-Brille an einem See vorbeigekommen war, hatte er einen superseltenen Level-5-Boto gefangen. Einen Delfin und Gestaltwandler aus einer südamerikanischen Legende. Am nächsten Tag hatte Aiden ihn sich »ausgeliehen« und bis heute nicht zurückgegeben. »Lass gut sein«, sagte Zack. »Der Neue leiht mir bestimmt keine Zweitausend-Dollar-Kreatur aus.«

»Wenn ein Zwölfjähriger so was besitzt – ist er überhaupt so alt wie wir? –, dann spielt Geld für seine Eltern keine Rolle. Außerdem kann man *Mythrealm*-Kreaturen ja im Kampf nicht verlieren.«

»Du hast doch schon einen Level-10-Drachen, Aiden. Der ist genauso gut.«

»Aber er ist nicht exalted«, wandte Aiden ein. »Bei der nächsten Regionalmeisterschaft trete ich mit meinen Wasser-Kreaturen an. Der Drache ist meine einzige Standard-Kreatur.«

»Na und?«, entgegnete Zack. Die chinesischen Drachen gehörten dem Element Wasser an, nicht Feuer wie die westlichen Drachen. In *Mythrealm* waren chinesische Drachen mit Abstand die stärksten Kreaturen vom Typ Wasser und deswegen heiß begehrt.

»Aber stell dir doch vor, was die anderen für Augen machen würden, wenn ich mit einem Exalted-Drachen ankomme. Unser Team wäre berühmt!« Als Aiden ihn mit seinen blauen Augen ansah, kam Zack ins Schwitzen. »Komm schon, Alter. Sei kein Spielverderber.«

Aiden würde nicht nachgeben. Und Zack wollte nicht, dass Aiden wütend auf ihn wurde. Er durfte nicht riskieren, dass ihm die anderen die Freundschaft kündigten. Dann wäre er wieder der Außenseiter der Schule.

Plötzlich strahlte Aiden ihn an und nickte in Trevors Richtung. »Wir beide kommen mit und stehen dir bei.« Er legte Zacks Handy auf den Tisch. »Schreib dem Neuen, dass wir uns nach dem Unterricht mit ihm treffen wollen.«

»Na gut.«

Zack war nicht klar gewesen, dass Aiden mit »uns« nicht nur sich selbst, Zack und Trevor, sondern noch drei andere Jungen aus dem *Mythrealm*-Team gemeint hatte, die ebenfalls am Ferienprogramm teilnahmen.

»Hallo, Zack!« Als sie zu sechst anrückten, lachte Simon verunsichert. Sie hatten sich am Hintereingang der Schule verabredet, wo der Sportplatz war. »Hast du dir den Link schon angeschaut?«

»Noch nicht.« Zack kratzte sich verlegen den Hinterkopf. Es gefiel ihm nicht, dass er und die anderen als Gruppe hier auftauchten. Aber es hätte alles nur schlimmer gemacht, wenn er etwas gesagt hätte wie: *Keine Angst, wir wollen dich nicht zusammenschlagen.*

»Also, Simon.« Aiden setzte seine AR-Brille auf. »Zack hat uns erzählt, dass du einen Exalted-Level-10-Chinesischen-Drachen besitzt.« Beim Sprechen ging er in Richtung Sportplatz. Die anderen liefen hinterher und setzten dabei ihre eigenen Brillen auf. Wer *Mythrealm* spielte, verschwendete seine Zeit nicht damit, draußen einfach nur so herumzustehen. Die Spieler waren immer in Bewegung und sammelten die virtuellen Kreaturen und Items ein, die überall verteilt waren.

»Ich hab's ihm nicht erzählt. Jedenfalls nicht mit Absicht.« Damit Simon sein schuldbewusster Blick nicht auffiel, tat Zack so, als müsste er seine Brille zurechtrücken. »Ich habe ihnen nur dein Profil gezeigt. Weil es so beeindruckend ist.«

»Stimmt, dein Profil ist krass.« Aiden schaute zu Simon hinüber. »Ich weiß ja nicht, wie das bei euch in China mit den Turnieren läuft, aber bei uns findet übernächste Woche die Regionalmeisterschaft statt. Ich trete mit meiner Typ-Wasser-Truppe an. Wär super, wenn du mir deinen Drachen ausleihen würdest.«

»Ich … äh …« Simon hielt sich an den Trägern seines Rucksacks fest.

»Du würdest mir echt einen großen Gefallen tun.«

»Also …« Simon blieb stehen und scharrte mit der Schuhspitze über den roten Belag der Laufbahn. »Der Drache bedeutet mir viel. Ich möchte ihn ungern verleihen.«

Auch Aiden blieb stehen und drehte sich mit den Händen in den Jeanstaschen zu Simon um. »Nach dem Turnier kriegst du ihn sofort zurück.«

Simon war größer als Zack, aber kleiner als die fünf anderen. Sie schienen bedrohlich vor ihm aufzuragen. Er machte den Mund auf, als wollte er etwas erwidern, kniff aber plötzlich mit verzerrtem Gesicht die Augen zu, als hätte er Schmerzen. Ein Windstoß fegte über den Sportplatz und zerzauste allen die Haare. Als ein Regentropfen auf Zacks Brille landete, zuckte er zusammen, aber das Display der Brille war wasserabweisend und es blieb nicht mal ein Fleck zurück.

Als Simon die Augen wieder öffnete, war er wie ausgewechselt.

»Ich gebe euch meinen Drachen nicht!«, sagte er laut, fast aggressiv, und schob trotzig das Kinn vor.

Aiden richtete sich hoch auf und Zack wechselte verblüffte Blicke mit seinen Teamkameraden. Offenbar war er nicht der Einzige, dem Simons Veränderung auffiel. Als der Wind Simon den dichten Pony aus den Augen pustete, kam er Zack auf einmal irgendwie bekannt vor. Aber woher?

Aiden fasste sich wieder. »Warum denn nicht? Willst du mit dem Drachen selbst an der Meisterschaft teilnehmen, oder was?«

»Das spielt keine Rolle«, entgegnete Simon knapp. »Du kriegst ihn nicht und Schluss.«

Zack schauderte unwillkürlich. Woher nahm Simon plötzlich dieses Selbstbewusstsein? Inzwischen regnete es stärker. Tropfen um Tropfen landete auf Simons Brille, aber er zuckte nicht mit der Wimper.

Aiden machte ein grimmiges Gesicht, riss sich aber gleich wieder zusammen und beugte sich zu Simon hinunter. »Bist du nach den Ferien auch noch hier? Willst du vielleicht in unserem Team mitmachen?«

Der Laut, den Simon ausstieß, erinnerte Zack an das höhnische Auflachen eines Kinobösewichts. »Welches Team? *Mythrealm* spielt man nicht im Team. Ihr nennt euch nur so, weil ihr eure Ressourcen und eure Erfahrung teilt.

Ich bin euch sowieso haushoch überlegen – euch allen zusammen!«

»Hey!« Aiden trat einen Schritt zurück. »Ich hätte nicht gedacht, dass du so ein arrogantes Arschloch bist.«

Simon lachte wieder. »Ist doch bloß ein blödes Spiel. Wieso nimmst du es so ernst?«

Ein Blitz zuckte über den Sportplatz und spiegelte sich in Simons Augen. Als Aiden die Fäuste ballte, geriet Zack in Panik.

Sofort stellte er sich zwischen die beiden. Im selben Augenblick versuchte Aiden, Simon einen Stoß zu versetzen. Stattdessen traf seine flache Hand Zack vor die Brust, sodass er rückwärts gegen Simon prallte. Simon stolperte, hielt Zack aber an den Schultern fest.

»Lass den Scheiß!«, schnauzte Zack Aiden zu seiner eigenen Überraschung an und bekam es sofort mit der Angst zu tun. Doch das zustimmende Raunen der anderen Jungen machte ihm Mut. »Wenn er uns den Drachen nicht geben will, ist das seine Sache. Du gehst echt zu weit. Dein Verhalten fällt auch auf das Team zurück.«

»*Dein* Verhalten schadet dem Team!«, konterte Aiden aufgebracht. »Schon die ganze Zeit. Ich war immer dagegen, dass wir dich aufnehmen!«

Bevor Zack das richtig verdaut hatte, grollte in der Ferne Donner. Aiden packte Zack am Arm.

»Rück den Drachen raus!«, rief er Simon zu und schüttelte Zack. Sein Griff war so fest, dass Zack nach Luft schnappte und fürchtete, dass Aiden ihm den Arm brechen würde. »Mach schon, sonst tu ich ihm richtig weh!«

Von den anderen kamen Ausrufe wie: »Ganz ruhig, Mann!« Trevor wollte Aiden am Ellbogen fassen.

»Halt dich da raus!« Aiden verpasste auch ihm mit der freien Hand einen groben Stoß.

Trevor segelte über die Laufbahn und landete mit einem Aufschrei auf dem Boden.

Zack war so schockiert, dass ihm die Luft wegblieb. Er hörte die Rufe der drei anderen Teammitglieder so dumpf wie durch einen Tunnel. Sie rannten zu Trevor, drehten sich aber im Laufen ängstlich um. Der nächste Blitz färbte ihre Gesichter fahlweiß. Es regnete jetzt so heftig, dass Zack die Haare am Kopf klebten. Er verstand die Welt nicht mehr. Aiden war manchmal ein Arsch, aber so war er noch nie ausgerastet.

Er war nicht er selbst.

»Du hast zehn Sekunden!«, brüllte er Simon an und bohrte Zack die Finger in den Arm. Zack entfuhr ein Schmerzensschrei.

Simon reagierte nicht. Er hielt den Blick auf Zack gerichtet, als würde er auf etwas warten.

»Her mit dem Drachen!«

Simon, der immer noch Zack ansah, sagte ruhig: »Im Jahr 221 vor Christus vereinte der Erste Kaiser von China die sieben Streitenden Reiche und gründete die Qin-Dynastie, das erste Kaiserhaus von –«

Aiden verdrehte Zack den Arm und Zack schrie erneut auf. Wieso fing Simon jetzt mit chinesischer Geschichte an? »Was willst du damit …«

Doch als er den Kopf drehte und Aidens Gesicht erblickte, versagte ihm die Stimme. Aidens Augen funkelten neongrün. Sein Gesicht war nass vom Regen und von einem leuchtenden Kreis umgeben. Daneben ploppte eine *Mythrealm*-Beschreibung auf.

TAOTIE

Typ: Dunkelheit

Herkunft: China

Bösartige, gierige Kreatur mit dem Körper einer Ziege, den Reißzähnen eines Tigers, den Händen eines Menschen und Augen in den Achselhöhlen. Ein Taotie verschlingt alles, was ihm über den Weg läuft, auch wenn es sich dabei so überfrisst, dass es stirbt.

Erschrocken drehte Zack den Kopf hin und her, doch der Kreis um Aidens Gesicht ging nicht weg. Darüber wurde jetzt auch noch seine Energieleiste eingeblendet. Zacks eigene Leiste leuchtete rechts unten in seinem Sichtfeld auf. Genau wie bei einem *Mythrealm*-Kampf.

Simon sprach so schnell weiter, dass sich seine Worte überschlugen. »Die von der Qin-Dynastie erlassenen Gesetze galten die nächsten zweitausend Jahre lang. Der Erste Kaiser erbaute die Große Mauer. Ihm gehörte auch die Terrakotta-Armee und –«

Mit einem Aufheulen, das fast nach einem Tier klang, ließ Aiden Zacks Arm los, packte ihn stattdessen im Nacken und riss ihn hoch. Zack trat wild um sich. Warum griffen die anderen nicht ein? Standen sie bloß da und glotzten? Er versuchte, Aidens Finger umzubiegen, konnte aber nichts ausrichten. Aiden war ihm schon immer körperlich überlegen gewesen.

Wenn er selbst doch stärker wäre!

»Hey, Zack!«, übertönte Simon sein gequältes Wimmern. »Klick den Link an, den ich dir geschickt habe!« Er holte sein Handy heraus.

Auf Zacks AR-Brille erschien eine Nachricht.

Simon Li: LIES!

Keuchend tippte Zack zweimal in die Luft und öffnete den Chatverlauf mit Simon. Dann klickte er den Link an. Eine Website öffnete sich.

Qin Shi Huang, eigentlich Ying Zheng, geboren 259 v. u. Z., war der Begründer des chinesischen Kaiserreichs. Er –

Als Zack den Artikel überflog, verschwammen und verblassten Aiden und alles andere um ihn herum plötzlich, als wäre er unter Wasser. Dann erblickte er vor seinem inneren Auge eine schemenhafte Gestalt in einem langen schwarzen Gewand.

»Endlich! Wenn du einwilligst, mein irdischer Wirt zu sein, Junge, werde ich alles in meiner Macht Stehende tun, um dir

deinen größten Wunsch zu erfüllen.« Es war die tiefe, barsche Stimme, die Zack schon kannte. »*Sprich: Wie lautet dein innigster Wunsch?*«

Zack sah Aiden zwar nicht mehr, aber sein Herz klopfte immer noch wie rasend. »Mach mich stärker!«, platzte er heraus.

Die Gestalt brach in schallendes Gelächter aus. Dann fegte sie plötzlich auf Zack zu wie eine Windböe. »*Das wollte ich hören!*«

Ehe Zack aufschreien konnte, kehrte er jäh in die Realität zurück. Doch alles war seltsam gedämpft. Aiden hob ihn immer noch hoch, aber Zack konnte sich nicht mehr wehren, weil ihm seine Arme nicht gehorchten. Sie hingen nur schlaff herab.

Unvermittelt drang ein Knurren aus seiner Kehle. Stammte der Laut wirklich von ihm? Als Nächstes entströmten ihm Wörter, die irgendwie chinesisch klangen, aber Zack kannte den Dialekt nicht. Er war völlig verwirrt, bekam aber trotzdem mit, dass seine Energieleiste immer weiter abnahm.

Dann verlangsamte sich alles.

Zack sah, wie sich Aidens Gesicht nach und nach verzerrte. Wie sich seine Zunge bewegte und ihm Spucketröpfchen aus dem Mund flogen.

Wie ferngesteuert griff Zack sich an den Hals und befreite sich. Als er auf der Laufbahn landete, spritzten die Pfützen wie in Zeitlupe auf. Er rappelte sich hoch und wollte wegrennen, doch wieder gehorchte ihm sein Körper nicht. Immerhin gelang es ihm, ein paar Schritte von Aiden zurückzuweichen. Dann sprang die Zeit plötzlich wieder an. Aiden wirkte kurz desorientiert und griff in die Luft, genau dort, wo Zack eben noch gewesen war. Dann stürzte er sich auf ihn.

Ohne Zacks Zutun breiteten sich seine Arme aus und sausten herab.

Worauf ein Platzregen losbrach.

Dicke Tropfen trommelten wie Gewehrfeuer auf den Sportplatz herab und übertönten Aidens Wutgebrüll. Hinter dem dichten Regenschleier konnte Zack die anderen kaum noch erkennen. Alle waren im Nu nass bis auf die Haut, nur Zack selbst blieb wundersamerweise trocken. Der Regen wehte um ihn herum wie eine geisterhafte Aura. Seine Fäuste ballten sich von allein und wanderten nach oben, als würde er zwei schwere Hanteln anheben. Auch der vom Boden aufspritzende Regen wirbelte um ihn herum wie eine Wasserhose.

Er hatte nur noch einen klaren Gedanken: *Das Element von chinesischen Drachen ist Wasser.*

Plötzlich erschien zu seinem Entsetzen ein Netz aus sich überschneidenden schwarzen Linien auf seinen Armen. Die Linien erinnerten an Adern, waren aber gerader. Obwohl Zack nicht nass geworden war, fror er auf einmal. Seine Energieleiste verkürzte sich weiter. Dann wölbten sich seine Hände (was wahnsinnig anstrengend war) und holten aus, als würde er einen Baseball werfen.

Die schäumende Wasserhose um ihn herum schoss als gewaltiger Strahl auf Aiden zu, traf ihn vor die Brust und ließ ihn zurücktaumeln.

Zacks Körper setzte sich von allein in Bewegung. Als er auf Aiden zustapfte, zuckten Blitze um ihn herum. Sie wurden von ohrenbetäubenden Donnerschlägen begleitet und hinterließen rauchende Krater in der Laufbahn. Die Luft knisterte elektrisch, es stank nach verbranntem Gummi. Zack standen sämtliche Haare zu Berge.

Was geht hier vor?!

Am liebsten wäre er schreiend weggerannt und hätte sich irgendwo verkrochen, doch sein Körper machte nicht mit. Seine mit schwarzen Linien überzogenen Finger spreizten sich und in seinen Handflächen sammelte sich der Regen zu zwei schäumenden Wasserkugeln.

Seine Hände klatschten die Kugeln gegeneinander. Das Wasser spritzte hoch auf, schlug über Aiden zusammen und umschloss seinen Kopf wie eine Kugel aus strudelndem flüssigem Glas. Aiden schnappte nach Luft, stolperte über die eigenen Füße und fiel hin. Er wälzte sich von der Laufbahn auf den Rasen, wurde die Wasserkugel aber nicht los. Jetzt war es *seine* Energieleiste, die immer kürzer wurde.

Zack geriet erneut in Panik.

Halt!, wollte er rufen, brachte aber keinen Ton heraus.

Seine Arme streckten sich aus und die gekrümmten Finger zogen Kreise in der gleichen Richtung, in der das Wasser um Aidens Kopf strudelte. Als Aiden sich verzweifelt an den Hals griff, spritzte das Wasser auf. Sonst geschah nichts. Seine Energieleiste war nur noch zu einem Viertel voll. Was würde passieren, wenn sie auf null stand? Garantiert nichts Gutes.

Halt! Zack versuchte verzweifelt, seinen Körper wieder in den Griff zu bekommen.

»Stopp!«, hörte er sich selbst, aber auch die barsche Stimme in seinem Kopf rufen.

Jetzt war er endgültig sicher, dass er von jemandem besessen war. Irgendwer wollte Aiden umbringen und hatte sich dafür Zacks Körper ausgeliehen.

Sei mein irdischer Wirt, hatte ihn die Stimme aufgefordert.

Worauf hatte er sich da eingelassen?!

Er hatte einen schrecklichen Fehler begangen. Etwas wie das hier hatte er nicht gewollt!

Aufhören! Aufhören! Aufhören!, schrie er in Gedanken wieder und wieder.

Seine Hände sanken ein Stück herab und das Wasser um Aidens Kopf strudelte langsamer.

»Halt die Klappe, Kleiner!«, blaffte die barsche Stimme.

Zack dachte gar nicht daran. *Aufhören! Aufhören! Aufhören!*

»Nein. Sonst –«

Aufhören! Aufhören –

»Aufhören!«, brachte er es endlich laut heraus.

Er hätte schwören können, dass ihm sein Atem als schwarze Wolken entwich. Dann wurde es heller um ihn und er sah wieder scharf. Die Wasserkugel platzte, Aiden rang nach Luft. Seine Energie war fast verbraucht.

Zacks Knie gaben nach und er fiel hin. Diesmal wurden seine Hosenbeine nass. Von oben traf ihn der Regen wie eine voll aufgedrehte Dusche und er wurde klitschnass. Gleichzeitig verschwanden die schwarzen Linien auf seinen Armen und Händen und ihm war nicht mehr so unnatürlich kalt.

Auf seiner AR-Brille ploppten Nachrichten auf, aber ohne Absender.

: O NEIN.

: WAS HAST DU GETAN?

Es nieselte jetzt nur noch. Aus Aidens aufgerissenem Mund quoll dunkelgrüner Nebel, verdichtete sich kurz zu einem unförmigen Umriss und verflog. Seine Energieleiste wurde ausgeblendet.

Zacks Atem ging so schnell, dass er fast hyperventilierte. Er beugte sich vor. Ihm war übel und er sah wieder alles verschwommen. Die nächste Nachricht, die aufploppte, hatte einen Absender.

Qin Shi Huang: DU AHNST NICHT, WAS DU ANGERICHTET HAST, JUNGE.

2

Wie Suppe nicht zum Sieg verhilft

Zack rannte nach Hause.

Er glaubte zu hören, dass ihm Simon etwas nachrief, drehte sich aber nicht um. Er wollte nur noch weg.

Seine Sneaker schlappten über den nassen Gehweg und er krallte die Finger in den Schulterriemen seiner Schultasche, damit ihm die Tasche nicht gegen die Hüfte schlug. So ließ er ein Haus nach dem anderen hinter sich und machte ausnahmsweise keinen Umweg, um möglichst viele *Mythrealm*-Items einzusammeln, bevor es dunkel wurde. Das Spiel war ihm gerade völlig egal.

Weil immer mehr sonderbare Nachrichten kamen, löschte er kurzerhand die *Mythrealm*-App von seinem Handy und der AR-Brille. Ganz kurz erwog er sogar, die Brille wegzuwerfen, aber seine Mom hatte so lange darauf gespart. Er stopfte das Ding in die Schultasche.

Erst am Eingang zu der Kellerwohnung, in der er und seine Mutter lebten, hielt er an. Weil seine Hände so zitterten, brauchte er mehrere Anläufe, bis er den richtigen Code in das elektronische Schloss eingetippt hatte. Kaum war er zur Wohnungstür herein, ließ er die Schultasche auf einen Küchenstuhl fallen, als wäre sie eine tickende Zeitbombe. Dann stürmte er in sein Zimmer und knallte die Tür hinter sich zu.

Als er sich auf den Teppich fallen ließ, stieß er sich am Bettgestell. Durch das Fenster, das knapp über der Straße lag, fiel trübes Licht in den Raum. Eine halbe Ewigkeit saß er einfach nur auf dem Fußboden, vergrub das Gesicht in den immer noch zitternden Händen und rang keuchend nach Luft. Seine Zähne klapperten und die nasse Kleidung klebte ihm am Leib wie eine dünne Eisschicht. Auch als er die Sachen auszog, war ihm noch so kalt, dass er beschloss, heiß zu duschen.

Doch kaum hatte er die Dusche aufgedreht, ließ ihn der Anblick des Wassers zurückweichen. Er sah wieder vor sich, wie er von Blitzen umzuckt mit zwei Wasserkugeln in den Händen auf Aiden zugestapft war. Seine Kopfhaut kribbelte und er starrte den Wasserstrahl an, der inzwischen dampfte. Schließlich überwand er sich doch, stieg in die Duschkabine und breitete langsam die Hände aus.

Keine Kugeln. Und auch sonst tat sich nichts Ungewöhnliches, als das Wasser auf ihn herabprasselte. Nur als es zu heiß wurde, tat es weh und er regelte die Temperatur herunter. Nichts deutete darauf hin, dass er das Wasser irgendwie beeinflussen konnte.

War alles nur ein Traum gewesen? Eine Halluzination?

Das konnten ihm nur Simon und seine Freunde sagen.

Vielleicht hatte ja einer von ihnen das Ganze mit dem Handy gefilmt.

Zack war nicht er selbst gewesen. *Er* hatte Aiden nicht ertränken wollen.

Und wenn ihm die anderen das nicht glaubten? Wenn sie zur Polizei gingen und ihn wegen versuchten Mordes mithilfe von Superkräften anzeigten?

Zack stellte die Dusche aus, wickelte sich in ein Handtuch, lief wieder in sein Zimmer, hob seine nasse Jeans auf und zog das Handy aus der Hosentasche. Der Teppich wurde von seinen nassen Füßen noch feuchter.

Keine neuen Nachrichten von seinen Freunden. Kein Shitstorm. Zack atmete auf, ließ sich aufs Bett fallen und trocknete sich ab.

Doch seine Erleichterung verflog gleich wieder. *Warum* hatte ihm keiner seiner Freunde geschrieben?

Wie war es weitergegangen, nachdem er die Flucht ergriffen hatte? Was war mit Trevor? Und mit Aiden? Warum war er nicht dageblieben und hatte sich vergewissert, dass es ihnen gut ging?

Obwohl er sich über sich selbst ärgerte, konnte er sich nicht überwinden, sich nach den beiden zu erkundigen.

Feigling! Er schlüpfte unter die Bettdecke und rollte sich zusammen.

Besessenheit Dämon

Besessenheit böser Geist

Erster Kaiser von China

Zack überflog die Treffer zum letzten der drei Suchbegriffe. Es gab mehrere aktuelle Meldungen darüber, dass sich in der Gegend, in der das gewaltige, mit Quecksilber ausgeschmückte Mausoleum des Herrschers lag, ein Erdbeben ereignet hatte. Doch Zack klickte keins der Suchergebnisse an. Dass er sich Simons Kurzvortrag über den Ersten Kaiser angehört und den Link dazu geöffnet hatte, war der Grund dafür, dass er die Kontrolle über sich verloren hatte. Davon war er fest überzeugt.

Die Treffer zu *Besessenheit* halfen ihm auch nicht weiter. Entweder stammten sie von irgendwelchen Psychiatern, die dieses Phänomen leugneten, oder es ging um christliche Teufelsaustreibungen. Beides hatte nichts mit Zack zu tun, wenigstens in dem Punkt war er sich sicher. Aber hatte tatsächlich der Erste Kaiser von China von ihm Besitz ergriffen?

Er hätte gern darüber gelacht, denn die Vorstellung *war* lächerlich. So etwas gab es höchstens im Film.

Trotzdem hatte er vorhin auf dem Sportplatz das Gewitter kontrollieren können.

Sprich: Wie lautet dein innigster Wunsch?

Mach mich stärker!

Hatte er etwa aus Versehen eine *Abmachung* mit dem Kaiser getroffen? Hatte er die Art Wunsch ausgesprochen, dessen Erfüllung einen schrecklichen Preis forderte? Letztes Jahr hatten sie in Englisch eine Kurzgeschichte mit dem Titel »Die Affenpfote« durchgenommen. Darin war so etwas Ähnliches passiert. Aber gab es das auch im richtigen Leben?

Zack scrollte wahllos auf seinem Handy, schaute sich Videos von irgendwelchen Leuten an, die alberne Sachen machten und dummes Zeug redeten. Zwischendurch lachte er sogar, doch er fühlte sich dabei wie ein Roboter und das Lachen hob seine Stimmung nicht. Erst als das neueste Werbevideo von XY Technologies aufploppte, gelang es ihm, sich zu konzentrieren. Es war ein Teaser für X6, die neueste Generation von AR-Brillen. Sie sollten in ein paar Monaten in die Läden kommen. Doch es waren nicht die bahnbrechenden neuen Funktionen, die Zack fesselten, sondern der Sprecher, der sie untermalt von einem futuristischen Beat vorstellte: Xuan Jihong, alias Jason Xuan, der Firmengründer von XY Technologies.

Jason war Zacks großes Vorbild. Als er ihm jetzt zuhörte, wie er über revolutionäre Pixeldichte und sensationelle Akkuleistung sprach und dabei in seinem Maßanzug und mit der funkelnden teuren Armbanduhr wie ein Filmstar aussah, fühlte sich Zack noch mieser, weil er selbst sich ängstlich im Bett verkroch. Jason hatte ebenfalls schon als Baby seinen Vater verloren. Allerdings hatte er es noch schwerer gehabt als Zack, schließlich war er in China auf dem Land aufgewachsen und nicht in den USA. Weil er aber so ein guter Schüler gewesen war und schon als Teenager haufenweise Programmierwettbewerbe gewonnen hatte, hatte ihm das Massachusetts Institute of Technology ein Stipendium angeboten. Dort hatte er dann an seinen ersten AR-Brillen getüftelt und später XY Technologies gegründet, um Features und Spiele für die Brillen zu vermarkten. Im Alter von vierundzwanzig hatte er bereits Millionen verdient. Jetzt, zehn Jahre später, war er Milliardär und seine Firma Marktführer in der Tech- und Gaming-Welt. Er war so erfolgreich, dass er sogar die chinesische Regierung überredet hatte, ihre strikten Vorschriften in Bezug auf Internetspiele zu lockern.

Zack hatte schon viele Interviews mit Jason gesehen. In einem bedankte sich Jason bei seiner Mutter, weil sie ihre eigenen Ziele zurückgestellt hatte, um sich ganz und gar seiner Erziehung zu widmen. Sie hatte ihn nicht nur Disziplin gelehrt, sondern ihn auch ermutigt, in neuen Bahnen zu denken. Zacks eigene Mutter war in China Biochemikerin gewesen, aber als Alleinerziehende musste sie hier in den USA oft Jobs im Verkauf annehmen. Trotzdem hatte sie Zack nie das Gefühl vermittelt, dass sie arm waren. Als er noch jünger gewesen war, hatte er nicht gemerkt, wenn seine Mutter beim Abendessen schwindelte und behauptete, sie hätte schon gegessen. Auch den anderen Kindern war es damals noch egal gewesen, dass Zack nie neue Sachen anhatte und sich statt der neuesten Netflix-Serien Dokus auf Youtube anschaute, weil das nichts kostete.

Genauso wenig hatte es eine Rolle gespielt, dass sie nie in den Urlaub fuhren oder in richtige Restaurants gingen. Wenn seine Mom mal freihatte und schönes Wetter war, packten sie etwas zu essen ein und picknickten im Central Park, und damit war Zack völlig zufrieden gewesen.

Als er jetzt daran dachte, wie er seine Mutter damals um die AR-Brille angebettelt hatte, wurde ihm ganz heiß vor Scham. Am Abend vor seinem Geburtstag war sie in Tränen ausgebrochen und hatte sich dafür entschuldigt, dass sie wegen der hohen Miete kein Geld für die Brille übrig hatte und dass sie sich das Leben in New York vielleicht sowieso nicht mehr lange leisten konnten. Da hatte Zack begriffen, dass er etwas ändern musste. Er durfte nicht mehr nur so sein wie die anderen Kinder. Ab jetzt musste er immer Bestnoten schreiben und durfte auch sonst keine Probleme machen, weil seine Mom schon genug Kummer hatte.

Deswegen hatte er ihr auch nie erzählt, wie schwer es ihm fiel, nach jedem Umzug neue Freunde zu finden. Als er in der dritten Klasse gewesen war, waren sie nach Maine umgezogen und dann noch einmal innerhalb des Bundesstaates, als er die Grundschule beendet hatte. Durch die Umzüge war das Leben seiner Mutter leichter geworden und Zack wollte nicht, dass sie ihre Entscheidungen seinetwegen bereute. Sie arbeitete jetzt halbtags als Laborantin an der Universität von Maine. Das war ein erster Wiedereinstieg in ihren eigentlichen Beruf. Auch das Geld war nicht mehr so knapp. Gut, sie wohnten immer noch in einer Kellerwohnung, aber dafür hatten sie mehr Platz als in New York und es war nicht so laut wie ihr erstes Zuhause in Maine.

Nachdem Zack in der vierten Klasse auf Youtube eine Doku über Jason Xuan gesehen hatte, hatte er sich mit Programmieren beschäftigt. Obwohl die Spiele, die er entwickelte, immer anspruchsvoller wurden, traute er sich noch nicht, sie ins Netz zu stellen. Er wagte nicht, von einem Aufstieg wie dem von Jason zu träumen, wollte aber wenigstens irgendwann auch am MIT studieren. Er wollte nur so viel Geld verdienen, dass seine Mutter gut leben konnte. Schluss mit den Kellerwohnungen in heruntergekommenen Stadtvierteln, Schluss mit den Extraschichten in irgendwelchen Läden, wo die Kunden sie wegen irgendetwas anmeckerten, woran sie nicht schuld war.

Zack war so in seine Zukunftsträume versunken, dass ihm vor Schreck fast das Herz stehen blieb, als die Wohnungstür aufgeschlossen wurde. Rasch setzte er sich auf und schaute aus dem Fenster. Er hatte gar nicht mitbekommen, dass es schon dunkel war.

»Zack?«, hörte er seine Mutter rufen.

»Ja?« Er machte schnell das Licht an.

Zu spät. Sie musste beim Hereinkommen gesehen haben, dass alles dunkel war. Darum klang sie auch so besorgt. Jetzt klopfte sie an seine Zimmertür. »Ist alles in Ordnung?«

»Klar. Ich hab mich bloß kurz hingelegt.«

»Bist du wieder zu lange aufgeblieben und hast Videospiele gespielt?«

»Gar nicht! Ich war einfach müde, weil … weil der Geschichtskurs heute so anstrengend war.«

Bis heute hatte Zack nie verstanden, wieso Comicfiguren immer fürchteten, jemand könnte von ihren Superkräften erfahren. Jetzt wusste er, warum! Wie hätte er seiner Mom auch nur ansatzweise erklären können, was passiert war, ohne dass sie ihn für verrückt hielt?

»Dann ist es ja gut.« Sie entfernte sich.

Vorerst konnte er aufatmen. Doch nachdem in der Küche Töpfe gescheppert hatten und heißes Öl gezischt hatte – Zack war solange in seinem Zimmer nervös auf und ab gelaufen –, rief ihn seine Mom zum Essen.

Jason Xuan hätte sich nicht verkrochen.

Zack gab sich einen Ruck und zog frische Sachen an. Hätte er behauptet, er sei zu müde zum Essen, hätte sich seine Mutter noch mehr Sorgen gemacht. Inzwischen tat ihm alles weh und die Blutergüsse auf seinen Armen und hinten am Hals zeichneten sich deutlich ab. Darum zog er einen Rollkragenpulli über. Zum Glück hatte es nach dem Gewitter abgekühlt und seine Mutter würde sich nicht über seine Kleiderwahl wundern. In Maine war ein Rollkragenpullover immer passend.

Er schlüpfte in den Flur hinaus und machte sofort die Zimmertür hinter sich zu. Weil die Wohnung so klein war, drangen die Essensgerüche überallhin. Wenn seine Mutter von der Arbeit kam und kochen wollte, zog sie deshalb auch sofort den Verkäuferinnenkittel aus.

Der Küchentisch war gleich hinter der Wohnungstür. Nachdem Zack seiner Schultasche einen argwöhnischen Blick zugeworfen hatte, als wäre sie womöglich verflucht – und seine AR-Brille erst recht –, setzte er sich. Auf seinem Platz stand schon eine Schale Reis. Er hatte sich immer gewundert, warum seine Mutter auf *drei* Stühlen bestand, keinem mehr und keinem weniger. Wahrscheinlich war der dritte Stuhl eine Art Platzhalter für Zacks Dad, der in China wegen »terroristischer Aktivitäten« hingerichtet worden war. Er hatte sich für die von der Regierung verfolgten muslimischen Uiguren und andere Minderheiten eingesetzt. Allerdings hatte Zack seine Mom nie gefragt, ob seine Vermutung wegen des Stuhls stimmte. Seine Mutter war eine starke Frau, aber wenn es um seinen Vater ging, brach sie jedes Mal in Tränen aus.

Sie hatte Rührei mit Tomaten gemacht, gebratenen Fisch mit reichlich Sojasoße und Algensuppe mit Eierstich. Neben den Schüsseln stand Zacks offene Lunchbox wie ein stummer Vorwurf.

»Ying Ziyang« – seine Mutter zeigte anklagend auf die Box –, »du hast schon wieder nichts gegessen.«

Zack zuckte zusammen. Wenn ihn seine Mutter mit seinem chinesischen Namen ansprach, drohte Ärger. Dummerweise hatte ihn die Begegnung mit Simon so abgelenkt, dass er nach dem Unterricht ganz vergessen hatte, den Inhalt der Lunchbox bei einem weiteren angeblichen Gang zum Klo in die Biotonne zu kippen. »Entschuldige, Mom. Es war mir zu viel. Ich hab mir was Kleines in der Kantine geholt.«

»Was denn?«

»Äh … einen grünen Salat.« Zacks Spielraum für derartige Lügen war begrenzt. Weil er als Muslim nur Fleisch essen sollte, das halal war, musste er sich in der Schulkantine mit dem veganen Angebot begnügen.

Seine Mutter runzelte missbilligend die Stirn. »Grüner Salat enthält kaum Nährstoffe. Du musst mehr essen, schließlich wächst du noch!«

»Weiß ich. Ich hatte heute einfach keinen großen Appetit.«

»Bist du vielleicht krank? Hast du dich erkältet?« Ihr Ton wurde etwas sanfter. Nach einem Blick auf seinen Rollkragenpulli fühlte sie seine Stirn. Die andere Hand legte sie auf die eigene Wange, um festzustellen, ob er Fieber hatte.

Zack duckte sich weg. »Nein, mir geht's gut.« Was schon wieder gelogen war. Er bekam ein schlechtes Gewissen.

In Wahrheit ging es ihm *überhaupt nicht* gut. Nur zu gern hätte er seiner Mutter alles erzählt, aber er hatte keinerlei Beweise für das, was er erlebt hatte. Sie würde annehmen, dass er mal wieder zu viele Anime-Filme gesehen hatte. Vorsichtig näherte er seine Hand der Suppenschale. Vielleicht wallte die Suppe ja auf und lief über. Fehlanzeige.

Nach einer kurzen Pause durchbohrte ihn seine Mom mit ihrem typischen Verhörblick und fragte: »Hast du eine schlechte Note bekommen?«

»Nein!«

»Was ist dann los?«

»Gar nichts. Ehrlich. Ich hab nur –« Zacks Blick fiel auf seine offene Schultasche. Die AR-Brille darin blinkte wie eine Warnleuchte.

Zack griff hinüber und klappte die Tasche zu.

»Ich hätte fast vergessen, dass wir heute total viele Hausaufgaben aufhaben.« Er lachte gezwungen. Seine Mutter musterte erst ihn und dann die Tasche misstrauisch. Rasch zog Zack die Tasche zu sich heran und holte seinen Laptop heraus. Seine Mutter hatte nichts dagegen, dass er die Hausaufgaben beim Abendessen machte. Weil in seinem Zimmer kein Platz für einen Schreibtisch war, musste er mit dem Laptop sowieso am Küchentisch sitzen. Hoffentlich hielt sie das davon ab, ihm noch mehr Fragen zu stellen.

Er stellte den Laptop neben die Reisschale und klappte ihn auf. Doch als er überlegte, welche Datei er öffnen sollte, klopfte es laut an der Wohnungstür.

Zack und seine Mom wechselten einen verwunderten Blick. Dann lief sie in ihr Zimmer, um ihren Hijab anzulegen, und überließ es ihm aufzumachen.

Als er die Tür öffnete, wehte kalte Luft herein, die nach feuchtem Straßenschmutz und Beton roch. Draußen standen der Vermieter, Mr Lansbury, und sein Sohn Nathan. Nathan war zwar nur ein Jahr älter als Zack, aber er war einen Kopf größer und hatte etwas Hinterhältiges an sich. Darum ging ihm Zack möglichst aus dem Weg.

»Ist … ist etwas nicht in Ordnung, Mr Lansbury?« Wenn der Vermieter auftauchte, bedeutete das nie etwas Gutes. Und warum hatte er Nathan mitgebracht?

»Allerdings«, antwortete Mr Lansbury. »Ich muss euch leider kündigen.«

Zack hatte plötzlich einen Eisklumpen im Magen. »*Was?* Wieso das denn?«

»Weil sich in dir etwas eingenistet hat, das vernichtet werden muss.«

Ein Hitzeschwall traf Zack. Er stolperte und fiel hin, fing sich aber mit einer Hand ab. Ein scheußlicher Schmerz durchzuckte seinen Arm und seine Hüfte.

»Zack!« Seine Mutter kam aus ihrem Zimmer. Sie hatte ihren leuchtend roten Hijab um den Kopf gebunden.

Als sie zu ihm lief, fegte die nächste Hitzewelle heran und warf sie um. Sie schrie auf. Ihre Arme und Beine zuckten unnatürlich, als würde etwas Unsichtbares daran zerren. Nathan stand immer noch in der Wohnungstür und machte ziehende Bewegungen. Ohne Zacks Mutter anzufassen, schleifte er sie über den Fußboden zu sich heran.

»Mom!« Zack packte seine Mutter an den Füßen, doch die unsichtbare Kraft war zu stark. Auf einmal blies ihm heißer Wind ins Gesicht. Was war hier los?

In seiner offenen Schultasche, die noch auf dem Stuhl stand, summte es jetzt in kurzen Abständen. Das Holz des Stuhls verstärkte die Vibrationen noch. Zack hätte schwören können, dass außerdem eine dumpfe Stimme aus der Tasche drang. Im gellenden Geschrei seiner Mutter ging sie beinahe unter, doch sie rief: *»Setz mich auf, Junge!«*

Zack hatte nichts zu verlieren. Mit einem Satz schnappte er sich die Tasche, holte die AR-Brille heraus und setzte sie auf.

Sofort stoppten Summen und Blinken.

»Na endlich!«, hörte er die barsche Stimme sagen. Diesmal ertönte sie aber nicht in seinem Kopf, sondern kam aus den Knochenschall-Lautsprechern an den Bügeln der Brille. »Du machst es mir wirklich nicht leicht, Kleiner!«

Als Zack sich wieder nach seiner Mutter umdrehte, schnappte er unwillkürlich nach Luft. Um ihre Arme und Beine schlangen sich verschwommene neonrot leuchtende Bänder. Nathan zog an den losen Enden. Weitere Bänder strudelten wie neonfarbener Nebel um seinen Oberkörper. Seine Augen glühten dämonisch rot, die seines Vaters grellgrün. Neben ihren Köpfen waren Energieleisten aufgeploppt.

Doch es war nicht wie in *Mythrealm*. Da regenerierten sich die Energieleisten nach jedem Kampf wieder. Zacks

Leiste am unteren Rand seines Sichtfelds war aber immer noch nur halb voll, so wie nach seinem Kampf mit Aiden.

»Die beiden sind von Dämonen besessen«, verkündete die Stimme – die dem Ersten Kaiser von China gehörte oder auch nicht – durch die Brillen-Lautsprecher. »Hiermit borge ich dir meine Macht. Setz die Suppe ein!«

Zack griff unverzüglich nach der Schüssel. Als er die Suppe diesmal stumm beschwor aufzuwallen, gehorchte sie. Wie ein großer Wurm bäumte sie sich auf und ringelte sich wieder zusammen. Zacks Energieleiste schrumpfte weiter und seiner AR-Brille entströmte eine unangenehme Kälte, aber darum konnte er sich jetzt nicht kümmern. Er holte mit der Schüssel aus.

Ein Teil des Inhalts traf Nathans Gesicht, doch das meiste landete auf dem Tisch und dem Fußboden. Nathan wich zurück, ließ die rot leuchtenden Bänder aber nicht los.

Mr Lansbury sah Zack in die Augen, bückte sich und hielt eine Hand über das Gesicht von Zacks Mom. Grünes Licht drang aus seinen Fingern und verdichtete sich zu einem Gebilde, das Zack an eine chinesische Pagode denken ließ. Aus dem zum Schrei aufgerissenen Mund seiner Mutter quoll eine fluoreszierende Atemwolke und verschwand in der Minipagode. Dann erschlaffte sie jäh und ihre Augen wurden glasig.

»Nein!« Zack schleuderte die leere Suppenschüssel nach dem Vermieter. Doch Nathan lenkte die Flugbahn

des Wurfgeschosses mit einer flüchtigen Handbewegung um. Zack duckte sich gerade noch rechtzeitig, bevor die Schüssel hinter ihm an der Wand zerschellte. Er versuchte, die Suppenpfützen auf dem Boden aufwallen zu lassen, aber sie waren zu flach und er richtete kaum etwas aus.

»Verleih mir mehr Macht!«, flehte er die Stimme in seiner AR-Brille an.

»Dann beschaff dir mehr Wasser!«, schallte es zurück.

Zack stolperte zur Spüle. Wenn er den Hahn aufdrehte, konnte er vielleicht –

Bänder wickelten sich um seine Knöchel. Zack fiel hin und landete auf beiden Ellbogen. Das tat so weh, dass er sich unwillkürlich steif machte und einen Schmerzensschrei ausstieß. Viel schlimmer war aber die Panik, die in seiner Brust hämmerte.

Nathan schleifte ihn zu sich heran und Mr Lansbury drehte die grüne Pagode in seine Richtung.

Als Zacks Panik eben ihren Höhepunkt erreichte, hörte er jemanden etwas rufen. Der Stimmlage nach war es ein Junge, aber der herrische Ton klang nach einem Erwachsenen.

Nathan und sein Vater taumelten, als hätte ihnen jemand einen Stoß in den Rücken verpasst. Aus ihren erschrocken aufgerissenen Mündern quoll roter beziehungsweise grüner Nebel. Sie schwankten noch kurz auf der Stelle, dann klatschten sie rechts und links von Zacks Mom auf den

Bauch, sodass die Gestalt hinter ihnen zum Vorschein kam.

Es war Simon. Der große Bogen in seiner Hand schien aus dem gleichen neonroten Nebel zu bestehen wie Nathans Fesseln. Seine Augen hinter der AR-Brille glühten ebenfalls rot.

3

Wie man Videogame-Nerds mit uralten chinesischen Militärtaktiken schlägt

Durchscheinende Pfeile ragten aus Nathans und Mr Lansburys Rücken. Doch sie zerstoben im nächsten Augenblick, so wie die Fesseln um Zacks Knöchel. Nachdem Zack sich hastig hochgerappelt hatte, griff er nach dem Teller mit dem Rührei und holte damit aus wie mit einem Frisbee.

Simon riss abwehrend die Hände hoch. Das rote Glühen verschwand aus seinen Augen, sein Bogen verflüchtigte sich. »Ganz ruhig. Ich bin auf deiner Seite.«

»Ach ja?«, erwiderte Zack keuchend. »Was ist denn ›meine Seite‹ – *und was geht hier überhaupt vor?* Mom!« Er ließ den Teller fallen, sodass die wabbeligen Rühreibrocken auf dem Tisch landeten, kniete sich neben seine Mutter und hielt ihr einen Finger unter die Nase. Den reglosen Nathan musste er dazu wegschieben. Als er spürte, dass seine Mutter noch atmete, fiel ihm ein Stein vom Herzen. »Wach auf, Mom!« Er schüttelte sie leicht. Doch in ihrem von dem roten Hijab umrahmten Gesicht regte sich nichts. »Wach auf, *bitte*!«

»Das hat keinen Zweck. Der Dämon hat ihr die Seele geraubt.« Simon trat in die Wohnung und machte die Tür hinter sich zu, sodass der eisige Wind ausgesperrt wurde. Er atmete keuchend und neben ihm wurde eine Beschreibung eingeblendet. Seine Energieleiste war nur noch zu einem Viertel voll, aber der Text darunter hatte nichts mit einer *Mythrealm*-Kreatur zu tun.

TANG TAIZONG

Kaiser, Tang-Dynastie

Ursprünglicher Name: Li Shimin

Lebensdaten: 598–649 nach unserer Zeitrechnung (n. u. Z.)

Mitbegründer der Tang-Dynastie, die als Goldenes Zeitalter des alten China gilt. Eingebildeter Typ, der sich für einen viiiiel besseren Kaiser hält als uns andere.

Merkwürdige Beschreibung … Dann fiel Zack ein, was Simon davor gesagt hatte. »Was meinst du damit, dass ein Dämon meiner Mom die Seele geraubt hat?!«

Simon kniete sich ebenfalls neben die drei reglos Daliegenden. »Der Dämon hat ihre Seele an seine eigene gebunden und ist geflohen. Wenn du die Seele zurückholen willst, musst du dich unserer Mission anschließen.«

»Welche Mission? Wer *bist* du?«

Nach kurzem Zögern antwortete Simon: »Mir ist klar, dass das jetzt ein bisschen seltsam klingt, aber ich bin der Geist eines alten chinesischen Kaisers namens Tang Taizong.« Er tippte sich auf die Brust. Wollte er Zack verarschen? Doch seine Stimme klang immer noch wie die eines Erwachsenen und sein chinesischer Akzent war plötzlich verschwunden. »Simon Li ist mein irdischer Wirt. Durch ihn kann ich in eure Welt eingreifen. Er ist ein Nachkomme von mir, so wie du ein Nachkomme von Qin Shi Huang bist, dem Ersten Kaiser von China.«

»Ich bin *was*?«

»Nein, du hast dich nicht verhört«, meldete sich die barsche Stimme in Zacks AR-Brille. »Du bist ein Nachkomme von mir, und zwar in der achtundachtzigsten Generation.«

Neben Simon – beziehungsweise dem Nicht-Simon – erschienen lauter leuchtende Polygone wie bei einer 3-D-Grafik. Sie setzten sich zur Gestalt eines jungen Mannes zusammen.

»Hey, es hat geklappt!« Der junge Mann betrachtete staunend seine virtuellen Hände. Beim Sprechen bewegte er zwar den Mund, aber seine Stimme kam immer noch aus den kleinen Lautsprechern hinter Zacks Ohren. Von der Kleidung her hätte er einer der Serien entstammen können, die im kaiserlichen China spielten und die viele Freundinnen von Zacks Mom so gern schauten. Manchmal musste Zack nach der Schule bei ihnen auf seine Mutter warten, bis ihre Schicht zu Ende war. Der junge Mann trug ein langes schwarzes Gewand und seine Kopfbedeckung erinnerte an die flachen Doktorhüte, die amerikanische Schüler und Studenten bei ihrer Abschlussfeier aufsetzten. Nur verzierten seinen Hut vorn und hinten je ein kleiner Vorhang aus Perlenschnüren, sodass schmale Schatten auf sein Gesicht fielen. Trotzdem konnte Zack erkennen, dass er so dunkle Augenringe hatte, als hätte er tausend Jahre lang nicht geschlafen. Sein Blick allerdings war so kalt und stechend, als hätte er, statt zu schlafen, einen Massenmord geplant. Auch neben ihm war eine Beschreibung eingeblendet:

QIN SHI HUANG

Erster Kaiser von China

Ursprünglicher Name: Ying Zheng

Lebensdaten: 259–210 vor unserer Zeitrechnung (v. u. Z.)

Ruhmreicher Begründer des vereinten chinesischen Reiches. Erbaute die Große Mauer, gab die Terrakotta-Armee in Auftrag, vereinheitlichte die chinesische Schrift sowie die Maßeinheiten und führte den Herrschertitel »Huangdi« ein, den ihr Loser die nächsten 2133 Jahre lang benutzt habt. Verschloss außerdem heimlich das größte Portal zwischen den Welten der Geister und der Sterblichen, damit die irdische Welt nicht mehr von bösartigen Geistern heimgesucht und entzweit wurde. KONNTE NICHT AHNEN, DASS QUECKSILBER GIFTIG IST, ALSO SPRECHT IHN NICHT DAUERND DARAUF AN.

Zack bekam den Mund nicht mehr zu. Probehalber schob er sich die AR-Brille in die Stirn. Der junge Mann war nur durch das Display zu sehen.

Nicht-Simon rückte seine eigene Brille zurecht und sagte belustigt: »Da bist du ja. Du kannst also AR-Technologie benutzen, ohne die Energie deines Wirts zu verbrauchen. Nicht schlecht. Dann hat diese Katastrophe immerhin etwas Gutes.«

»Ja, ja«, erwiderte der junge Mann, bei dem es sich offenbar um den Ersten Kaiser von China handelte, leicht abgelenkt. Er schaute immer noch an sich hinunter und drehte sich um sich selbst. »Jason Xuan ist eine Nervensäge, aber seine Erfindungen sind echte Wunderwerke.«

Was hat denn Jason Xuan damit zu tun?, hätte Zack gern gefragt. Aber er war immer noch total überfordert mit dem, was sich vor seinen Augen abspielte.

Nicht-Simon schien nicht aufzufallen, wie aufgewühlt Zack war. In verächtlichem Ton wandte er sich wieder an den Ersten Kaiser. »Bist du nicht zweitausend Jahre zu alt, um als Teenager rumzulaufen, hm?«

»Eine Erwachsenengestalt wäre für den Jungen zu einschüchternd.« Als der Erste Kaiser die Hände in die Hüften stemmte, verdeckten die weiten Ärmelaufschläge seine Finger. »Aber es bedarf offenbar noch einiger Überzeugungsarbeit, bis er mich akzeptiert.«

»Ich weiß nicht … Kann man überhaupt irgendwen überzeugen, *dich* zu akzeptieren?«

»Er hat mich sogar ausgetrieben! Wäre ich nicht in seine intelligente Sehvorrichtung geschlüpft, wären all unsere Pläne jetzt hinfällig.«

Nicht-Simon wurde ernst. »Das kann immer noch passieren.« Er stand auf. »Aber über diese Vorrichtung kannst du nicht allzu viel Macht auf ihn übertragen, oder?«

Die beiden verhielten sich wie typische Erwachsene. Sie redeten über Zack, als wäre er gar nicht da. Dabei sahen beide ihn an! Zack konnte es immer noch nicht glauben. Es gab *tatsächlich* übernatürliche Wesen – Geister – und zwei davon standen direkt vor ihm!

Und er *hätte* es auch nicht geglaubt, wenn vor ihm nicht seine bewusstlose Mutter gelegen hätte.

»Warum seid ihr erst jetzt gekommen?«, unterbrach er das Gezanke der beiden schließlich mit belegter Stimme. Viel lieber hätte er sie angebrüllt, aber er hatte vorhin schon so viel geschrien, dass er jetzt stockheiser war.

Nicht-Simon wirkte verblüfft. »Ich wäre ja früher gekommen, aber du hast nicht auf meine Nachrichten reagiert.«

»Wir versuchen schon *seit Stunden*, deine Aufmerksamkeit zu gewinnen«, schob der Erste Kaiser nach.

»Ich –« Zack drückte die Fäuste an die Schläfen. Er hätte vorhin nicht abhauen dürfen! Wäre er bei Nicht-Simon geblieben, wäre vielleicht alles wieder in Ordnung gekommen. Warum war er bloß so feige?

»Du siehst ja, was passiert, wenn man uns ignoriert.« Der Erste Kaiser zeigte auf Zacks Mom. »Hier sind Kräfte am Werk, die dein Begriffsvermögen übersteigen. Wenn du ihre Seele zurückholen willst, musst du alles tun, was wir sagen. Sonst verflüchtigt sich die Seele und du verlierst deine Mutter. Für immer.«

Angst packte Zack wie eine eisige Klauenhand.

»W…was soll ich tun?« Er ergriff die kalte Hand seiner Mutter, doch ihr ins Gesicht zu sehen, kostete ihn Überwindung. Wenn sie ihn doch nur angelächelt oder sogar streng angefunkelt hätte, wie sie es so oft tat! Doch ihr Gesichtsausdruck war einfach nur … *leer*. Nur weil seine andere Hand auf ihrem Brustkorb lag, wusste er, dass ihr Herz noch schlug. Geisterglaube hin oder her – sie sollte aufwachen!

»Du musst uns nach China begleiten«, ergriff Nicht-Simon wieder das Wort. »Dort hat der ganze Ärger seinen Ursprung.«

»Nach *China*? Ist der Dämon denn nicht hier?« Zack zeigte auf Mr Lansbury. Die Suppe war dem Vermieter in den Kragen gelaufen. Sein Poloshirt hatte nasse Flecken und er lag in einer Pfütze.

»Der Dämon ist längst wieder weg«, erläuterte Nicht-Simon. »Aber das ist ein bisschen schwer zu erklären. Apropos …« Er holte eine gläserne Sprühflasche aus seiner Schultasche und sprühte Nathan und seinem Vater etwas ins Gesicht.

»Was ist das?«, wollte Zack wissen.

»Verdünnte Meng-Po-Brühe.« Nicht-Simon schüttelte die Flasche kräftig.

»Kenn ich nicht.«

»Hast du etwa noch nie von Meng Po gehört? Die müssen alle Seelen vor ihrer Reinkarnation trinken, damit sie ihr voriges Leben vergessen.«

»Äh … nö.«

Nicht-Simon zog die Augenbrauen hoch. »Dann erzählt dir deine Mutter nicht oft chinesische Mythen und Märchen, oder?«

»Sie mag Science-Fiction-Storys lieber.« Zack drückte die Hand seiner bewusstlosen Mutter und dachte daran, wie sie beim Abendessen oft auf dem Laptop alte Sci-Fi-Serien guckten wie *Star Trek* und *Ultraman*.

»Egal. Das hier ist jedenfalls verdünnte Meng-Po-Brühe. Ein Sprühstoß lässt einen die vorangegangene Stunde vergessen. Wenn die beiden wieder aufwachen, werden sie sich nicht daran erinnern, dass sie besessen waren. Mit deinen Mitschülern habe ich das Gleiche gemacht. Sie wundern sich jetzt lediglich, wieso sie auf dem Sportplatz und klatschnass sind. Die Blitzschäden an der Laufbahn lassen sich natürlich nicht so leicht erklären, aber die Leute werden schon ihre eigenen Schlüsse ziehen. Ach ja, und deinem Freund, der besessen war, geht es wieder gut.«

»Alles klar.« Eigentlich hätte Zack erleichtert sein müssen, aber er war immer noch viel zu durcheinander, um über Aiden nachzudenken. Konnte seine Mutter nicht endlich wach werden, ihn wie immer fragen, ob er seine Hausaufgaben gemacht hatte, und alles wäre wieder normal? »Und was war das eben mit China? Ich kann nicht dorthin. Die chinesische Regierung hat meinen Vater umgebracht, weil er sie kritisiert hat.«

Nicht-Simon wechselte einen langen Blick mit dem Ersten Kaiser. »Ich kann deine Bedenken nachvollziehen, aber wir werden auf dich aufpassen. In China haben wir viel mehr Möglichkeiten, dich zu beschützen, als hier.«

»Und warum habt ihr dann meinen Dad nicht beschützt?«

»Weil uns diese Möglichkeiten damals noch nicht zur Verfügung standen.« Der Erste Kaiser klang gereizt. »Es hat eine Weile gedauert, in der irdischen Welt Fuß zu fassen.«

»Zachary.« Nicht-Simons Ton war deutlich sanfter als der des Ersten Kaisers. »Was deinem Vater zugestoßen ist, ist furchtbar und unverzeihlich, aber die heutige chinesische Regierung repräsentiert nicht die gesamte Bevölkerung. Das Regime verfolgt seine eigenen Ziele, auf die der gewöhnliche Bürger keinen Einfluss hat. Die meisten Chinesen würden nie auf die Idee kommen, dir etwas anzutun.«

»Heißt das, ihr wollt die Regierung stürzen?« Zack senkte automatisch die Stimme.

»Nun ja … nein. Wir mischen uns nicht in die Angelegenheiten von Sterblichen ein. Nur in die von Geistern.«

»Und das ist der entscheidende Punkt«, sagte der Erste Kaiser. »Im Lauf der Geschichte haben Geister immer nur Chaos auf der Welt verbreitet. Sie ergreifen Besitz von ganz normalen Menschen und verstärken ihre schlechten Charaktereigenschaften. So ist es diesem Aiden mit seiner Gier ergangen. Das ist übrigens auch der Grund, weshalb ich selbst vor zweitausendzweihundert Jahren –«

Draußen auf der Straße ertönte eine Sirene.

Nicht-Simon öffnete die Wohnungstür und spähte ins Freie. Wind pfiff herein und das Sirenengeheul wurde lauter. Nicht-Simon machte die Tür wieder zu und blickte Zack an. »Mehr dazu ein andermal. Offenbar haben deine Nachbarn die Polizei gerufen. Du musst dir eine Erklärung ausdenken. Am besten behauptest du, dass jemand bei euch einbrechen wollte und deine Mom niedergeschlagen hat. Ich – also Simon – war gerade zu Besuch und wir haben in deinem Zimmer *Mythrealm* gespielt. Deine Mutter hat gerufen, dass wir nicht rauskommen sollen, und wir hatten solche Angst, dass wir gehorcht haben. Wir haben zwar mitgekriegt, dass der Vermieter und sein Sohn deiner Mom zu Hilfe kommen wollten, aber sie wurden ebenfalls k. o. geschlagen.«

»Und das soll ich alles der Polizei erzählen?«

»Du darfst ruhig rumstottern. Tu einfach so, als wärst du total verängstigt und könntest dich nicht an Einzelheiten erinnern. Um alles andere kümmern wir uns.« Nicht-Simon schloss die Augen. Sein Gesicht verzerrte sich, seine Haare wehten wie von einem Windstoß. Die Beschreibung neben ihm wurde ausgetauscht.

SIMON LI / LI SHUDA

Wirt von Tang Taizong

Alter: 12

Geburtsort: Shaanxi, China

Plötzlich begriff Zack, warum ihm Simon bekannt vorgekommen war.

»Li Shuda?« Er sprang auf. »So wie *Shuda Li, der Mythrealm-Weltmeister*?«

Simons Lider flatterten. Als er die Augen wieder öffnete, war er der schüchterne Schuljunge mit dem leichten Mandarin-Akzent. »Richtig. Das ist mein chinesischer Name.« Er strich sich den Pony aus den Augen und setzte ein grimmiges Gesicht auf. So glich er dem Shuda Li auf den Plakaten, die Zack kannte. Normalerweise gelte er sich die Haare hoch und sah aus, als könnte er es nicht erwarten, seine Gegner fertigzumachen.

»Du … du … du hast schon Hunderte Erwachsene besiegt! Und *fünf Millionen Dollar* gewonnen!«

Simon ließ die Ponyfransen wieder los. Sein Gesichtsausdruck wurde schuldbewusst. »Eigentlich nicht. Ich meine, der Sieger war nicht *ich*. Ich spiele gern *Mythrealm*, aber längst nicht auf Weltniveau. Das war alles Tang Taizong. Zu seiner Zeit war er ein genialer Stratege und Taktiker. Als er seinem Dad geholfen hat, China wieder zu einen, war er gerade mal zwanzig. Ein paar Videogame-Nerds zu schlagen, war für ihn ein Klacks.«

Zack kniete sich wieder neben seine Mutter. Er hatte Kopfschmerzen, weil er sich Sorgen um sie machte und gleichzeitig versuchte, aus seinem Gegenüber schlau zu werden. »Moment mal … Hatte die *Entführung* damals etwa auch damit zu tun?«

Zack hatte das Drama live im Internet verfolgt. Es war superspannend gewesen. Shuda Li war in der Endausscheidung disqualifiziert worden, weil er nicht pünktlich erschienen war. Kurz darauf hatte er über einen Livestream verkündet, er sei entführt worden und nur mit knapper Not entkommen. Die ganze Arena und Millionen Follower waren ausgerastet. Sie hatten gefordert, dass XY Technologies die Endausscheidung verschieben sollte, damit Shuda daran teilnehmen konnte. Auch Zack hatte im Live-Chat ein paarmal #LasstShudaspielen gepostet.

»Jason Xuang hatte herausgefunden, dass ich der Wirt eines alten Kaisers bin, und wollte verhindern, dass ich gewinne. *Er* ist auch der Grund, weshalb wir überhaupt an dem Turnier teilgenommen haben. Von dem Geld mal abgesehen natürlich. Das hätten wir nicht unbedingt gebraucht. Wir wollten vor allem XY Technologies ausspähen, aber das ist eine lange Geschichte. Für dich bin ich jedenfalls Simon Li, nicht Shuda Li, okay?«

»Jason Xuan weiß Bescheid, wer du bist?« Zack verstand gar nichts mehr.

»Nicht nur das«, mischte sich der Erste Kaiser wieder ein. »Er ist selbst ein Wirt – und zwar von dem Verursacher aller unserer Probleme. Das erklären wir dir noch, aber jetzt musst du dich konzentrieren. Die Ordnungshüter sind gleich hier!«

Unter Zacks Auge zuckte ein Muskel. Ihm fiel nichts anderes ein, als weiter die Hand seiner Mutter zu halten und inständig zu hoffen, dass sie gleich aufwachen und das alles abschütteln würde, so wie sie es nach besonders anstrengenden Arbeitstagen tat. Oder dass das Ganze nur ein Albtraum war, aus dem er selbst gleich hochschrecken würde.

Doch keins von beidem trat ein. Ihre Hand lag nur kalt und schwer in seiner. Seine Mom kochte ihm keins ihrer köstlichen Gerichte und erklärte ihm auch kein wissenschaftliches Phänomen oder schimpfte, weil er sich schon wieder nicht ordentlich gekämmt hatte.

Es würde ihm nicht schwerfallen, die Polizisten davon zu überzeugen, dass er total verängstigt war.

4

Wieso es bei der Gründung des Kaiserreichs China wie bei einer Talentshow zuging

Zack hätte nie gedacht, dass er auf seinem allerersten Erste-Klasse-Flug so fertig sein würde.

Dabei saß er nicht einfach in dem komfortablen Bereich für die zahlungskräftigeren Passagiere, sondern auf einem der beiden Betten in einer Privatkabine, die sogar eine eigene Toilette hatte. Auf dem Bett gegenüber hockte Simon und kommentierte eine Doku über chinesische Geschichte, die auf einem großen Monitor am Fußende der Betten lief. Weil die Kabine abgedunkelt war, flackerte Licht über sein Gesicht, als wären sie im Kino. Zack sollte sich eigentlich auf den Film konzentrieren, aber es gelang ihm beim besten Willen nicht.

Gestern Abend hatte er den Polizisten auf dem Revier die Geschichte erzählt, die ihm Nicht-Simon beziehungsweise Tang Taizong, wie Zack ihn inzwischen nannte, eingebläut hatte. Auch den Ersten Kaiser sollte er jetzt Qin Shi Huang nennen. Mittendrin hatte er so heftig weinen müssen, dass er keine Luft mehr bekommen hatte. Daraufhin hatten ihm die Beamten keine argwöhnischen Fragen mehr darüber gestellt, warum sich eine Diebesbande ausgerechnet eine schäbige Kellerwohnung als Ziel aussuchte und wie die Täter ausgesehen hatten (»sie hatten Skimasken auf«).

»Du bist ein Superschauspieler«, hatte Simon hinterher anerkennend gesagt.

Zack hatte nicht geschauspielert.

Seine Mutter war ins Krankenhaus gebracht worden. Die Ärzte hatten festgestellt, dass sie in ein Koma gefallen war. Warum, konnten sie sich nicht erklären. Wie auch? Die Polizisten hatten wissen wollen, ob Zack noch andere Angehörige hatte. Er hatte eben Nein sagen wollen, als auf seiner AR-Brille eine kurze Nachricht aufgeleuchtet war. Er hatte die Brille nämlich aufbehalten und behauptet, er müsse sie aus gesundheitlichen Gründen tragen. Also hatte er geantwortet: »Ja, meine Tante Yaling Sha. Sie lebt in China.«

Dabei war er ziemlich sicher, dass seine Mutter gar keine Schwester hatte, aber die Beamten hatten ihm geglaubt. In der Nachricht hatte auch eine Telefonnummer gestanden, die er den Polizisten diktiert hatte. Das Telefonat selbst hatte er nicht mitbekommen, doch nach einer Stunde hatte man ihm ein Flugticket nach Shanghai in die Hand gedrückt. Die Polizisten hatten ihn noch nach Hause begleitet, damit er ein paar Sachen packen konnte, dann hatten sie ihn zum Flughafen gefahren. Weil alles so schnell und glatt gegangen war, argwöhnte Zack, dass dabei Magie im Spiel gewesen war. Oder die Beamten hatten schlicht nicht gewusst, wo sie eine Waise über Nacht unterbringen sollten.

Du bist keine Waise!, korrigierte er sich im Stillen energisch.

»Ich kapiere immer noch nicht, wieso ich nach China fliegen muss, um die Seele meiner Mutter zurückzubekommen«, unterbrach er Simons Filmkommentar.

Simon hielt die Doku an, indem er vor seiner AR-Brille, die er über Bluetooth mit dem Monitor verbunden hatte, zweimal in die Luft tippte. Er antwortete nicht gleich, so, als müsste er erst die richtigen Worte finden. Nichts an ihm erinnerte mehr an den coolen, entschlossenen, hoch konzentrierten Shuda Li aus den Turnier-Livestreams. Was Zack ganz recht war. Bestimmt wäre er in Ohnmacht gefallen, wenn er Shuda »in echt« begegnet wäre. Wobei … war Shuda überhaupt *echt*? Zack wurde immer noch rot, wenn er an die Promofotos von Shuda dachte, die er während des Turniers auf seinem Handy gespeichert hatte. Er hatte sie auf der Fahrt zum Flughafen gelöscht.

»Damit die Mission gelingen kann, muss Qin Shi Huangs legendäre Magie stärker auf dich einwirken«, erwiderte Simon schließlich. Im Flackerlicht des Monitors sah er wieder ein bisschen schuldbewusst aus. Weil die Triebwerke des Flugzeugs so dröhnten, hatte Zack Mühe, ihn zu verstehen. »Du musst dich in seine kulturelle Bedeutung einfühlen.«

»Hä?«

Simon setzte sich aufrecht hin. »Also – in jeder Kultur gibt es legendäre Figuren, die so gut wie alle kennen. In den USA sind es Batman und George Washington, bei uns in China Qin Shi Huang und Tang Taizong. Jeder weiß, wer die beiden waren und was für sagenhafte Taten sie vollbracht haben. Dass sie seit Generationen im Bewusstsein der Menschen weiterleben, verleiht ihrem Geist Macht. Aber in *deinem* Bewusstsein haben sie noch keinen Platz. Darum kann sich Qin Shi Huang nicht richtig mit dir verbinden.«

»Ganz recht.« Zack erblickte Qin Shi Huang durch seine AR-Brille. Der Kaiser schwebte inmitten von leuchtenden Polygonen über den beiden Betten. »Deine Sehvorrichtung ist enger mit mir verbunden als du selbst, weil sie aus dem Internet Wissenswertes über mich bezieht. Zum Glück habe ich das noch rechtzeitig herausgefunden. Sonst hätte ich in die Unterwelt zurückkehren müssen.« Sein Blick wurde versonnen. »Ja, deine Welt hat einiges zu bieten.«

Eine kurze Pause entstand. Zack musste sich wieder einmal klarmachen, dass solche Gespräche jetzt zu seinem Leben gehörten. »Warum hast du dir keinen anderen Wirt gesucht?«, fragte er dann. Wäre Qin Shi Huangs Geist in jemand anderen gefahren, wären Zack und seine Mutter bestimmt nicht überfallen worden.

»Weil du der Einzige bist, dem ich einen Teil meiner Seele einpflanzen konnte. Der einzige Anker, an dem ich mich wieder in die irdische Welt ziehen konnte.« Als Qin Shi Huang die Arme verschränkte, wogten die weiten Ärmel wie schwarze Vorhänge gegeneinander. »Natürlich könnte ich dich töten und von vorn anfangen. Aber dann würde es mindestens noch mal zwölf Jahre dauern, bis ein neuer Wirt so weit wäre, dass er uns auch nur ansatzweise von Nutzen sein könnte. So viel Zeit habe ich nicht.«

Zack platzte der Kragen. »Entschuldige, dass ich für deine Ansprüche nicht chinesisch genug bin! *Leider* hat mir erst gestern jemand erklärt, dass ich mein Wissen über chinesische Kultur erweitern muss.«

Seine Stimme brach. Er wusste nicht, auf wen er wütender war – auf sich selbst oder auf die anderen. Die Kissen, in denen er lehnte, bebten, weil der Flieger von Turbulenzen durchgeschüttelt wurde.

»Beruhige dich, Kleiner«, gab Qin Shi Huang zurück. »Es geht um deine persönliche Verbindung mit mir, nicht darum, wie chinesisch du bist. Das kann man sowieso nicht messen. Du bist Chinese, weil du chinesische Vorfahren hast, ganz einfach. Über mich Bescheid zu wissen, ist nur ein kleiner Teil der unendlich vielfältigen chinesischen Kultur. Diese Kultur ist über die ganze Welt verbreitet. Es gibt sie überall dort, wo Chinesen leben. Wunderst du dich gar nicht, dass ich so gut Englisch spreche? Das liegt an den vielen Amerikanern chinesischer Herkunft.

Im Gedächtnis deiner Mutter bin ich zweifellos eine kulturelle Legende.«

»Warum hat sie mir dann nie von dir erzählt?«

Qin Shi Huang verzog das Gesicht. »Ich kann nichts dafür, dass sich manche Menschen nichts aus Geschichte machen. Es reicht, dass deine Mutter in China aufgewachsen ist. Da *muss* sie von mir gehört haben. Schade, dass es ihr um deiner Sicherheit willen wichtiger war, dass du dich an die amerikanische Kultur anpasst. Mir gefällt dieses Vorgehen zwar nicht, aber es ist nun mal nicht mehr zu ändern. Übrigens ist es nicht meine Schuld, dass alles so schnell gehen muss. Simon sollte eigentlich erst im Herbst an deiner Schule auftauchen und dich häppchenweise mit dem nötigen Wissen füttern. Wir dachten, wir hätten noch mehrere Jahre Zeit, ehe wir zu unserer Mission aufbrechen müssten. Aber dann kam uns das Erdbeben dazwischen. Es hat das Portal zur Unterwelt beschädigt, über dem ich mein Mausoleum erbaut habe. Das Portal muss wieder abgedichtet werden und dafür bleiben uns nur zwei Wochen.«

Das klang gar nicht gut.

»Was passiert denn sonst?«, fragte Zack.

»Erstens würde der Dämon, der deiner Mutter die Seele geraubt hat, so mächtig, dass er ihre Seele ganz und gar aufzehren würde. Dann wären ihr Himmel, Hölle, Unterwelt und Reinkarnation ein für alle Mal verwehrt. Sie wäre einfach nicht mehr da.«

Zack hatte ein Gefühl im Magen, als ob das Flugzeug in ein Luftloch gesaust wäre.

»Zweitens würden die Geister der chinesischen Unterwelt dann ungehindert in die Welt der Sterblichen strömen«, ergänzte Simon. Grauen schwang in seinem Ton mit, aber Zack konnte nur daran denken, was seiner Mutter drohte. Dass es anscheinend tatsächlich ein Leben nach dem Tod gab, wovon sie aber womöglich nichts hatte, falls ihre Seele *aufgezehrt* wurde.

»Und wie können wir das verhindern?«, platzte er heraus. Angst kribbelte wie lauter Ameisen in seinem Bauch. »Wie kann man dieses Portal abdichten?«

Es hörte sich wie totaler Unsinn an, aber es ging immerhin um seine Mutter.

»Bevor ich darauf eingehe, würde ich gern etwas überprüfen.« Qin Shi Huang deutete auf das Glas Wasser, das auf einem Wandregal neben Zacks Bett stand. »Lass den Inhalt so hoch aufwallen, wie du kannst.«

Zacks AR-Brille verströmte plötzlich wieder eine Kälte, als hätte ihm jemand Eiswasser ins Gesicht geschüttet. Weil er immer noch nicht glaubte, dass er tatsächlich Wasser beeinflussen konnte, hob er zögerlich die Hand und konzentrierte sich.

Das Wasser wallte auf. Allerdings nicht sehr hoch.

»Höher!«, kommandierte Qin Shi Huang.

Zack biss die Zähne zusammen und konzentrierte sich, bis Pünktchen vor seinen Augen tanzten. Dann konnte er nicht mehr. Das Wasser sank plätschernd zurück ins Glas.

»Das habe ich mir schon gedacht«, knurrte Qin Shi Huang. »Weil ich nur von deiner Sehvorrichtung Besitz ergreifen kann, kannst du dir nicht genug von meiner Magie aneignen, um einen richtigen Kampf durchzustehen. Und wie man sieht, kannst du meine Magie auch nicht so wirkungsvoll einsetzen wie ich selbst.«

Zack wurde ganz heiß vor Scham. »Können wir unsere Abmachung nicht noch mal erneuern?«

»Welche Abmachung? Ach so. Ich hatte dir zugesichert, dass ich dich stärker mache, wenn du mir als Wirt dienst. Das war aber kein magischer Pakt, sondern einfach ein Versprechen. Und daran halte ich mich auch. Mehr Kraft kannst du wahrhaftig gebrauchen.«

Zack widersprach nicht. Wenn er stärker wäre und nicht so feige, hätte er sich nicht vor einer Auseinandersetzung ins Bett geflüchtet. Erst dadurch hatte er den Dämonen überhaupt einen Angriffspunkt geliefert.

»Die Antwort lautet trotzdem Nein«, fuhr Qin Shi Huang fort. »Leider bin ich jetzt für immer an deine Sehvorrichtung gebunden und nicht an *dich*. Trotzdem können wir unsere spirituelle Verbindung vertiefen, indem du dein Wissen über meine Person vertiefst.« Er deutete auf den Monitor hinter sich. »Hat dir diese Dokumentation ein Bild von mir vermittelt?«

Der angehaltene Film zeigte gerade einen Schauspieler

in der Rolle von Qin Shi Huang. Der Mann stand mit gezücktem Schwert in einem dämmrigen, von Kaminfeuer erhellten Palastgemach. Mit seinem Bart wirkte er viel älter als der Qin Shi Huang, den Zack kennengelernt hatte.

»Äh …« Zack rief sich die paar Fakten ins Gedächtnis, die er sich trotz seines inneren Aufruhrs gemerkt hatte. »Du warst ein Prinz, der in Kriegszeiten geboren wurde. Mit dreizehn bist du dann … König von Qin geworden?«

Qin Shi Huang schnaubte abfällig. »Ich vereinfache es mal etwas. Vor dreitausend Jahren bestand das später geeinte chinesische Reich aus über hundert Einzelstaaten. Drei große Dynastien beanspruchten die Alleinherrschaft, aber ihre Vertreter waren im Grunde nur Strohmänner, die keinen Respekt genossen. Daraufhin traten die Staaten in einen Wettbewerb, den man sich wie eine eurer Talentshows vorstellen muss. Im Lauf der dreihundert Jahre währenden Zeit der Frühlings- und Herbstannalen verschluckten sie einander, bis nur noch sieben von ihnen übrig waren. Die sieben Streitenden Reiche, wie man sie auch nennt. Die Finalrunden dauerten dann noch mal zweihundert Jahre an. Anschließend eroberte ich die sieben Reiche in einem ruhmreichen Feldzug, der wiederum zehn Jahre dauerte. Ich habe sozusagen bei ›Das alte China sucht den Superstar‹ gewonnen.«

Diese vielen Informationen musste Zack erst mal sacken lassen. Eine Frage lag ihm trotzdem auf der Zunge. »Wieso kennst du dich mit Talentshows aus?«

»Amerikaner chinesischer Herkunft, schon vergessen? Warum sollen sich unsere Kulturen nicht überschneiden? Als das mit den Talentshows in den USA so richtig losging, hat George Washington ein paar von uns eingeladen, sie zusammen mit ihm anzuschauen.« Qin Shi Huang wiegte bedauernd den Kopf. »Aber seit Simon Cowell nicht mehr in der Jury von *American Idol* ist, ist der Unterhaltungswert deutlich gesunken.«

»Und wer sind ›ein paar von uns‹?«

»Ich, mein Freund Alex –«

»Alex?«

»Ein europäischer Eroberer. Ich glaube, er kam aus Makedonien.«

»Meinst du etwa *Alexander den Großen*? Du bist mit *Alexander dem Großen* befreundet?«

»Ach, *ihn* kennst du?« Qin Shi Huang war hörbar eingeschnappt.

»Jeder kennt Alexander den Großen! Ich habe im Geschichtskurs ein Referat über ihn vorbereitet.«

»Na und? Ich bin Qin Shi Huang, der Erste Kaiser von China. Und *mein* Feldzug hat mich bis zum Pazifik geführt. Aber Alex ist trotzdem ein netter Kerl. Ich habe ihm Mahjong beigebracht und alle paar Jahrzehnte laden wir beide Ram und Dschingis zu einer Partie ein.«

Die Namen ließen bei Zack etwas klingeln. »Du spielst mit *Alexander dem Großen, Pharao Ramses dem Zweiten* und *Dschingis Khan* Mahjong?«

»Wieso kennst du die drei und *mich* nicht? Ich bin genauso ein Top-Eroberer wie sie!« Qin Shi Huang drückte unter seinem Kopfputz die Hände an die Schläfen und kniff die Augen zusammen. Das schien ihn zu besänftigen. »Aber du kannst ja nichts dafür«, fuhr er ruhiger fort. »*Zhèxiē báirén zhēnshì de.* Unsinnigerweise werden in China schon die Kinder mit westlicher Geschichte überschüttet, wogegen westliche Kinder nur die typischen europäischen Helden kennen, dazu vielleicht noch ein paar Ägypter und im besten Falle Dschingis Khan.«

»Vielleicht gehörst du ja doch nicht zu den Top-Eroberern«, rutschte es Zack heraus.

»Jetzt pass mal gut auf!« Qin Shi Huang stieß verärgert den Zeigefinger in seine Richtung. »Ich bin der einzige Eroberer der Weltgeschichte, der *alle* seine Gegner ausgelöscht hat. Meine Reformen und mein Verwaltungssystem haben sich über zweitausend Jahre lang gehalten. Ich herrschte über die gesamte mir bekannte Welt. Mir gingen buchstäblich die Orte aus, die ich noch hätte erobern können! Ich stehe nur deshalb nicht auf der Liste der bedeutendsten Eroberer, weil die anderen neidisch sind, dass *mein* Reich immer noch besteht.«

»Erzähl ihm doch mal, wie deine Dynastie innerhalb von nur fünfzehn Jahren zerfallen ist«, warf Simon unvermittelt ein.

Obwohl … der selbstbewusste Ton, das lässige Grinsen und das akzentfreie Englisch – das war nicht Simon! Tang

Taizong hatte wieder übernommen. Was wohl dabei mit dem echten Simon passierte? Zog er sich in seinen Körper zurück und überließ allein dem Geist die Kontrolle? War er nur noch ein Zuschauer seiner selbst, so wie es Zack ergangen war? Zack erschauerte unwillkürlich. Er war hin- und hergerissen. Einerseits war er froh, dass ihm so etwas nicht mehr zustoßen konnte, andererseits hatte er ein schlechtes Gewissen. Hätte er Qin Shi Huang nicht ausgetrieben, hätte er die Dämonen, die seine Mutter attackiert hatten, vielleicht in die Flucht schlagen können.

Qin Shi Huang richtete seinen stechenden Blick auf Tang Taizong. »Und warum erzählst *du* ihm nicht, wie du deinen schwächlichsten Sohn zum Thronerben ernannt hast, weil du dachtest, er wäre lieb und nett und würde die eigenen Brüder nicht umbringen, so wie du es getan hast? Dummerweise war dir entgangen, dass er eine Affäre mit einer deiner Konkubinen hatte, während du im Sterben lagst. Diese Konkubine schwang sich nach deinem Tod zur Herrscherin auf und wurde die einzige Frau, die je auf dem Drachenthron gesessen hat. Warum erzählst du ihm *das* nicht, hm?«

Tang Taizongs lässiges Grinsen erstarb. »Das war alles nicht meine Schuld!«

»Provoziere mich nicht, Taizong. Ich bin achthundert Jahre älter als du. Ich kenne dein ganzes Leben. Ich weiß mehr schmutzige Einzelheiten über dich, als du je über mich erfahren wirst.«

»Na und? *Mir* hat China das Goldene Zeitalter zu verdanken. Die toleranteste, diverseste Epoche aller Zeiten. Hashtag *TangDynastieBesteDynastie*!«

»Hash…« Qin Shi Huang schnitt eine angewiderte Grimasse. »Du hältst dich eindeutig schon zu lange in der Welt der Sterblichen auf.«

Jetzt grinste Tang Taizong wieder. »Tja, ich stecke eben im Körper eines Zwölfjährigen.«

Qin Shi Huang verdrehte die Augen. Dann wandte er sich wieder an Zack, dem inzwischen zumute war, als würde sein Hirn zu Brei. Er konnte dem Hin und Her kaum noch folgen. »Es ist leider wahr. Meine Regierungszeit währte nur zwölf Jahre. Drei Jahre nach meinem Ableben zerfiel meine Dynastie. Was nicht überraschend war. Ich habe mir viele Feinde gemacht, sterbliche und übernatürliche. Wobei das mit dem Portal nicht in den Geschichtsbüchern steht. Es hat mich viel Mühe gekostet, dass dieses Portal in Vergessenheit gerät. Je weniger Leute davon wissen, desto weniger Macht besitzt es. Deswegen musste ich einige Bücher verbrennen, worunter mein Ruf sehr gelitten hat.«

»Also bitte«, sagte Tang Taizong verächtlich. »Tu nicht so, als hättest du nicht gewisse Bücher verbrannt, damit du deine Untertanen besser knechten konntest.«

»Ich hatte Abschriften davon in meiner kaiserlichen Bibliothek. Erst Xiang Yu hat sie vernichtet, als er meinen Palast abgefackelt hat.«

»Ja klar. Xiang Yu war schuld.«

»War er auch!«

»Worin besteht denn deine Magie?«, kam Zack wieder auf das eigentliche Thema zurück. »Wieso kannst du Wasser kontrollieren? Zeit etwa auch? Oder bist du superschnell, so wie Flash Gordon?«

»Flash Gordon?«, fragte Qin Shi Huang zurück. »Ist das einer eurer amerikanischen Götter?«

»Nein. Flash Gordon ist ein Superheld, kein Gott.«

»Das ist das Gleiche. Superhelden gehören zur amerikanischen Mythologie. Sie sind bloß noch nicht lange genug Teil eurer Überlieferung, sodass sie keine spirituelle Gestalt annehmen können. Aber in ein paar Hundert Jahren spiele ich wahrscheinlich am gleichen himmlischen Tisch Mahjong mit Bruce Wayne wie mit George Washington.«

Wie bitte? Das wurde ja immer verrückter! »Wir beten unsere Superhelden nicht an. Sie sind nicht echt, das weiß jeder.«

»Und warum gibt es dann Comic-Cons, hm?«

Weil Zack darauf keine schlagfertige Antwort einfiel, speicherte er es kurzerhand unter »Fragen, die man besser erst mal verschiebt« ab. »Na schön. Aber hattest du früher auch schon magische Fähigkeiten?« Wenn in der Doku vorgekommen wäre, wie Qin Shi Huang Wasser bändigte, Blitze beschwor und die Zeit verlangsamte, hätte er sich den Inhalt bestimmt besser eingeprägt.

»Nein, ich war ein ganz gewöhnlicher Sterblicher. Was

das Portal angeht, habe ich mich darauf verlassen, dass meine Vorfahren in der Unterwelt darüber wachen. Aber als ich mich meiner sterblichen Hülle entledigt habe –«

»Er hat Quecksilberpillen geschluckt, weil er unsterblich werden wollte«, warf Tang Taizong ein.

»Du doch auch!«

»Da widersprechen sich die Quellen.«

»Du weißt selbst, wie es war. Also, wie ich schon *sagte* …« Qin Shi Huang sah Zack eindringlich an. »Als ich starb, ging mein Leben als Legende ins kulturelle Bewusstsein Chinas ein. Im Lauf der Jahrzehnte, Jahrhunderte und Jahrtausende wurden die Erzählungen über mich immer weiter ausgeschmückt und meine angeblichen Fähigkeiten ebenso. Wobei legendäre magische Fähigkeiten so eine Sache sind. Manchmal kann man sie sich aneignen. Meine Gabe, die Zeit verlangsamen zu können, beziehe ich beispielsweise aus den wilden Geschichten über die zahlreichen Attentatsversuche auf meine Person. Das Ganze kann aber auch schiefgehen. Früher konnte ich mit einer Peitsche Erde spalten und aufwerfen, weil eine Legende besagte, dass ich auf diese Weise die Große Mauer erbaut hätte. Doch diese Legende kennt heute niemand mehr. Inzwischen bringt man mich eher mit Drachenfähigkeiten in Verbindung, also mit der Gabe, über Wasser zu gebieten und Gewitter heraufzubeschwören. Das alles verdanke ich vor allem einem bekannten Videospiel namens *Rise of Legends*.«

Zack traute seinen Ohren nicht. »Du hast deine Fähigkeiten aus einem Videospiel?«

»Selbstverständlich. Das Spiel verleitet eine ganze Generation dazu, mir Drachenfähigkeiten zuzuschreiben. Auf diese Weise trägt es zu den Legenden über mich bei.«

»Und das Spiel soll bekannt sein? Ich habe noch nie davon gehört.«

»Willst du uns auf den Arm nehmen?«, kam es von Tang Taizong. »In der chinesischen Gaming-Welt ist *Rise of Legends* ein Topseller! Aber anders als *Mythrealm* wurde es für die internationale Vermarktung nicht um westliche Charaktere ergänzt. Darum ist es im Ausland gefloppt. *Ts-ts-ts!* Anscheinend interessieren sich Westler einfach nicht für die Geschichte Chinas.«

»Noch mal zurück zu *Mythrealm*«, nutzte Zack die Gelegenheit. »Was ist damit? Ist es … real?«

»Nicht in dem Sinne, dass alle Kreaturen darin in der Geisterwelt tatsächlich existieren«, antwortete Qin Shi Huang. »Allerdings hat die Verbreitung ihrer Legenden jenen Geistern, die in die irdische Welt eingedrungen sind, zusätzliche Macht verliehen.«

»Und warum hat meine AR-Brille dann vorhin die gleichen Features angezeigt wie bei einem *Mythrealm*-Kampf?«

»Weil ich die Nutzeroberfläche ein bisschen angepasst habe. Überhaupt finde ich deine Sehvorrichtung ausgesprochen nutzerfreundlich. Es ist viel leichter für mich, dir über die Steuerelemente Informationen zukommen zu lassen, als wenn ich dir die ganze Zeit Kommandos zurufen müsste.«

»Aha.« Zack wusste nicht recht, ob er enttäuscht sein sollte. Er hätte es cool gefunden, wenn sein Lieblingsspiel real gewesen wäre.

Aber Enttäuschung hin oder her – ihm brannte eine andere Frage auf der Zunge. Sie beschäftigte ihn schon die ganze Zeit, auch wenn er sich vor der Antwort fürchtete.

»Was ist mit Jason Xuan? Du hast gesagt, dass er ebenfalls ein Wirt ist. Er ist aber nicht böse, oder?«

Tang Taizong zerknüllte seine Bettdecke. »Jason Xuan ist der Wirt des Gelben Kaisers. Das ist ein legendärer Vorfahre des chinesischen Volkes. Wir haben es herausgefunden, als wir Verdacht gegen XY Technologies geschöpft haben. Um mehr zu erfahren, haben wir an einem *Mythrealm*-Turnier teilgenommen.«

»Wobei im Grunde schon der Name der Firma ein Hinweis ist«, übernahm Qin Shi Huang wieder. »›XY‹ ist eindeutig die Abkürzung von ›Xuanyuan‹. Das ist einer der Namen des Gelben Kaisers. Wir vermuten, dass er Jason Xuan dazu veranlasst hat, XY Technologies zu gründen. Anschließend hat er die Leute mithilfe von Träumen dazu gebracht, Jasons Produkte und Spiele zu kaufen.«

»*Was?!*« Zack machte Anstalten, sich die AR-Brille herunterzureißen.

»Nicht!« Als Qin Shi Huang vorstürzte, verschwand

seine virtuelle Gestalt halb im Bett. »Du musst das Ding aufbehalten, sonst reißt die Verbindung mit mir ab. Mit deiner Sehvorrichtung ist alles in Ordnung. Ich habe die Software gründlich überprüft und alles gelöscht, womit XY Technologies uns aufspüren könnte.«

Zack ließ die Brille wieder los, obwohl ihm immer noch unwohl war. »Und was hat dieser Gelbe Kaiser davon, wenn die Leute Videospiele spielen?«

Qin Shi Huangs virtuelle Gestalt erhob sich über das Bett, sodass Zack zu ihm aufblicken musste. »Spiele können die Sicht ihrer Nutzer auf die Welt beeinflussen. Das gilt vor allem für AR-Spiele, in denen Schein und Wirklichkeit miteinander verschmelzen. *Mythrealm* ist ein gutes Beispiel. Indem der Gelbe Kaiser die Käufer dazu bringt, in einer erweiterten Realität Fabelwesen zu jagen, sorgt er dafür, dass diese Wesen für sie ›real‹ werden. Damit gewinnen die Geister der Kreaturen an Macht. So sehr, dass sie das Portal mit vereinten Kräften aufbrechen könnten, wenn wir es nicht in den nächsten vierzehn Tagen vollständig abdichten.«

»Und warum beträgt die Frist ausgerechnet vierzehn Tage?« Zack wunderte sich, dass diese Zahl so oft wiederholt wurde.

Diesmal war es Tang Taizong, der antwortete: »Weil dann der siebte Mondmonat anbricht. Das ist in der chinesischen Tradition der Geistermonat. Üblicherweise können sich nur die berühmtesten Geister, so wie wir beide,

Zugang zur Welt der Sterblichen verschaffen. Im Geistermonat allerdings haben *sämtliche* Geister diese Möglichkeit, so glaubt man zumindest. Wenn sie alle gleichzeitig die Unterwelt verlassen, könnte das dem beschädigten Portal endgültig den Rest geben. Die befreiten Geister würden dann in ganz China ihr Unwesen treiben, von den Menschen Besitz ergreifen und ihre Gedanken vergiften. Dieses Chaos könnte sogar einen Krieg auslösen, was dank eurer modernen Waffen eine Katastrophe wäre.«

Zacks Hals war ganz trocken und er schluckte ein paarmal hintereinander. Das klang alles total irre! War tatsächlich *er* ausersehen, dieses Unheil abzuwenden? Im Sportunterricht wurde er immer als Letzter in eine Mannschaft gewählt.

»Ganz recht«, bestätigte Qin Shi Huang. »Und weil die befreiten Geister dem Gelben Kaiser für ihre neu gewonnene Macht dankbar sein müssen und die Legenden über ihn unter anderem besagen, dass er wilde Tiere zähmte, glaubt er, dass sie ihm dienen werden. Er will ein Heer um sich scharen. Tja, er neigte schon immer zur Selbstüberschätzung.«

Ihr beide nicht, oder wie?, hätte Zack gern gekontert, traute sich aber nicht. »Wofür braucht er denn ein Heer? Warum will er die Chinesen ins Verderben stürzen, wo er doch ihr Vorfahre ist?«

»Er glaubt, dass sein Volk irregeleitet ist und er es wieder auf den rechten Weg führen muss. Du kannst nicht leugnen, dass ihr modernen Menschen äußerst unverantwortlich mit eurem Planeten umgeht. Allerdings hat der Gelbe Kaiser ein Problem. Sein Geist ist zwar uralt und mächtig, aber auch zersplittert, weil der Gelbe Kaiser gleichzeitig als göttlicher Ahnherr und als sterblicher Mensch gilt. Selbst wenn man ihn in Videospiele einbaut – und Jason Xuan hat es oft genug versucht –, richtig beliebt ist er nie. Verglichen mit so schillernden Sagengestalten, wie ich eine bin, ist ein allmächtiger Ahnherr schlicht langweilig. Und wenn ihm ein Spiel mehr Persönlichkeit verleiht, lehnen ihn die Leute ab. Nur wenn das Portal offen ist, kann er wieder in Erscheinung treten. Darum hat er Jason Xuan als seinen Wirt erwählt.«

»Hat er denn schon von ihm Besitz ergriffen?«

»Noch nicht. Momentan beeinflusst er ihn nur. So wie ich zwar zu dir sprechen, aber deinen Körper nicht steuern kann. Der Gelbe Kaiser kann Menschen im Traum etwas einflüstern, weil sie dann für das Übernatürliche offen sind. Aber er kann ihnen nicht in die irdische Welt folgen.«

Zack musste das alles erst mal verdauen. Erst Shuda Li und jetzt Jason Xuan. Zwei seiner größten Idole waren übernatürliche Fakes. »Heißt das, wir müssen XY Technologies zerschlagen?«

»Nein. Das wäre sinnlos und würde zu lange dauern. Selbst wenn die Firma morgen pleitegehen würde – die Leute würden sich weiter an die Charaktere und Kreaturen aus den Spielen erinnern. Das Portal abzudichten, ist die einzige Lösung. Ich bin bereits dabei, meinen ursprünglichen Plan zu überarbeiten. Tu einfach, was ich dir sage. Dann können wir das Unheil trotz der sich häufenden Rückschläge noch abwenden.«

Zack war zwar keineswegs beruhigt, aber die Seele seiner Mutter stand auf dem Spiel. Er sah wieder vor sich, wie sie an lauter Apparate angeschlossen reglos in ihrem Krankenhausbett lag. Würde sich als Nächstes ein Sargdeckel über ihr leichenblasses Gesicht senken?

So weit durfte es nicht kommen! Er hatte doch sonst niemanden. Wo sollte er hin, wenn sie starb? Ins Kinderheim?

Nein!

Das konnte und wollte er sich nicht vorstellen. Wenn er diese Mission antreten musste, um seine Mom zurückzubekommen, würde er das tun.

Für sie würde er alles tun.

5

Wie man reich und berühmt wird, indem man seinen Körper einem toten Kaiser ausleiht

Zack wusste nicht, wo er war. War er in einem Palast gelandet? Flackernde Feuer waren die einzige Beleuchtung in dem großen Saal. Sie brannten auf wuchtigen Säulen, um die sich bronzene Drachen wanden.

»Mein Kind …« Die Stimme, die an sein Ohr drang, war so leise wie ein Windhauch.

Erschrocken sah er sich um. Ein metallischer Geruch hing in der Luft und die Kälte drang ihm bis in die Knochen. Er schauderte.

»… er … lügt …«

Einer Eingebung folgend, hob Zack den Kopf. Auf einem hohen Podest stand ein in Schatten gehüllter, kunstvoll verzierter Bronzethron. Die Gestalt darauf war nur eine Silhouette, aber Zack erkannte den Kopfputz mit den Perlenschnüren wieder. Aus irgendeinem Grund durchzuckte ihn Panik wie ein Blitz.

»… er … Mutter …«

Zack spürte, dass es um etwas sehr Wichtiges ging,

trotzdem verstand er nur Fetzen. Als er sich wieder umschaute, stellte er fest, dass er auf einem langen Metallsteg über einer dunklen Wasserfläche stand. Im Wasser schwamm etwas Weißes. Als es an die Oberfläche trieb, starrten zwei leere Augenhöhlen ihn an.

Es war ein Totenschädel, um den ein roter Hijab gebunden war.

Zack gefror das Blut in den Adern.

»*Er ist und bleibt ein Tyrann!*«, sagte die hauchige Stimme. »*Fall nicht auf seine Lügen herein, mein Kind … Er –*«

»Hey, wach auf!«

Zack riss erschrocken die Augen auf. Simon beugte sich über ihn und rüttelte an seiner Schulter. »Wir landen gleich.« Er hörte sich so dumpf an, als wären sie unter Wasser.

Zack kniff sich in die Nase. In seinen Ohren knackte es und er war in kalten Schweiß gebadet. Die Flugzeugtriebwerke heulten auf.

»Hast du schlecht geträumt?« Simon musterte ihn.

»Äh …« Zacks Wangen wurden heiß und er wich instinktiv zurück. Dann wischte er sich mit dem Arm über die Stirn. Anscheinend hatte er tatsächlich einen Albtraum gehabt, aber er erinnerte sich beim besten Willen nicht mehr daran. »Weiß ich nicht mehr.«

»Du kannst es mir ruhig sagen. Qin Shi Huang sollte dich vor dem Einfluss des Gelben Kaisers schützen. Eine Vorsichtsmaßnahme für den Fall, dass er dir im Traum etwas einflüstern will. Aber vielleicht hat das ja nicht richtig geklappt. Chinesische Geister kommunizieren oft mithilfe von Träumen. Man nennt das *tuōmèng*.«

»*Tu… tuōmèng*«, wiederholte Zack stockend. Eigentlich hätte Chinesisch seine Muttersprache sein müssen, aber seine Mom sprach immer nur Englisch mit ihm. Sie wollte nicht, dass er einen Akzent hatte. Natürlich hätte er trotzdem Chinesisch lernen können, aber er hatte nie den Wunsch dazu verspürt.

Gleich würde er in einem Land aus dem Flieger steigen, das ihm völlig fremd war. Dessen Gewohnheiten und Bräuche er nicht kannte und dessen Sprache er nicht beherrschte. Dessen Regierung seinen Vater umgebracht und seine Mutter und ihn selbst zur Flucht gezwungen hatte.

Nachdem Simon und er sich auf den luxuriösen Ledersitzen neben den Betten angegurtet hatten, schloss Zack die Augen. Er kämpfte mit der Angst, dass es ihm wie seinem Dad ergehen könnte. Doch die Angst, dass seine Mutter für immer im Koma bleiben müsste, war stärker.

Für sie. Für sie würde er das hier durchziehen.

Kaum hatte Zack die tunnelartige Gangway betreten, brach ihm der Schweiß aus allen Poren. Nach drei Jahren in Maine war er kein warmes Klima mehr gewohnt. Sein T-Shirt war im Nu klatschnass.

Zum Glück war das Flughafengebäude klimatisiert. In dem glänzenden Fußboden spiegelten sich unzählige Deckenleuchten. Eine sanfte Frauenstimme machte Ansagen in mehreren Sprachen. Weil Zack und Simon unbegleitete Minderjährige waren, halfen ihnen zwei Angestellte, ihr Gepäck zu holen, und begleiteten sie durch den Zoll. Zack hatte keine Ahnung, was mit seinem Visum war, wollte sich aber nicht verdächtig machen, indem er nachfragte. Hoffentlich würde niemand merken, dass er der Sohn eines hingerichteten Regimekritikers war. In den USA hatte seine Mutter seinen Namen offiziell von Ying Ziyang in Zachary Ying geändert. Vielleicht genügte das ja. Er kam sich vor, als hätte er eine zweite, geheime Identität. Sie hatte aber nichts mit seinen neuen Superkräften zu tun, mit denen er noch gar nicht richtig umgehen konnte.

Während sie am Marmortresen der Zollbeamtin warteten und die Erwachsenen die Formalitäten regelten, schaute Zack sich staunend um. So viele Menschen auf einmal hatte er zuletzt an Silvester in New York gesehen, als er mit seiner Mutter auf dem Times Square gewesen war. Sie hatten mit allen anderen darauf gewartet, dass die leuchtende Kugel herabgelassen wurde, aber es war ziemlich enttäuschend und vor allem sehr kalt gewesen. Zack erinnerte sich eher daran, wie er und seine Mom sich hinterher – nach einem Heimweg durch Schneetreiben und Matsch – zusammen unter eine Decke gekuschelt und heißen Kakao getrunken hatten. Hier in der Flughafenhalle redeten die Horden von Reisenden laut durcheinander und hatten dermaßen viel Gepäck dabei, dass man kaum durchkam.

Und die meisten Leute sahen wie Zack aus. Zum ersten Mal seit drei Jahren drehte sich niemand nach ihm um und glotzte ihn an. Er kam sich … total normal vor.

Was natürlich eine Illusion war. Er verstand die Sprache der anderen nicht. Er kannte sich nicht mit ihrer Geschichte und Mythologie aus. Er war ein Hochstapler. Ein Betrüger.

Er stellte sich vor, wie sich das Sicherheitspersonal zuraunte: *Sein Vater ist ein Terrorist!*, und ihn anschließend in ein »Umerziehungslager« verfrachtete. Wobei diese Lager laut der chinesischen Regierung eine Erfindung westlicher Propaganda waren.

Allerdings fühlte sich Zack auch in den USA nicht richtig sicher. Letztes Jahr hatte er sich auf der *Frag mich, was du willst*-Website angemeldet. Die erste anonyme Frage hatte gelautet: *Wie lebt es sich so als Terroristensohn?*

Zack hatte minutenlang wie erstarrt dagesessen. Er war fest davon überzeugt gewesen, dass ihn das chinesische Regime aufgespürt hatte. Dann wurde ihm klar, dass wahrscheinlich irgendwer beobachtet hatte, wie ihn seine Mutter vor der Schule absetzte. Wenn sie die Wohnung verließ, trug sie immer ihren Hijab.

»Alles okay?« Simon drehte sich zu ihm um.

»Ich …« Zack atmete so flach, dass er nicht weitersprechen konnte.

»Alles gut.« Simon grinste ihn an. »Du bist *zu Hause.*«

Bin ich das? Zacks Kehle schnürte sich zu. Würde er sich jemals irgendwo wirklich zu Hause fühlen? Er würde nie ein typischer Amerikaner sein, aber genauso wenig war er ein typischer Chinese oder ein typischer Muslim.

Als ihnen die Zollbeamtin endlich die Pässe zurückgab, sagte sie auf Mandarin etwas zu Simon und musterte ihn von oben bis unten.

»Was ist los?«, zischte Zack und packte seinen Koffer fester.

Simon klappte seinen Pass mit einem Knall zu. Er wirkte leicht verunsichert, als er antwortete: »Ihre Tochter ist ein Fan von mir.«

Vor lauter Erleichterung musste Zack lachen. »Ich gratuliere!«

»Ein Glück, dass sie mich nicht nach einem Selfie gefragt hat.« Simon zog seinen Rollkoffer hinter sich her. »Ich bin momentan nicht wie Shuda Li gestylt.«

Anscheinend war Zack mit einem Promi unterwegs. Auch irgendwie verrückt, aber verglichen mit allem anderen harmlos.

»Ach ja, nur dass du dich nicht wunderst«, fuhr Simon fort. »Unser Team besteht aus drei Personen. Die dritte wartet hier auf uns. Und sie ist die Wirtin von Wu Zetian persönlich. Also nimm dich in Acht.«

»Wer ist Wu Zetian?« Wieder kam Zack sich wie ein Außerirdischer vor. »Ich kenne doch alle diese Namen nicht.«

»Stimmt, 'tschuldigung. Weißt du noch, wie Qin Shi Huang über eine gewisse Konkubine geschimpft hat? Wu Zetian war mit Tang Taizong verheiratet, hat sich aber mit seinem Sohn zusammengetan, als der Kaiser im Sterben lag. Danach hat sie sich zur einzigen weiblichen Herrscherin über China aufgeschwungen.«

»Aha.«

»Aber keine Sorge. Ihre Wirtin ist so alt wie wir. Die Kaiser haben uns allen vor zwölf Jahren einen Teil ihrer Seele eingepflanzt. Sie heißt Wu Mingzhu beziehungsweise Melissa Wu.«

»Spricht sie denn Englisch?«

»Sogar sehr gut. Wir gehen beide hier in Shanghai auf eine internationale Schule.«

Zack atmete auf. Simon sprach zwar mit Akzent, verstand aber alles, was Zack sagte. Hoffentlich galt das auch für diese Melissa.

Der Ankunftsbereich kam in Sicht. Hinter der Absperrung drängten sich die Wartenden. Sie hielten aber nicht wie im Film Pappschilder mit Namen hoch, sondern über ihnen leuchteten virtuelle Schriftzüge und Spielcharaktere. Es waren vor allem chinesische Schriftzeichen, aber auch viele andere Sprachen vertreten. Zack war schon aufgefallen, dass hier fast *jeder* eine AR-Brille aufhatte, nicht nur die Jüngeren, so wie in den USA. So gut wie niemand schien ein Handy zu benutzen. Die Leute sprachen in das kleine Mikro am Bügel der Brillen und swipten durch virtuelle Fenster. In Zacks Sichtfeld waren diese Fenster als leicht verschwommene Kästchen zu erkennen. Anscheinend hatte sich seine Brille automatisch mit einem WLAN-Netzwerk verbunden – oder Qin Shi Huang hatte das für ihn erledigt.

Dann leuchtete ein greller magentafarbener Schriftzug auf, der *ZACK & SIMON* lautete. Wahrscheinlich war auch das vom Ersten Kaiser gesteuert. Unter dem Schriftzug wartete ein Mädchen auf sie. Für eine Zwölfjährige machte sie einen ausgesprochen erwachsenen Eindruck. Sie trug ein modisches weißes Kleid, weiße Plateausandalen, eine riesige pinkfarbene Katzenaugen-Sonnenbrille, silberne Kreolen in den Ohren und haufenweise Silberarmreifen. Die Haare hatte sie zum Pferdeschwanz gebunden und über ihrer Schulter hing eine riesige, teuer aussehende Tasche.

Als sie Simon und Zack entdeckte, entfuhr ihr ein Jubelruf und sie lief mit ausgebreiteten Armen und wippendem Pferdeschwanz los. Auf ihren Keilabsätzen war sie deutlich größer als die beiden Jungen. »Na, was geht, ihr Loser?«

Eine schwere Parfümwolke wogte ihr voraus. Zack gefiel der Duft – eine warme Mischung aus Beeren und Vanille. Dann ploppte eine *Mythrealm*-Beschreibung neben ihr auf.

WU ZETIAN

Kaiserin Wu

Ursprünglicher Name: Wo Zhao
(behauptet sie jedenfalls)

Lebensdaten: 624–705 n. u. Z.

Einzige Frau auf dem chinesischen Kaiserthron. Verdrängte die Tang-Dynastie und begründete die Zhou-Dynastie. Regierte 15 Jahre und überließ dann ihrem Sohn die Herrschaft. LEGT EUCH BLOSS NICHT MIT IHR AN.

»*Niáng-niáng!*«, rief Simon. »Ist das denn schlau, dass du hier auftauchst?«

Niáng-niáng: Herrin. Die Übersetzung erschien am unteren Rand von Zacks Sichtfeld.

Auch Zack wunderte sich. Vorhin im Flieger hatten ihm die beiden Kaiser erklärt, dass sie nach der Landung nur dann in der Öffentlichkeit erscheinen würden, wenn es gar nicht anders ging. Abgesehen davon würden sie sich nur in der magisch gesicherten Wohnung zeigen, die ihr künftiges Hauptquartier darstellte. So wollten sie vermeiden, dass der Feind auf ihre persönlichen Geistersignaturen aufmerksam werden würde.

»Entspann dich. Hier ist so viel los, dass niemand mich aufspüren kann. Ich wollte Qin Shi Huangs Wirt unbedingt persönlich in Empfang nehmen.« Wu Zetian grinste breit, schob ihre Sonnenbrille nach unten und betrachtete Zack über den Rand der Gläser. »Ein hinreißender Knabe!«

Als Zack ihre Augen sah, blieb ihm die Spucke weg. Sie waren wunderschön. Wunderwunderschön. Auf einmal hatte er Schmetterlinge im Bauch, obwohl es ihm sonst mit Mädchen eigentlich nicht so ging.

Als sie die Sonnenbrille wieder über die Augen schob, beruhigten sich die Schmetterlinge. Zack blinzelte benommen.

»Ha! Er ist mitnichten unempfänglich für meinen Zauber. Das habe ich Taizong ja gleich gesagt. Wenn *ich* ihn abgeholt hätte, wäre dieser ganze Mist nicht passiert.«

Erst jetzt nahm Zack wahr, dass hinter Wu Zetian eine Frau aufgetaucht war. Sie hatte eine Undercut-Frisur und verschränkte mit grimmigem Blick die Arme. Weil sie eine ärmellose Jeansjacke trug, sah man ihre eindrucksvollen Muskeln. Hatte sie sich die Ärmel selbst von der Jacke gerissen? Womöglich mit den Zähnen?

»Äh …« Zack rückte unauffällig an Simon heran.

»Darf ich vorstellen?« Wu Zetian deutete mit dem Daumen über ihre Schulter. »Das ist Yaling. Sie hat sich am Telefon als deine Tante ausgegeben und den ganzen Papierkram erledigt. Sie übernimmt alles, was schwierig und unangenehm ist. Als unsere Frau fürs Grobe.«

»Und wozu brauchen wir so jemanden?«

»Yaling ist super! Sie macht, was man ihr sagt, und stellt keine Fragen. Haufenweise Fünf-Sterne-Bewertungen von Gangs und Verbrecherbanden der Stadt.« Wu Zetian hielt beide Daumen hoch.

Zack schielte zu den anderen Reisenden hinüber, die sich an ihnen vorbeischoben. Rief etwa schon jemand die Polizei? Doch weil Wu Zetian wie eine Zwölfjährige aussah und außerdem Englisch sprach, achtete niemand auf sie. »Und wozu brauchen wir sie?«, wiederholte er.

Wu Zetian zog verwundert die nachgemalten Augenbrauen hoch, die über der großen Sonnenbrille nur halb zu erkennen waren. »Uns *muss* ein Erwachsener unterstützen. Als Kinder können wir nicht alles selbst erledigen – auch wenn kaum jemand meinem magischen Bannblick widerstehen kann.«

Zack senkte die Stimme. »Weiß Yaling denn, dass wir Wirte sind und so?«

»Wahrscheinlich hält sie uns für verwöhnte reiche Gören.« Wu Zetian beugte sich zu Zack hinüber und raunte verschwörerisch: »Wenn sie irgendwas mitkriegt, was sich ihr Menschenverstand nicht erklären kann, löschen wir einfach ihre Erinnerung daran. Aber selbst wenn uns mal etwas entgeht – ihr würde sowieso niemand glauben. Außerdem ist sie äußerst verschwiegen. Sie ist ihr Geld absolut wert.«

Zack erschauerte unwillkürlich. Das Ganze verstieß gegen mindestens zehn moralische Grundsätze. Wo war er da bloß hineingeraten?

»Und jetzt kommt!« Wu Zetian drehte sich schwungvoll auf den hohen Absätzen um. »Wir werden uns großartig amüsieren.«

Simons schüchterne Art stand im krassen Gegensatz zu Tang Taizongs übertriebenem Selbstbewusstsein. Bei Melissa war das anders. Sie benahm sich ganz genauso wie Wu Zetian. Nur, dass Melissa eine Sonnenbrille trug, um ihrem Bannblick entgegenzuwirken. Allerdings behauptete sie, der Zauber würde trotz Brille seine Wirkung tun, weil sie schon seit ihrer Geburt einen Teil von Wu Zetian in sich trug. Sie erinnerte Zack an manche Mädchen in der Schule, die ständig von einem Schwarm Freundinnen umgeben waren. Alle posteten pausenlos Selfies und likten die der anderen mit Unmengen Herzchen. In der Grundschule hatte er immer gern mit solchen Mädchen gespielt. Aber irgendwann hatte er Angst bekommen, seine Mitschüler könnten ihn komisch finden, weil er schließlich ein Junge war.

»Meine Make-up- und Frisuren-Tutorials haben online schon jetzt eine große Fan-Community. Wenn wir diese Mission zu Ende gebracht haben, hilft mir Wu Zetian, hier in China ein Popstar zu werden. Hat sie mir versprochen.« Melissa, die vor Zack und Simon saß, drehte sich um. Sie hatten die U-Bahn in die Innenstadt von Shanghai genommen. Yaling saß neben Melissa und streamte auf ihrem Handy eine kitschige Serie, die in der chinesischen Kaiserzeit spielte. Es ging um irgendwelche schluchzenden Damen mit prächtigen Gewändern und Frisuren. Die U-Bahn schaukelte und ratterte. An den Fenstern zogen Betonwände und Leuchtröhren vorbei. »Das habe ich mir gewünscht. Und ihr?«

»Also …«, druckste Zack herum. Dass er sich von Qin Shi Huang gewünscht hatte, »stärker« zu werden, war ihm auf einmal peinlich. Er hielt sich krampfhaft an seinem Rollkoffer fest. So voll war die U-Bahn nicht mal in New York! Simon und er mussten das Gepäck zwischen ihre Beine quetschen.

Ihr Flieger war ausgerechnet während der Rushhour gelandet. Da staute sich der Verkehr auf den Straßen von Shanghai offenbar so extrem, dass man mit der überfüllten U-Bahn schneller war. Die stehenden Fahrgäste schwankten wie Weidenbäume im Wind und scrollten gleichzeitig auf ihren Handys. Es war der einzige Ort, wo niemand eine AR-Brille trug, weil man bei der Bedienung so herumfuchteln musste. Trotzdem ließ Zack seine Brille auf, weil sich Qin Shi Huang nur so mit ihm verständigen konnte.

»Du hast dir nichts gewünscht, als du eingewilligt hast, Wirt zu sein?« Melissa kniete sich auf ihren Sitz und schlang die Arme um die Rückenlehne, damit sie sich besser mit Simon und Zack unterhalten konnte. Trotzdem war sie wegen der Zugdurchsagen und der vielen Leute, die lautstark telefonierten, kaum zu verstehen. »Ich wollte aus meinem Dorf weg und schön und berühmt werden. Simon wollte einfach nur reich sein.«

Simon mischte sich ein. »Ich habe mir so viel Geld gewünscht, dass meine Eltern ihre Schulden bezahlen können und sich nie mehr Sorgen wegen der Arztkosten und der Medikamente für meinen kleinen Bruder machen müssen.«

»Tja, *dieses* Problem hat sich ja inzwischen erledigt. Dank der –« Melissa sah sich rasch um, beugte sich dann vor und beendete den Satz im Flüsterton: »*Mythrealm*-Preisgelder.«

»Stimmt. Aber meine Eltern kaufen davon nur Wohnungen und bringen den Rest auf die Bank. Wenn ich mal was für mich ausgebe, sind sie genauso sauer wie früher, als wir noch arm waren.«

»Zum Beispiel, wenn du dir für den Flug von den USA nach China eine Erste-Klasse-Kabine leistest?«

»Die Kaiser wollten ungestört mit Zack reden!«

»Schon klar.« Melissa zerzauste Simon spielerisch die Haare.

»Ey!« Er duckte sich weg.

»Was denn? Hast du Angst, dass ich dir einen coolen Look verpasse und deine Identität auffliegt? So nach dem Motto: *Oh mein Gott, in unserem Wagen sitzt ein Videospiel-Weltmeister!*« Melissa grinste Zack an. »Komm schon! Was hast *du* dir gewünscht?« Sie legte beide Daumen und Zeigefinger zu einer Art Rahmen aneinander und hielt ihn sich vor die Augen. »Aus dir könnte auch ein chinesischer Popstar werden. Das Aussehen dazu hast du.«

»Ehrlich?« Zack merkte, dass er rot wurde.

»Hat dir noch niemand gesagt, dass du echt hübsch bist?«

»Jungen wollen nicht ›hübsch‹ sein.« Zack wandte den Kopf ab. Er hätte viel lieber ein kantigeres Gesicht wie Simon gehabt.

Melissa ließ die Hände sinken. »Wer sagt das? Die Amis mit ihrer Vorliebe für harte Burschen? Vergiss es. In China sind hübsche Jungs der letzte Schrei. Ein bisschen Lipgloss und du würdest toll aussehen!«

Als Simon daraufhin lachte, brannten Zacks Wangen und Ohren noch mehr. Er krampfte die Hände um den Koffergriff. »Danke, aber ich wünsche mir eigentlich nur, dass meine Mom ihre Seele zurückbekommt. Mehr will ich gar nicht.«

Simon und Melissa wurden wieder ernst.

»Wobei ein Haufen Geld natürlich auch schön wäre«, setzte Zack schnell noch hinzu. Die beiden sollten sich nicht schlecht fühlen, nur weil er bedrückt war.

»Geld kann dir Qin Shi Huang bestimmt verschaffen«, erwiderte Melissa ein bisschen verächtlich.

»Wissen eure Eltern eigentlich, dass ihr …?«, wechselte Zack das Thema.

»Nein«, erwiderte Simon seufzend. »Das war die Bedingung dafür, dass die Kaiser unsere Wünsche erfüllen. Sie meinten, unsere Eltern würden sich bloß Sorgen machen und deshalb die Mission behindern.«

»Außerdem leben unsere Eltern gar nicht in Shanghai.« Melissa klang auf einmal traurig. »Wir schützen sie am besten, indem wir uns von ihnen fernhalten. Sonst könnte der Feind ihre Seelen orten. Meine Familie lebt in einem Bergdorf in Hunan. Das ist eine der dreiundzwanzig chinesischen Provinzen, falls du das nicht weißt. Und Simons Familie wohnt in Shaanxi. Wir haben unseren Eltern erzählt, dass uns das Internat in Shanghai ein Stipendium gewährt hat. Was sogar stimmt. Allerdings nur, weil Tang Taizong … uns bei der Bewerbung unterstützt hat.«

»Und jetzt in den Sommerferien glauben sie, dass wir an einer Talentshow fürs Fernsehen teilnehmen und Handys bei den Dreharbeiten verboten sind«, ergänzte Simon verlegen. »Auf die Art müssen wir nicht lügen, wieso wir abends nicht anrufen.«

»Und was macht ihr, wenn sie die Show anschauen wollen?«, fragte Zack.

»Dann behaupten wir, dass sie nicht ausgestrahlt werden durfte. So was passiert hier in China andauernd«, antwortete Melissa achselzuckend.

Zack nickte. »Weil die Regierung die Bürger unterdrückt.«

»Pssst!« Melissa sah sich wieder um. »So was darf man in der Öffentlichkeit nicht sagen!«

Draußen vor den Fenstern wurde es plötzlich heller. Schlagartig wurde es unruhig im Waggon. Stimmengewirr brandete auf und die Leute drückten sich die Nase an den Scheiben platt. Sie wirkten beunruhigt.

Zack schlug erschrocken die Hand vor den Mund.

Wurde ihm eine einzige unvorsichtige Bemerkung jetzt zum Verhängnis?

»Was ist los?« Simon setzte sich kerzengerade hin.

»Hat das damit zu tun, was ich eben gesagt habe?«, stieß Zack erstickt hervor.

»Auf jeden Fall ist hier noch nicht die Endstation.« Melissa spähte ebenfalls aus dem Fenster. Als sie sich wieder umdrehte, funkelten ihre Augen. »Wir haben einen feindlichen Geist an Bord!«

6

Wie man Freunde verliert und andere Leute in die Flucht schlägt

»W…was machen wir jetzt?« Zack sah sich hektisch nach allen Seiten um.

»Wir checken die Lage. Kommt mit!« Melissa sprang von ihrem Platz auf und drängelte sich durch die tuschelnden Fahrgäste.

Simon atmete tief durch, dann rutschte auch er von seinem Sitz. Nachdem er Yaling gebeten hatte, auf ihre Koffer aufzupassen, streckte er Zack auffordernd die Hand hin.

Zack nahm sie. Sein Herz machte einen kleinen Satz, weil er in Simons Augen Shuda Lis entschlossenen Blick wiedererkannte. Nach seiner letzten niederschmetternden Erfahrung war er noch keineswegs bereit für den nächsten Kampf, aber er vertraute Simon. Wenn Simon trotz Jason Xuangs Sabotageversuch eine Weltmeisterschaft durchgezogen hatte, würde er schon wissen, was er tat, oder?

Dummerweise waren ihre Gesichter auf Ellbogenhöhe der meisten Fahrgäste. Bis sie das vordere Ende des Waggons erreichten, hatten sie sich jede Menge schmerzhafte

Stöße eingefangen. Weil die U-Bahn vollautomatisch betrieben wurde, saß niemand in der Fahrerkabine. Doch als sie durch das kleine Sichtfenster spähten, sahen sie das Armaturenbrett gespenstisch rot leuchten.

»Im System hat sich ein böser Geist breitgemacht«, sagte Melissa gedämpft. Vorfreude schwang in ihrem Ton mit. War sie wirklich scharf auf einen Kampf in einer überfüllten U-Bahn? Vorhin hatte sie sich doch noch so vor der Regierung gefürchtet! Sie legte die Finger an die Schläfen, schloss kurz die Augen und verkündete dann: »Wu Zetian sagt, dass es sich höchstwahrscheinlich um einen Dämon handelt, den der Gelbe Kaiser geschickt hat. Aber sie meint, wir können ihn bezwingen.«

»Dafür brauchen wir aber Platz.« Simon deutete mit dem Kinn auf die dicht an dicht stehenden anderen Fahrgäste.

»Ich regle das«, sagte Melissa. »Haltet euch die Augen zu.«

»Mach, was sie sagt!«, kommandierte Qin Shi Huang durch Zacks AR-Brille.

Sofort drückte Zack beide Hände auf das Display.

»Rì yuè dāng kōng!«, raunte Melissa.

Wie Sonne und Mond am Himmel! Zack las die Übersetzung vor seinen Handflächen.

Hinter seinen Fingern flammte ein greller Blitz auf. Zack hörte die Fahrgäste schreien und erntete noch mehr Ellbogenstöße.

»*Shì gè zhàdàn!*«, rief Simon schallend.

Das ist eine Bombe!

Die Schreie wurden lauter und verängstigt, sie erfüllten den ganzen Waggon. Dann hörte Zack hastige Schritte und konnte sich endlich wieder bewegen, weil er nicht mehr so eingezwängt war.

Als er die Hände herunternahm, sah er, wie Simon mit einem Feuerzeug ein kleines Stück Holz anzündete. Er warf es den flüchtenden Fahrgästen nach, die sich daraufhin gegenseitig umschubsten.

»Was machst du da?!«, rief Zack.

»Alles gut. Ich kann Feuer kontrollieren, weil das zu Tang Taizongs Fähigkeiten in *Rise of Legends* gehört.« Simon breitete beschwörend die Hände aus. Das Holzstück verkohlte ungewöhnlich langsam, qualmte dabei aber stark. Neben Simon leuchtete seine Energieleiste auf (die Kaiser bevorzugten den Ausdruck »*Qi-Leiste*«). Während des Fluges hatte sich die Leiste regeneriert, wurde aber jetzt langsam kürzer. Die Kaiser hatten ihnen erklärt, dass *Qi* das chinesische Wort für die alles durchströmende Lebenskraft war. Wenn man sie aufbrauchte, wurde der Körper zu schwach, um die Seele festzuhalten, und man starb. »Ich erzeuge einen Rauchschild, damit die anderen Fahrgäste nicht zurückkommen«, fuhr Simon fort. »Das bedeutet, dass ihr beide das Kämpfen übernehmen müsst.«

»Aber wie?« Zack hustete, weil er Rauch eingeatmet hatte.

»Ich habe euch doch gesagt, dass ich das regle«, entgegnete Melissa und fuhr in altertümlichem Chinesisch fort: *»Qiè néng zhì zhī, ránxū sānwù, yī tiěbiān –!«*

Ich, die Konkubine, kann es zähmen, wenn ich drei Gegenstände habe. Als Erstes eine eiserne Peitsche –!

Ihr *Qi* sackte jäh ein Stück ab. Vor ihrer ausgestreckten Hand verdichteten sich weiße Lichtschwaden zu einer leicht verschwommenen Peitsche, die sie sogleich ergriff.

»Was wird das?« Zack drehte das Mikro seiner AR-Brille so herum, dass es vor seinem Mund war. Dabei musste er wieder husten. »War das ein Zauber? Oder eine Beschwörung?«

»Die mächtigste Magie steht uns zur Verfügung, wenn wir uns auf unsere bekanntesten Legenden berufen«, erläuterte Qin Shi Huang durch die Brille. »Wu Zetians Blendblitz hat mit dem Namen zu tun, den sie sich als Kaiserin gegeben hat. Es war ein ganz neues Schriftzeichen, das *zhào* ausgesprochen wird. Es bedeutet: ›wie Sonne und Mond am Himmel‹. Wu Zetian behauptete einmal, sie könne ein nicht zu bändigendes Pferd zähmen, das Tang Taizong gehörte. Weil sie damals aber erst vierzehn war, rief diese mutige Ankündigung allgemein ehrfürchtiges Staunen hervor, und noch heute kennt jeder die Geschichte.«

Kaum hatte Qin Shi Huang die Herkunft der Peitsche erklärt, sah Zack sie auf einmal deutlicher. Sie schien jetzt nicht mehr nur aus Licht zu bestehen, sondern eher aus leuchtendem Glas. Melissa hieb damit auf die Fahrerkabine ein. Die Tür erbebte, barst aber nicht.

»Wenn es sich der Peitsche nicht fügt, bearbeite ich seinen Kopf mit einem eisernen Hammer!«, verkündete Melissa nun, wobei die altchinesische Version deutlich kürzer war als der Untertitel auf Zacks Brille. Ihr *Qi* sackte erneut ab und die Peitsche verwandelte sich in einen durchsichtigen Hammer.

»Genauso hat Wu Zetian es damals gesagt«, kam es von Qin Shi Huang. »Weil das Zitat so berühmt ist, können sie und ihre Wirtsperson damit drei verschiedene Formen der Waffe beschwören.«

Melissa runzelte konzentriert die Stirn. Je heller der Hammer erstrahlte und je besser er zu erkennen war, desto schneller verbrauchte sich ihr *Qi*. Schließlich sah auch diese Waffe aus wie aus Glas. Melissa donnerte sie gegen die Tür. Das Sichtfenster zersprang in tausend funkelnde Splitter, das Metall darum herum verbog sich.

»Jetzt verstehe ich, warum die Leute damals gestaunt haben«, entfuhr es Zack. Seine Stimme war eine Oktave höher als sonst. »Aber was ist mit dir, Simon, ich meine, mit uns beiden? Haben wir auch magische Waffen?«

»Schon, aber sie zu beschwören, hat seine Tücken. Überlass die Sache ruhig Melissa. Sie hat schon Übung darin, Wu Zetians Magie einzusetzen.«

Melissa riss die zertrümmerte Tür mit einem Ruck aus den Angeln. »Zeig dich, Dämon!«

Ein Klageruf hallte durch den schwankenden Waggon. »Bitte nicht!«

Es war die Stimme von Zacks Mutter.

»Hilfe … so helft mir doch …«, schluchzte es aus dem rot leuchtenden Armaturenbrett.

»Mom!«

Melissas Geisterhammer wurde wieder durchsichtig. Sie ließ ihn auf das Armaturenbrett herabsausen. Er glitt durch das Metall hindurch, ohne Schaden anzurichten, trotzdem schrie Zacks Mutter gellend auf. Das rote Licht flackerte.

»Lass das!« Zack schubste Melissa zur Seite.

Beide prallten erst gegen die Wand der Fahrerkabine und landeten dann in einem Knäuel aus Armen und Beinen auf dem Boden. Melissa rief Zack etwas zu, doch er hörte nur die gequälten Schreie seiner Mutter.

In sein Sichtfeld wurde in riesigen orangefarbenen Großbuchstaben eine Nachricht eingeblendet.

Qin Shi Huang: DAS IST NICHT DEINE MUTTER, SONDERN EIN WANGLIANG. EIN HINTERLISTIGER DÄMON, DER SEINE STIMME TÄUSCHEND VERSTELLEN KANN.

Zack riss sich die Brille herunter, weil die Schrift die Umgebung verdeckte. Sein Hirn fühlte sich an, als würde es in trübem Wasser dümpeln, und er hatte nur noch einen

Gedanken – seine Mutter zu retten. Ihr rotes Licht flackerte flehend. Zack schlang die Arme um Melissas Beine, damit sie seiner Mom nicht noch einmal wehtun konnte. Dabei vernahm er abgerissene Gesprächsfetzen wie von einem kaputten Radio.

»– tu ihm nichts!«

»Wie soll ich dann –«

Melissa trat um sich, aber Zack hielt sie verbissen fest. *»Rì yuè dāng kōng!«*, knurrte sie.

Zack wurde vom grellsten Blitz geblendet, den er je gesehen hatte.

Aufjaulend ließ er Melissa los und rieb sich die Augen, in denen es scheußlich stach. Melissas Kleid raschelte, als sie sich hochrappelte, dann entfernten sich ihre Plateausohlen tappend. Hinter Zacks geschlossenen Lidern flimmerte ein ganzer Sternenhimmel. Erst nach ein paar Sekunden überwand er sich, die schmerzenden Augen wieder aufzumachen, sah aber erst einmal nur goldene Flecken. Tränen liefen ihm übers Gesicht. Seine Mutter schrie wieder. Die Schreie trafen ihn mitten ins Herz.

Als er wieder einigermaßen scharf sah, erblickte er Melissa, die unermüdlich mit dem durchsichtigen Hammer auf das Armaturenbrett eindrosch. Wieder glitt der Hammer durch das Metall hindurch. Trotzdem schien er dem roten Licht zuzusetzen, bis es schließlich senkrecht aus dem Armaturenbrett schoss. Es verdichtete sich zur Gestalt eines gruseligen kleinen Jungen mit pechschwarzer Haut, roten Augen und überlangen Armen. Seine Finger endeten in spitzen Krallen. Mit einem lauten Schrei zerstob er.

Auf einmal konnte Zack wieder klar denken.

Natürlich war das nicht seine Mom! Wie war er nur auf so eine blöde Idee gekommen? Seine Mom lag in Maine im Krankenhaus.

Melissa drehte sich um und funkelte ihn an. Ihre Augen loderten grellweiß.

Auweia.

Zack ließ sich an der Wand herab auf den Boden rutschen. Melissa stapfte auf ihn zu und beugte sich über ihn.

»Willst du wissen, wie der dritte Teil von Wu Zetians Pferdezähmung aussieht?« Sie hielt den Geisterhammer drohend über seinen Kopf. Die Waffe verströmte klirrende Kälte, als wäre sie ein Eisblock. »Wenn ich dem Hengst den Hammer auf den Kopf schlage und er sich immer noch nicht bändigen lässt, dann schlitze ich ihm die Kehle auf.« Der Hammer verwandelte sich in einen Dolch mit weiß glänzender Schneide. »Also: Möchtest du meinen Dolch mit deinem Blut beflecken?«

»Hey, Mel, komm wieder runter.« Simon packte Melissa an der Schulter und zog sie zurück.

»Du hast doch gesehen, was passiert ist!« Sie riss sich los. »Sein Geist ist so schwach, dass er nicht mal den läppischsten Dämonen standhält. Das muss sich ändern! Sonst kommt so was ständig vor und wir müssen uns die ganze Zeit Sorgen machen, ob er mithalten kann.«

»Weiß ich ja, aber wenn du ihn anschnauzt, wird es auch nicht besser«, erwiderte Simon ruhig. »Außerdem haben wir ganz andere Probleme.« Er zeigte mit dem Daumen hinter sich.

Feuer und Rauch hatten sich inzwischen gelegt. Die übrigen Fahrgäste waren immer noch wie gelähmt vor Angst und drängten sich am anderen Ende des Waggons zusammen, als hätte sie dort jemand aus einem Eimer gekippt.

Mit einem ärgerlichen Laut ließ Melissa den Dolch los. Die Waffe verflüchtigte sich. Dann griff Melissa so unvermittelt in Simons Tasche, dass er fast das Gleichgewicht verlor. Sie holte eine Sprühflasche heraus und sagte: »Na schön. Dann löschen wir mal ihre Erinnerung.«

Mit erhobener Flasche marschierte sie den leeren Mittelgang entlang. Die Fahrgäste schrien auf und drängten sich noch enger zusammen.

Simon hob Zacks fallen gelassene AR-Brille auf. Aus dem Lautsprecher hörte man Qin Shi Huang knisternd und knackend zetern. Zack schlang beide Arme um die Knie.

Simon warf ihm einen mitfühlenden Blick zu und steckte die Brille ein. »Er muss sich erst mal abregen. Das wird schon wieder.« Ohne Zack zu berühren, legte er die Hand auf den Boden. »Wir kriegen das hin.«

Echt? Zack hatte da so seine Zweifel.

Simon richtete sich wieder auf und ging zu Melissa hinüber. Zack blieb, wo er war. Sein Herz hämmerte gegen seinen Brustkorb wie ein kleines gefangenes Tier.

7

Wie der Staat Qin China einte, indem er ein MMO wurde

»Dann wollen wir mal.« Qin Shi Huangs virtuelle Gestalt schwebte im stylishen Wohnzimmer von Simons und Melissas Apartment. »Wir müssen unbedingt deine Verbindung zu mir stärken.«

Zack, der mit untergeschlagenen Beinen auf einem Redwood-Sofa hockte, fuhr sich mit beiden Händen durchs Haar und schaute aus den bodentiefen Fenstern. Sie boten einen atemberaubenden Blick auf Shanghai. Hinter den Scheiben funkelten Millionen Neonlichter, wie es sie nur in einer Großstadt von Weltrang gab. Darüber hing dunstiger Nebel – vielleicht war es aber auch Smog –, sodass die Lichter und die Spitzen der höchsten Wolkenkratzer wie verschmiert aussahen. Die Straßen glichen rötlichen Tunneln in einem Dschungel aus Gebäuden. Der Huangpu Jiang (Zacks AR-Brille hatte ihm den Namen des Flusses verraten) wand sich wie eine Riesenschlange durch alles hindurch. Auf seiner Oberfläche spiegelten sich die Lichter wie neonhelle Pfützen.

Das war also China beziehungsweise Shanghai. Die bevölkerungsreichste Stadt im bevölkerungsreichsten Land der Erde. Die Stadt erinnerte Zack an New York, war aber gleichzeitig so anders, dass ihm alles irgendwie unwirklich vorkam, als wäre er in einer Parallelwelt gelandet. Wenn er sich richtig an das erinnerte, was ihm seine Mom über seinen Vater erzählt hatte (viel war es nicht gewesen), dann hatte sein Dad in Shanghai studiert und die beiden hatten sich hier kennengelernt. Zack hätte gern gewusst, wie *sie* die Stadt erlebt hatten. Ob sein Dad es je bereut hatte, diese Pracht links liegen zu lassen und sich für die Unterdrückten einzusetzen? Oder hatte seine Mom es bereut, von hier fortzumüssen, und das für immer? Hatten die beiden irgendwann dieses Wohnhaus betrachtet, ohne zu ahnen, dass eines Tages ihr Sohn hier sitzen und eine übernatürliche Mission zur Rettung Chinas vermasseln würde? Wären sie stolz auf ihn gewesen, weil er sich immerhin bemühte, oder eher sauer, dass er sich in Gefahr brachte?

Melissa saß auf einem anderen Sofa, umschlang ihre Knie und schaute Zack nicht an. Erst als er die AR-Brille wieder aufgesetzt hatte, war ihm klar geworden, was sein Eingreifen angerichtet hatte. Von ihrem *Qi* war nur noch ein Drittel übrig. Auf dem Weg zur Wohnung hatte er sich x-mal entschuldigt, aber sie weigerte sich, mit ihm zu reden. Viereckige Schatten fielen auf ihr Gesicht, denn der Kronleuchter über ihr war mit Plättchen aus Pfirsichholz behängt. Die Schriftzeichen darauf vertrieben angeblich Dämonen.

Aber nicht alle, hatte Simon Zack vorgewarnt.

So fertig, wie Zack gerade war, war er bestimmt für jeden Dämon eine leichte Beute.

Er drückte sich in die sandfarbenen Kissen. Auch wenn die Schreie seiner Mutter nicht echt gewesen waren – sie machten ihm immer noch zu schaffen. Litt ihre Seele in den Klauen des Dämons Höllenqualen? Und was würde aus ihr, wenn die Mission seinetwegen scheiterte? Er traute sich nicht, die beiden anderen danach zu fragen.

Schließlich gab er sich einen Ruck. »Ich würde gern noch ein paar Dokus anschauen.« Vielleicht wäre seine Verbindung mit Qin Shi Huang ja stärker, wenn er den Film im Flugzeug aufmerksamer geschaut hätte. »So viele, wie ihr habt.«

»Das reicht nicht.« Der virtuelle Qin Shi Huang rieb sich nachdenklich das Kinn. »Momentan wäre es am wirkungsvollsten, wenn du irgendetwas anfassen könntest, das mir zu meinen Lebzeiten wichtig war. Im chinesischen Volksglauben setzt sich der Geist eines Menschen – oder seine ›Seele‹, ganz wie man will – aus mehreren Bestandteilen zusammen. Man unterscheidet zwischen *Hún* und *Pò*. *Hún* sind die leichten, flüchtigen Anteile, die nach dem Tod entweichen. *Pò* sind die schwereren, körperlichen Anteile, die in der irdischen Welt verbleiben, weil sie an etwas gebunden sein müssen. Im Alltag verliert ein Sterblicher in jedem Augenblick ein bisschen von seinem *Pò*. Je wichtiger ihm etwas Dingliches ist, desto mehr von seiner Seele verweilt darin. Du bist mit einem Teil meiner Seele zur Welt gekommen. Darum kannst du mein *Pò* aufnehmen, wenn du etwas berührst, das mir lieb und teuer war.«

»Zum Beispiel deine Terrakotta-Armee?« Zack dachte an Qin Shi Huangs berühmtes Heer aus lebensgroßen Tonkriegern. Davon hatte er schon Bilder gesehen, als er noch nichts über Qin Shi Huang selbst gewusst hatte.

»Die war mir nicht wirklich wichtig«, sagte Qin Shi Huang wegwerfend. »Ihr seid bloß alle so davon beeindruckt, weil ihr mein Mausoleum noch nicht vollständig erforscht habt.«

»Da ist was dran«, mischte sich Simon ein. Er saß am anderen Ende von Zacks Sofa. Zack gab sich schon die ganze Zeit Mühe, nicht zu grübeln, warum Simon so viel Abstand zu ihm hielt. »In historischen Beschreibungen des Mausoleums kommt die Terrakotta-Armee nirgends vor. Da geht es immer nur um den Sternenhimmel aus leuchtenden Edelsteinen an der Decke der Grabkammer, um die ewigen Lampen, die mit Meerjungfrauen-Tran gefüllt sind, und um die Nachbildung von China, deren Berge aus Bronze und deren Flüsse aus Quecksilber bestehen. Aus *literweise* Quecksilber.«

»Heißt das, wir müssen dorthin?«, fragte Zack.

»Irgendwann schon«, bestätigte Qin Shi Huang. »Aber auch hier in Shanghai gibt es einen Gegenstand, der mir viel bedeutet hat, nämlich das Messgefäß von Shang Yang.« Als er die Hand ausstreckte, setzten sich leuchtende Polygone zu einer Art großem rechteckigem Reislöffel aus dunkel angelaufenem Metall zusammen. Das Artefakt schwebte über Qin Shi Huangs Handfläche und drehte sich um sich selbst. »Das hier war die vorgeschriebene Maßeinheit, die erst im Staat Qin und unter meiner Regentschaft dann in ganz China galt. Heutzutage ist das Messgefäß im Shanghai-Museum ausgestellt.«

»Und da können wir einfach reingehen und fragen, ob ich es mal anfassen darf?«, fragte Zack hoffnungsvoll, obwohl sich in seinem Magen ein flaues Gefühl ausbreitete.

»Quatsch!« Melissa machte endlich wieder den Mund auf. »Das Messgefäß ist unschätzbar wertvoll. Damit du es anfassen kannst, müssen wir in das Museum einbrechen.« Sie sprang auf. »Kommt!«

»Jetzt gleich?« Zack drückte sich noch tiefer in die Kissen.

»Klar. Die Sicherheitsvorkehrungen hier haben Schwachstellen.« Melissa zeigte auf die Holzplättchen am Kronleuchter. »Wie sollen wir ruhig schlafen, wenn der Gelbe Kaiser jederzeit den nächsten Dämon darauf ansetzen kann, uns umzubringen?«

»Willst du dich nicht lieber noch ein bisschen erholen?«

Doch Melissa war schon draußen im Flur und öffnete den Garderobenschrank. Eine Kleiderstange mit schicken Mänteln, Jacken und Ponchos kam zum Vorschein. Die Bretter darunter standen voller Schuhe. »Ich lasse mir doch keinen Museumseinbruch entgehen!«

»Über Shang Yang weißt du vermutlich nichts, oder?«, fragte Simon Zack auf der Autofahrt zum Museum. Die beiden Jungen saßen hinten. Yaling fuhr und Melissa hatte selbstverständlich den Beifahrersitz beansprucht. Yaling wechselte geschickt von einer Spur in die andere. Über ihnen ragte eine zweite Straßenebene auf. Die gespenstisch blaue Beleuchtung auf der Unterseite erinnerte Zack an Science-Fiction-Filme.

»Am besten gehst du davon aus, dass ich über gar nichts hier Bescheid weiß«, gab Zack mit schiefem Grinsen zurück.

»Ist gut. Wenn dir das Artefakt zusätzliche Macht verleihen soll, musst du dir seiner Bedeutung bewusst sein. Deswegen erzähle ich dir jetzt etwas darüber.« Simon tippte zweimal vor seiner AR-Brille in die Luft und öffnete ein neues Browserfenster. Dann krümmte er die Finger, als wollte er tippen. Eine virtuelle Tastatur erschien und er gab etwas in die Suchleiste ein. »Shang Yang war ein Typ, der den Staat Qin so mächtig machte, dass Qin Shi Huang hundert Jahre später den Rest von China erobern konnte. Shang Yangs Trick war, dass er seinen Staat sozusagen in ein … wie nennt man auf Englisch noch mal die Videogames, bei denen ganz viele Leute zusammen spielen, so wie bei *World of Warcraft*?«

»Meinst du vielleicht MMOs? Also Massively Multiplayer Online Games?«, gab Zack zurück. Die Lichter der Stadt schienen im stampfenden Rhythmus der Hip-Hop-Songs vorbeizufliegen, die auf Mandarin aus dem Radio dröhnten.

Simon nickte. »Shang Yang hat Qin sozusagen in ein MMO verwandelt.«

»Gab es damals auch schon Wettkämpfe?«

»Hey, wir sind eine stolze Gamer-Nation!« Simon scrollte durch die Suchergebnisse, die vor ihm eingeblendet wurden. »Es gab Ranglisten und alles. Man stieg im Rang auf, indem man die Köpfe der Feinde vorzeigte, die man in der Schlacht getötet hatte. Je höher der Rang, desto mehr Land und Diener bekam man zugeteilt.«

»Echt?«

»Echt. Angeblich haben die Krieger von Qin ihre Gürtel mit abgeschlagenen Köpfen dekoriert, um ihre Gegner einzuschüchtern. In jenen Jahrzehnten waren sie eine Kriegsmaschine, die niemand stoppen konnte. Das verdanken sie alles Shang Yangs Reformen.« Simon swipte mit zwei Fingern ein virtuelles Bild zu Zack hinüber. Es zeigte die aus weißem Stein gemeißelte Halbfigur eines Mannes. Er war bis zur Taille dargestellt und nahm eine Denkerpose ein. Seine Miene hatte etwas Grimmiges.

»Ist er das? Er sieht nicht sehr nett aus.«

»War er auch nicht. Er war *streng*. Seine Gesetze waren so gnadenlos, dass Qin praktisch der erste Polizeistaat der

Welt war. Wenn man wusste, dass der Nachbar etwas Verbotenes tat, zeigte man ihn trotzdem nicht an, weil man sonst ebenfalls bestraft worden wäre. Diese Gesetze wurden sogar Shang Yang selbst zum Verhängnis. Nach dem Tod des alten Königs, dessen Günstling er war, kam ein neuer König an die Macht, der Shang Yang nicht mochte. Daraufhin versuchte Shang Yang, aus Qin zu fliehen. Aber kein Gasthaus nahm ihn auf, denn es war Vorschrift, dass die Ausweisdokumente aller Reisenden überprüft werden mussten. Shang Yang wurde gefangen genommen und hingerichtet. Wenn wir Chinesen an Qin denken, fällt uns als Erstes ›streng und gnadenlos‹ ein. Ach ja, noch was Lustiges: Qin war das Vorbild für die Feuernation in *Avatar – Der Herr der Elemente*.«

»Heißt das etwa, in mir hat sich der lebendig gewordene Ozai eingenistet?«, fragte Zack entsetzt.

»Könnte man so sagen. Aber nur, wenn Ozai tatsächlich alles erobert hätte. Und Wasser bändigen könnte. Und … okay, auch ohne den Völkermord an den Luftbändigern.«

»Puh!« Zack ließ sich zurücksinken. Der Sicherheitsgurt drückte ihm auf den Magen und seine AR-Brille schien auf einmal wie ein Ziegelstein auf seiner Nase zu lasten.

»Allerdings hatte Shang Yang allen Grund, so unnachgiebig zu sein. Bevor er auftauchte, war Qin ein unbedeutender Staat am westlichen Rand von China. Die faulen Reichen beuteten die Bevölkerung aus, sodass die Bauern keinen Sinn mehr darin sahen, hart zu schuften. Das änderte Shang Yang mit seinen Reformen, die er ›Legalismus‹ nannte. Alle hatten sich dem Gesetz zu unterwerfen, unabhängig von ihrer Herkunft oder ihrem sonstigen Hintergrund. Ja, Shang Yang war streng, aber er machte dabei keine Unterschiede. Für ihn waren *alle* gleich. Er zerschlug die Vormachtstellung der reichen Adligen. Wer dazu beitrug, Qin mächtiger zu machen, hatte ein gutes Leben. Qin wurde zum Land der unbegrenzten Möglichkeiten. Das fanden die Bauern in anderen Staaten verlockend. Man versprach ihnen jede Menge Vorteile, wenn sie nach Qin kommen würden.«

»Erinnert mich irgendwie an Amerika.« Zack betrachtete die Figur von Shang Yang auf einmal mit anderen Augen.

»Theoretisch schon.« Der Widerschein der Neonreklamen flackerte über Simon. »Meiner Meinung nach hatten es die Einwanderer damals leichter, den Qin-Traum zu verwirklichen, als heutige Einwanderer den amerikanischen Traum.«

Zack konnte ihm da nicht widersprechen. Andernfalls hätte seine Mom nicht trotz ihres abgeschlossenen Studiums als Verkäuferin arbeiten müssen.

»Dazu kommt«, fuhr Simon fort, »dass sich die USA immer noch weigern, das metrische Maßsystem einzuführen, das sonst fast überall auf der Welt gilt. Der Legalismus besagt, dass ein Staat nur mächtig werden kann, wenn es einheitliche Regeln gibt. Darum vereinheitlichte Shang

Yang in Qin sämtliche Maße und Gewichte. Später führte Qin Shi Huang das gleiche System in ganz China ein.« Simon swipte zum nächsten Bild. Es zeigte eine Art Konstruktionszeichnung von Shang Yangs Messgefäß. Die altchinesischen Schriftzeichen an den Seiten und auf dem Boden waren vergrößert und farbig hervorgehoben.

In Zacks Sichtfeld erschienen diesmal zwei Übersetzungen. Die Beschriftung des Gefäßes würdigte, wie bahnbrechend Shang Yangs und Qin Shi Huangs Reformen jeweils gewesen waren. Auf einmal durchflutete Zack eine sonderbare Nostalgie und ließ sein Herz höherschlagen. Reagierte Qin Shi Huangs Geist auf den Text?

Simon sprach weiter: »Normalerweise erntet Qin Shi Huang den ganzen Ruhm, weil er China geeint hat. Aber ohne Shang Yangs Vorarbeit hundert Jahre zuvor wäre ihm das nie gelungen. Qin Shi Huang war so ein großer Fan von Shang Yang und seinem Legalismus, dass er gleich noch die chinesische Währung vereinheitlichte. Außerdem die Straßenbreite, damit die Kutschen problemlos durchkamen, und die Schrift, damit die Verständigung einfacher wurde. Diese Vereinheitlichung ist der Grund, warum China aus jedem Bürgerkrieg wiederaufersteht. Auch Alexander der Große, Dschingis Khan und Napoleon haben Weltreiche begründet, aber was wurde daraus? China ist das einzige Weltreich, das bis heute überdauert hat. Und das verdankt es diesem schlichten Messgefäß.«

Simon schien sehr stolz darauf zu sein, aber bei Zack löste das Wort »Vereinheitlichung« Unbehagen aus. Wenn ein Land darauf aus war, dass alle seine Einwohner gleich waren oder sich gleich verhielten, litten immer jene, die »anders« waren. Qin Shi Huangs China hörte sich nicht so an, als ob es Abweichungen von der Norm geduldet hätte.

Zack fühlte sich ja selbst »anders«. Hätte ihn Qin Shi Huang damals überhaupt am Leben gelassen?

Kurz erwog er, diese Bedenken anzusprechen, ließ es dann aber bleiben. Jetzt war kein guter Zeitpunkt, sich mit Simon zu streiten.

»Wahnsinn!«, kommentierte er das Bild von Shang Yangs Messgefäß darum nur. »Wieso kennst du dich so gut mit Geschichte aus, Simon?«

Simon zuckte die Achseln. »Den meisten Chinesen ist die Geschichte ihres Landes sehr wichtig. Meine Mutter hat mir solche Sachen vor dem Einschlafen erzählt.«

»Sie hat dir Gutenachtgeschichten über gnadenlose Gesetzeshüter und abgehackte Köpfe erzählt?!«

»Deine Mutter etwa nicht?« Simon machte ein erstauntes Gesicht.

Zack wusste nicht, was er darauf antworten sollte. Doch da fuhr Simon schon lachend fort: »Okay, Melissa und ich kennen uns wahrscheinlich noch besser mit chinesischer Geschichte aus als andere Kinder. Wir mussten uns zwangsläufig damit beschäftigen, damit unsere Magie stärker wurde. Außerdem komme ich aus einer

Akademikerfamilie. Meine Mom ist Geschichtsprofessorin, mein Dad Archäologe.«

»Fänden sie es da nicht toll, die Geister verstorbener Kaiser kennenzulernen?«

»Total!« Simon schaute nach vorn. Vor der Frontscheibe des Wagens zeichneten sich im allgegenwärtigen Dunst noch mehr LED-beleuchtete Wolkenkratzer ab. »Aber ich habe Tang Taizong versprochen, dass er mein Geheimnis bleibt.«

»Was würde denn passieren, wenn du dein Versprechen brichst? Hast du einen magischen Pakt mit ihm geschlossen? Würde er … dir etwas antun?« Zack senkte die Stimme. Er hatte Angst, dass Tang Taizong plötzlich erscheinen und ihn anherrschen könnte, aber Simon hatte ihm erklärt, dass die Kaiser normalerweise nicht alles durch die Augen ihrer Wirte sahen. Um möglichst keine Signatur zu hinterlassen, gingen sie wie zugeklappte Laptops in den Ruhezustand. Sie erwachten erst wieder, wenn Simon und Melissa sie gedanklich dazu aufforderten. Dann gaben sie entweder unauffällig als innere Stimme Anweisungen und Ratschläge oder übernahmen ganz die Kontrolle, wenn Simon und Melissa mit einer Situation nicht klarkamen.

»Nein, es gibt keinen magischen Pakt und ich halte mein Versprechen nicht, weil ich Angst vor Bestrafung habe. Tang Taizong hat echt viel für mich und meine Familie getan. Mein kleiner Bruder leidet an spastischen Lähmungen. Meine Eltern hatten jahrelang Probleme, die Behandlungskosten zu bezahlen. Aber dann hat mir Tang Taizong unter die Arme gegriffen und ich habe lauter Preisgelder gewonnen. Da ist es nur fair, dass ich mich revanchiere, indem ich diese Mission erfolgreich durchführe.«

Zack nickte. Jetzt wunderte er sich nicht mehr, dass Simon kein Problem damit hatte, gegen Dämonen zu kämpfen oder in ein Museum einzubrechen. Er nahm das alles auch auf sich, um seine Familie zu unterstützen.

Zack deutete mit dem Kinn auf Melissa und flüsterte: »Und wie ist das bei ihr? Ist es ihr so wichtig, ein Popstar zu werden, dass sie dafür ihr Leben riskiert?«

»Mel?« Simon grinste und sagte leicht abfällig: »Mel will sich einfach amüsieren. Dafür riskiert sie auch ihr Leben.«

Als Melissa herumfuhr, schnitt ihr der Gurt in die Schulter. »Ich höre alles, du –«

Im selben Augenblick wurde das Auto von der Seite gerammt.

Alle schrien auf. Zacks Gurt drückte ihm die Luft ab. Yaling riss das Steuer herum, dass die Reifen nur so quietschten. Hinter ihnen wurde wild gehupt.

Ein Mann, der trotz des warmen Sommerabends Lederklamotten trug, brauste auf einem Motorrad neben ihnen her. Hinter dem dunkel getönten Visier des Helms leuchteten seine Augen grellweiß.

»O nein! Das ist der Wirt von Jing Ke!«, meldete sich Qin Shi Huang in Zacks AR-Brille.

Eine Info ploppte auf:

JING KE

Lebensdaten: ?–227 v. u. Z.

Meuchelmörder, der zur Legende wurde, weil er ein Attentat auf Qin Shi Huang verübte (das allerdings schiefging). Tarnte sich als Bote und behauptete, der Staat Yan würde sich ergeben wollen. Überreichte Qin Shi Huang eine gerollte Landkarte von Yan, in der aber ein vergifteter Dolch versteckt war. Als Qin Shi Huang sich die Karte anschauen wollte, zog Jing Ke den Dolch heraus und jagte Qin Shi Huang damit um eine Säule im Palast. Zu guter Letzt zückte Qin Shi Huang sein Langschwert und machte Jing Ke den Garaus. Das Ganze hatte nicht das Geringste mit den lustigen Verfolgungsjagden in *Tom und Jerry* zu tun!

»Der Gelbe Kaiser weiß genau, wie er mich provozieren kann«, sagte Qin Shi Huang verärgert.

Der von Jing Ke besessene Motorradfahrer ließ seine Maschine aufheulen und rammte den Wagen erneut. Das Fenster neben Zack zersprang, es hagelte Scherben. Zack schrie auf und hielt schützend die Hände über den Kopf.

Yaling trat aufs Gas. *Vrooom!*, machte es, als der Wagen mit einem Ruck beschleunigte. Warmer, mit Schmutzkörnchen durchsetzter Wind schlug Zack ins Gesicht. Der Benzingestank ließ ihn würgen.

Sie brausten direkt auf das Auto vor ihnen zu.

»Stopp!«, schrie Zack panisch.

Yaling riss das Lenkrad herum. Sie schrammten knapp an dem anderen Wagen vorbei und bogen mit quietschenden Reifen in die nächste Straße ein. Wieder ertönte ein aufgebrachtes Hupkonzert. Simon, der genauso geschrien hatte wie Zack, verstummte plötzlich.

»*Xuánwŭmén zhī biàn!*«, stieß er hervor.

Überfall am Xuanwu-Tor!, lautete die Übersetzung.

Simons Energieleiste schrumpfte ein ganzes Stück und in seiner Hand erschien ein Geisterbogen, aus dem rotes Licht wie Flammen züngelte.

»Der Bogen stammt aus der Legende, dass Tang Taizong seine eigenen Brüder erschossen hat, um den Thron zu besteigen«, ertönte es aus der AR-Brille. Damit Zack den Bogen besser erkennen konnte, ließ Qin Shi Huang die dunstige Waffe festere Konturen annehmen. Sie sah jetzt aus, als bestünde sie aus flüssigem Metall. »Die Geisterpfeile können großen Schaden anrichten. Aber die Schmerzen, die sie verursachen, schlagen auf den Schützen zurück.«

Mit zitternden Fingern öffnete Simon seinen Gurt und zielte über Zack hinweg mit einem Pfeil aus dem Fenster. Als ihm der Wind die Haare aus dem Gesicht blies, sah er mehr denn je wie Shuda Li aus. Er spannte die leuchtende Bogensehne und grub Zack dabei den Ellbogen in den Magen.

»Aua!«

»'tschuldigung«, gab Simon zurück, nahm den Ellbogen aber nicht weg.

Zack spürte die sengende Hitze des Bogens im Gesicht.

Was ging dort draußen vor sich? Durch die Heckscheibe erspähte er, wie sich Jing Ke auf seinem Motorrad durch die bremsenden und hupenden Autos schlängelte.

Im selben Augenblick, als Simon den Pfeil abschoss, musste Yaling erneut abbiegen und Simon wurde gegen die Rückenlehne des Fahrersitzes geworfen.

»So geht das nicht!« Er verzog kurz das Gesicht. Vermutlich hatte ihn gerade der rückwirkende Schmerz des Pfeils getroffen. »Bei diesem Verkehr können wir Jing Ke nicht abhängen.«

»Bis zum Museum ist es nicht mehr weit«, entgegnete Melissa. »Kommt, wir steigen aus und laufen zu Fuß weiter. Halt an, Yaling!«

Yaling wendete noch einmal reifenquietschend und schoss durch eine Lücke zwischen den anderen Autos. Dann hielt sie an und Simon und Melissa rissen ihre Türen gleichzeitig auf. Sie sprangen so gelenkig aus dem Wagen, als hätten sie derartige Aktionen schon öfter durchgeführt. Zack rutschte unbeholfen von seinem Sitz und folgte ihnen. Im glatten Belag des Gehwegs spiegelten sich die Neonreklamen. Erschrockene Passanten wichen den dreien aus. Ihre Gesichter waren in fahles LED-Licht getaucht.

Auch Jing Ke hielt nach einem kühnen Überholmanöver am Straßenrand. Er hob die Hand und krümmte die Finger, worauf weiße Geisterdolche wie ein Meteoritenhagel aus seiner Handfläche schnellten.

Als ein Dolch Zack die Schulter aufschlitzte, schrie er

wieder auf. Die Klinge hinterließ zwar keine blutende Wunde, aber es tat scheußlich weh und seine Energieleiste verkürzte sich ein ganzes Stück.

Die Dolche sausten heran wie weiße Laserstrahlen. Zack nahm sich vor, die anderen nachher zu fragen, ob die verschiedenen *Qi*-Farben etwas bedeuteten. Noch konnte er kein System erkennen. Die Farben wiesen offenbar nicht darauf hin, ob man es mit einem Freund oder einem Feind zu tun hatte.

Simon zog Zack unsanft hinter sich und schoss einen roten Geisterpfeil auf Jing Ke ab. Zack schlug das Herz bis zum Hals. Der Pfeil flog schnurgerade auf Jing Ke zu, änderte aber in letzter Sekunde die Richtung, als würde er von einem Magneten abgestoßen.

»*Aiyah*«, knurrte Simon. »Tang Taizong sagt gerade, dass seine Pfeile dem Typen nichts anhaben können.«

Der Geisterbogen zerstob. Simon packte Zacks Hand und beide rannten los. Die Passanten brachten sich mit einem Satz in Sicherheit.

»Wieso denn nicht?« Im Laufen überflog Zack die virtuellen Werbeanzeigen, die ins Sichtfeld seiner Brille eingeblendet wurden. »Ich denke, das Attentat ist damals löchrig schiefgegangen!«

»Schon, aber die Geschichte ist so bekannt, dass Jing Ke nach seinem Tod viel mächtiger geworden ist. Laut der Legende verbot das strenge Hofprotokoll allen, den Bereich vor dem Thron ohne ausdrückliche Erlaubnis des

Kaisers zu betreten. Darum konnten Qin Shi Huangs Beamte ihm nicht zu Hilfe kommen. Der Einzige, der Jing Ke zur Strecke bringen kann, bist *du*!«

Melissa war währenddessen ein Stück zurückgefallen und hatte einen ihrer Superblitze losgelassen. Zack wurde zwar nicht davon getroffen, zuckte aber trotzdem zusammen, als die Gebäude ringsum gleißend aufleuchteten. Überall ertönten Schreie. Die Leute vor ihnen, die sich neugierig umgedreht hatten, drückten wimmernd die Hände auf die Augen. Autos stießen blindlings zusammen und der Hagel der Geisterdolche riss ab.

Auch Jing Ke hatte einen Unfall gebaut und war in das Auto vor ihm gekracht.

Melissa holte die beiden Jungen ein. »Das hält ihn nicht lange auf!«

»Na dann …« Simon zerrte Zack immer noch durch die vorübergehend geblendeten Menschenmassen, drehte sich aber im Laufen zu ihm um. *»Wáng fù jiàn!«*

Zieht Euer Schwert, mein König!

»Zieht Euer Schwert, mein König!«, rief nun auch Melissa. *»Zieht Euer Schwert, mein König!«*

Qin Shi Huang meldete sich wieder zu Wort. »Als mich Jing Ke um die Säule jagte, konnte ich mein Schwert erst nicht richtig zücken, weil es zu lang war. Es war ein Zeremonialschwert und nicht zum Kämpfen gedacht. Meine Beamten mussten mich daran erinnern, dass ich es über die Schulter aus der Scheide ziehen musste. Deswegen müssen mir andere immer erst Anweisungen geben, ehe ich es beschwören kann. *Sehr* peinlich, ich weiß. Also versetz dich in meine damalige Situation. Stell dir vor, dass du unbedingt dein Schwert ziehen musst, weil dir ein Meuchelmörder auf den Fersen ist.«

»Das ist doch auch so, oder?«

»Dann dürfte das Ganze ja leichtfallen.«

»Zieht Euer Schwert, mein König!«, wiederholten Simon und Melissa unermüdlich, während sie durch virtuelle Reklamen von lustigen Werbemaskottchen und schönen Menschen, die irgendwelche Produkte in die Höhe hielten, stürmten.

Als Zacks Rücken plötzlich kalt wurde, warf er einen Blick über die Schulter. Hinter ihm war ein langes schwarzes Geisterschwert erschienen.

Doch als er die Hand danach ausstreckte, glitten seine Finger hindurch, als wäre die Waffe nur Rauch.

»Kào!«, rief Qin Shi Huang. Diesmal lieferte Zacks AR-Brille keine Übersetzung, aber es klang wie ein Schimpfwort. »Du kannst ja nicht mal so viel Magie aufbringen, dass das Schwert greifbar wird!«

»Äh … tut mir leid.«

»Vielleicht ändert sich das endlich, wenn wir im Museum sind!«, rief Simon und lief zu einem Ständer mit Mietfahrrädern. Mit seiner AR-Brille scannte er einen QR-Code. Drei Räder blinkten grün und es klickte, als sie entsperrt wurden.

»Steigt auf, aber stellt die Füße nicht auf die Pedale!«, kommandierte Simon.

Zack tat wie geheißen und drückte wie Simon die hochgezogenen Knie gegen den Fahrradrahmen.

»*Zhāo líng liù jùn!*«, rief Simon, als Melissa auf das dritte Rad sprang.

Die sechs Rösser des Zhao-Mausoleums!

Zack hörte ein leises Wiehern. Über den Rädern erschienen rote Geisterpferde und verschmolzen mit den Metallgestellen.

»*Jià!*« Simon lehnte sich weit zurück, sodass sich der Vorderreifen seines Fahrrads vom Boden löste.

»Huch!« Zack hielt sich am Lenker fest, als die drei Räder wie von selbst aus dem Ständer glitten und den Gehsteig entlangflitzten.

DIE SECHS RÖSSER DES ZHAO-MAUSOLEUMS

Lieblingsschlachtrösser von Tang Taizong. Wurden als Steinreliefs in seiner Grabstätte verewigt. Heutzutage kann er aber höchstens vier auf einmal heraufbeschwören, weil Anfang des zwanzigsten Jahrhunderts Plünderer zwei Reliefs klauten und ins Museum der Universität von Pennsylvania verschleppten. (RÜCK SIE WIEDER RAUS, AMERIKA!)

Die warme Abendluft peitschte Zack ins Gesicht. Sie fuhren so schnell, dass er nur noch verschwommene Gesichter und Reklamen ausmachen konnte. Die Pedale der Räder drehten sich wie rasend und er achtete krampfhaft darauf, sie nicht mit den Füßen zu streifen. Außerdem kämpfte er mit Übelkeit. Er war noch nie Motorrad gefahren, konnte sich jetzt aber vorstellen, wie es sich anfühlte.

Rote Lichtstrahlen verbanden die drei Fahrräder miteinander. Als Simon sein Rad in eine Seitenstraße lenkte, folgten ihm Zacks und Melissas Räder von allein. In Gedanken hörte Zack das geisterhafte Getrommel galoppierender Hufe. Er klammerte sich so verzweifelt fest, als wäre der Fahrradlenker das Einzige, was ihn noch in der Realität verankerte.

Was momentan vermutlich auch so war.

8

Wie der chinesische Sherlock Holmes und der chinesische Leeroy Jenkins bei einem Museumseinbruch behilflich sein können

Sie sausten durch enge Gassen und dunkle Seitenstraßen, in denen kaum jemand unterwegs war. Hier waren vor den meisten Geschäften die Rollläden heruntergelassen. Nur ein paar hatten geöffnet und durch die Türen fiel Licht auf den Gehweg. Die drei kamen an Imbissständen und an Leuten vorbei, die auf Hockern vor den Häusern saßen und sich mit Fächern Kühlung verschafften. Der Fahrtwind führte alle möglichen Gerüche mit – frittierte Speisen vermischt mit Kanalisation.

Zum Glück erreichten sie das Museum, bevor Tempo und Wind Zack den Rest gaben. Sie rollten die Rampe neben der Treppe zum Eingang hoch und hielten vor der großen Glastür. Als Zack vom Rad stieg, waren seine Beine wabbelig wie gekochte Nudeln. Gleichzeitig vibrierte jede Faser seines Körpers vor Energie, als wäre er Flash Gordon, der eben aus der Speed Force kam. Außerdem tat ihm von dem harten Sattel der Hintern weh.

Vor dem Museum erstreckte sich ein großer Platz. Das Gebäude selbst ähnelte einem Topf mit einem Griff oben dran. Auf den zweiten Blick entdeckte Zack noch mehr Griffe. Jeder zeigte in eine andere Himmelsrichtung. Falls es Riesen gab (was Zack inzwischen für möglich hielt), konnten sie das ganze Museum vermutlich einfach hochheben und wegtragen.

»U-und wie schaffen w-wir es an den Sicherheitsvorkehrungen vorbei?« Zack klapperte mit den Zähnen, als hätte er einen Stromschlag abbekommen.

»*Wir* schaffen gar nichts.« Melissa warf ihre Haare zurück. Sie hatte sich vor der Fahrt einen Dutt gemacht, aber der Knoten war aufgegangen und der Wind hatte ihr Haar so zerzaust, dass es doppelt so voluminös war wie vorher. Man hätte sie sofort für ein Zeitschriftencover fotografieren können. »Aber *Wu Zetian* kann jemanden dazuholen, der sich mit so etwas auskennt. Gebt mir mal Deckung.«

Sie schloss die Augen, faltete die Hände, als wollte sie beten, und sagte lautlos: Wu Zetian. Das war offenbar ein zusätzlicher dramatischer Effekt, denn Simon machte so etwas nie, wenn er Tang Taizong herbeirief.

Als die Kaiserin an Melissas Stelle die Augen wieder aufmachte, hob sie die Hand. Vor ihr erschien ein virtuelles Kartendeck. Die bunten Karten erinnerten verdächtig an *Mythrealm,* zeigten allerdings keine Fabelwesen, sondern Zeichnungen von Personen in alten chinesischen Trachten. Ob es sich um virtuelle oder um Geisterkarten handelte, war nicht zu erkennen. Auf jeden Fall hätte Zack sie ohne seine AR-Brille nicht sehen können. Die Kaiserin scrollte die Karten blitzschnell durch, tippte dann eine davon an und spreizte die Finger.

»Auf Geheiß deiner Gebieterin –« Wu Zetians Augen strahlten jetzt weiß. »Erscheine, Di Renjie, legendärer Detektiv!«

Ein Windstoß ließ ihre offene Jacke und ihre langen Haare flattern. Zack kniff die Augen zu, weil Staub unter seine AR-Brille wehte. Als er sie wieder öffnete, überzog ein Netz aus weißen Linien die Kaiserin. Sie leuchteten auf ihrem Gesicht, dem Hals und den Händen und schimmerten auch durch die Kleidung, vor allem durch die schwarzen Leggins.

»Was ist mit ihr los?«, übertönte Zack den Wind. Er erinnerte sich undeutlich daran, dass er bei seinem Kampf mit Aiden mit ähnlichen Linien bedeckt gewesen war. Allerdings waren sie schwarz gewesen.

»Ihre *Qi*-Meridiane zeigen sich«, antwortete Simon. Auch er hielt die Hand vor seine AR-Brille, weil ihn die gleißende Helligkeit blendete.

»Was sind Meridiane?«

»Das *Qi* wird in bestimmten Bahnen durch unseren Körper geleitet. Darauf beziehen sich auch die Methoden der Traditionellen Chinesischen Medizin, zum Beispiel Akupunktur. Melissas Meridiane leuchten deswegen so hell, weil sie ihren *Qi*-Fluss beschleunigt. Die Kaiser können ihre ehemaligen Untergebenen beschwören, falls diese ebenfalls legendär sind, aber diese Magie erfordert eine Menge *Qi*.«

Weiße Lichtblitze verdichteten sich zur Gestalt eines kaiserlichen Beamten. Er trug eine hohe runde Kopfbedeckung, von der hinten zwei breite Stoffstücke herabhingen. Sein gegürtetes Gewand bauschte sich über den Schuhen. Neben ihm wurde ein Textfeld eingeblendet.

DI RENJIE

»Richter/Detektiv Di«

Lebensdaten: 630–700 n. u. Z.

Berühmter Kanzler unter Wu Zetian. Blieb stets anständig, obwohl der Hofstaat von der Geheimpolizei terrorisiert wurde. Eine der wenigen Personen, die sich von der Kaiserin nicht einschüchtern ließen. Hauptfigur in etlichen chinesischen Detektivromanen, sozusagen der chinesische Sherlock Holmes.

Di Renjie öffnete die Augen. Der Wind flaute ab, aber ein schmaler Lichtstrahl verband die Brust des Richters mit der von Wu Zetian. Anmutig ließ er sich vor der Kaiserin auf alle viere nieder und verneigte sich. »Möge meine Herrin zehntausend Jahre leben, zehntausend Jahre, zehntausend Jahre und noch einmal zehntausend Jahre.«

Zum allerersten Mal sah Zack Wu Zetian richtig herzlich lächeln, wobei ihre Augen und Meridiane immer noch grell strahlten. Ihre schon vorher verkürzte *Qi*-Leiste schrumpfte stetig. »Lange nicht gesehen, Kanzler Di. Lass uns keine Zeit verlieren. Sei so gut und kümmere dich für uns um die Sicherheitsvorkehrungen dieses Museums. Du kannst sie bestimmt außer Kraft setzen.«

»Wie Eure Majestät befehlen.« Di Renjie richtete sich auf den Knien auf und nickte. Dann verwandelte er sich in eine weiße Lichtschwade und schlängelte sich an der Glastür vorbei in das Museum hinein. Wu Zetian ächzte leise und schwankte. Der Lichtstrahl verband jetzt ihre Brust mit der Wand des Gebäudes.

Zack wartete gespannt darauf, was jetzt passieren würde, doch da hörte er ein Motorrad heranbrausen.

Erschrocken drehte er sich um. Jing Ke hatte sie eingeholt!

»Beeil dich, Renjie!« Wu Zetian schlug mit der flachen Hand gegen die Wand.

Nichts geschah.

Die Motorradgeräusche hallten über den Platz. In Panik lief Zack zum Eingang und rüttelte an der Tür.

Simon hielt ihn am Ellbogen fest. »Warte. Lass Di Renjie einfach machen.«

»Aber –«

Im Museum wurde es hell und die Glastür glitt auf.

Zack, Simon und Wu Zetian stürmten hinein.

Der Eingangsbereich wirkte wie das Foyer eines schicken Hotels. Man sah durch alle vier Stockwerke bis an die Decke des Gebäudes. Durch ein großes Oberlicht schien der Vollmond. Er sah wie ein leuchtender Fußball aus.

»Ich muss hier unten bleiben. Ihr beide macht euch auf die Suche.« Wu Zetian stellte sich neben die Tür und spähte nach draußen. Der weiße Lichtfaden, der von ihrer Brust ausging, verband sie auch hier drin noch mit der Wand. Sie runzelte angestrengt die Stirn.

»Hast du denn keine Angst vor Jing Ke?«, fragte Zack.

»Hinter *mir* ist er nicht her. Und in einem Museum wird er es nicht auf einen Kampf ankommen lassen.«

»Warum nicht?«

Simon hatte Zack schon überholt. »Weil die Objekte, die hier ausgestellt werden, unersetzliche Artefakte unseres kulturellen Erbes sind.«

»Ihr müsst euch trotzdem ranhalten!«, rief ihnen Wu Zetian schwer atmend nach. Ihre Meridiane leuchteten bereits schwächer. »Ich kann Renjie nicht mehr lange beschwören, und sobald er wieder weg ist, geht sofort die Alarmanlage los!«

Während Zack und Simon im Laufschritt die weitläufige Eingangshalle durchquerten, ging Qin Shi Huang auf Zacks Brille ein paar Websites durch, bis er die AR-Tour durch das Museum gefunden hatte. Flimmernde Anzeigen wie AUSSENFLÄCHE – ANTIKE CHINESISCHE SKULPTUREN und CHINESISCHE SIEGEL sowie AUSSTELLUNGSSAAL 2 erlaubten es Zack, sich zu orientieren.

Ganz oben gab es einen Raum mit der Kunst chinesischer Minderheiten. Wut und Bitterkeit stiegen in Zack auf. Angeblich war man hier stolz auf »nationale Minderheiten«, zu denen auch seine eigene Familie gehörte. Gleichzeitig steckte die Regierung so viele Angehörige dieser Volksgruppen ins Gefängnis und in »Umerziehungslager«. Und wenn sie sich dagegen wehrten, drohte ihnen die Todesstrafe.

Nur wenigen Amerikanern war klar, dass die Bevölkerung von China aus mindestens sechsundfünfzig unterschiedlichen ethnischen Gruppen bestand. Wenn die Leute mitbekamen, dass jemand »Chinese« war, dachten sie meistens an die größte dieser Gruppen, die Han. Doch Zacks Eltern stammten von den Hui ab, einer muslimischen Minderheit, die als Händler über die Seidenstraße nach China eingewandert war. Im Lauf der Zeit hatte die chinesische Regierung Muslime immer weniger akzeptiert. Zacks Dad gehörte zu jenen, die dagegen aufbegehrt hatten und hingerichtet worden waren.

Damit er aber nicht auch noch seine Mom verlor, verdrängte Zack diese Gedanken und folgte Simon in den ersten Stock, wo antike Bronzegegenstände präsentiert wurden. Als sie den Saal betraten, flammte die matte Vitrinenbeleuchtung auf. Zack bekam eine Gänsehaut. Es kam ihm vor, als würden ihn seine Ahnen aus den Gefäßen heraus kritisch mustern.

Seine AR-Brille markierte jedes Objekt, auf das sein

Blick fiel, mit einem sich langsam drehenden Kreis sowie der Bezeichnung und der Entstehungszeit. Ein kunstvoll geschmiedetes Weingefäß sah wie ein Fabelwesen aus, das auf magische Weise zu Bronze geworden war. Es war über dreitausend Jahre alt, denn die virtuelle Beschriftung lautete SPÄTE SHANG-DYNASTIE (13.–11. Jahrhundert v. u. Z.). Das Gefäß war über dreitausend Jahre alt und trotzdem konnte Zack es jetzt betrachten.

Simon blieb vor einer Wandvitrine stehen, in der kleinere Bronzegegenstände ausgestellt waren. Auch Zack wurde von dieser Vitrine angezogen. Tatsächlich entdeckte er darin Shang Yangs Messgefäß. Verglichen mit den Dolchen und Bolzenpfeilen darum herum wirkte es unbedeutend. Doch Zacks Brille verpasste ihm einen doppelten Kreis, der golden flimmerte. Offenbar zählte es zu den wertvollsten Ausstellungsstücken des Museums.

»Da ist es!«, sagte Zack ehrfürchtig.

»Krass, oder?« Simon klopfte prüfend gegen die Glasscheibe.

»Müssen wir die Vitrine einschlagen?« Zack hatte plötzlich ein mulmiges Gefühl.

»Lieber nicht. Sonst bringen wir noch die anderen Sachen durcheinander und jemand merkt, dass wir hier waren.« Simon kniff die Augen zusammen und Zack erkannte an dem Textfeld neben ihm, dass Tang Taizong übernommen hatte. »Auch ich habe einen legendären Untergebenen, den ich zu Hilfe holen kann«, verkündete der

Kaiser großspurig, ganz im Gegensatz zu Simons bescheidener Art.

Tang Taizong ließ sein eigenes Kartendeck erscheinen. Nachdem er darin geblättert hatte, entschied er sich für einen Krieger mit eindrucksvoller Rüstung und einem gewaltigen zottigen Bart. »Auf Geheiß deines Gebieters –« Seine Augen loderten rot. »Erscheine, Cheng Yaojin, legendärer kühner Krieger!«

Ein magischer Windstoß ließ die Haare des Kaisers wehen und unter seiner Haut zeichneten sich die Meridiane wie Rinnsale glühender Lava ab. Als er die Hand auf die Vitrine legte, züngelte hinter der Scheibe rotes Licht empor. Dann materialisierte sich der Krieger, wenn auch teilweise verschwommen. Seine Beschreibung lautete:

CHENG YAOJIN

Lebensdaten: 589–665 n. u. Z.

Trug als Krieger zur Gründung der Tang-Dynastie bei und half Tang Taizong, den Kaiserthron zu erobern. Diente unter den ersten drei Tang-Kaisern. Dafür bekannt, dass er wie aus dem Nichts aufzutauchen pflegte – entweder als Retter in der Not oder als Störenfried. Auf ihn bezieht sich die Redensart: »Und mittendrin tauchte plötzlich Cheng Yaojin auf«, was heißen soll, dass ein Plan aufgrund unerwarteter Ereignisse nicht aufgeht. Sozusagen der Leeroy Jenkins des alten China.

Zack musste kurz überlegen, wer Leeroy Jenkins war, dann fiel es ihm wieder ein. Im Internet kursierte ein uraltes Meme eines Typen, der einen sorgfältig geplanten *World of Warcraft*-Raid dadurch vermasselte, dass er einfach losstürmte und seinen Namen brüllte. Vertrieb sich Qin Shi Huang etwa die Zeit damit, Memes zu durchstöbern?

»Yo, Boss!« Cheng Yaojin schaute sich in der Vitrine um. Nur sein Kopf und ein Arm waren richtig zu erkennen. Alles andere war eine rote Dunstwolke, die durch die Scheibe mit Tang Taizongs Brust verbunden war. »Uff, ist das eng hier drin.«

»Hör gut zu, Yaojin. Wir brauchen Shang Yangs Messgefäß. Das Ding dort, das wie eine eckige Schöpfkelle aussieht.« Tang Taizong zeigte auf das Gefäß und sprach betont langsam und deutlich. Vielleicht war Cheng Yaojin ja nicht ganz so intelligent wie Di Renjie. »Schnapp es dir und teleportiere dich damit raus.«

»Klaro, Boss. Ihr meint das hier, oder?« Cheng Yaojin streckte die große Hand nach dem Messgefäß aus.

»Pass auf!«

»Hab's schon.« Als sich seine Geisterfinger um den dicken Griff schlossen, wurden sie durchscheinender. *»Bànlù shāchūgè Cheng Yaojin!«*

Und mittendrin tauchte plötzlich Cheng Yaojin auf!

Der Krieger zerstob und materialisierte sich im nächsten Augenblick vor der Vitrine, diesmal vollständig. Zack wich unwillkürlich einen Schritt zurück.

»Bitte sehr, Boss.« Als Cheng Yaojin das Gefäß schwenkte, stieg der Geruch von Rost auf.

»Nimm es!«, hörte Zack Qin Shi Huang sagen.

Nach kurzem Zögern, weil das Artefakt so kostbar war, nahm Zack es in beide Hände.

Schlagartig wurden seine Finger unnatürlich kalt und er stieß einen zittrigen Atemzug aus. Seine Knie wurden weich und drohten nachzugeben, dann erschien vor seinem inneren Auge ein bewegtes Bild. Blasse Hände drehten das Gefäß hin und her und fuhren mit dem Finger die Schriftzeichen darauf nach. Über den unbeschrifteten Boden flackerte der Widerschein einer Öllampe.

Plötzlich schossen ihm heiße Tränen in die Augen und liefen ihm übers Gesicht. Er kehrte in die Gegenwart zurück und fand sich auf dem Fußboden liegend wieder. Das Messgefäß drückte er an die Brust. Ungläubig befühlte er seine nassen Wangen.

»Ich … ich glaube, ich habe eben eine Erinnerung von dir gesehen.« Er rappelte sich hoch.

»Ausgezeichnet«, entgegnete Qin Shi Huang barsch. »Dann hat es funktioniert.«

»Eure Majestäten«, meldete sich da Di Renjie durch die Sprechanlage des Museums. »Ihrer Majestät geht gleich das *Qi* aus!«

»Yaojin!«, kommandierte Tang Taizong.

»Capito, Boss – ich soll's zurückstellen.« Cheng Yaojin streckte auffordernd die Hand aus. Zack musste sich überwinden, das Gefäß wieder herzugeben, aber in der schützenden Vitrine war es besser aufgehoben.

Als er Cheng Yaojin das Messgefäß überreicht hatte, bediente sich der Krieger wieder seiner legendären Fähigkeiten. Er teleportierte sich in die Vitrine und stellte das Gefäß an seinen Platz. Dann reckte er grinsend den einen Daumen, der feste Konturen hatte, in die Höhe.

Tang Taizong entließ ihn. Als Cheng Yaojin sich verflüchtigt hatte, atmete der Kaiser hörbar auf und seine roten Meridiane erloschen. Er schwankte leicht, fing sich aber gleich wieder. »Nichts wie weg hier!«

Sie liefen in die Eingangshalle zurück. Wu Zetian lehnte mit verzerrtem Gesicht an der Wand neben der Tür. Ihre Meridiane flackerten und auf ihrer Stirn glänzte Schweiß. Ihre *Qi*-Leiste war fast leer.

»Viel Glück, Eure Majestäten«, sagte Di Renjie durch die Sprechanlage. Dann glitt die Glastür auf.

Sobald sie im Freien waren, entließ Wu Zetian den Detektiv. Dann erloschen auch ihre Meridiane und sie klappte zusammen. Tang Taizong fing sie gerade noch auf.

Als im Museumsgebäude die Lichter ausgingen, sahen sie Jing Ke, der am Fuß der Treppe zum Platz lauerte.

Tang Taizong drehte sich zu Zack um. »*Zieht Euer –*«

Eine Druckwelle fegte heran und ließ die Glastür des Museums zerspringen. Sofort flammten an der Außenmauer rote Alarmleuchten auf und vor dem Eingang donnerte ein wuchtiges Gitter herab.

»Hilfe!« Doch Zack hörte sich selbst nicht schreien. Er hörte auch die anderen nicht, obwohl sie die Lippen zu *Zieht Euer Schwert, mein König!* bewegten. Aber hinter Zacks Rücken erschien keine Waffe. Das Einzige, was er hörte, war eine Männerstimme, die zu klimpernden Saitenklängen ein trauriges Lied sang. Erschrocken stellte Zack fest, dass er den Text auch ohne eingeblendete Übersetzung verstand.

»Ach, wie der Wind über den kalten Yi-Fluss weht. Ach, die tapferen Helden kehren nie mehr zurück.«

Als Zack erneut zu Jing Ke hinübersah, erkannte er, dass jemand Rücken an Rücken mit dem Meuchelmörder dastand und auf einem leuchtenden Saiteninstrument spielte. Die Schallwellen wogten sichtbar heran und übertönten alles andere.

Qin Shi Huang: DAS IST GAO JIANLI. BITTE NICHT SCHON WIEDER!

GAO JIANLI

Lebensdaten: ?–? v. u. Z.

Musikerfreund von Jing Ke. Stachelte ihn am Yi-Fluss mit einem berühmten Trauerlied zum Attentatsversuch auf den Kaiser an. Wollte sich nach Jing Kes Tod in den Qin-Palast einschleichen und das Attentat selbst verüben, wurde jedoch rechtzeitig entlarvt. Weil er aber so schön Zither spielte, ließ ihn Qin Shi Huang am

Leben. Die Bedingung dafür war allerdings, dass er sein Augenlicht opferte und sich blenden ließ. Unternahm trotzdem einen zweiten Attentatsversuch, indem er seine Zither mit Blei füllte und damit nach Qin Shi Huangs Kopf schlug. Traf nicht. Könnte daran gelegen haben, dass er blind war.

Als Jing Ke beide Arme hob, sausten wieder weiße Geisterdolche aus seinen Handflächen. Der Hagel war noch dichter als beim ersten Mal. Zack vollführte Zickzacksprünge, um den Klingen auszuweichen, wurde aber trotzdem ein paarmal getroffen. Seine *Qi*-Leiste verkürzte sich und er riss den Mund vor Schmerzen zu einem tonlosen Schrei auf. Weil der Eingang des Museums jetzt vergittert war, konnte er sich nicht ins Gebäude flüchten. Darum rannte er zu einer der beiden Säulen, die das Vordach aus Glas und Beton trugen. Jing Ke und Gao Jianli traten ein Stück zur Seite, um besser auf ihn zielen zu können. Als Zack um die Säule herumlief und den Dolchen auswich, kam ihm die Situation auf einmal seltsam bekannt vor. Aber bestimmt würde Jing Ke nicht noch einmal den gleichen Fehler machen und hinter ihm herrennen, so wie hinter Qin Shi Huang vor über zweitausend Jahren.

Tang Taizong ließ seinen Geisterbogen erscheinen, doch seine Pfeile wurden abgelenkt. Daraufhin zückte Wu Zetian ihre Peitsche und lief die Treppe hinunter. Doch je näher sie den beiden Angreifern kam, desto stärkere

Schallwellen schlugen ihr entgegen, sodass sie schließlich stehen bleiben musste.

Mit zornig gebleckten Zähnen ließ Tang Taizong seinen Bogen verschwinden und holte ein Feuerzeug und ein Stück Holz aus seiner Umhängetasche. Als er das Holzstück anzündete, tanzte der rötliche Widerschein der Flamme über sein Gesicht. Mit seinen rot glühenden Augen glich er einem Dämon. Er schleuderte das brennende Holzstück durch das Gitter vor dem Museumseingang und breitete wie ein Zauberer beide Hände aus. Die Flamme loderte hoch auf.

Die Sprinkleranlage wurde ausgelöst. Schäumende Pfützen sammelten sich auf dem Boden. *Hoffentlich sind die Ausstellungsvitrinen wasserdicht,* schoss es Zack durch den Kopf.

Tang Taizong machte ihm hektisch Zeichen. Zack war klar, was der Kaiser von ihm wollte. Obwohl ihn die Stiche der Geisterdolche noch schmerzten, streckte er den Arm in Richtung Museum aus und rief das Wasser zu sich. Sofort flossen die Pfützen ineinander und fluteten in einem Schwall durch das Gitter. Gleichzeitig spürte Zack in seinem Inneren eine entgegengesetzte, eisig kalte Kraft, doch seine Freude überwog. Er war tatsächlich ein Wasserbändiger! Mit einer schwungvollen Armbewegung lenkte er den Schwall die Treppe hinunter. Die Attentäter damit wegschwemmen konnte er zwar nicht – dafür war es nicht genug Wasser –, doch der Überrumpelungseffekt gelang.

Die Dolche flogen kreuz und quer durch die Luft, Gao Jianlis Gesang geriet aus dem Takt und die Schallwellen wurden schwächer. Zack und Wu Zetian nutzten die Gelegenheit und rannten auf die Attentäter zu. Gleichzeitig ließ Zack das Wasser gegen die Beine der beiden Männer branden wie Wellen an einen Strand.

Qin Shi Huang: MACH DIE AUGEN ZU.

Zack gehorchte und Wu Zetian erzeugte einen Blendblitz.

Als Zack wieder hinschaute, wirkten die Gegner noch desorientierter. Weil der Dolchhagel allmählich versiegte, erkannte Zack jetzt, dass Gao Jianli die Saiten der grünen Geisterzither mit einem Stab anschlug.

Qin Shi Huang: SOBALD ER DAS INSTRUMENT LOSLÄSST, LÖST ES SICH AUF.

Qin Shi Huang: LÖSE SEINEN GRIFF MIT WASSER.

Zack hob die Hand und spreizte die Finger. Der Wasserschwall brandete an Gao Jianli hoch und zwischen seine Finger. Das Instrument entglitt ihm. Rasch ließ Zack das Wasser noch höher aufwallen, sodass es dem Musiker in die Nase drang.

Die Lautenmelodie verstummte, der Gesang brach mit einem Schmerzensschrei ab. Und auf einmal hörte Zack auch wieder Umgebungsgeräusche, so als hätte er nach einem Flug geschluckt, um die Ohren wieder freizubekommen. Drinnen im Museum schrillte der Alarm. Polizeiautos näherten sich mit Sirenengeheul.

Doch am lautesten waren Wu Zetians und Tang Taizongs einstimmige Rufe: »*Zieht Euer Schwert, mein König!*«

Zacks Rücken wurde erneut kalt. Als er diesmal hinter sich griff, schloss sich seine Hand um einen Knauf.

Im selben Augenblick gelang es dem geblendeten Jing Ke, ihn zu orten. Als der Attentäter den nächsten Dolchhagel losließ, zückte Zack das Zeremonialschwert.

Die Dolche prallten von der Klinge ab. Sie war kalt wie Eis, schwarz wie die Nacht und so lang wie Zacks Arm. Die Waffe verströmte eine Kraft, die ihn erschauern ließ.

»Das ist eine Geisterversion des Tai'e-Schwertes«, verkündete Qin Shi Huang durch die AR-Brille. Überraschenderweise schwang Ehrfurcht in seinem Ton mit. »Als Erbstück ist es durch die Hände sämtlicher Herrscher von Qin gegangen – unseren Vorfahren.«

Zack erschauerte wieder. Dass das Herrschergeschlecht nicht mit Qin Shi Huang angefangen hatte, sondern er nur ein Teil davon war, hatte etwas Unwirkliches. Sie *beide* waren Teil von etwas Größerem. Zack glaubte zu hören, wie aus dem Schwert das Raunen Hunderter Stimmen drang.

Doch Qin Shi Huang kümmerte sich nicht darum und forderte Zack auf, ihm einen Satz auf Chinesisch nachzusprechen. Wieder brauchte Zack keine Übersetzung. »Der

König von Qin läuft um die Säule herum.« Weil er das ja gar nicht mehr tat, war es ein bisschen seltsam, es zu rufen, aber er hatte sich inzwischen angewöhnt, solche Anweisungen nicht zu hinterfragen. Je öfter er den Satz wiederholte, desto flüssiger klang sein Chinesisch. Wie Wasser. Wie *Magie*.

Erneut durchströmte ihn Kälte, so eisig wie noch nie. Seine *Qi*-Leiste verkürzte sich jäh und auf seinen Armen kamen wieder die schwarzen Meridiane zum Vorschein. Die Kälte sammelte sich vor allem in seinen Augen. Waren auch sie pechschwarz geworden? Die warme Nachtluft begann zu flimmern, die Dolche segelten nur noch träge durch die Luft. Der Museumsalarm und die Polizeisirenen verebbten zu einem dumpfen Heulen wie von einem Raubtier.

Die Zeit verlangsamte sich.

So wie bei dem Kampf mit Aiden.

»Lauf weg, Zack!«, rief Qin Shi Huang ihm zu.

Zack wich den letzten Dolchen aus und rannte los. Dabei erschienen erneut Bilder vor seinem inneren Auge. Erinnerungen daran, wie Jing Ke ihn um die Säule gejagt und einen echten, blitzenden Dolch geschwenkt hatte. Damals hatte er sich gewünscht, dass sich die Zeit verlangsamen würde. Zack wurde plötzlich von einer Angst gepackt, die nicht seine eigene war.

Von einer Angst, in die sich Zorn mischte.

Du willst mich töten? Wie kannst du es wagen!

Er holte mit dem Schwert aus und rammte es Jing Ke tief in die Brust.

Zack hatte *noch nie* auf irgendwen eingestochen. Der Schock darüber ließ ihn seinen Zorn vergessen. Stattdessen bekam er es mit der Angst zu tun. Hatte er etwa jemanden umgebracht?

Die Zeit beschleunigte sich wieder, Alarmanlage und Sirenen schrillten so laut wie zuvor. Jing Ke und Gao Jianli wanden sich stöhnend. Die Schwertklinge war so lang, dass sie beide Attentäter hintereinander aufgespießt hatte. Zu Zacks Erleichterung floss kein Blut. Von den Kaisern wusste er, dass es zwei Methoden gab, Geister zu bezwingen. Entweder setzte man Geisterwaffen ein oder man brachte den jeweiligen Wirt an den Rand des Todes. Dann musste der Geist aus ihm entweichen. So ähnlich hatte es Qin Shi Huang mit Aiden gemacht, indem er das Gewitter und die Wasserkugeln entfesselt hatte.

Zack gefiel die erste Methode tausendmal besser.

Plötzlich packte Jin Ke ihn am Handgelenk. Sein Griff war kalt wie der Tod. Hinter seinem Helmvisier flackerten die weißen Augen wie kaputte Lampen.

»Warum … unterstützt du … diesen … *Tyrannen*?«, stieß er in altertümlichem Chinesisch hervor und bohrte Zack die Fingernägel in den Arm.

Erneut wurde Zack von Erinnerungen überflutet, aber diesmal waren es ganz andere Bilder. Menschen schrien, als Kriegerhorden ihre Dörfer stürmten. Angekettete Männer schufteten sich an gewaltigen Bauprojekten zu Tode. Hofbeamte wurden lebendig begraben. Berge von Schriftrollen gingen in Flammen auf.

Ehe Zack reagieren konnte, erlosch das Licht unter Jing Kes Helm. Er und Gao Jianli – beziehungsweise die beiden Wirte der Attentäter – verloren das Bewusstsein und erschlafften. Sofort ließ Zack den Schwertknauf los. Die Geisterwaffe zerstob und die beiden Männer fielen übereinander zu Boden.

Zack starrte sie wie gelähmt an. Sein Atem ging mühsam und vom Lärm der Alarmanlage und der Polizeisirenen dröhnte ihm der Schädel.

»Gut gemacht, Kleiner!«, sagte Tang Taizong fröhlich. Er klappte das Helmvisier des vormaligen Jing Ke hoch und sprühte ihm und dem anderen Mann Meng-Po-Brühe ins Gesicht. »Jetzt können wir abhauen.«

»Und die beiden lassen wir einfach liegen?«, fragte Zack. Tang Taizong war schon losgelaufen.

Der Kaiser blieb stehen und musterte erst die Bewusstlosen und dann Zack. »Wir können sie schlecht mitnehmen, oder?«

»Aber wird die Polizei dann nicht glauben, dass *sie* ins Museum eingebrochen sind?«

»Reg dich ab.« Wu Zetian gesellte sich zu Tang Taizong. Sie klang gereizt. »Die Attentäter haben sich garantiert zwei Gangster als Wirte ausgesucht. Irgendwelche Mistkerle, die sowieso hinter Gitter gehören.« Verächtlich setzte sie hinzu: »Typisch Heldenmoral. Es ist immer dasselbe.«

»Wem sagst du das?«, erwiderte Tang Taizong lachend.

Seit Zack die Bekanntschaft der drei Kaiser gemacht hatte, hatte er schon öfter *Geht's noch?* gedacht. Charakterlich waren alle drei nicht berauschend, aber das jetzt …

Das war die Art Unterhaltung, wie sie waschechte Superschurken führten.

9

Wie man damit klarkommt, der Helfershelfer von Superschurken zu sein

Zack lag wach im Bett und starrte an die Zimmerdecke. Es war drei Uhr nachts, aber Shanghai war immer noch hell erleuchtet. Sie waren mit der U-Bahn zur Wohnung zurückgefahren. Yaling war nicht mitgekommen, weil sie von der Polizei befragt wurde. Es ging um die Massenkarambolagen, die sich ereignet hatten, als sie sich die Verfolgungsjagd mit Jing Kes Motorrad geliefert hatten. Der »versuchte Museumsraub« war *das* Thema in den chinesischen Nachrichten.

Wu Zetian hatte richtig vermutet, denn die beiden Männer, die sie angegriffen hatten, waren ehemalige Verbrecher mit eindrucksvollen Strafregistern. Niemand würde ihnen glauben, wenn sie behaupteten, sich an nichts erinnern zu können.

Was Zacks Begleiter anging, war die Unternehmung erfolgreich gewesen. Als nützlichen Nebeneffekt hatte Zack dabei mehr Widerstandskraft gegen niedere Dämonengeister erworben. Trotzdem verspürte er kein Triumphgefühl. Immer wieder sah er den aufgespießten Jing Ke vor sich und hörte ihn wie einen unheilvollen Ohrwurm ächzen: *Warum … unterstützt du … diesen … Tyrannen?*

Yalings Erinnerung hatten die Kaiser auch gelöscht. Es schien ihr zwar nichts auszumachen, dass man ihr Brühe ins Gesicht sprühte, aber Zack fand auch diese Maßnahme inzwischen höchst fragwürdig.

Er tastete auf dem Nachttisch nach seinem Handy und gab »Qin Shi Huang Tyrann« ein. Als Google nicht reagierte, fiel ihm ein, dass westliche Suchmaschinen in China gesperrt waren. »Die Chinesische Firewall« hatte Simon das in Anspielung auf die Chinesische Mauer genannt. Das erste Mal war Zack etwas komisch vorgekommen, als er Messenger nicht öffnen konnte. Jess, eine Freundin seiner Mutter, hatte ihm versprochen, ihn über den Zustand seiner Mom auf dem Laufenden zu halten. Anscheinend war das chinesische Internet eine Art Paralleluniversum. Statt Google gab es hier Baidu, statt Twitter Weibo und so weiter. Simon musste auf Zacks Handy eine VPN-App installieren, damit Zack seine IP-Adresse umleiten und Jess erreichen konnte. Leider gab es keine Neuigkeiten außer »Deine Mom schläft immer noch, Schätzchen«.

Eine Nachricht ploppte auf.

Qin Shi Huang: Na, neugierig geworden? Möchtest du mehr über mich erfahren?

Vor lauter Schreck ließ Zack das Handy los. Es knallte ihm aufs Gesicht.

»Aua!« Tränen schossen ihm in die Augen und er hielt sich die schmerzende Nase. Dann setzte er sich schwerfällig auf und trennte die Bluetooth-Verbindung zwischen dem Handy und seiner AR-Brille.

Was Qin Shi Huang nicht daran hinderte weiterzureden, denn die Brille lag auf dem Nachttisch. »Ich bin hier. Du kannst mich alles fragen.«

Einen Augenblick lang schaute Zack die Brille einfach nur an. Dann überwand er sich, sie aufzusetzen. Er konnte sowieso nicht schlafen, weil er unter Jetlag litt.

Qin Shi Huangs virtuelle Gestalt erschien. »Also?«

»Jing Ke hat dich … einen Tyrannen genannt«, sagte Zack stockend.

»Da ist er nicht der Einzige. In den Augen mancher Leute gehöre ich sogar zu den schlimmsten Tyrannen der Weltgeschichte. Wenn man bei Wikipedia ›Tyrann‹ eingibt, stehe ich immer auf der Liste. Und tatsächlich würden moderne Menschen wie du viele meiner Entscheidungen und Taten tyrannisch nennen. Aber ich wollte damit etwas erreichen. Ich hatte klare Ziele und habe ihnen mein ganzes Leben gewidmet. Ich zählte nicht zu jenen Schwachköpfen, die ihre Macht nutzten, um sich selbstzerstörerischer Verschwendung hinzugeben. So wie Nero, um mal ein eurozentrisches Beispiel zu nennen. Allerdings werde ich manchmal der chinesische Nero genannt, weil wir beide Probleme mit unseren Müttern hatten. Ich lehne diese Bezeichnung kategorisch ab. Ich war wesentlich produktiver als der Römer.«

Zu dieser kleinen Ansprache hätte der Hashtag *NichtJederIstEinTyrann* gepasst. Zack schluckte. »Aber du hast doch zahllose Unschuldige umgebracht, oder?«

Qin Shi Huang verdrehte hinter dem Perlenvorhang seiner Kopfbedeckung die Augen. »Ich war ein Eroberer, da bleibt so etwas nicht aus. Gibt es in der Geschichte *irgendeinen* Eroberer oder Alleinherrscher, an dessen Händen nicht das Blut Unschuldiger klebt? Was ist mit den zahllosen Persern, die dein toller Alexander der Große auf dem Gewissen hat? Oder mit der indigenen Bevölkerung der USA und den Schwarzen, die unter George Washington gelitten haben? Wenn ich mich recht entsinne, waren so gut wie alle eurer amerikanischen Gründerväter Sklavenbesitzer. Trotzdem behaupteten sie, sie würden sich für die Freiheit aller Menschen einsetzen. So dreist habe ich *nie* gelogen.«

»Aber was hast du dann vor? Hier in unserer modernen Welt, meine ich.«

»Wir müssen das Portal abdichten, ehe der Geistermonat anbricht, schon vergessen? Ich dachte, das hättest du mittlerweile kapiert.«

Doch Zack hatte inzwischen seine Zweifel, dass es den Kaisern wirklich nur darum ging. Der Schweiß brach ihm aus. »Du hast eben selbst zugegeben, dass du ein Tyrann bist. Du und die anderen … ihr benehmt euch wie Superschurken. Und da soll ich euch glauben, dass ihr es nur gut meint?«

»Wie oft muss ich dir noch –« Qin Shi Huang brach ab und verzog ärgerlich das Gesicht. »Bloß, weil ich meinen Willen offen durchsetze, bin ich nicht automatisch böse. Mit diesem Schwarz-Weiß-Denken wirst du es später mal nicht leicht haben, Junge.«

Zack zerknüllte nervös seine Bettdecke. »Ist das mit dem Portal wirklich alles, worauf ihr aus seid? Was passiert danach?«

Qin Shi Huang wich der Frage geschickt aus. »Zum Dank, dass du dich für unsere Mission einsetzt, erfülle ich dir deinen größten Wunsch. Ich mache dich stärker, wie ich es versprochen habe.«

Zack merkte, dass er knallrot wurde. »Das ist gar nicht mein größter Wunsch. Du hast mich einfach in einem schwachen Augenblick danach gefragt. Mein größter Wunsch ist, dass meine Mutter wieder aufwacht und nicht mehr so viel arbeiten muss.«

»Auch gut«, gab Qin Shi Huang achselzuckend zurück. »Kein Problem für mich. Wobei …« Sein durchbohrender Blick gefiel Zack gar nicht. »Mein Instinkt trügt mich nie. Du strebst genauso nach Stärke und Macht wie ich in deinem Alter. Das sehe ich doch.«

»Ich bin nicht wie du! Kein bisschen!«

»Ach nein? Dann will ich dir mal eine Geschichte

erzählen. Sie handelt davon, dass wir einander keineswegs unähnlich sind.« Qin Shi Huang schloss die Augen. Die Polygone um ihn herum verschoben sich und er wurde zu einem Jungen, der etwas jünger als Zack war. Der Junge hatte struppige, verfilzte Haare und trug einen zerlumpten Bauernkittel. Doch er hatte den gleichen stechenden Blick wie Qin Shi Huang und die gleichen dunklen »Ich habe tausend Jahre nicht geschlafen«-Ringe unter den Augen. Seine Stimme war kindlich hell.

»Die meisten Biografien über mich erwähnen nicht, dass ich trotz meines Namens gar nicht aus Qin stamme. Ich kam in der Hauptstadt von Zhao zur Welt. Qin und Zhao waren damals verfeindet. Ein paar Jahre vor meiner Geburt war zwischen den beiden Staaten ein erbitterter Krieg ausgebrochen. Er endete damit, dass der Herrscher von Qin vierhunderttausend gegnerische Krieger lebendig begraben ließ und anschließend die Hauptstadt von Zhao belagerte. Dort hielt sich mein Vater, der der jüngste Sohn des Königs von Qin war, als politische Geisel auf. Während meine Mutter mit mir schwanger war, floh er und ließ uns zurück. Ich kam also als Gefangener in einer Feindesstadt zur Welt, die von meinem eigenen Urgroßvater belagert wurde, nachdem er fast die gesamte männliche Bevölkerung umgebracht hatte.«

»Klingt total nach meinem Leben«, sagte Zack ironisch.

»Ich bin noch nicht fertig«, entgegnete Qin Shi Huang gereizt. »Bis ich neun war, wurde ich abgrundtief von allen gehasst, weil sie mich mit einem Königreich und einem Vater in Verbindung brachten, die ich beide nicht kannte. Von denen meine Mutter und ich im Stich gelassen worden waren.« In seinem Gesicht erschienen Blutergüsse und Schrammen und er krallte die Finger in den fleckigen Kittel. »Nur durch ein Wunder gelang es uns, nach Qin zu entkommen. Jedenfalls, wenn man Geld als ›Wunder‹ bezeichnen will. Ein reicher Kaufmann hatte sich in den Kopf gesetzt, dass mein Vater der neue König von Qin werden sollte. Meine Mutter wurde über Nacht Königin und ich damit Kronprinz eines Reiches, über das ich nicht das Geringste wusste. Ich kannte niemanden dort und die Zhao hatten mir nicht gestattet, mich mit Qin zu beschäftigen.«

Qin Shi Huang wechselte erneut die Gestalt, diesmal eher à la Cinderella, als sie von der guten Fee verzaubert wurde. Die Schrammen in seinem Gesicht verschwanden, die verfilzten Haare entwirrten sich und die Hälfte band sich zu einem ordentlichen Knoten hoch. Statt des groben Kittels trug er plötzlich ein schwarzes Seidengewand. Nur der wohlbekannte stechende Blick, in dem jetzt Furcht und Hass lagen, wollte nicht recht dazu passen.

»Ich war ein wandelnder Widerspruch«, fuhr er fort. »Ich gehörte nirgendwohin. In Zhao verabscheute man mich, weil ich aus Qin kam. In Qin wurde ebenfalls über mich getuschelt, obwohl ich jetzt im Königspalast lebte. Ich sprach nicht wie die anderen. Ich konnte ihre Schrift nicht lesen. Ich war bei Weitem nicht so wohlerzogen und charismatisch wie mein jüngerer Halbbruder, den mein Vater mit der Prinzessin eines anderen Staates gezeugt hatte. Meine Mutter war nur eine Tänzerin. Vielleicht wäre ich sogar zugunsten meines Bruders von der Thronfolge ausgeschlossen worden, aber …«

Auf einmal war er tatsächlich so alt wie Zack. Sein schwarzes Gewand bestand nun aus mehreren Lagen kostbarer Seide und war mit goldenen Drachen bestickt. Und er trug bereits den hohen Kopfputz mit den Perlenschnüren.

»Nach drei Jahren starb unser Vater unerwartet und ich wurde im Alter von dreizehn König von Qin. Weil man in der chinesischen Tradition bei der Geburt schon ein Jahr alt ist, war ich in Wahrheit erst zwölf. So alt wie du jetzt. Kannst du dir das vorstellen?«

Es gelang Zack nicht. In seinem Alter ein ganzes Land am Laufen halten?

»Ich war ein Zwölfjähriger, der ein Land regieren sollte, dessen Sprache er immer noch nicht richtig beherrschte.« Als Qin Shi Huang die Arme hob, streiften seine weiten Ärmel fast den Boden. »Und falls du jetzt denkst, als König hätte mir wenigstens niemand mehr etwas anhaben können, irrst du dich gewaltig. Ich wurde von sämtlichen Streitenden Reichen scharf beobachtet. Weil Qin damals von den sieben Staaten der mächtigste war, wollten mich die anderen Staaten am liebsten tot sehen. Aber nicht nur sie, auch etliche Einwohner von Qin hegten diesen Wunsch – unter anderem meine zahlreichen Onkel. Mein Vater hatte nämlich über zwanzig Brüder.

Weil mir so gut wie alle entweder nach dem Leben trachteten oder mich für ihre Zwecke beeinflussen wollten, musste ich jede Sekunde auf der Hut sein. Ich schlief mit einem Dolch unter dem Kopfkissen. Ich erschrak vor jedem Schatten, ängstigte mich vor jeder unbekannten Speise. Die sechs anderen Staaten taten sich zusammen und ich wehrte ihren Eroberungsversuch ab. Ich schlug einen Putsch nieder, den der Geliebte meiner Mutter anzettelte. Meine eigene Mutter unterstützte ihn dabei, weil sie sich inzwischen so vor mir fürchtete, dass ihr mein Tod lieber gewesen wäre. Zu guter Letzt entledigte ich mich des Kaufmanns, der das Amt des Kanzlers innehatte und mich als seine willenlose Marionette betrachtete. Danach herrschte ich unangefochten über Qin.« Qin Shi Huang musste kurz virtuelle Luft holen. »Und irgendwann war ich dann zweiundzwanzig.«

Zack bekam den Mund nicht mehr zu. Doch er riss sich zusammen und fragte: »Und wann kommt der Teil der Geschichte, der beweisen soll, dass wir uns ähnlich sind?«

»Hast du mir nicht zugehört?« Qin Shi Huang verwandelte sich in den jungen Mann zurück und sprach mit tieferer Stimme weiter: »Unsere Mütter waren beide alleinerziehend, wir wurden beide ausgegrenzt, weil wir aus einem anderen Land kommen – wobei du nicht mal dort aufgewachsen bist –, und wir stecken unser Leben lang zwischen zwei Welten fest.«

»Das ist *deine* Ansicht!«

»Ach ja? Auf jeden Fall kann ich mich bestens in dich hineinversetzen. Deine moralischen Maßstäbe sind deswegen so hoch, weil du unbedingt gemocht werden willst. Du glaubst, wenn du immer lieb und nett bist, wirst du nicht mehr als Außenseiter behandelt. Das ist dein größter Schwachpunkt. Wenn du es zu etwas bringen willst, darf es dir nicht zu schaffen machen, was andere von dir denken könnten.«

»Ich … ich … ich …« Zack brachte nur Gestotter heraus.

Qin Shi Huang schwebte näher heran. »Ich sag dir mal was, Kleiner. Du wirst immer anders sein. Finde dich damit ab. Akzeptiere es … ab jetzt. Egal wie du dich verbiegst, deine Mitmenschen werden dich nie als einen der Ihren betrachten. Und das bist du auch nicht. Du hast deine eigene Geschichte, deinen ganz persönlichen Hintergrund. Wenn du immer nur ein anderer sein willst, wird dich niemand respektieren. Eigentlich weißt du das auch. Sonst würdest du dir nicht so verzweifelt wünschen, stärker zu sein, für dich selbst einstehen zu können und dich nicht mehr verstellen zu müssen.«

»Das … das stimmt nicht!« Endlich konnte Zack wieder zusammenhängend denken. »Es macht mir nicht zu schaffen, was andere von mir denken könnten. Es macht mir zu schaffen, dass du ein Tyrann und Superschurke bist, der seine Verbrechen damit rechtfertigt, dass er eine schreckliche Kindheit hatte. Was willst du überhaupt von mir?«

»Du sollst mir helfen, China vor dem nächsten großen Krieg zu bewahren. Die Ära der Streitenden Reiche darf sich nicht wiederholen«, antwortete Qin Shi Huang. »Nachdem ich so viel Zwietracht erlebt habe, ist mir klar geworden, dass die ewigen Auseinandersetzungen aufhören müssen. Damals trieben so viele böse Geister ihr Unwesen und ergriffen von den Menschen Besitz, dass überall Zank und Streit herrschten. Alle zogen Grenzen zwischen ›wir‹ und ›die‹, und das aus den nichtigsten Anlässen. Mir wurde bewusst, dass mein Leben nur dann einen Sinn hat, wenn ich dem ein Ende mache. Schluss mit den Grenzen! Schluss mit den sich bekämpfenden Einzelstaaten! Ich fühlte mich zwischen Qin und Zhao zerrissen. Dagegen half nur, dass ich mir die Herrschaft über *beide* Staaten aneignete. Und über Han. Und über Chu. Und über alle anderen. Dein moderner Verstand wird meine Beweggründe nicht gutheißen, aber so habe ich mich nun mal entschieden. Und nun muss ich mein größtes Werk, das geeinte China, verteidigen. Wie ein Vater, der sein Kind beschützt. Kannst du mich jetzt besser verstehen?«

Zack schnitt eine Grimasse. »Du hörst dich wie ein Comic-Bösewicht an, der die Welt zerstören will, um sie nach seinen eigenen Vorstellungen neu aufzubauen.«

»Das beschreibt mich durchaus treffend.« Qin Shi Huang zog die Augenbrauen hoch. »Und es ist keinem anderen Herrscher in der Geschichte der Menschheit so gut gelungen wie mir.«

»Echt bescheiden.«

»Bescheidenheit gehört nicht zu meinen Vorzügen.«

Zack rieb sich unter der AR-Brille die Augen. Das Gespräch strengte ihn an.

»Nun denn«, fuhr Qin Shi Huang fort. »Jetzt kennst du meine Lebensgeschichte und meine Beweggründe. Ehrlich gesagt ist es mir egal, ob du sie gutheißt. Du musst sowieso mit uns zusammenarbeiten, wenn du die Seele deiner Mutter zurückholen willst. Und jetzt schlaf. Dein *Qi* muss sich regenerieren, sonst stehst du die kommenden Ereignisse nicht durch.«

Qin Shi Huang schnippte mit den Fingern und verflüchtigte sich. Wobei Zack fast sicher war, dass das Fingerschnipsen überflüssig war.

Mit einem tiefen Seufzer ließ er sich wieder aufs Kopfkissen sinken und scrollte auf dem Handy durch ein paar Bilder von sich und seiner Mom. Sie hatten die Fotos bei ihren Picknicks und seltenen größeren Ausflügen gemacht. Doch beim Anblick ihres strahlenden Lächelns konnte er nur daran denken, dass es dieses Lächeln nicht mehr gab. Dass sie auf einem anderen Kontinent in einem Klinikbett lag, eine leere Hülle, die nur von surrenden Apparaten am Leben gehalten wurde.

Und dass der Dämon, der daran schuld war, in zwölf Tagen so mächtig wäre, dass er ihre Seele aufzehren würde.

Zack stellte sich vor, wie der Dämon seine Mutter gepackt hielt. Wie sie voller Angst und Verwirrung ringsum nur Dunkelheit sah. Wie sich die Dämonenklauen jeden Tag tiefer in sie hineinbohrten.

Tränen liefen ihm übers Gesicht, tropften aufs Kopfkissen und hinterließen feuchte Flecken. Er ballte die Fäuste.

Na schön! Wenn er mit einem Tyrannen zusammenarbeiten musste, um seine Mutter zu retten, dann würde er das eben tun.

10

Wie ein abgefallenes Blatt an den Baum zurückkehren kann

Zack schlief schlecht. Er hatte Albträume – von klirrenden Schwertern, brennenden Feldern, schreienden und flüchtenden Menschen. Er erblickte sich selbst in einem Palast, in einem mit dunklem Holz und Bronze verzierten Saal, der von Öllampen trüb erhellt wurde. Er hörte seine Mutter schreien, als sie in Stücke gerissen wurde.

Als Simon ihn am Morgen weckte, war er so erleichtert wie noch nie. Die Albträume wichen der Realität – auch wenn diese Realität kaum weniger stressig war.

Doch als er aufstand, wurde er das Gefühl nicht los, dass er über den Visionen von Krieg und Leid etwas vergessen hatte. Etwas Wichtiges. Hatte ihm nicht jemand … ein Geheimnis anvertraut?

Während er kurz duschte und anschließend seine paar Sachen zusammensuchte, zermarterte er sich vergeblich das Hirn. Von Simon hatte er einen Rucksack aus festem, wasserabweisendem Material bekommen. Er stopfte seine Sachen hinein und stellte den Rucksack vor die Zimmertür.

»Hallo!« Simon saß im Wohnzimmer auf dem Sofa. Er zeigte auf eine Art große Skibrille, die auf dem Couchtisch lag. »Die hier brauchst du für den nächsten Teil unserer Mission. Am besten legst du sie ganz oben in deinen Rucksack, damit du schnell drankommst.«

Als Zack die Brille vom Tisch nahm, schlugen die schwarzen Kunststoffriemen gegen seine Hand. Jetzt erkannte er das Modell wieder. Es stammte aus der Kollektion von XY Technologies und man zog es beim Tauchen über die AR-Brille. »Gehen wir schwimmen, oder was?«

Simon wiegte den Kopf. »Hoffentlich.«

»Was soll das heißen? Was haben wir heute vor?«

»Wir wollen nach Qinhuangdao. Das ist eine Stadt im Norden. Der Name bedeutet: ›Insel des Qin-Kaisers‹. Von dort aus hat Qin Shi Huang seine Flotte über den Pazifik geschickt. Sie sollte Penglai suchen.«

»Nie gehört.«

Simon wirkte erstaunt. Anscheinend war das wieder mal etwas, worüber alle Chinesen außer Zack Bescheid wussten. »Also … na ja … Penglai ist eine sagenumwobene Insel. Dort stellen daoistische Weise magische Pillen her, die einen unsterblich machen. Diese Pillen müssen wir uns beschaffen, sonst überleben wir den nächsten Teil unserer Mission nicht. Wir müssen uns nämlich in den Drachenpalast im Ostmeer begeben.«

Zack hatte eigentlich gedacht, ihn könnte kaum noch etwas Übernatürliches überraschen. Und jetzt kam Simon plötzlich mit sagenumwobenen Inseln, Unsterblichkeitspillen und Drachenpalästen an.

Simon spürte seine Verwirrung offenbar, denn er erläuterte im Ton eines Geschichtsprofessors: »Eigentlich sind wir hinter dem Kaiserlichen Siegel her. Ohne dieses Artefakt können wir das Geisterportal nicht abdichten. Qin Shi Huang hat es einst aus dem *Héshìbì* schnitzen lassen, einem ebenfalls sagenumwobenen Stück Jade. Über tausend Jahre lang symbolisierte das Siegel die Macht über das geeinte China. Es ging durch die Hände unzähliger Herrscher, auch durch die von Tang Taizong und Wu Zetian. Auf diese Weise ist es mit der Magie aller dieser Personen verbunden. Würde ein legendärer Herrscher es einsetzen, könnte es Unvorstellbares bewirken. Dummerweise ging das Siegel vor ungefähr siebenhundert Jahren während eines Krieges verloren. Aber die Kaiser haben aus vertrauenswürdiger Quelle erfahren, dass es sich im Pazifik befindet. Der Drachenkönig des Ostmeers hat es seiner Schatzkammer einverleibt. Soll heißen, wir müssen zu ihm hinabtauchen und es klauen.«

Zack beschloss, einfach mal zu glauben, dass es einen Drachenkönig gab, der über einen Teil des Pazifiks herrschte. »Und dafür müssen wir unsterblich werden?«

Melissas Zimmertür flog auf. »Logisch! Keiner unserer drei Kaiser kann einen Zauber wirken, der uns auf dem Meeresgrund am Leben hält. Wahrscheinlich kann nicht mal ein U-Boot so tief tauchen.«

Zack war erstaunt, dass ihr Bett unordentlich war und sie selbst noch nicht zurechtgemacht. Er hatte angenommen, dass sie Wert darauf legte, stets perfekt auszusehen. Doch außer den Silberarmreifen erinnerte nichts mehr an das Mädchen, das er gestern kennengelernt hatte. In Oversize-T-Shirt, Schlafanzughose und Plüschpantoffeln mit Hasenohren schlurfte sie in die Küche.

»Mitten in der Nacht aufzustehen, ist echt nicht mein Ding.« Sie öffnete den Kühlschrank und nahm sich einen Trinkjoghurt.

»Es ist schon neun, Mel.«, entgegnete Simon tadelnd.

»Von wegen *schon*!«, fuhr sie ihn an und setzte kopfschüttelnd hinzu: »Kein Wunder, dass unsere Beziehung nicht gehalten hat.«

»*Beziehung?!*« Vor Schreck überschlug sich Zacks Stimme.

»Hör nicht auf sie«, sagte Simon hastig. »Manchmal tut sie so, als wären wir tatsächlich Tang Taizong und Wu Zetian.«

Melissa ließ sich nicht beirren. »Deswegen hast du auch das Sorgerecht für die Kinder nicht gekriegt.« Sie rammte einen Strohhalm durch den Aludeckel des Trinkjoghurts.

»Tang Taizong und Wu Zetian hatten überhaupt keine Kinder.«

Zack lachte verlegen. Dann fiel ihm auf, dass Simon ein bisschen rot geworden war.

War er etwa in Melissa *verliebt*? Überraschend wäre das

nicht gewesen. Sogar ohne Make-up und mit Haaren wie ein zerwühltes Vogelnest war Melissa sehr hübsch. Und sie war mutig. Und selbstbewusst. Und ein Mädchen.

Jungen verliebten sich in Mädchen. Jedenfalls die meisten.

Nachdem Melissa wieder in ihrem Zimmer verschwunden war, räusperte sich Zack und wandte sich an Simon. »Wie wirken denn diese Unsterblichkeitspillen? Wenn wir sie schlucken, leben wir aber nicht ewig, oder?«

»Nein. Unsterblichkeit bedeutet in diesem Fall: ›Kann nicht durch etwas getötet werden, das gewöhnliche Sterbliche umbringt.‹« Die Kaiser wollen die Weisen um Pillen bitten, die einen Tag lang wirken. An diesem Tag brauchen wir nicht zu atmen und die Kälte und der Druck des Wassers machen uns nichts aus. Wenn uns die Krieger des Drachenkönigs mit Geisterspeeren durchbohren, können sie uns aber trotzdem verwunden oder töten, darum müssen wir aufpassen. Zum Glück hat XY Technologies dieses Tauchzubehör herausgebracht. So kannst du mit Qin Shi Huang in Verbindung bleiben.«

»XY Technologies würde es bestimmt bereuen, wenn sie wüssten, dass wir das Ding für unsere Mission einsetzen.« Zack steckte die Taucherbrille in seinen Rucksack. Er rief sich wieder in Erinnerung, dass Jason Xuan die Firma nur gegründet hatte, damit die Geister mehr Macht erlangen und das Portal aufbrechen konnten. »Moment mal – XY Technologies lässt uns aber nicht verfolgen, oder?«

»Jason Xuan beobachtet uns, so viel steht fest«, antwortete Simon. »Aber er kann nicht viel gegen uns unternehmen. Es ist ja nicht so, dass alle seine Mitarbeiter wissen, dass er sich mit dem Gelben Kaiser zusammengetan hat. Die meisten würden es auch gar nicht glauben, denn noch verfügt er über keinerlei Magie. Er würde sich bloß lächerlich machen, wenn er hinter ein paar Kindern wie uns her ist. Er konnte mich nicht mal dran hindern, die Weltmeisterschaft zu gewinnen. Momentan kann der Gelbe Kaiser nur versuchen, noch mehr Geister dazu zu bringen, uns anzugreifen. Ob das klappt, sehen wir dann.«

»Na toll«, rutschte es Zack heraus.

Insgeheim war er immer noch ein bisschen traurig, dass sein leuchtendes Vorbild Jason Xuan in Wahrheit sein Gegner war. Wenigstens musste er nicht direkt mit ihm kämpfen.

Nachdem Melissa ein zweites Mal aus ihrem Zimmer gekommen war – diesmal wieder im Popstar-Look mit Pferdeschwanz und überschminkten Hautunreinheiten –, weckten sie Yaling. Anschließend gingen alle zusammen frühstücken. Zack war etwas nervös, weil er und seine Mom es sich nie leisten konnten, auswärts zu essen, aber Simon beruhigte ihn. Er war sogar so umsichtig gewesen, ein Restaurant auszusuchen, in dem halal gekocht wurde, was Zack sehr freute. Der Weg dorthin führte durch eine kleine gewundene Straße. Die Luft war heiß und stickig, der Verkehr kroch träge dahin. Die Autos hielten sich in der Mitte der schmalen Fahrbahn, Fahrräder und Motorräder schoben sich klingelnd und hupend an den Fußgängern vorbei. Was das Hupen anging, kannten Chinesen offenbar keine falsche Zurückhaltung. Weil sich unter Zacks Rucksackgurten Schweiß sammelte, trug er den Rucksack nach einer Weile nur noch über einer Schulter, als wollte er unbedingt cool wirken. Vieles hier sah, hörte und roch er zum allerersten Mal. Eine Straßenhändlerin verkaufte echte, zirpende Zikaden in kleinen Bambuskäfigen. Im Sichtfeld von Zacks AR-Brille ploppten die Preise auf. Als die Händlerin mitbekam, dass Zack ihren Stand betrachtete, rief sie ihm etwas zu und winkte ihn heran. Verlegen machte Zack, dass er weiterkam.

Dabei stellte er sich die ganze Zeit vor, dass vor vielen Jahren seine Eltern durch die gleichen Straßen gelaufen waren. Hatten sie das, was sie gesehen, gehört und gerochen hatten, gemocht oder verabscheut? Zack hatte nicht erwartet, dass ihm in China irgendetwas gefallen würde, doch als sie an einem Imbisswagen vorbeikamen und die Inhaberin hinter einer fettigen Glasscheibe zischenden Pfannkuchenteig auf einer heißen Herdplatte verteilte, knurrte ihm plötzlich der Magen. Er hatte keine Ahnung, was die Frau da brutzelte, aber er wollte es unbedingt probieren. Und überhaupt, die Atmosphäre in der Straße …

Sie war chaotisch, das schon, aber das Durcheinander hatte auch etwas Beruhigendes, wie ein Beweis dafür, wie bunt und vielfältig das Leben war.

Auf dem Schild des Restaurants prangte in großer, knallgrüner, arabischer Schrift das Wort »halal«. Die vier setzten sich an einen Tisch mit klebriger kunststoffbeschichteter Platte. Über ihnen dröhnte pausenlos die mit einem Fettfilm überzogene Klimaanlage, an der ein Stoffband flatterte. Noch zwei weitere Tische waren besetzt. Am einen fütterte eine Großmutter ihre Enkelin, am anderen arrangierte ein stylishes junges Paar fröhlich die Speisen auf seinen Tellern und fotografierte sie anschließend.

Simon reichte die laminierten Speisekarten herum, die hinter dem Soßenständer an der schmuddeligen Wand lehnten. »Wenn du in Asien gut essen willst, Zack, darfst du nicht ins Fünf-Sterne-Restaurant gehen. Du musst dir kleine Läden wie den hier suchen oder dich an Streetfood halten.«

Nachdem er Zack das Angebot übersetzt hatte, ging Yaling zum Tresen und bestellte für alle. Das Restaurant war eindeutig ein Familienbetrieb und Zack staunte, wie offen die Inhaber damit umgingen, dass sie Muslime waren. Der Vater trug eine weiße Gebetskappe und machte hinter einer Glasabtrennung Nudeln von Hand. Die Mutter hatte einen Hijab umgebunden und schöpfte klare Brühe in große Schalen. Der halbwüchsige Sohn nahm Yalings Bestellung auf.

Zack wusste, dass Muslime in China je nach dem Landesteil, in dem sie lebten, mehr oder weniger drangsaliert wurden. Im Westen ging es viel schlimmer zu als hier ganz im Osten. Trotzdem war Zack mit der Vorstellung aufgewachsen, dass die chinesische Regierung jeden Muslim ins Gefängnis steckte, der sich zu erkennen gab. Das war ganz offensichtlich ein Irrtum.

Unwillkürlich stellte er sich ein Paralleluniversum vor, in dem er mit seinen beiden Eltern ein kleines Restaurant wie dieses betrieb und sein Dad sich nicht mit dem Regime angelegt hatte. Anders als in den meisten Ländern hätte seine Mom hier sogar Imam werden können beziehungsweise *Āhōng*, wie es auf Mandarin hieß. Die Hui waren die einzigen Muslime, bei denen auch Frauen einer Moschee vorstehen durften. Darauf war Zacks Mutter, die eine muslimische Frauenrechtlerin war und den Koran liberal auslegte, sehr stolz. Wären Zacks Eltern einfach hier in Ostchina geblieben und hätten sich angepasst, hätte die Familie in Frieden leben können.

Wobei es natürlich immer richtig war, sich gegen Unterdrückung zu wehren, das war Zack klar. Irgendwer musste das tun. Aber warum ausgerechnet *sein* Vater?, fragte er sich manchmal.

Warum hatten sich ausgerechnet seine Eltern in Gefahr bringen und alles verlieren müssen?

»Zack?« Simon tippte ihn an.

»Äh … ja?«

»Alles okay?«

»Klar. Ich musste an meine Mom denken«, erwiderte Zack hastig, was immerhin nur halb gelogen war. Den Wunsch, dass seine Eltern angesichts von Unterdrückung geschwiegen hätten, fand er zu egoistisch, um ihn auszusprechen.

Simon und Melissa waren sichtlich betroffen. Sie wirkten auf einmal schuldbewusst – woraufhin *Zack* sich schuldig fühlte, weil er ihnen wieder mal die Stimmung verdarb.

Zum Glück ging Yaling jetzt das bestellte Essen holen: mit Frischhaltefolie umwickelte Teller mit würzigen Kebabs darauf sowie vier Schalen mit Lanzhou-Suppe. Das war ein typisches Hui-Gericht und Zacks Mutter kochte es oft. Auch hier war die Brühe, in der die dünnen Nudeln schwammen, köstlich. Sie schmeckte nach Zuhause – in diesem Land, das streng genommen Zacks Heimat war. Allerdings hätte seine Mutter in ihre Suppe mehr und dickere Rindfleischstücke hineingetan. Jetzt dachte Zack *tatsächlich* an sie und tat so, als würde er sich ganz aufs Nudelschlürfen konzentrieren, damit die anderen die Tränen in seinen Augen nicht sahen.

Wie immer beteiligte sich Yaling nicht an der Unterhaltung, sondern steckte sich Kopfhörer in die Ohren. Ihre Musik war bedenklich laut. Simon fuhr das verschlungene blaue Muster seiner Nudelschale mit dem Finger nach und hielt einen kleinen Vortrag darüber, wie arabische

Händler einst das Kobaltblau nach China mitgebracht hatten und dass das typische blau-weiße Porzellan ursprünglich für den Verkauf in den Mittleren Osten hergestellt worden war. Erst später hatte es sich in China selbst durchgesetzt. Melissa steuerte eine Schilderung bei, wie während der Yuan-Dynastie der Handel zwischen Ost und West floriert hatte. Damals waren die Mongolen an der Macht gewesen und alle anderen waren gezwungen gewesen, miteinander auszukommen.

»Vermutlich sind da auch deine Hui-Vorfahren nach China gelangt, Zack. Oder schon davor … auch zu Zeiten der Tang-Dynastie hat es viele Händler hierher verschlagen. Übrigens wurde die allererste Moschee in China während der Regentschaft von Wu Zetians zweitem Gemahl erbaut.«

»Musst du immer alles auf Wu Zetian beziehen?« Simon tat scherzhaft so, als wollte er mit seinen Essstäbchen Melissas Nase packen.

»Ey! Kann ich was dafür, dass sie so bedeutend war?« Melissa schlug die Stäbchen weg.

Zack grinste, aber gleichzeitig wurde ihm elend zumute. Alle Freunde zogen einander auf. Wenn seine Freunde das mit ihm machten, hatte er immer mitgelacht. Erst jetzt fiel ihm auf, dass er sich nie getraut hatte, sich zu revanchieren. Er hatte immer Angst gehabt, die anderen könnten sauer werden oder ihm die Freundschaft kündigen. Es waren nie Beziehungen von Gleich zu Gleich gewesen, so wie bei Simon und Melissa. Beide gingen total locker miteinander um. Keiner von beiden schluckte irgendwelche Kränkungen hinunter, damit sich der andere nicht von ihm abwandte.

Melissa drehte sich wieder zu Zack um. »Auf jeden Fall finde ich es toll, dass ihr an euren Traditionen festhaltet. Die Welt muss endlich begreifen, dass es nicht nur Han-Chinesen gibt. Ich zum Beispiel bin eine Miao.«

Sie zeigte Zack ein Handyfoto. Darauf stand sie in einem farbenfroh bestickten Oberteil und einem ebenfalls bestickten Faltenrock auf einem Dorfplatz. Ihr auffälliger silberner Kopfschmuck war unglaublich kunstvoll.

»Irre!«, rutschte es Zack heraus.

»Ja, wir Miao sind sehr stolz auf unsere Silberarbeiten.« Melissa hielt ihm ihre Armreifen hin, die mit Blumen und Schmetterlingen verziert waren. »Tanzen und Singen zählt auch zu unseren Stärken. Ich will unter anderem deswegen Popstar werden, weil ich dann unsere überlieferten Lieder und Tänze international bekannt machen kann. Zu meinen eigenen Bedingungen, mit meinem eigenen Look. Ich will mir von der Regierung nicht vorschreiben lassen, wie meine Auftritte auszusehen haben. Solche Traditionen dürfen nicht in Vergessenheit geraten.«

»Finde ich auch.« Auf einmal fühlte sich Zack so leicht, als wäre er mit Helium gefüllt. Er hatte noch nie jemanden in seinem Alter kennengelernt, der ebenfalls einer chinesischen Minderheit angehörte. Melissa war die Erste.

Beziehungsweise die Erste, die ausdrücklich betonte, dass sie keine Han war. Endlich verstand mal jemand, wie ihm zumute war. Er war zwar Chinese, aber eben nicht der typische Han-Chinese. Teils pflegte er zwar die gleichen Traditionen wie die Han, teils aber auch völlig andere.

Während er in dem kleinen Restaurant saß und aus einer blau-weißen Schale Lanzhou-Suppe aß, fühlte sich Zack auf einmal so muslimisch wie noch nie. Normalerweise behielt er für sich, welcher Religion er angehörte. Er war auch »anders« als viele Muslime, die man im Fernsehen sah oder die er persönlich kennenlernte. Er passte nicht in das Bild, das die meisten Leute von Muslimen hatten. Wobei es auf der Welt über eine Milliarde Muslime gab, die logischerweise ganz verschieden waren. Als Zack in der zweiten Klasse von der Lehrerin gefragt wurde, ob er den Ramadan einhielt, hatte er gar nicht gewusst, was sie meinte. Seine Mutter sagte immer *Zhāiyuè* dazu. Das bedeutete auf Mandarin »Fastenmonat«.

Zack hatte anderen seine Herkunft immer umständlich erklären müssen, aber Simon und Melissa verstanden ihn auch ohne große Worte. Es kam ihm vor, als sei er bis jetzt wie ein einsames abgefallenes Blatt umhergeweht worden und hätte plötzlich den Baum wiedergefunden, von dem er stammte. Das verlieh ihm den Mut, endlich die heikle Frage zu stellen, die ihn schon die ganze Zeit beschäftigte.

Er beugte sich vor. »Ihr findet die Frage vielleicht komisch … aber wenn es eine chinesische Unterwelt und chinesische Götter gibt, heißt das dann, dass andere Religionen …?«

Simon und Melissa wechselten einen beunruhigten Blick und schienen anschließend in angestrengtes Nachdenken zu versinken.

»Hmmm …«, machte Simon dann und trommelte auf den Tisch. »Ich würde nicht sagen, dass das andere Glaubensrichtungen ausschließt. Wenn man sich die chinesische Mythologie anschaut, enthält sie Elemente aus allen möglichen Religionen: aus dem Daoismus, dem Buddhismus und dem Hinduismus. Dazu kommen noch regionale Gottheiten. Warum soll das nicht alles gleichzeitig existieren?«

»Yanluo, der aktuelle Herrscher unserer Unterwelt, war ursprünglich der Hindugott Yama«, setzte Melissa hinzu.

»Ich versteh's trotzdem noch nicht«, gab Zack zurück. »Haben nun die Götter alles erschaffen oder sind sie nur unsere lebendig gewordenen Fantasien?«

Simon überlegte kurz, dann erwiderte er: »Für mich persönlich sind die Götter einfach die Kräfte des Universums. Erst unser Glaube lässt sie zu konkreten Gestalten werden, mit denen wir mehr anfangen können. Die Götter sind sozusagen wie Wasser und unser Verstand gießt sie in verschieden geformte Gefäße.« Er klopfte an das Wasserglas neben seiner Nudelschale, dann hob er plötzlich wie zur Verteidigung die Hände. »Mit Sicherheit kann das natürlich niemand sagen. Nicht mal die alten Kaiser.«

Melissa nickte. »Weil das mit den Geistern ebenfalls nicht eindeutig ist. Sie beziehen ihre Macht aus den Legenden, aber Legenden können auch verfälscht werden. Es gibt zum Beispiel das weitverbreitete Gerücht, Wu Zetian hätte ihre kleine Tochter umgebracht. Angeblich hat sie die Tat der vorigen Herrscherin in die Schuhe geschoben, um selbst den Thron besteigen zu können. Ich glaube das nicht. Der Vorfall taucht erst lange nach ihrem Tod in den Geschichtsbüchern auf. Ich habe sie sogar mal gefragt, ob sie so etwas getan hat, aber sie meinte, sie weiß es nicht. Manchmal glaubt sie, sich undeutlich daran zu erinnern, aber in Wahrheit sind es doch nur Szenen aus irgendwelchen Fernsehserien. Sie weiß nicht mal mehr, wie sie selbst ausgesehen hat. Ihr Bild von sich setzt sich aus dem Aussehen verschiedener Schauspielerinnen zusammen. Auf jeden Fall war sie umwerfend schön.« Melissa legte den Kopf schief und lächelte kokett. Offenbar identifizierte sie sich manchmal zu sehr mit Wu Zetian.

»Es funktioniert aber auch andersherum«, ergriff Simon erneut das Wort. »Die Taten der Geister können die Legenden beeinflussen. Zum Beispiel behauptet Tang Taizong, dass Yanluo die Unterwelt überfallen und seinen Vorgänger Houtu verdrängt hat. Es gibt zwar keine Legende darüber, aber Houtu verschwand aus dem Volksglauben. Danach machten auf einmal Erzählungen über Yanluo die Runde. Auf diese Weise festigte er seine Macht.«

Zack ließ das auf sich wirken. »Die Geister werden also

von den Geschichten beeinflusst, die sich die Menschen über sie erzählen, und umgekehrt beeinflussen manche Geister ihrerseits diese Geschichten?«

»Ganz genau«, bestätigte Simon. »Und man kann nicht immer sagen, was zuerst da war.«

»Was ist dann passiert, als ich Jing Ke und Gao Jianli mit meinem Schwert erstochen habe? Was wurde aus ihren Geistern?«

»Sie haben sich verflüchtigt. Weil aber die Legenden über sie so verbreitet sind, werden sie sich irgendwann erholen. Allerdings können sie selbst sich nur an das erinnern, was in ihren Legenden vorkommt. An das, was ins allgemeine kulturelle Bewusstsein eingegangen ist. Wahrscheinlich wissen sie später gar nicht mehr, dass sie uns überfallen haben.«

»Jing Ke ist so berühmt, dass er garantiert schon bald wieder in der Unterwelt auftaucht«, sagte Melissa. »Gao Jianli ist nicht so bekannt und braucht vielleicht länger. Er ist aber auch nicht so unbekannt, dass er ein für alle Mal verschwinden wird. Hoffentlich werden die beiden nicht noch mal auf uns angesetzt.«

»Uff!« Zack massierte sich die Schläfen. »Ich bin echt ein bisschen überfordert.«

Simon klopfte ihm auf die Schulter. »Nimm's nicht so schwer. Mel und ich grübeln schon lange nicht mehr, was real ist und was nicht. Glaub einfach, was dir einleuchtet. Entweder ist es wahr oder es *wird* irgendwann wahr.«

»Noch etwas.« Melissa klang ungewohnt ernst. »An deinem persönlichen Glauben ist nichts verkehrt und Wu Zetian und Tang Taizong hätten niemals gutgeheißen, wie die chinesische Regierung mit Muslimen umgeht. Die Tang-Ära, in der sie lebten, zählt zu den tolerantesten Epochen der Weltgeschichte. Darauf waren beide sehr stolz. Damals wurde jede Herkunft und jede Religion wertgeschätzt. In Wu Zetians Mausoleum gibt es einundsechzig heute noch erhaltene Standbilder zu Ehren ausländischer Botschafter. Das, was heute in China los ist …« Sie schaute durch die Glastür des Restaurants nach draußen. »Das hat nichts mit chinesischer Kultur zu tun.«

Zack kamen wieder die Tränen. Doch er schluckte den Kloß in seinem Hals hinunter und versuchte, sich nichts anmerken zu lassen. »Und was ist mit Qin Shi Huang?«

»Der weiß über deine Eltern Bescheid und hat dich trotzdem zu seinem Wirt erwählt.«

In Gedanken hörte Zack Qin Shi Huang wieder sagen: *Ich will dir eine Geschichte erzählen. Sie handelt davon, dass wir einander keineswegs unähnlich sind.*

»Wahrscheinlich ist ihm gerade niemand Besseres untergekommen«, erwiderte er lachend und tat so, als müsste er sich die Augen reiben, weil sie juckten. Dabei lächelte er Melissa an, weil er so froh war, dass sie nicht mehr wütend auf ihn war. »Trotzdem danke.«

Sie erwiderte sein Lächeln achselzuckend. »Ich sag's nur, wie's ist.«

11

Wie man von einem Vogel abstammen kann

Von Shanghai nach Qinhuangdao – also von Zentralchina nach Nordchina – flog man zwei Stunden. Zack beobachtete fast die ganze Zeit über durchs Fenster, wie unter den Schleierwolken Städte und Landschaften dahinglitten, und stellte sich vor, wie das alles vom Boden aus aussah.

Nach der Landung mussten sie die Zeit bis zum Abend totschlagen. Erst dann konnten sie auf dem Kreuzfahrtschiff einchecken. Wie Melissa und Simon Zack erklärten, gab es in dieser Gegend eine Menge Geister. Hätten sie eine Privatjacht gemietet, wären sie leicht zu orten gewesen. Auf einem Schiff voller Leute waren sie geschützter. Dort brauchten sie »nur« ein Rettungsboot zu stehlen, mit dem sie weiterrudern konnten, wenn das Kreuzfahrtschiff den Zielhafen erreicht hatte.

Es sagte einiges über Zacks neues Leben aus, dass er diesen Plan nur zwei Sekunden lang infrage stellte.

Sie nutzten die Wartezeit, um ein paar historische Sehenswürdigkeiten zu besichtigen und damit ihre Verbindung zur Legendenmagie zu festigen. Da gab es den Alten

Drachenkopf, wo das östliche Ende der Chinesischen Mauer über einen Touristenstrand verlief und ins Meer hineinragte. Zacks AR-Brille lieferte ihm einen kurzen geschichtlichen Abriss dazu. Von Weitem sah das Ganze wie ein verpixelter chinesischer Drache aus. Ein eckiger Wachturm bildete das Geweih. Allerdings handelte es sich nicht um die ursprüngliche Mauer, die Qin Shi Huang erbaut hatte, sondern um einen späteren Abschnitt, der vor fünfhundert Jahren während der Ming-Dynastie entstanden war. Als sich Zack auf der Mauerkrone einen Weg durch die Touristenscharen bahnte – momentan war der Höhepunkt der Reisesaison –, sah er nicht viel, weil die Ziegelwände rechts und links über seinen Kopf reichten. Doch ganz am Ende blickte man durch eine Schießscharte für Bogenschützen aufs Meer hinaus, was cool war. Ganz kurz stellte Zack sich vor, er wäre ein solcher Schütze und müsste die Mauer verteidigen, aber dann machte er dem nächsten ungeduldig Wartenden Platz.

Unten am Strand ging es entspannter zu. Weil die Sonne schon unterging, warf Zacks Gruppe vier lange Schatten auf die heranbrandenden Wellen. Zum Glück war es hier deutlich kühler als in Shanghai. Über den sich rötenden Himmel segelten krächzende Möwen und dunkel gesäumte Wolken. Eine Gruppe Frauen mittleren Alters machte sich daran, Muscheln auszugraben. Melissa wollte sich ihnen anschließen, aber Simon hielt sie zurück. »Das verstößt bestimmt gegen die Strandordnung«, lautete seine Begründung. Yaling machte eifrig Selfies, auf denen sich ihr Bizeps vor dem Sonnenuntergang abzeichnete, und Zack spazierte allein am Wasser entlang. Als die nächste Welle heranbrandete, streckte er die Zehen in der offenen Sandale hinein, zog den Fuß aber sofort zurück. Das Wasser war eiskalt. Schade. Das Meer übte eine sonderbare Anziehungskraft auf ihn aus, als würden ihn die Wellen auffordern hineinzuspringen. So war es ihm schon immer gegangen, auch schon bevor er Wasser kontrollieren konnte. In Amerika hatte er es bis jetzt allerdings nur mit dem Atlantik zu tun gehabt. Er stellte sich einen Globus vor. Er befand sich praktisch auf der gegenüberliegenden Seite der USA. Unwillkürlich musste er daran denken, wie er mal mit seiner Mutter einen Strandausflug gemacht hatte. Er hatte im Sand ein Loch gebuddelt und ein fremder Mann hatte gescherzt, er wolle wohl »wieder zurück nach China«. An das Gesicht des Mannes erinnerte sich Zack nicht mehr, wohl aber daran, dass er selbst furchtbar verlegen geworden war und mit dem Buddeln aufgehört hatte.

Irgendwie lustig, dass er schließlich doch in China gelandet war.

»Lange Zeit galt das hier als Ende der Welt.« Qin Shi Huang schwebte plötzlich als virtuelle Gestalt neben Zack. »Dein heiß geliebter Alexander der Große hat immer davon geträumt, es einmal mit eigenen Augen zu sehen. Mir ging es genauso. Unser Volk, die Ying, lebte ursprünglich hier am Ostmeer. Unsere Ahnherrin hieß Xiu. Sie war eine Urenkelin des Gelben Kaisers. Angeblich hat sie unser Geschlecht begründet, als sie ein Ei verschluckte, das ein schwarzer Vogel gelegt hatte.« Qin Shi Huang streckte die flache Hand aus. Virtuelle Polygone setzten sich zu einem schwärzlichen Vogel zusammen, der aussah, als bestünde er aus Rauch.

Zack wollte schon nachfragen, wie eine Frau von einem Vogel schwanger werden konnte, ließ es dann aber doch bleiben. So etwas war in den alten Legenden nichts Ungewöhnliches. Dort wurde nie erklärt, wo Babys in Wirklichkeit herkamen.

»Xius Enkel Boyi war unter dem legendären König Shun Minister für Tierhaltung. Unser Volk hatte schon immer ein Händchen für Tiere, vor allem für Pferde und Vögel. Boyi half dem berühmten Yu dem Großen aber auch, die Sintflut in China zu bändigen, indem er Kanäle ausheben und Bewässerungssysteme anlegen ließ.«

Der virtuelle Vogel verwandelte sich in eine schemenhafte Gestalt, die eine Schaufel hielt. Dann wurde die Schaufel zu einer Fahne.

»Zum Dank schenkte der König Boyi eine schwarze Fahne und erlaubte ihm, fortan den Familiennamen ›Ying‹, also ›siegen‹ zu tragen.«

Die Gestalt verwandelte sich in das entsprechende Schriftzeichen. Seit Zack Shang Yangs Messgefäß in der Hand gehabt hatte, konnte er die Schrift der Qin-Dynastie lesen. Er bekam eine Gänsehaut. Warum hatte ihm seine Mutter *solche* Geschichten nicht erzählt, als er jünger gewesen war? Die Antwort lautete: Weil ihr Interesse der Zukunft galt, nicht der Vergangenheit. Und Zacks Vater? Wenn Zack bei beiden Eltern aufgewachsen wäre, wüsste er dann jetzt mehr über chinesische Geschichte und Mythologie? Dass es Legendenmagie gab, war der Beweis, dass es sich lohnte, die uralten Geschichten zu überliefern. Wie viele Generationen von Ahnen wohl über Zack wachten? Freuten sie sich, dass er als ihr Nachfahre ans Ufer eines fernen Ozeans vorgedrungen war? Oder waren sie traurig darüber, dass er bis gerade eben nie über sie nachgedacht hatte? Zack betrachtete das Schriftzeichen auf Qin Shi Huangs Handfläche und stellte sich vor, sein Vater würde ihm die Legende erzählen.

»Weil sich die Thronfolge damals danach richtete, was jemand geleistet hatte, wurde Yu der Große der nächste König. Boyi sollte sein Nachfolger werden. Doch Yus Sohn räumte Boyi aus dem Weg, bestieg selbst den Thron und begründete damit Chinas erste Herrscherdynastie, die Xia-Dynastie. Seither war die Abstammung für die Thronfolge entscheidend. Aus unserer Familie konnte niemand mehr König werden, aber wir setzten durch, dass wir während der zweiten Dynastie, der Shang-Dynastie, geadelt wurden.«

Das Schriftzeichen verzerrte sich und verwandelte sich in eine Reihe Gestalten mit weiten Gewändern und hohen

Kopfbedeckungen. Sie verbeugten sich mit vor der Brust zusammengelegten Händen.

»Doch unsere Glückssträhne riss ab, als die Zhou-Dynastie die Shang-Herrscher stürzte. Die Zhou verbannten uns für die Dauer der gesamten Dynastie, die übrigens die längste der chinesischen Geschichte war, in die entlegene Wildnis im Westen.«

Die schemenhaften Gestalten trugen jetzt Bauernkittel und schleppten schwere Lasten auf den gebeugten Schultern.

»Achthundert Jahre lang. Es dauerte beinahe achthundert Jahre, bis wir dieses Meer wiedersahen.«

Die Gestalten ballten sich zu einem schwarzen Vogel zusammen, der tonlos die Brandung ankrächzte.

Qin Shi Huang richtete sich hoch auf. »Ich weiß noch wie heute, wie ich zum ersten Mal das Meer erblickte.«

Ein salziger Windstoß fuhr durch Zacks Haare und ließ ihn frösteln. Wie man sich wohl fühlte, wenn man solche Taten vollbrachte? Wenn man die ganze Welt eroberte, soweit man sie kannte? Wenn man sich darauf verlassen konnte, dass man keine Gegner mehr hatte?

Keine außer dem Tod.

»Stimmt es, dass du deinen Hofmagier und dreitausend Kinder per Schiff auf die Suche nach einem Elixier für ewiges Leben geschickt hast?« Das hatte ihnen der Fremdenführer erzählt, als sie die letzte Sehenswürdigkeit besichtigt hatten. Sie hieß wörtlich übersetzt: »Die Stelle, von wo aus Qin Shi Huang eine Flotte ausschickte, die ihm Unsterblichkeit verschaffen sollte«. Leider war das Ganze eine Touristenfalle gewesen. Einzig ein paar moderne Gebäude hatte man sehen können.

»Erstens waren es keine *Kinder* und zweitens waren es nicht dreitausend Mann. Aber es war ein großer Suchtrupp, das schon.« Qin Shi Huang lachte in sich hinein und schloss halb die Augen. »Und dass sie nicht zurückkehrten, stimmt auch. Mein Hofmagier Xu Fu war der Meinung, jemand wie ich dürfe nicht unsterblich werden. Ha! Ich habe es trotzdem hingekriegt. Bloß anders als gedacht.« Er machte die Augen wieder auf, betrachtete erst seine virtuellen Hände und richtete den Blick dann auf den fernen Horizont. »Solange es China gibt, wird man mich nie vergessen.«

Zack verschlug es kurz den Atem, als ihm bewusst wurde, wie absurd die Situation war. Er hatte inzwischen begriffen, das Qin Shi Huang ein eher ungewöhnlicher Staatsgründer war. Der Erste Kaiser war eine eindrucksvolle Persönlichkeit gewesen, die eindrucksvolle Taten vollbracht hatte. Weil er China geeint hatte, genoss er allgemein hohes Ansehen. Wobei er selbst gesagt hatte, dass ihn viele Leute zu den schlimmsten Tyrannen aller Zeiten zählten. Offenbar hatte er die Welt, in die er hineingeboren worden war, gründlich umgekrempelt. Seinen Untertanen war gar nichts anderes übrig geblieben, als sich mit den neuen Umständen abzufinden. Ja, Qin Shi Huang war der erfolgreichste Superschurke der Menschheitsgeschichte.

»Heißt das, du willst China aus egoistischen Gründen retten?«, fragte Zack. »Damit du eine unsterbliche Legende bleibst?«

»Das ist nur ein Bonus.« Der Kaiser blickte über die vom Sonnenuntergang rötlich gefärbten Wellen. Sein schwarzes Gewand bauschte sich im Seewind.

Moment mal!

Qin Shi Huang war nicht wirklich anwesend. Wieso wirkte sich der Wind dann auf ihn aus?

»Machst du das absichtlich, dass dein Gewand flattert?«

Qin Shi Huang warf Zack einen giftigen Blick zu. »Musst du mir immer den Spaß verderben?«

»Kannst du das Meer überhaupt erkennen, wenn ich meine AR-Brille nicht darauf richte?«, bohrte Zack weiter und drehte den Kopf hin und her. »Du bist doch nichts als ein virtuelles Bild, oder?«

»Das bleibt mein kleines digitales Geheimnis«, konterte Qin Shi Huang.

Nachdem sie an Bord des Kreuzfahrtschiffs gegangen waren und sich durch das Büfett gefuttert hatten – Zack hielt sich an vegetarische Teigtaschen und kalte Nudelgerichte –, nahm Yaling an einer Abendveranstaltung nur für

Erwachsene teil, und Zack, Simon und Melissa schauten sich ein bisschen um. Die Passagiere waren überwiegend Paare, die mit Drinks in den Händen grüppchenweise zusammenstanden und sich fröhlich unterhielten. Ohne Melissas Bannblick hätte man die drei hier womöglich gar nicht geduldet.

Was Superkräfte anging, hatte Simon eindeutig den Kürzeren gezogen. Feuermagie war im Alltag nicht besonders nützlich, jedenfalls, wenn man niemanden verletzen wollte. Auf Grillpartys wäre er allerdings der Star gewesen.

»Wie sieht diese mythische Insel überhaupt aus?« Inzwischen standen sie auf dem Oberdeck und Zack schaute aufs mondbeschienene Meer. Weil einem der Wind hier unbarmherzig ins Gesicht pfiff, blieben die meisten Leute lieber drinnen, wo es hell und geschützt war. Discobeleuchtung fiel durch die Fenster und Glastüren der Karaokebar hinter ihnen und jemand sang schauderhaft schief zu einem lauten R&B-Playback.

»Das wissen die Kaiser nicht so genau. Sie waren auch noch nicht dort.« Simon spähte durch ein Fernglas. Das Wasser wellte sich wie schwarzer Seidenstoff mit unzähligen kleinen Ausschnitten für das Mondlicht. In der Ferne tutete ein Nebelhorn.

»Sie wissen es nicht?!«, übertönte Zack das Karaokegejaule und das pausenlose Gekrächze der Möwen.

»Die unsterblichen Weisen auf der Insel sind nicht gut

auf Herrscherpersönlichkeiten zu sprechen.« Melissa zog fröstelnd ihre Jacke um sich. »Sie sind Daoisten. Im daoistischen Glauben geht es darum, das Leben nicht so schwer zu nehmen und sich nicht so viele Sorgen zu machen. Man soll sich dem Lauf der Dinge einfach überlassen, denn ein Leben ohne Sorgen ist der einzig wahre Weg zur Freiheit. *Dao* bedeutet nämlich ›Weg‹.«

Simon ließ das Fernglas sinken. »Aber Herrscher können mit dieser Einstellung nichts anfangen. Schon gar nicht solche, die sich die ganze Welt untertan machen wollen. Logisch, dass die Weisen ihre Insel und alles andere geheim halten. Viele berühmte Herrscher sind schon daran gescheitert, Penglai zu finden.«

Zack wurde es ganz anders. »Dann gibt es also keine Garantie, dass *wir* sie finden, oder was?«

»Unser Fall ist speziell.« Melissa lehnte sich an die Reling. Ihr Pferdeschwanz peitschte im Wind. »Unsere drei Kaiser streben nicht für sich selbst nach Unsterblichkeit, sondern für ihre Wirte, und das auch nur für einen einzigen Tag. Ihre Beweggründe sind nicht selbstsüchtig, sondern sie wollen China retten. Außerdem begleitet uns ein Insider und dient uns als spirituelles GPS.«

»Er heißt Li Bai und ist der bedeutendste Dichter des alten China.« Simon verstaute das Fernglas wieder in seinem wasserdichten Rucksack.

»Hast du schon mal von seinen Gedichten gehört?«, wandte sich Melissa so beiläufig an Zack, als würde sie fragen, ob er schon von einer angesagten Band gehört hatte.

»Äh … glaub nicht.«

Melissa verdrehte die Augen. »In China kennt die jedes Kind. *Chuáng qián míng yuè guāng* –«

Zu Zacks Überraschung fiel Simon sofort mit ein. Zacks AR-Brille lieferte auch diesmal die Übersetzung:

Vor meinem Bett das Mondlicht so hell,
als wär der ganze Boden weiß bereift.
Ich heb den Kopf und schau zum Mond empor,
ich senk den Kopf und Heimweh mich ergreift.

Anschließend brachen beide in Gelächter aus.

»Echt der *Hammer*!« Melissa gab Simon ein High Five.

Simon drehte sich grinsend zu Zack um. »Weil Li Bai ein überzeugter Daoist war, begab sich seine Seele nach seinem Tod nach Penglai. Die Legende besagt, dass er starb, als er betrunken Boot fuhr und die Spiegelung des Mondes im Wasser umarmen wollte.«

»Aber wenn er doch Daoist ist und die Daoisten keine Herrscher mögen … wieso hilft er uns dann?«

»Weil er zwar während Chinas Goldenem Zeitalter gelebt hat, aber trotzdem mit angesehen hat, wie das Land innerhalb weniger Jahre zerfallen ist«, antwortete Simon. »Er möchte nicht, dass so etwas irgendwann noch mal passiert. Außerdem lebte er während der Tang-Dynastie.

Sobald wir im Rettungsboot sitzen, kann Tang Taizong ihn rufen.«

»Auf den Rettungsbooten darf man aber nicht spielen, Kinder«, sagte plötzlich jemand hinter ihnen.

Die drei fuhren herum. Es war ungewöhnlich, dass jemand sie hier verstand, wenn sie Englisch sprachen.

Melissa fasste sich als Erste. »Wir haben nur über ein Videospiel geredet, Tante.« Sie deutete auf ihre AR-Brille.

»Ach ja? Was denn für eins? Darf Tante mal sehen?« Die Frau griff nach Zacks AR-Brille.

»Achtung!«, rief Qin Shi Huang aus den Lautsprechern an den Bügeln. »Sie ist die Wirtin von Meng Jiang Nü!«

Zack duckte sich weg und in seinem Sichtfeld ploppte eine Beschreibung auf.

MENG JIANG NÜ

Lebensdaten ?–? v. u. Z.

Hauptfigur in einer von Chinas vier großen Volkssagen. Ihr Ehemann wurde zum Bau einer Festungsmauer verpflichtet, starb aber dabei. Als sie ihm Winterkleidung bringen wollte und davon erfuhr, weinte sie so bitterlich, dass ein Teil der Mauer einstürzte und seine Gebeine freigab. Die Legende stammt ursprünglich aus Qi, einem der sieben Streitenden Reiche, wird aber seit zweitausend Jahren mit Qin Shi Huang und der Chinesischen Mauer in Verbindung gebracht, was eine SCHAMLOSE VERLEUMDUNG ist.

»Ich werde niemals deine Konkubine, du abscheulicher Tyrann!«, fauchte sie und stürzte sich wieder auf Zack. Ihre Augen glühten rot. Zack flüchtete sich vor die Glastür der Karaokebar.

»Ich habe diese Frau noch nie gesehen, das schwöre ich. Sie ist eine Erfindung der Geschichtenerzähler!«, übertönte Qin Shi Huang Simon und Melissa, die ihre Geisterwaffen beschworen.

Als die Waffen erschienen, fing Meng Jiang Nü laut zu schreien an.

Die Schallwellen trafen Zack wie ein Schlag, sodass er an Gao Jianlis Lied denken musste. Doch diesmal wurde er nicht taub für alle anderen Geräusche um sich herum, sondern ihn verließ alle Kraft. Er machte ein paar taumelnde Schritte, dann fiel er über seinen Rucksack. Die typische Kälte, die ihn durchströmte, wenn er an Qin Shi Huangs Kräften teilhatte, sickerte aus ihm heraus. Die Tür zur Karaokebar war ganz nah, doch seine Hand lag wie leblos im flackernden Lichtschein und gehorchte ihm nicht. Sein Kopf sackte zur Seite, aber er bekam noch mit, wie Simons und Melissas Waffen wieder zerstoben. Beide machten bestürzte Gesichter.

Die Glastür flog auf. Laute Musik flutete über das Oberdeck. Die Gäste streckten tuschelnd die Köpfe nach draußen und der unmelodische Gesang verstummte. Ein Crewmitglied drängelte sich durch die Menge, lief zu der immer noch schreienden Meng Jiang Nü und stellte ihr in modernem Mandarin Fragen, die Zack nicht verstand. Dabei hob der Mann beschwichtigend die Hände, als hätte er es mit einem tollwütigen Tier zu tun. Ein weibliches Crewmitglied kniete sich neben Zack, rüttelte ihn an der Schulter und sprach ebenfalls auf Mandarin auf ihn ein. Doch Zack brachte nur ein dumpfes Ächzen heraus.

Meng Jiang Nüs Schreie rissen ab und sie hustete röchelnd. »Ihr müsst euch von den Tyrannen befreien, Kinder«, sagte sie heiser. Weil sie altertümliches Chinesisch sprach, verstand Zack sie sogar. »Sie führen euch an der Nase herum. Sie sind hinter dem Kaiserlichen Siegel her, weil sie Qin Shi Huangs Terrakotta-Armee aufwecken und die Weltherrschaft wieder an sich reißen wollen.«

Erinnerungen stiegen in Zack hoch. An ein kaltes dunkles Palastgemach. An einen langen Steg über einen See aus Blut und Gerippen. An eine klagende, hauchige Stimme.

Fall nicht auf seine Lügen herein, mein Kind …

Wäre er nicht schon von Meng Jiang Nüs Magie gelähmt gewesen, wäre er spätestens jetzt erstarrt. Nur undeutlich bekam er mit, wie ihn die Crewangestellte schüttelte. Dann schrie Meng Jiang Nü wieder. Noch mehr Bordpersonal kam angelaufen. Normale Menschen glaubten wahrscheinlich, dass sie es mit einer Geisteskranken zu tun hatten. Der Mann, der Meng Jiang Nü zuerst angesprochen hatte, hob immer noch die Hände und redete besänftigend auf sie ein.

Als Meng Jiang Nü sah, dass Verstärkung kam, packte

sie den Mann am Handgelenk, verdrehte die Augen und brach zusammen.

Daraufhin drehte sich das *Mitglied der Crew* zu den Zuschauern um und stieß ohrenbetäubende Schreie aus, die an Schlachtrufe erinnerten. Seine Kollegen hielten erschrocken inne. Die Augen des Mannes glühten auf einmal gelb. (Simon hatte Zack erklärt, dass die Farbe vom *Qi* des jeweiligen Wirtes abhing. Man unterschied dabei die Elemente Holz, Feuer, Erde, Metall und Wasser, was aber nicht weiter wichtig war.)

Panik brach aus. Die umstehenden Passagiere flüchteten sich in die Karaokebar. Die Frau, die Zack zu Hilfe gekommen war, versuchte immerhin, ihn mitzuschleifen, indem sie ihn unter den Achseln packte.

»Unsere Waffen sind deaktiviert und wir erreichen die Kaiser nicht, Zack!« Simon musste schreien, um die Massenhysterie zu übertönen. Er kam mit Melissa angerannt, wobei sie einen Bogen um Meng Jiang Nüs Wirte machten. »Wir müssen zu den Rettungsbooten! Äh … Zack?«

»Er kann sich nicht mehr bewegen!«, rief Melissa voller Angst. Sie bückte sich und schnappte sich Zacks Beine. Die Frau protestierte empört, als Zack ihrem Griff entglitt.

Melissa packte ihren Kopf, schaute ihr in die Augen und sagte gebieterisch etwas auf Mandarin. Dann zeigte sie auf die Eisentreppe, die zu den unteren Decks führte.

Mit glasigem Blick nahm die Frau Zack auf beide Arme,

als wäre er eine frisch vermählte Braut, und trug ihn wankend in Richtung Treppe.

»Puh! Meine Magie wirkt noch«, sagte Melissa aufatmend, dann überholte sie die Frau und lief voraus.

Das übrige Bordpersonal war noch mit seinem schreienden Kollegen beschäftigt. Als er heiser wurde, packte er einen anderen Mann. Als hätte er ein Virus weitergegeben, sackte er zusammen und der neue Wirt ließ die nächste magische Schallwelle los. Simon half der Frau, die Zack trug, ihn die Treppe hinunterzuschleppen. Zack wog zwar nicht viel, aber die Frau war klein und zierlich.

»Warum … kann ich mich … nicht mehr bewegen?«, lallte Zack.

»Frag mich nicht!«, gab Simon zurück. Er musste fast brüllen, weil Meng Jiang Nüs neuer Wirt so laut schrie. »Meng Jiang Nüs Legendenmagie schwächt sämtliche Herrscher. Und weil sie vor allem mit Qin Shi Huang in Verbindung gebracht wird, bist du besonders anfällig.«

»Wobei sie sonst offenbar keinen Schaden anrichtet.« Melissa warf einen Blick über die Schulter. Man hörte Meng Jiang Nü noch, aber sie kam ihnen nicht nach.

Zack musste sich überwinden, die nächste Frage zu stellen: »Wollen die Kaiser … wirklich wieder … die Weltherrschaft an sich reißen?«

»Unsinn«, entgegnete Simon. »Über alle verhassten Herrscher gibt es Legenden wie die von Meng Jiang Nü. Logisch, dass sie ihnen alles zutraut.«

»Außerdem hätten sich die Kaiser dann bestimmt nicht zusammengetan«, setzte Melissa hinzu. »China kann nicht drei Herrscher gleichzeitig haben.«

Das leuchtete Zack ein. Auf die Selbstsucht der Kaiser war normalerweise Verlass.

Auf dem Unterdeck kamen die Schaulustigen aus den Bars und Restaurants. Der Tumult auf dem Deck über ihnen hatte sie angelockt. Sie drängten sich um Zack und die anderen und überschütteten sie mit Fragen.

»Wie werden wir die Leute wieder los?«, keuchte Melissa. »Ich kann nicht alle bannen!«

»Behaupte einfach, dass ein Mörder rumläuft und dass wir Zack ins Bordhospital bringen«, schlug Simon vor.

»Dann wollen sie sofort runter vom Schiff und prügeln sich um die Rettungsboote. Ich weiß etwas Besseres.« Melissa nahm rasch ihren Rucksack ab und holte die Sprühflasche mit der Meng-Po-Brühe heraus. Dann stieß sie laute Schlachtrufe aus wie Meng Jiang Nü und besprühte die vordersten Schaulustigen mit kurzen Stößen, als würde sie Kugeln abfeuern.

Schlagartig waren die Leute total desorientiert. Ihre Erinnerung an die letzte Stunde war gelöscht, sie hatten keine Ahnung mehr, wie sie hierhergekommen waren. Ihre Panik steckte die übrigen Passagiere an und sie flohen in alle Richtungen.

»Hey, du hast dir Meng Jiang Nüs Taktik abgeguckt«, sagte Simon anerkennend. »Cool.«

»Gern geschehen.« Melissa öffnete Simons Rucksack und holte die zweite Sprühflasche heraus.

Die Frau, die Zack trug, stotterte verwirrt etwas auf Mandarin. Melissas Entgegnung klang wie ein Schimpfwort. Dann schaute sie der Frau in die Augen, um sie erneut zu bannen.

Es klappte. Mit Simons Hilfe schleppte die Frau Zack die nächste Treppe hinunter.

»Hier muss das Deck mit den Rettungsbooten sein«, sagte Simon.

Dieses Deck war leerer. Melissa brach wieder in Kriegsgeschrei aus und stürmte los, in jeder Hand eine Sprühflasche, und sah dabei aus wie Lara Croft mit ihren Pistolen. Sie besprühte jeden, der ihr in die Quere kam. Die Leute torkelten wie Betrunkene.

Die Rettungsboote waren über dem Deck aufgehängt. Als sie unter dem vordersten angekommen waren, brachte Melissa die Frau vom Bordpersonal dazu, Zack an Simon weiterzureichen und das Boot herunterzulassen. Simon hielt Zack so achtlos im Arm, als wäre er nur ein großes Körperkissen von irgendeinem beliebten Anime-Charakter.

Die Frau betätigte eine Kurbel und das Rettungsboot schwebte an zwei Eisenkränen herab. Melissa besprühte weiterhin jeden, der vorbeikam, und Simon hievte Zack an Bord des Bootes. Dann sprang Melissa hinterher und zog mehrere dicke Metallbolzen aus den Kränen. Offenbar hatten die beiden vorher recherchiert, wie man mit so einem Boot umzugehen hatte.

Das Boot glitt jetzt an dicken Drahtseilen am Schiffsrumpf herunter. Melissa sprang noch einmal auf und sprühte der Frau vom Bordpersonal Brühe ins Gesicht. Sie taumelte außer Sichtweite.

Zack lag reglos auf einem grellorangefarbenen Sitz, aber seine Gedanken überschlugen sich. »Was ist … mit … Yaling?«

»Die sollte sowieso nicht nach Penglai mitkommen.« Simon nahm am Steuer Platz und musterte die Anzeigen und Schalter, als müsste er ein Raumschiff lenken.

Meng Liangs Wirt beugte sich über die Reling und schrie klagend in die Nacht hinaus. Über ihm kreisten die unablässig krächzenden Möwen.

»Hat sie etwa auch Macht über Tiere?« Melissa spähte erschrocken nach oben.

»Nicht, dass ich wüsste«, antwortete Simon. »In ihrer Legende kommt das jedenfalls nicht vor.«

»Dann –«

Die Vögel ballten sich zu einer hellen Wolke zusammen und kamen auf das Rettungsboot zugeschossen.

Simon und Melissa griffen geistesgegenwärtig unter ihre Sitze und zogen Schwimmwesten über. Ein paar Möwen gingen über Zacks Kopf in den Sturzflug. Weil er den Kopf nicht mit den Armen schützen konnte, konnte er nur schreien, als über ihm ein Wirbel aus Federn, Schnäbeln und Krallen losbrach. Melissa wehrte die Vögel ab, indem sie eine dritte Schwimmweste über seinem Gesicht schwenkte.

»He, ihr Kaiser, kommt zurück!«, rief sie dabei.

Nach ein paar chaotischen Sekunden, in denen die Möwen auf die Weste einhackten, mit der Melissa über Zack herumwedelte, blitzte es am Rand von Zacks Gesichtsfelds rot und weiß auf.

»Na endlich!«, rief Wu Zetian. Ihr Tonfall unterschied sich ein bisschen von Melissas. So konnte Zack erkennen, wann sie die Führung übernahm. »Kneif die Augen zu!«

Zack gehorchte, doch trotz der Schwimmweste vor seinem Gesicht wurde es hinter seinen Lidern hell, als sie einen Blendblitz zündete.

Die Möwen brachen in noch lauteres Gekrächze aus und schlugen wild mit den Flügeln. Ihre Attacken wurden weniger, hörten aber noch immer nicht auf. Das weiße Leuchten von Wu Zetians Geisterpeitsche und das rote von Tang Taizongs Pfeilen flackerten, als die beiden Kaiser die Vögel abwehrten.

Dann klatschte das Boot ins Meer. Erst surrte es, als die Drahtseile wieder eingezogen wurden, dann ertönte ein lautes Dröhnen. Tang Taizong hatte den Motor angeworfen.

Doch Wu Zetian packte Zack am Handgelenk. »Es sind zu viele! Du musst deine Wassermagie einsetzen. Kannst du dich wieder bewegen?«

»Nein«, antwortete Zack heiser.

Wu Zetian stieß ein ärgerliches Knurren aus, schob beide Arme unter ihn und beförderte ihn über die Bordwand.

Das Wasser war so eiskalt, dass es wie Feuer brannte. Zack schwanden kurz die Sinne. Sein gellender Aufschrei kam als dumpf jaulender Luftblasenschwall heraus. Salz brannte ihm in Nase und Mund.

Weil er Arme und Beine nicht bewegen konnte, ging er unter wie ein Stein. Das Wasser drückte gegen seine Trommelfelle wie die Bässe aus einem voll aufgedrehten Lautsprecher. Durch die aufgewühlte Wasseroberfläche drang nur ein schwacher Lichtschimmer, der aber von den Rümpfen des Rettungsboots und des Kreuzfahrtschiffs teilweise verdunkelt wurde. Zack wurde von beiden Fahrzeugen immer weiter abgetrieben. Ein paar Möwen tauchten nach ihm, gaben aber bald auf und flogen davon.

Muss ich jetzt sterben?, ging es ihm durch den Kopf.

Am schlimmsten daran war, dass seine Seele, wohin sie sich auch begeben mochte, nicht liebevoll von seiner Mutter in Empfang genommen werden würde. Alle anderen Sterbenden wurden irgendwann wieder mit ihren Müttern vereint, aber Zacks Mom gab es in zwölf Tagen nicht mehr.

Er musste als Einziger im Jenseits ohne Mutter auskommen.

Nein.

Nein, nein, nein!

Das kam nicht infrage.

Erst jetzt merkte er, dass er die AR-Brille nicht mehr aufhatte. Er sah sie verschwommen über sich treiben. Dank Jason Xuan war sie immerhin wasserfest. Er musste sie unbedingt zu fassen bekommen!

Als es ihm gelang, die Finger zu bewegen, leuchtete die Brille fahl auf. Zack schöpfte wieder Hoffnung. Er nahm alle Kraft zusammen, brachte ein paar Beinschläge zustande und bewegte sich aufwärts. Es war, als würde er durch zähen Beton waten, aber er machte weiter.

Das hier durfte noch nicht das Ende sein.

Er bekam einen Arm hoch und seine Finger durchbrachen die Wasseroberfläche. Dann schlossen sie sich um die AR-Brille.

Im selben Augenblick sah er in Gedanken Qin Shi Huangs Gesicht. Der Blick des Kaisers war noch stechender als sonst.

Die wohlbekannte kalte Magie durchströmte Zack, doch er war bereits völlig durchgefroren. Mit tauben Fingern setzte er die Brille auf. Das Wasser um ihn herum begann zu schäumen und zu strudeln, schneller und immer schneller. Dann trug es ihn wie eine Wasserhose an die Oberfläche.

Zack holte so gierig Luft wie noch nie in seinem Leben. Sein Brustkorb dehnte sich bis zum Platzen aus.

Ein Schrei entfuhr ihm, der wie Drachengebrüll klang und wie ein Orkan durch das Rauschen des Wasserstrudels brauste. Heulende Windböen, die Regen mitbrachten, wühlten das Meer auf. Auf Zacks Armen erschienen wieder die schwarzen *Qi*-Meridiane und bestimmt waren auch seine Augen wieder pechschwarz. Wahrscheinlich sah er zum Fürchten aus.

Gut so!

Das Wasser, das seine Kleidung durchnässte, verflog auf einmal, sodass er mitten im Auge des Sturms trocken blieb. Er spürte eine Verbindung mit dem Meer, spürte, dass es ihm bereitwillig gehorchen würde.

Unser Volk, die Ying, lebte ursprünglich hier am Ostmeer.

Wu Zetian und Tang Taizong saßen mit offenen Mündern im Rettungsboot und vergaßen vor lauter Staunen sogar, die Möwen abzuwehren.

»Du hast mich über Bord geworfen!«, rief Zack der Kaiserin anklagend zu, während die Wasserhose weiter um seine Beine strudelte.

Wu Zetian kam wieder zu sich und holte mit der Peitsche nach den Vögeln aus. »Sonst hätten dich die Möwen zerfetzt, Kleiner.«

»Hört auf, euch zu zanken«, griff Tang Taizong ein. »Wir müssen hier weg!« Er schoss drei Pfeile hintereinander ab und erwischte drei Möwen. Sie plumpsten ins Wasser und er verzog das Gesicht, als ihre Schmerzen auf ihn zurückwirkten.

Erst da fiel Zack auf, dass Simons und Melissas Wirtskörper mit blutenden Schnabelwunden übersät und ihre

Kleider zerrissen waren. Sein Ärger verflüchtigte sich, der Aufruhr von Meer, Sturm und Regen ebenfalls. Er zog sich an der Bordwand hoch und ließ sich ins Boot fallen, das daraufhin heftig schaukelte. Die beiden Kaiser beschwerten sich, als ein Schwall Salzwasser sie traf, aber Zack wischte das Wasser mit einer Handbewegung weg.

Das Kreuzfahrtschiff war weitergefahren. Sein Kielwasser bildete ein weiß schäumendes »V« im dunklen Meer. Zack war nicht scharf darauf, das Schiff wieder einzuholen. Auf gar keinen Fall wollte er zum Star eines viral gehenden Videos werden. Er heftete den Blick aufs Heck des Schiffs und befahl dem Meer gedanklich, das Rettungsboot mit Abstand daran vorbeizutragen. Zur Verdeutlichung ruderte er mit den Armen. Als er den Bogen raushatte, schoss das Boot wie ein Pfeil durch die Nacht. Zack hielt eine Hand mit gespreizten Fingern vor sich und bewegte die andere schwungvoll hin und her.

Im Nu fuhren sie so schnell, dass sie die Möwen abhängten. Tang Taizong und Wu Zetian ließen sich ächzend auf zwei Sitze fallen.

»Puh, das war knapp!« Qin Shi Huang erschien und hielt sich den virtuellen Kopf. »Meng Jiang Nü wird von Jahrhundert zu Jahrhundert stärker. Wieso kann sie auf einmal über Vögel gebieten?«

»Das ist nicht sie«, entgegnete Tang Taizong. »Spürst du das denn nicht? Es sind die Seelen der Arbeiter, die beim Bau der Großen Mauer ihr Leben gelassen haben.«

Qin Shi Huang legte den Kopf schief, als würde er lauschen, dann schnitt er eine Grimasse. »O nein! Bitte nicht so was wie in *Die Mumie – Das Grabmal des Drachenkaisers*, aber mit Vögeln statt mit Untoten.«

»Du hast den Film gesehen?«, fragte Wu Zetian verblüfft.

»Ich schaue mir *alle* Filme über mich an«, erwiderte Qin Shi Huang, als sei das selbstverständlich.

»Typisch.« Tang Taizong warf Wu Zetian einen vielsagenden Blick zu.

»Typisch.« Sie verdrehte die Augen.

»Wir sprechen uns wieder, wenn es über *euch beide* Hollywoodfilme mit einem Riesenbudget gibt«, konterte Qin Shi Huang.

»Wirst du in dem Film nicht erstochen?«, gab Wu Zetian zurück.

»Schon, aber dafür hat Jet Li meine Rolle gespielt. Das war mir die Sache wert.«

»Egal. Tatsache ist, dass uns die Vögel nicht angegriffen hätten, wenn du nicht dabei wärst. Taizong und ich waren keine Tyrannen und mit der Großen Mauer haben wir auch nichts zu tun. Während meiner Regentschaft ging es dem einfachen Volk gut. Dafür habe ich hart gearbeitet – das müssen sogar die größten Frauenfeinde unter den Historikern anerkennen.«

»Äh … hallo?«, mischte sich Zack ein. »In welche Richtung soll ich das Boot eigentlich lenken?«

Weil seine Arme allmählich lahm wurden, hatte er sich hingesetzt und experimentierte mit weniger anstrengenden Bewegungen.

»Ach richtig.« Tang Taizong scrollte das Kartendeck seiner Untergebenen durch. »Auf Geheiß deines Gebieters – erscheine, Li Bai, legendärer Dichter!«

Der Wind frischte auf und Licht strömte aus Tang Taizongs Brust. In dem Licht erschienen rote Flecken wie von verlaufender Wasserfarbe und verdichteten sich zur Gestalt eines Mannes. Er trug ein weites Faltengewand und strich sich über den langen Bart. Ein Schwert hing an seiner Hüfte.

LI BAI

»Der Weise unter den Dichtern«

Lebensdaten: 701–762 n. u. Z.

Bedeutendster Dichter des alten China. Reiste in der Blütezeit der Tang-Dynastie kreuz und quer durchs Land und hinterließ Tausende Gedichte, die »Geister und Götter zu Tränen rührten« (behauptete sein Dichterkollege Du Fu zumindest). Auch dafür bekannt, dass er fast ununterbrochen betrunken war und den Mond ein bisschen zu innig liebte.

»Eure Majestäten«, sagte Li Bai mit schwerer Zunge und schlug sich mit der Faust in die andere Handfläche, was anscheinend eine traditionelle Begrüßung darstellte.

»Es ist an der Zeit, dass du uns den richtigen Weg zeigst,

Xiānsheng«, entgegnete Tang Taizong mit huldvollem Nicken.

Xiānsheng: respektvolle Anrede, die »Herr« entspricht, erläuterte Zacks AR-Brille.

»Da …« Li Bai drehte den Zeigefinger ein paarmal hin und her und zeigte dann in eine Richtung. »Da lang.«

Zack war ein bisschen mulmig zumute, weil er den Anweisungen eines Betrunkenen folgen sollte, aber er hatte nun mal keine Wahl. *Sagenumwobene Insel, wir kommen!*

Hoffentlich.

12

Wie legendäre Dichter ihre Kräfte messen

Zack hätte nicht sagen können, wie lange die Überfahrt dauerte, aber nach einer Weile gelang es ihm, das Boot nur noch mit angedeutetem Händewedeln durchs Wasser zu befördern. Er probierte es auch mit purer Gedankenkraft, aber davon wurde ihm schwindlig.

Seine *Qi*-Leiste wurde immer kürzer. Als sie nur noch zu einem Drittel aufgeladen war, erwog er, Li Bai zu fragen, wie weit es noch war.

Doch da schimmerte es in der Ferne, als würde das Wasser fluoreszieren.

Die Kaiser wurden ganz aufgeregt.

»Ist es dort?« Zack sah keine Insel.

»Nein, aber es kann nicht mehr weit sein.« Qin Shi Huangs Blick flackerte wie der eines Irren. »In dieser Gegend ballt sich so viel Legendenmagie, dass manche Geister das überschüssige *Qi* aufsaugen und sich auch ohne sterblichen Wirt materialisieren können.«

»Soll heißen, wir müssen uns auf etwas gefasst machen.« Wu Zetian holte die Taucherbrille aus Zacks Rucksack und befestigte sie über seiner AR-Brille. »Nicht, dass du die AR-Brille verlierst. Du wirst sie ganz sicher noch brauchen.«

Das leuchtete Zack ein, auch wenn ihn die doppelte Brille drückte. Als Nächstes nahm ihm Wu Zetian den Rucksack ab, streifte ihm eine Schwimmweste über und setzte ihm den Rucksack wieder auf. »Für alle Fälle«, lautete ihr Kommentar. Der Rucksack passte kaum über die Schwimmweste, hatte aber zum Glück einen Taillengurt, der vorn geschlossen wurde. Zack kam sich vor wie eine Schildkröte. Anschließend stattete Wu Zetian sich selbst und Tang Taizong auf die gleiche Weise aus.

Der Abstand zwischen dem Boot und dem fluoreszierenden Leuchten verringerte sich stetig. Weil dunkle Wolken Mond und Sterne verdeckten, sah es aus, als hätten Meer und Himmel die Plätze getauscht. Doch als das Boot noch näher kam, war zu erkennen, dass nicht das Wasser leuchtete, sondern irgendwelche Umrisse unter der Oberfläche.

Waren das etwa …?

»Meerjungfrauen?!« Unwillkürlich ließ Zack das Boot langsamer fahren. Die Meerjungfrauen drehten sich zu ihnen um. Ihre langen Haare wogten um sie herum wie zerlaufene Tinte, die Gesichter wurden vom Wasser verzerrt. Allerdings besaßen sie statt geschuppter Fischschwänze je zwei mit kurzen schillernden Haaren bedeckte Gliedmaßen.

JIAORE N

Chinesische Version von Meerjungfrauen. Sie weben wasserfeste Drachenseide – aber nur dann, wenn Mond und Sterne scheinen, die Nacht still und das Meer ruhig ist. Ihre Tränen können sich in Perlen verwandeln. Der aus Jiaoren gewonnene Tran lässt Lampen jahrtausendelang brennen. Was sich Qin Shi Huang zunutze machte, um sein Mausoleum zu beleuchten.

Zack wurde klar, dass die Gesichter der Meerjungfrauen vor Zorn so verzerrt waren.

»Du hast *Lampen* aus ihnen gemacht? Geht's noch?!«, wandte er sich vorwurfsvoll an Qin Shi Huang.

Der virtuelle Kaiser wedelte nur mit den Armen. »Mach einfach schneller. Los!«

Zack ließ das Rettungsboot wieder Fahrt aufnehmen. Doch als sie über die Meerjungfrauen hinwegglitten, reckten sich deren fluoreszierende Arme plötzlich aus dem Wasser und griffen nach den Bootswänden. Zack unterdrückte einen Aufschrei.

Wu Zetian beschwor ihre Peitsche und schlug nach den Händen der Meerjungfrauen. Auch Tang Taizong versuchte, die Angriffe abzuwehren, richtete aber kaum etwas aus, weil er sich gleichzeitig auf Li Bai konzentrieren musste.

»Kannst du uns nicht helfen, *Xiānsheng*?«, rief er dem Dichter zu. Die Meridiane unter seiner Haut loderten rot.

»Aber gern, Eure Majestät!« Li Bai klopfte einer Meerjungfrau, die ins Boot klettern wollte, auf die Finger.

»Ich meine, mit deinem *Schwert*!« Tang Taizong zeigte auf Li Bais Waffengürtel.

»Ach so!« Li Bai hatte das Schwert offenbar noch gar nicht bemerkt. Als er es zückte, blitzte es rot auf. Was cool ausgesehen hätte, wenn er anschließend nicht so ungeschickt damit herumgefuchtelt hätte.

»Einst hast du zu den fähigsten Schwertkämpfern unserer Dynastie gehört. Erzähl mir nicht, dass du das vergessen hast!« Furcht schwang in Tang Taizongs Ton mit.

»Ich bitte vielmals um Verzeihung, Eure Majestät.« Li Bai stach mit dem Schwert nach den Jiaoren, traf aber in seinem berauschten Zustand jedes Mal daneben. »Auf Penglai geht es friedlich zu. Ich habe seit über tausend Jahren keine Waffe mehr angefasst.«

Wu Zetian funkelte Qin Shi Huang ärgerlich an. Während sie ihre Peitsche schwang, schlug ihr Pferdeschwanz gegen ihre Schulter, sodass ihre Haare raschelnd die Schwimmweste streiften. »Wozu musstest du dein Mausoleum überhaupt beleuchten? Es ist doch ein Grab.«

»Auf die Weise machst du es Plünderern bloß leichter.« Tang Taizong verlagerte sein Gewicht von einem Fuß auf den anderen, um das Schwanken des Bootes auszugleichen.

Qin Shi Huang hob abwehrend die Hände. »Ist ja gut, ist ja gut! Ich gebe zu, dass die Meerjungfrauenlampen eine alberne Spielerei waren. Und im Nachhinein eine dumme und überflüssige Entscheidung.«

»Wie mindestens die Hälfte aller Entscheidungen, die du zu deinen Lebzeiten getroffen hast«, setzte Wu Zetian noch eins drauf. Der Widerschein der Meerjungfrauen fiel auf ihr Gesicht.

»Das ist mir bewusst – und ich habe wahrhaftig schlechtere Entscheidungen getroffen als die mit den Jiaoren. Deswegen begreife ich nicht, warum wir jetzt alle dafür büßen sollen.«

»Ach, halt einfach die Klappe!« Wu Zetian stand der Schweiß auf der Stirn, während sie auf die Meerjungfrauen einpeitschte. Sie schwärmten wie große zappelnde Sardinen um das Rettungsboot herum, so dicht an dicht, dass es Zack kalt überlief. Jedes Mal, wenn eine von ihnen unter Wu Zetians Peitschenhieb zerstob, nahm eine neue ihren Platz ein.

»Zieh sie unter Wasser, Kleiner!«, kommandierte Qin Shi Huang.

»Also …« Zack breitete die Arme aus und führte sie wieder zusammen, damit das Meer über den angreifenden Kreaturen zusammenschlug. Das Meer gehorchte, aber leider wurde dabei auch das Boot überspült und drohte zu sinken. Zack beförderte das Wasser rasch wieder über Bord, doch damit tauchten auch die Meerjungfrauen wieder auf. Sie schossen aus der Tiefe empor wie Kometen.

»Das war wohl nichts«, sagte Qin Shi Huang.

»*Xiānsheng*, kannst du schon das *Qi* der Insel anzapfen?«, rief Tang Taizong dem Dichter zu.

»Augenblickchen, Eure Majestät!« Li Bai hantierte immer noch mit seinem Schwert. Nun schloss er die Augen. »Ich spüre schon was ... Gleich sind wir dicht genug dran ... Jetzt!«

Statt dem Geisterrot nahm er eine lebensechte Färbung an. Allerdings leuchtete er noch, genauso wie die Meerjungfrauen. Tang Taizong atmete hörbar auf und seine glühenden Meridiane verblassten. Doch seine Miene wurde gleich wieder angespannt. Er beschwor seinen Bogen und schoss mehrere Meerjungfrauen ab.

Im selben Augenblick flutete von der Seite eine zweite Lichtwelle auf das Rettungsboot zu.

»Noch mehr *Jiaoren*?«, rief Zack erschrocken.

»Nein«, keuchte Wu Zetian. Sie rang eine Angreiferin nieder, der es gelungen war, ins Boot zu klettern, und warf sie mit Schwung wieder ins Wasser. »Das sind Drachenboote!«

Jetzt sah auch Zack, dass es *über* der Wasseroberfläche leuchtete, nicht darunter. Eine ganze Flotte Boote kam schnell wie der Wind angeglitten. Sie hatten Drachenköpfe am Bug und über ihnen wehten Fahnen. An den langen Rudern saßen lauter Geister.

»Schneller!«, rief Qin Shi Huang Zack zu. »Wenn das Drachenboote sind, werden sie von Qu Yuan befehligt!«

QU YUAN

»Der patriotische Poet«

Lebensdaten: 339–278 v. u. Z.

Bedeutendster Dichter der Streitenden Reiche. Bekannt dafür, dass er sein Vaterland Chu inbrünstig liebte. Stürzte sich in den Fluss Miluo, als das Heer von Qin in der Hauptstadt von Chu einfiel. Die Legende besagt, dass die Dorfbewohner mit Drachenbooten losfuhren, um Qu Yuans Leichnam zu bergen. Als sie ihn nicht fanden, warfen sie Zòngzi in den Fluss, damit der Dichter nicht von den Fischen verspeist wurde. Dieses Ereignis soll der Auftakt zu den alljährlichen Drachenbootrennen am fünften Tag des fünften Mondmonats gewesen sein.

»*Das* Fest kenne ich!«, rief Zack erfreut. Seine Mutter machte dann immer *Zòngzi*. Das war Klebreis, der in duftende längliche Blätter gewickelt war. Ein paarmal hatten sie sogar beim Drachenbootrennen in New York zugeschaut. Das war jedes Jahr ein großes Spektakel. Und jetzt stellte sich heraus, dass es auf einen von Qin Shi Huangs Erzfeinden zurückging? »Wie viele berühmte Feinde hast du denn noch so?«, erkundigte sich Zack.

»Qu Yuan ist nicht *mein* Feind. Er hat zur Zeit meines Urgroßvaters gelebt.«

»Aber du hast dir sein geliebtes Chu unter den Nagel gerissen. Wahrscheinlich ist er auf dich noch wütender als auf deinen Urgroßvater«, warf Wu Zetian ein.

»Es bricht mir das Herz, dass wir uns nunmehr als Feinde gegenüberstehen«, sagte Li Bai versonnen und stach dabei auf eine Meerjungfrau nach der anderen ein. »Ich bin ein großer Bewunderer seiner Dichtkunst. Und seinen Kummer darüber, dass er unter politischen Intrigen gelitten hat, kann ich gut nachvollziehen.«

»Er hat ein paar Gedichte verfasst und sich im Fluss ertränkt. Und jetzt hat er seinen eigenen Feiertag«, sagte Qin Shi Huang verächtlich. »*Ich* habe dieses Land überhaupt erst gegründet! Wo ist *mein* Feiertag, bitte?«

»Wenn du nicht so größenwahnsinnig und tyrannisch gewesen wärst – und dann auch noch unschuldige Meerjungfrauen zu Lampen verarbeitet hättest –, hättest du bestimmt deinen eigenen Feiertag«, konterte Tang Taizong. Als er den rot lodernden Blick auf Zack richtete, zuckte Zack unwillkürlich zusammen. Normalerweise war Tang Taizong ein entspannter Typ, aber sein Zorn konnte einem Angst machen. »Weißt du, was passiert ist, als *er* gestorben ist? Seine engsten Vertrauten haben sofort seinen letzten Willen ignoriert und einen Hinrichtungsbefehl für seinen ältesten Sohn gefälscht. So konnten sie den jüngsten Sohn als ihre willenlose Marionette auf den Thron setzen. Anschließend haben sie seinen Leichnam in die Hauptstadt zurückgebracht, aber sie mussten ein Fass mit toten Fischen danebenstellen, weil er so gestunken hat.«

»Musst du das ausgerechnet jetzt ansprechen?«, entgegnete Qin Shi Huang gekränkt.

»Tut mir leid, aber ich bin echt sauer auf dich.«

»Ich auch!«, rief Wu Zetian. »Warum müssen alle deine Feinde legendär und berühmt sein?«

»Meng Jiang Nü ist eine literarische Erfindung«, hielt Qin Shi Huang dagegen. »Und Qu Yuan war zu meinen Lebzeiten längst tot.«

Tang Taizong ließ sich nicht beirren. »Die Legenden über die beiden hätten nicht solche Macht, wenn du nicht so ein A…« Er schielte zu Zack hinüber. »So ein *Idiot* gewesen wärst.«

»Könnt ihr euch wieder abregen?«, kam es von Qin Shi Huang. »Die Drachenboote haben uns gleich eingeholt!«

Das Schriftzeichen auf den wehenden Fahnen war jetzt als *Chu* zu entziffern. Wu Zetian und Tang Taizong zückten ihre Waffen.

Qu Yuan stand mit wehendem Gewand am Bug des mittleren Bootes. Er ähnelte Li Bai ein bisschen, nur dass sein Gewand keinen runden, sondern einen V-Ausschnitt hatte. Außerdem war sein Haarknoten ordentlicher und er hatte etwas hineingesteckt, das an eine Antenne oder einen langen Fühler erinnerte.

»Die Welt ist schmutzig und nur ich bin rein!«, übertönte er das Tosen der Wellen. »Alle sind trunken und nur ich bin nüchtern!«

Zack fand das ein bisschen übertrieben dramatisch, aber bevor er den Dichter fragen konnte, ob es tatsächlich so gemeint war, wurde ihm plötzlich furchtbar schwindlig.

Er taumelte und verlor die Kontrolle über das Meer. Das Rettungsboot hielt mit einem Ruck an.

»Nicht!« Auch Wu Zetian taumelte, ließ sich aber auf den Sitz am Steuer fallen und versuchte, den Motor wieder anzuwerfen.

»Reiß dich zusammen, Kleiner!« Qin Shi Huang schwebte zu Zack hinüber.

»Tut mir leid, ich …« Zacks Magen hob und senkte sich so heftig wie die tosenden Wellen. Er hielt sich die Hand vor den Mund. So musste es sich anfühlen, wenn man betrunken war. Alkohol war nicht halal. Aber selbst wenn er welchen hätte trinken dürfen – diese Erfahrung hätte es ihm ein für alle Mal verdorben.

Tang Taizong hielt sich noch mühsam auf den Beinen und schoss mit seinem Bogen auf Qu Yuan. Doch der rote Pfeil sauste glatt durch die Brust des Dichters hindurch und Qu Yuan deklamierte unverdrossen weiter.

Während Wu Zetian noch mit den Armaturen kämpfte, schwangen sich etliche Jiaoren über die Bordwand. Unter ihrem Gewicht drohte das Boot zu sinken. Li Bai ging mit seinem Schwert auf sie los. Er schien sich als Einziger noch gut zu fühlen. Lachend gab er ein eigenes Gedicht zum Besten. Allerdings war es nicht im Chinesisch der Qin-Dynastie verfasst, sodass Zack Untertitel brauchte.

Gibt's Musik und gutes Essen, dann greif zu und sei nicht schüchtern. Kann mein Rausch nicht ewig währen und ich würde niemals nüchtern?

Zacks Übelkeit ließ nach.

»Weiter so!« Tang Taizong stellte sich breitbeinig hin, um besser zielen zu können. »Deine Gedichte lassen uns die Freuden der Trunkenheit genießen, statt dass wir unter den Folgen leiden.«

Absurderweise überlegte Zack, ob der Zauber von Li Bai wohl haram war, also für Muslime ein Tabu. Er konnte schlicht nichts Erfreuliches daran finden, betrunken zu sein, aber immerhin war er jetzt wieder in der Lage, das Meer zu bändigen. Er ließ die Wellen das Boot hin und her werfen, sodass die Meerjungfrauen herauspurzelten. Dann nahm das Boot wieder volle Fahrt auf.

Hoffentlich war es noch nicht zu spät!

Um die Verfolger zu versenken, ließ Zack eine Riesenwelle in ihre Richtung rollen. Doch die Drachenboote glitten einfach durch die Wasserwand hindurch. Das Rettungsboot hingegen verlor an Tempo.

Total gemein, dass die Gesetze der Physik auf Geister anders wirkten!

Unermüdlich rezitierte Qu Yuan weiter, zog dabei etwas Kleines, Leuchtendes aus seinem weiten Ärmel und schleuderte es wie einen Baseball auf das Rettungsboot. Das Wurfgeschoss segelte durch die Luft, landete auf einem Sitz des Bootes und hinterließ eine Delle. Dann kullerte es vor Zacks Sandalen. Es war ein dreieckiges Päckchen aus länglichen Blättern.

»Er bewirft uns mit *Zòngzi*!«, rief Tang Taizong empört.

»Unverschämtheit!« Wu Zetian ließ den Motor Motor sein und beteiligte sich wieder daran, die Meerjungfrauen abzuwehren.

Das nächste Reisgeschoss traf den Bootsrumpf und hinterließ ebenfalls eine tiefe Kerbe.

»Die Dinger sind supergefährlich!« Tang Taizong sah aus, als würde er gleich durchdrehen. »Wenn das Boot ein Leck bekommt, sind wir erledigt. Du musst zu Mazu beten, Zetian!«

»Was?!«

»Zur Göttin des Meeres.«

»Ich weiß, wer Mazu ist. Aber ich kann nicht glauben, dass du mich aufforderst, zu ihr zu beten.«

»Du bist die einzige Herrscherin in unserer Geschichte. Da wird dir jede Göttin wohlgesinnt sein. Wir beide werden zu Unrecht verfolgt. Wir waren keine Tyrannen.«

»Du glaubst, Mazu erhört mich, bloß weil ich eine Frau bin?«

»Du bist ja nicht nur *irgendeine* Frau.«

Im Wettstreit der beiden Dichter war eine kurze Pause eingetreten. Wu Zetian starrte Tang Taizong verblüfft an. Dann schüttelte sie den Kopf. »Wir beide sind nicht zu Legenden geworden, damit wir jetzt andere um Hilfe anbetteln. Wir schaffen das hier auch allein.«

Tang Taizong drehte sich zu Zack um. »Kannst du uns nicht schneller fahren lassen, Kleiner?«

»Ich versuch's ja! Glaubt ihr, ich gebe mir keine Mühe?«

»Du brauchst einen Kraftschub.« Tang Taizong runzelte nachdenklich die Stirn, schoss dabei aber weiter Pfeil um Pfeil ab. Dann fixierte er Li Bai mit seinem Blick. »Lass uns etwas ausprobieren, *Xiānsheng*. Berühre den Jungen und sage das Gedicht auf, das du seinerzeit über Qin Shi Huang verfasst hast.«

»Welches denn?«

»Das, aus dem immer zitiert wird. Du weißt schon: ›Der König von Qin erstürmt sechs Reiche‹.«

»Ach, *das* Gedicht meinst du!« Li Bai torkelte zu Zack hinüber und legte ihm die Hand auf die Schulter. »Der König von Qin erstürmt sechs Reiche, so machtvoll ist sein Tigerblick! Sein Schwert zerteilt die Himmelswolken, Fürsten und Edle wünschen ihm Glück!«

Eine Hitzewelle durchfuhr Zack und er schnappte nach Luft. Seine *Qi*-Leiste lud sich wieder auf. Allerdings war der Balken jetzt weiß statt schwarz.

»Es klappt!«, sagte Tang Taizong erfreut, aber seine Sprache wurde wieder undeutlicher, als Qu Yuans Gedichtmagie erneut auf seine Gegner wirkte. »Mach weiter!«

Li Bai tat wie geheißen. »Der Himmel selbst schenkt ihm Tatendrang, ihm gehorchen Helden von höchstem Rang. Aus Bronzewaffen sein Abbild er goss, und den östlichen Hangu-Pass er erschloss. Der Berg Kuaiji von seinem Ruhme spricht, im Langya-Pavillon hat er aufs Meer freie Sicht.«

Zack las ungläubig die Übersetzung mit. Inzwischen

hatte er sich daran gewöhnt, dass Qin Shi Huang allgemein verhasst war. Und trotzdem hatte Li Bai ein Lobgedicht über ihn verfasst? Zacks schwarze Meridiane verblassten zusehends und von dem Magieschub war ihm inzwischen fast *zu* warm.

»Hundertausende mussten sich ihm verpflichten, um am Berge Li sein Grab zu errichten. Er sehnte sich nach dem Unsterblichkeitstrank, darüber wurde sein Herz schwach und krank.«

Egal.

»Mit der Armbrust erlegte Wale er, groß wie Berge und genauso schwer. Ihre Köpfe heiligen Gipfeln glichen, Donner und Wolken ihren Blaslöchern entwichen. Ihre Finnen verdeckten das Himmelslicht, darum sah die Insel Penglai er nicht.«

Auf einmal wurde die Magie, die Zack durchströmte, so sengend heiß, dass er zusammenzuckte und japste: »Aufhören! Hier stimmt was nicht!«

Auch Qin Shi Huang zuckte zusammen. »Das hat schon alles seine Richtigkeit«, entgegnete er. »Wer über mich spricht, darf meine Misserfolge nicht auslassen. Sie gehören genauso zu meiner Legende wie meine überragenden Erfolge.«

»Ich meine die Magie! Sie verbrennt mich!«

»Kein Wunder. Immerhin wohnt ein Teil meiner Seele in dir. Der verträgt sich natürlich nicht mit einem *Qi*, das sich aus daoistischer Magie speist.«

»Wie bitte? Wieso hast du dann –« Zacks Vorwurf verklang in einem Schmerzensschrei.

»Mit den Kindern von Qin stach Xu Fu in See, kehrt mit dem Trank zurück er je? Zwar ist der Sarg des Kaisers aus Gold, doch dem Toten darin war das Glück nicht hold.«

Zacks *Qi*-Leiste hatte sich vollständig regeneriert. Seine Meridiane wurden weiß und brannten, als flösse geschmolzenes Silber durch seine Adern.

Sein gequälter Aufschrei schien über das ganze Meer zu hallen. Blitze zuckten in den schwarzen Wolken und ließen die schäumenden Wellen aufleuchten. Zacks Verbindung mit dem Meer war plötzlich so stark, als könnte er jedes einzelne Wassermolekül spüren.

Doch der Preis für diese Macht war hoch. Viel zu hoch. Zack musste die Magie wieder loswerden, sonst verbrannte er bei lebendigem Leib! Er lief ans Heck des Rettungsboots.

Qu Yuan zeigte anklagend auf ihn. »Damit kommst du nicht durch, Ty–«

»Tyrann? Etwas Besseres fällt dir nicht ein?« Zack hob langsam die Arme, als würde er zwei Felsen auf den Händen balancieren. Als die Wellen gehorchten und aufwallten, leuchteten sie weiß. »Lieber ein Tyrann als ein *Versager*, an den man sich nur aus *Mitleid* erinnert!«

Rechts und links von der Drachenbootflotte türmten sich so hohe Wellen auf wie bei einem Tsunami. Die Geister an den Rudern wechselten bestürzte Blicke.

Zack klatschte in die Hände. Zwischen Meer und Himmel erschollen Donnerschläge. Die leuchtenden Riesenwellen schlugen über der feindlichen Flotte zusammen und trugen gleichzeitig das Rettungsboot vorwärts. Das Tosen dämpfte die Schreie der Geister.

Auch die Meerjungfrauen wurden mitgerissen und mussten das Rettungsboot loslassen. Der nächste Blitz beschien ihre angstvoll aufgerissenen Augen.

Zack waren sie alle egal. Er kämpfte gegen die Schmerzen an, die kaum noch auszuhalten waren. »Verschwindet, oder ihr endet als Lampen!«

Wieder ein Donnerschlag. Die Jiaoren tauchten ab. Ihr Leuchten erlosch, das Meer wurde pechschwarz.

Konnte Zack nun endlich die Magie loswerden, die ihn zu verbrennen drohte? Doch da schlug etwas von unten gegen das Rettungsboot.

Alle fuhren herum. Noch ein Schlag. Im Boden des Bootes erschien ein Loch und ein *Zòngzi* hüpfte heraus. Das nächste Klebreispäckchen vergrößerte das Leck noch. Dann erschien Qu Yuans leuchtendes Gesicht im Wasser.

»Ruhm und Ehre dem Staate Chu!«, verkündete er.

Der Dichter tauchte wieder unter, doch sein schadenfrohes Gelächter war weiterhin zu hören. Wasser sprudelte aus dem Leck. Zack führte zügig beide Hände nach unten, um das Wasser zurückzudrücken, aber es kam immer neues nach.

Wu Zetian schubste ihn weg und presste eine Schwimmweste auf das Leck. »Mach du mit deiner Magie weiter!«

»Ich – ich kann nicht –« Sternchen tanzten vor Zacks Augen. Sein ganzer Körper brannte unerträglich.

»Du machst das toll!« Tang Taizong half Wu Zetian, das Leck mit der Schwimmweste zu verschließen. »Weiter so! Wir kriegen das hin!«

Der nächste Blitz. Das Wasser wallte hoch auf, obwohl Zack es ihm nicht befohlen hatte. Neben dem Boot erschien etwas Riesiges, Fluoreszierendes.

»Was –?«, entfuhr es Tang Taizong.

Ein gewaltiger Geisterwal durchbrach die Wasseroberfläche. Seine Flossen zeichneten sich vor dem Wolkenhimmel ab und verdeckten ihn fast vollständig. Salzwasser regnete in Sturzbächen herab.

Wu Zetian kniete sich hin und hob die Arme zum Himmel. »Große Mazu, Göttin des Meeres, erhöre das Flehen deiner untertänigsten Dienerin! Sorge dafür, dass wir unversehrt nach Peng–«

Der Wal ließ sich zurückfallen. Wellen brandeten in alle Richtungen. Das Boot gehorchte Zack nicht mehr.

Die anderen schrien auf, als das eiskalte Wasser sie überspülte. Zack verlor das Gleichgewicht. Das Wasser riss ihn mit und zog ihn trotz der Schwimmweste in die Tiefe.

»Du musst kämpfen, Kleiner! Lass dich nicht unterkriegen!«, hörte er Qin Shi Huang rufen.

Doch Zack war am Ende seiner Kräfte.

Er gab auf und Dunkelheit verschluckte ihn.

13

Wie man »lieber Junge – böser Kaiser« spielt

Zack war wieder in dem trostlosen Palastgemach und stand auf dem langen Steg über dem Wasserbecken.

»*Mach dir klar, wer er in Wahrheit ist, mein Kind …*«, raunte die wohlbekannte Stimme. »*Vergiss es nicht wieder. Erinnere dich … Bitte erinnere dich daran …*«

Zack blickte zu der in Schatten gehüllten Gestalt auf dem Bronzethron hoch. Ein jäher Schauder ergriff ihn und sein Mund öffnete sich von allein.

»Vater«, stammelte er, aber es waren nicht seine eigenen Worte. »In den von Euch eroberten Staaten ist gerade erst Frieden eingetreten und an den Grenzen hat sich die Bevölkerung noch immer nicht ganz unterworfen. Die Gelehrten haben lediglich den Wunsch, die Lehren des Konfuzius zu studieren und zu befolgen, und doch bestraft Eure Majestät sie so hart. Ich fürchte, es könnte deshalb zu Aufständen kommen.«

»*Eine Frechheit ist das!*«, donnerte die Gestalt auf dem Thron mit grollender Bassstimme. »Du wagst es, mir zu sagen, wie ich mein Reich regieren soll?!«

Zacks Körper machte sich ebenfalls selbstständig und er fiel auf die Knie. »Aber Vater, ich möchte doch bloß …«

Der Mann auf dem Thron erhob sich, stieg mit hallenden Schritten vom Podest und kam den Steg entlang. Er blieb so dicht vor Zack stehen, dass die kalte Luft selbst vor Furcht zu erstarren schien. Sein stechender Blick drang durch die Perlenschnüre seines Kopfputzes wie der eines gefangenen Raubtiers durch ein Käfiggitter.

»Du enttäuschst mich, Fusu«, sagte er mit einer Stimme, so dunkel wie Rauch.

Zack wachte von leisem Gesang auf. Es klang wie ein Schlaflied.

»Im Gebirge stehen Fúsū-Bäume, Lotus wächst im tiefen Teich …«

Fusu?

Das erinnerte Zack an etwas. Er musste die anderen danach fragen. Es war wichtig. Es war …

Der Gedankenfaden riss ab, als er die Augen öffnete und an eine niedrige Decke aus glitzerndem, grob behauenem weißem Stein blickte. Er wandte den Kopf und stellte fest, dass er sich in einer Höhle befand. Salziger Meerwassergeruch kitzelte ihn in der Nase. Er lag auf einem weißen Bett mit weißen Laken, die so weich waren, als wären sie aus Wolken gewebt. Trotzdem fühlte er sich unwohl. Er hatte in seinen Kleidern geschlafen, samt Schwimmweste und Rucksack, und der Rücken tat ihm scheußlich weh, weil er ihn so stark gekrümmt hatte. Dazu kam, dass ihm niemand die Brillen abgenommen hatte. Die AR-Brille drückte und die Riemen der Taucherbrille schnitten schmerzhaft ein.

»Im Gebirge stehen Kiefern, Lilien wachsen im Teich …«

Es war Qin Shi Huang, der da sang. Was eigentlich nicht überraschend war, denn der Gesang kam aus den Lautsprechern der AR-Brille. Allerdings klang die Stimme ungewohnt sanft. Qin Shi Huangs virtuelle Gestalt saß mit untergeschlagenen Beinen vor einem Eisengitter und blickte nach draußen, wo es hell war.

Ein Gitter?

Waren sie etwa *eingesperrt*?!

Als Zack sich erschrocken aufsetzte, durchfuhr ihn ein stechender Schmerz. Er ließ sich wieder zurücksinken.

Der Gesang brach ab. Qin Shi Huang drehte sich zu Zack um, wobei sein virtuelles Hinterteil wie Rauch über den glitzernden weißen Höhlenboden glitt. »Du bist wach – na endlich!«

»Wo sind wir hier?«, fragte Zack heiser. Er war ganz benommen. Trotzdem gelang es ihm, die Taucherbrille abzunehmen. Sofort schmerzte sein Kopf deutlich weniger, aber er erschrak, als er die tiefen Abdrücke in seiner Stirn und seinen Wangen fühlte.

»Wir wurden direkt ans Ufer von Penglai gespült. Die

Unsterblichen waren überhaupt nicht erfreut, als sie uns entdeckt haben. Aber die beiden anderen haben sie überredet abzuwarten, bis du wieder zu dir kommst. Dann entscheiden sie, wie sie mit uns verfahren. Dass du die Magie der Insel angezapft hast, hat deine Meridiane schwer geschädigt. Du warst volle drei Tage bewusstlos.«

»Drei Tage!« Zack wollte sich wieder aufsetzen, aber die Schmerzen waren zu heftig. »Heißt das etwa, dass uns nur noch *neun Tage* bleiben?«

»Ganz recht. Wir müssen uns ranhalten.«

In nur neun Tagen würde der Dämon die Seele von Zacks Mom aufzehren! »Was machen wir denn jetzt? Wo sind Simon und Melissa?«

»Ich weiß nicht, wo sie hingebracht wurden. Und während du bewusstlos warst, konnte ich mich nicht danach erkundigen. Ich habe aber mitbekommen, dass uns die Acht Unsterblichen, die in Penglai inoffiziell das Sagen haben, den Prozess machen wollen. Das wäre eigentlich gar nicht schlecht. Dann könnten wir ihnen unsere Lage erklären und sie um die Unsterblichkeitspillen bitten.«

»Und wann soll dieser Prozess stattfinden?« Zack streifte mühsam Rucksack und Schwimmweste ab und ließ beides neben das Bett fallen. Hoffentlich ging es Simon und Melissa gut. Immerhin war niemand ertrunken.

»Sobald die Kerkermeister merken, dass du wach bist. Sie kommen einmal pro Tag, wenn die Sonne *hier* steht, und flößen dir einen Heiltrank ein.« Qin Shi Huang klopfte neben sich auf den Boden.

Momentan lag noch die ganze Höhle im Schatten, sodass Zack keine Ahnung hatte, wann die Kerkermeister auftauchen würden. Wieder packte ihn Panik und er ließ sich auf das Kissen zurückfallen. Es war offenbar mit Reiskörnern gefüllt und er merkte auf einmal, dass er schrecklichen Hunger hatte. Sein Magen fühlte sich ganz hohl an.

Erneut durchzuckte ihn Schmerz. Ihm fiel wieder ein, was sich unmittelbar vor seiner Ohnmacht abgespielt hatte. Hatte er tatsächlich über das Meer gebieten können?

»Kann es passieren, dass ich verbrenne, wenn ich Magie einsetze?«, wandte er sich an Qin Shi Huang. »So wie Dämonen, wenn sie mit Weihwasser in Berührung kommen?«

»Ts-ts-ts«, machte Qin Shi Huang missbilligend. »Du denkst immer noch in Begriffen wie Schwarz und Weiß, Gut und Böse. Im wahren Leben gibt es solche eindeutigen Unterscheidungen nicht. Die Magie hat dich verbrannt, weil die Insel Penglai nicht gefunden werden will. Aber egal. Endlich bin ich hier.« Er spähte wieder durch die Gitterstäbe. »Nach zweitausend Jahren.«

Auch Zack schaute nach draußen. Tief unter ihnen schimmerte silbrig das Meer. Doch kurz vor dem Horizont verwandelte es sich in eine schwarze Weite unter dicken dunklen Wolken.

»Werden uns die Weisen denn überhaupt helfen? Sie kennen schließlich deine Vorgeschichte.«

»Das hängt davon ab, ob du sie bei der Verhandlung überzeugen kannst.«

»Ich?!«

Qin Shi Huang nickte. »Du musst so tun, als wärst du ich, und an meiner Stelle sprechen. Ich werde meine Magie auf dich übertragen, damit du dich mit den Weisen verständigen kannst.«

»Aber … aber … aber *warum*?«

»Sie werden dich nur deswegen anhören, weil sie glauben, dass meine Seele fest mit deiner verbunden ist. Mit der Seele eines unschuldigen Zwölfjährigen. Wenn sie herausfinden, dass meine Seele nur in deiner Sehvorrichtung sitzt, werden sie das Ding im Meer versenken, um mir ein für alle Mal den Garaus zu machen.«

»Aber ich kann nicht du sein! Die durchschauen mich doch sofort.« Vor Verzweiflung und Schmerzen kamen Zack die Tränen. Er schlug mit der Faust aufs Bett. »Ich … ich kann das nicht. Ich will es auch nicht. Ich will nach Hause!«

»Nach Hause?«, wiederholte Qin Shi Huang schroff. »Wo deine Mutter in neun Tagen *stirbt*?«

Zack konnte nicht antworten. Vor lauter Tränen sah er alles verschwommen.

Qin Shi Huang seufzte und sein Ton wurde milder. »Du unterschätzt dich, Kleiner. Du hast meinen Versuch, von dir Besitz zu ergreifen, erfolgreich abgewehrt. Das beweist, dass du es an Willenskraft mit mir aufnehmen kannst. Und bis jetzt hast du alle Hindernisse gemeistert. Warum willst du da plötzlich aufgeben?«

»Weil ich … einfach … nicht mehr … kann.« Zack kniff die Augen zusammen und zog die Nase hoch. Er hatte einen dicken Kloß im Hals und seine Unterlippe zitterte.

»Während meiner Feldzüge zur Einigung Chinas habe ich auch oft an mir gezweifelt. Zum Beispiel bei meinem ersten Versuch, Chu zu erobern. Chu war das größte der Streitenden Reiche und hat es mir am schwersten gemacht. Die Geister in den Drachenbooten – die waren alle aus Chu. Sie hassen mich noch immer.«

Zack schloss die brennenden Augen und verdrängte, dass er kurz davor war, Vollwaise zu werden. Er tat wieder so, als würde ihm sein Dad die Legende erzählen.

Qin Shi Huangs Stimme drang weiter aus den kleinen Lautsprechern der AR-Brille. »Als ich gegen Chu zu Felde zog, hatte ich die übrigen fünf Reiche bereits erobert oder sie waren kurz davor, sich zu ergeben. Ich glaubte mich schon fast am Ziel. Darum schickte ich einen jungen General mit nur zwanzigtausend Kriegern los. Doch ich hatte die Entschlossenheit der Bevölkerung von Chu unterschätzt. Sie waren sehr heimatverbunden. Wobei Qin und Chu sozusagen ein Liebespaar waren. Zwischen unseren beiden Staaten gab es viele Ehen. Einer meiner Onkel, der aus Chu stammte, organisierte heimlich einen Aufstand gegen mich, um die Invasion zu verhindern. Meine Krieger wurden in einen Hinterhalt gelockt und von jeglicher Verstärkung abgeschnitten. Nicht einer überlebte.

Es war die erste Schlacht, die ich je verlor, und sie wäre beinahe mein Untergang gewesen. Die sechs anderen Reiche begriffen, dass ich doch nicht unbesiegbar war. Als ich die Neuigkeit erfuhr, betete ich die ganze Nacht zu meinen Ahnen. War ich zu weit gegangen, als ich mir das Reich einverleiben wollte, das für Qin wie eine Gemahlin war? Hätte ich meine Verluste verringern können? Doch trotz aller Ängste und Zweifel war mir eines klar: Würde ich jetzt aufgeben, würde ich mich mein Leben lang fragen, wie alles ausgegangen wäre, wenn ich weitergemacht hätte. Darum stellte ich mich der Herausforderung. Obwohl ich weder essen noch schlafen konnte, entschuldigte ich mich persönlich bei einem alten General, den ich schlecht behandelt hatte. Ich unterstellte ihm meine letzten sechzigtausend Krieger. Ich setzte alles auf eine Karte und unternahm einen letzten Versuch, die Streitenden Reiche zu einen.

Der alte General belagerte Chu ein volles Jahr lang, bis sich der Staat ergab. Ich übte mich in Geduld und vertraute ihm. Jegliche Bedenken verdrängte ich, um mich nicht selbst zu sabotieren. Und der General besiegte Chu. *Wir* besiegten Chu. Nun weißt du, wie ich meine Ängste überwand und aus China ein Weltreich schuf.«

Aha.

Zack öffnete die Augen wieder. Als Qin Shi Huang das

sah, breitete er die Arme aus, als hätte er soeben einen mitreißenden Vortrag über die Vorzüge von Teamarbeit gehalten.

Puh! Wäre Zacks Vater noch am Leben, hätte er ihm hoffentlich andere Geschichten erzählt.

Immerhin gab Qin Shi Huang sich Mühe. Wie ein Superschurke, der ungeschickt versuchte, seinem Sohn Mut zu machen.

»Danke für deine Offenheit«, brachte Zack schniefend heraus. »Aber vielleicht hättest du dir die ganzen Probleme sparen können, wenn du einfach keine Eroberungsfeldzüge unternommen hättest.«

»Meinst du wirklich?« Qin Shi Huang zog die Augenbrauen hoch.

»Äh … schon?«

Qin Shi Huang lachte, als hätte Zack einen Witz gemacht (was nicht der Fall war). »Manchmal bist du richtig amüsant, Kleiner. Der Knackpunkt meiner Geschichte ist doch, dass sogar Legenden wie ich manchmal von Angst überwältigt werden. Angst ist etwas ganz Normales, aber man darf sich nicht von ihr lähmen lassen. Auch du wirst noch viele Herausforderungen erleben, um die du nicht herumkommst. Manche werden dich reizen, bei anderen wird dir deine innere Stimme einreden wollen, dass du dafür zu schwach bist. Dass es nicht zu schaffen ist oder dass zumindest *du* es nicht schaffst. Und weißt du, was?« Er verengte die Augen zu Schlitzen. »Wer auf solche inneren Stimmen hört, wird von der Geschichte vergessen.«

»Ich will aber keine berühmte historische Persönlichkeit werden. Ich will … ich will meine Mutter wiederhaben. Ich will, dass alles wieder normal wird.«

»Auch ich wäre manchmal lieber wieder ein Bauernjunge gewesen, der in den Straßen von Zhao betteln musste, als ein minderjähriger König, an dem alle herumzerren. Aber das Universum erhört nun mal keine unsinnigen Wünsche, Kleiner. Dein Leben ist nicht mehr dasselbe. Entweder lässt du dich von unserer Mission fertigmachen oder du wächst daran und wirst stärker, wie du es dir gewünscht hast. Der Prozess vor den Acht Unsterblichen findet sowieso statt, ob es dir passt oder nicht. Bereite dich lieber darauf vor. Sobald die Kerkermeister kommen, musst du so tun, als wärst du ich.«

Zack zerknüllte das seidene Laken. »Kann ich nicht so tun, als ob du in mir schlummerst?«

»Nein. Denn sobald ich herausfinden würde, dass der unsterbliche Kerkermeister, der sich drei Tage lang um meinen bewusstlosen Wirt gekümmert hat, der Zauberer Xu Fu ist, den ich damals auf die Suche nach Penglai geschickt habe, könnte ich mich garantiert nicht zurückhalten.«

Als Zack einen kräftigen Wind den Berg herabbrausen hörte, befolgte er Qin Shi Huangs Rat und stellte sich schlafend. Der Kaiser hatte ihm erklärt, dass die Unsterblichen auf Wolken fliegen konnten.

Als Nächstes quietschte die Tür im Kerkergitter und zwei Personen kamen herein. Zack hatte immer noch Angst. Doch er hatte nur die Wahl, hier rumzusitzen und nichts zu tun oder aber zu versuchen, möglichst schnell von hier wegzukommen und seine Mutter zu retten. Klar, wie er sich da entschied.

»Und du willst ihn unbedingt heilen?«, fragte eine ruppige Männerstimme.

»Sein Wirt hat nichts verbrochen«, entgegnete eine hellere Stimme leicht gereizt. »Wir können kein unschuldiges Kind sterben lassen, bloß weil *er* ein Verbrecher ist.«

»Schade eigentlich.«

Etwas wurde in ein Gefäß gegossen. Sollte jemand Zack zu nahe kommen, würde er denjenigen am Handgelenk packen und sich schwungvoll ins Sitzen hochziehen. Das nahm er sich zumindest vor. Ein cooler Überraschungseffekt, eines Top-Eroberers würdig.

Doch als er verstohlen ein Auge öffnete, um das perfekte Timing abzupassen, wurde ihm plötzlich etwas Hartes zwischen die Lippen geschoben.

»Mmm!«, protestierte er und fuhr in die Höhe. Eine bitter schmeckende Flüssigkeit lief ihm übers Kinn und in den Kragen.

So viel zum Thema cooler Überraschungseffekt.

Können wir das noch mal machen?, hätte er am liebsten gefragt. Aber er durfte nicht mit Qin Shi Huang sprechen. Der Kaiser würde ihm nur über die AR-Brille texten. Hustend und prustend musterte Zack die beiden Unsterblichen, die sich über ihn beugten. Im Halbdunkel der Höhle verströmten sie ein mattes Leuchten. Der eine war ein buckliger, schäbig gekleideter Mann mit struppigen Haaren, der sich auf eine metallene Krücke stützte. Er hatte Zack den Trank aus einem Flaschenkürbis eingeflößt, der an eine Riesenerdnuss mit glatter Schale erinnerte und einen aus Holz geschnitzten Ausguss hatte. Der zweite Unsterbliche trug ein elegantes Gewand und wirkte schon eher wie ein Weiser. Im nächsten Augenblick erschienen auch schon ihre Beschreibungen in Zacks Sichtfeld.

EISENKRÜCKE LI

Zählt zu den Acht Unsterblichen, einer Gruppe daoistischer Heiliger. War einst ein attraktiver Held, der Seelenreisen unternahm. Kehrte einmal nicht rechtzeitig zurück, sodass irgendein Trottel seine sterbliche Hülle einäscherte. Musste daraufhin die Gestalt eines humpelnden Bettlers annehmen, der kürzlich verhungert war. Behauptet steif und fest, dass er deswegen nicht sauer ist. Sein magisches Attribut ist ein Flaschenkürbis, der einen Heiltrank enthält.

XU FU

Lebensdaten: 255–? v. u. Z.

Während der Qin-Dynastie kaiserlicher Leibarzt und Hofzauberer, den Qin Shi Huang besser NICHT eingestellt hätte. Machte sich zweimal mit einer gewaltigen Schiffsflotte auf die Suche nach Penglai. Behauptete beim ersten Mal, von einem Monsterwal zur Umkehr gezwungen worden zu sein, und kam beim zweiten Mal gar nicht mehr zurück. Gerüchte besagen, dass er mitsamt den Schiffsbesatzungen nach Japan ausgewandert ist.

Xu Fu legte den Kopf schief und musterte Zack von oben bis unten. »Nein, so etwas! Ihre Kaiserliche Majestät ist endlich erwacht.«

Das nahm Zack als Stichwort.

»*Xu Fu!*«, donnerte er und stellte sich dabei vor, wie ein Tyrann einem Schwindler wiederbegegnete, der ihm übel mitgespielt hatte. Bestimmt kochte der echte Qin Shi Huang im Stillen schon vor Wut, seit Xu Fu den Kerker zum ersten Mal betreten hatte.

»*Lange* nicht gesehen, Eure Majestät«, gab Xu Fu aalglatt mit schmierigem Lächeln zurück. »Ich freue mich sehr, dass Ihr doch noch den Weg nach Penglai gefunden habt. Ist es hier nicht wunderschön?«

Qin Shi Huang: FRAG IHN, WAS ER HIER ÜBERHAUPT ZU SUCHEN HAT.

Qin Shi Huang: ANGEBLICH IST ER DOCH IN JAPAN!

»*Was machst du überhaupt hier?*«, herrschte Zack den Zauberer mit seiner besten Tyrannen-Superschurkenstimme an. Dank Qin Shi Huangs Magie beherrschte er die besondere Sprache der Unsterblichen. Hoffentlich hatte er keinen allzu auffälligen Akzent.

Qin Shi Huang: Übertreib's nicht.

Qin Shi Huang: SO melodramatisch höre ich mich auch wieder nicht an.

»Nun ja, nachdem meine Seele ihre sterbliche Hülle verlassen hatte, hat sie sich hierher begeben.« Xu Fu verschränkte die Hände hinter dem Rücken und verbeugte sich knapp. »Wahrscheinlich war meine Person einfach zu eng mit der Legende von Penglai verwoben.«

»Verstehe«, sagte Zack. Weil das aber zu lahm klang, schob er rasch nach: »Gern geschehen. Dass deine Legende so lange überdauert hat, liegt nur daran, dass man dich mit mir in Verbindung bringt.«

Xu Fu schüttelte grinsend den Kopf. »Ihr habt Euch kein bisschen verändert, Eure Majestät.«

Um ein Haar wäre Zack ein erleichterter Seufzer entschlüpft.

»Und ich hoffe, Ihr hegt nach dieser langen Zeit keinen Groll mehr gegen mich«, fuhr der Hofzauberer fort.

Qin Shi Huang: Sprich ihn auf die Verhandlung an.

Doch Eisenkrücke Li kam Zack zuvor und fragte: »Was hast du für ein komisches Ding vor den Augen?«

Zack erschrak, ließ sich aber nichts anmerken. »Diese Vorrichtung benötigt mein kindlicher Wirt, um besser zu sehen«, antwortete er scheinbar gelassen. »Die heutigen Sterblichen verderben sich die Augen, weil sie ständig kleine flimmernde Bilder anschauen.« Er drehte sich wieder zu Xu Fu um und sagte gebieterisch: »Bring mich zu eurem Oberweisen und ich vergebe dir. Das hier ist ein Notfall. China droht von Geistern überschwemmt zu werden und ich habe nur neun Tage, um das zu verhindern.«

Xu Fu sah Eisenkrücke fragend an. »Ist Ihre Majestät so weit wohlauf, den Kerker zu verlassen, Doktor?«

Der Angesprochene trat einen humpelnden Schritt zurück und winkte Zack heran. »Lauf mal ein Stück.«

Zack hievte sich schwerfällig von seinem Lager.

Qin Shi Huang: LASS DICH NICHT VON IHNEN RUMKOMMANDIEREN!

Zu spät. Zack war schon aufgestanden, klappte aber nach dem ersten wackligen Schritt vor Schmerzen und Hunger wieder zusammen und landete neben seinem Rucksack auf dem Boden.

Auf Xu Fus Gesicht erschien wieder das schmierige Grinsen. »Dass ich das noch erlebe! Der große Qin Shi Huang liegt vor mir auf den Knien.«

Obwohl Zack den Kaiser nur nachahmte, packte ihn die Wut und er funkelte den Zauberer drohend an.

Xu Fus selbstzufriedenes Grinsen erstarb.

Vermutlich war es keine gute Idee, die beiden Unsterblichen zu bitten, ihm beim Aufstehen zu helfen. Zack probierte es mit einer anderen Taktik. »Dieser Wirtskörper ist echt lästig.«

»Als du unsere Magie angezapft hast, hast du dich böse verbrannt.« Eisenkrücke hielt Zack den Flaschenkürbis hin. »Trink.«

Qin Shi Huang: Steh auf.

Qin Shi Huang: Trink das Zeug nicht im Knien.

Zack kam auf die Füße und gab sich Mühe, dabei nicht schmerzgepeinigt das Gesicht zu verziehen. Dann nahm er den Flaschenkürbis und kippte den Inhalt energisch hinunter. Die Arznei war so bitter, dass sich ihm alles zusammenzog, und sein Mund brannte davon, als hätte er auf eins der Pfefferkörner gebissen, die seine Mutter manchmal ins Essen gab. Trotzdem trank er den Kürbis in einem Zug leer, um nicht als Schwächling dazustehen. Wenigstens ließ dadurch der quälende Hunger nach.

Eisenkrücke nahm ihm den Kürbis wieder ab. »Gut, dann kommen wir morgen wieder.«

»Moment mal! Ich muss unbedingt –«

»Wenn Ihr nicht allein laufen könnt, können wir Euch auch nicht mitnehmen«, fiel ihm Xu Fu ins Wort.

Die beiden Männer gingen zur Gittertür. Zack wollte ihnen in Panik etwas nachrufen, aber Qin Shi Huang bombardierte ihn mit Textnachrichten.

Qin Shi Huang: Reg dich nicht auf.

Qin Shi Huang: Irgendwie haben sie ja recht.

Qin Shi Huang: Wenn du dich nicht auf den Beinen halten kannst, stehst du auch keinen Prozess durch.

»Reichen denn auch acht Tage für unsere Mission?«, zischelte Zack, als sich die Kerkertür hinter den Weisen geschlossen hatte.

»Sobald wir das Kaiserliche Siegel aus dem Drachenpalast entwendet haben, begeben wir uns unverzüglich in mein Mausoleum in Xi'an«, antwortete Qin Shi Huang, jetzt wieder durch die Lautsprecher. »Acht Tage müssten eigentlich auch reichen.«

Eigentlich?

Zack ließ sich wieder aufs Bett plumpsen. Innerlich war er in totalem Aufruhr, aber seine Kraft war aufgebraucht. Er hätte es nicht mal bis zum Gitter geschafft, außer er wäre auf allen vieren gekrabbelt. Und damit hätte er sich sofort verraten, weil Qin Shi Huang das niemals getan hätte. Hoffentlich war es Simon und Melissa besser ergangen.

Am nächsten Tag durfte Zack bei der Visite er selbst sein. Qin Shi Huang fand es angebracht, Xu Fu und Eisenkrücke daran zu erinnern, dass es um das Leben eines »unschuldigen Knaben« ging.

Zack war froh darüber. Er hatte ein schlechtes Gewissen, weil er sich bei den Unsterblichen nicht dafür bedankte, dass sie ihn geheilt hatten (auch wenn sie ihn eingesperrt hatten). Seine Mom hätte ihn deswegen ausgeschimpft, aber Qin Shi Huang hatte es ihm verboten. Am liebsten hätte er den beiden Weisen auch erzählt, dass die Seele seiner Mutter auf dem Spiel stand. Das hätte sie vielleicht milder gestimmt, doch auch das erlaubte Qin Shi Huang nicht. Die Weisen sollten nicht mitbekommen, dass der Kaiser nicht vollständig von ihm Besitz ergriffen hatte. Hätte sich Zack seinerzeit nicht dagegen gewehrt, hätte der Dämon seiner Mutter gar nicht erst die Seele geraubt. Dieser Gedanke machte Zack immer noch fertig.

Trotzdem waren die beiden Unsterblichen jetzt, wo er sozusagen vom »Böser-Kaiser-Modus« in den »Lieber-Junge-Modus« wechselte, deutlich umgänglicher. Eisenkrücke gab ihm bereitwillig Auskunft, dass es Simon und Melissa gut ging und sie in einem Palast auf dem Gipfel des Berges untergebracht waren. Zack fiel ein Stein vom Herzen. Vor lauter Sorge um die beiden hatte er fast die ganze Nacht nicht geschlafen.

»Tut uns leid, dass wir dich wegsperren müssen, Kleiner«, sagte Eisenkrücke, nachdem Zack seine tägliche Arzneidosis eingenommen hatte. »Aber der Tyrann in dir kann jederzeit zum Vorschein kommen und Unheil anrichten. Dieser Kerker ist das Einzige, was ihn davon abhält.«

»Schon in Ordnung.« Zack gab Eisenkrücke den Flaschenkürbis zurück und setzte sich wieder aufs Bett. »Ich kann euch gut verstehen.«

»Wie ist das so, sein Wirt zu sein? Macht dir das Angst?« Eisenkrücke kniff die Augen unter den absurd buschigen Brauen erst zusammen und riss sie dann weit auf. »Wobei – er kriegt alles mit, was du sagst, oder? Du musst die Frage nicht beantworten.«

»Kein Problem. Er kann mir nichts tun, weil er mich braucht. Wir streiten uns bloß ziemlich oft.«

»Aber er könnte deiner Familie etwas antun«, gab Xu Fu zu bedenken. »Hat er sie schon bedroht?«

»Muss er nicht. Ich möchte China genauso retten wie er. Und die acht Tage, die uns dafür noch bleiben, sind schon angebrochen.« Zack fand, dass er diesen Wink mit dem Zaunpfahl geschickt eingebaut hatte.

»Warte ab, wie er sich verhält, wenn du ihm mal nicht gehorchst oder ihm einen Wunsch abschlägst«, erwiderte Xu Fu düster. »Dann zeigt er sein wahres Gesicht. Falls das überhaupt noch nötig ist.«

Zack konnte dem Zauberer im Grunde nicht widersprechen, aber vielleicht gelang es ihm trotzdem, die Unsterblichen gnädiger zu stimmen. »Ja, er kann sehr egoistisch sein. Aber diesmal will er wirklich nur verhindern, dass die bösen Geister China erobern, sobald der Geistermonat anbricht. Wenn das Land wieder zerfällt, wird man sich die nächsten zweitausend Jahre nicht mehr an ihn erinnern. Und an euch beide auch nicht.«

Xu Fu und Eisenkrücke wechselten einen langen Blick miteinander.

»Sei trotzdem auf der Hut, Kleiner«, brummte Xu Fu dann.

»Nun, morgen werden wir ja hören, was er zu sagen hat.« Eisenkrücke fühlte Zack mit knotigen Fingern den Puls und klemmte seine Gehstütze in die Ellbogenbeuge. »Bis dahin bist du wieder auf dem Damm, Kleiner. Ich gebe den anderen Bescheid, dass sie die Verhandlung anberaumen können.«

Zack atmete auf. Wenn die Verhandlung erst morgen stattfand, hatten sie zwar nur noch sieben Tage Zeit, aber es ging immerhin voran.

Doch dann wurde ihm beklommen zumute. Er musste acht legendären Richtern eine oscarreife Darstellung von Qin Shi Huang liefern, sonst war es mit ihrem Plan endgültig aus.

Sonst war alles aus.

14

Wie man eine altehrwürdige chinesische Justice League austrickst

Als es am nächsten Tag Zeit für die Verhandlung war, durfte Zack den Kerker zwar endlich verlassen, musste aber hölzerne Handfesseln tragen.

»Geht leider nicht anders.« Eisenkrücke Li legte ihm die Fesseln an und Xu Fu half ihm dabei. Das Ganze sah aus, als wären Zacks Handgelenke in ein matt leuchtendes Brett mit zwei Öffnungen eingezwängt. »Wir dürfen nichts riskieren.«

Das Holz war sengend heiß und Zack sog scharf die Luft durch die Zähne. Rasch verdrängte er den Gedanken an Horrorfilme, in denen Dämonen mit Kreuzen verbrutzelt wurden.

Er hatte sich vorher noch umgezogen und seinen Rucksack aufgesetzt. So ließ er sich von Xu Fu aus dem Kerker führen. In seinem Kopf überschlugen sich die Gedanken, doch als eine Wolke ihn und den Hofzauberer zum Gipfel des Berges emportrug, vergaß er seine Angst. Unter ihnen glitten buschige Kiefernwipfel vorüber und das Meer brandete gegen die Uferfelsen. Die schäumende Gischt wellte sich wie lauter Blütenblätter. Zacks leerer Magen rebellierte ein bisschen, teils wegen der großen Höhe, teils vor Aufregung und Staunen. Eisenkrücke erklärte ihm, dass Penglai im Grunde nur ein großer Felsen mitten im Meer war und noch zwei unbekanntere Nachbarinseln namens Fanghu und Yingzhou hatte.

Der Berggipfel war mit Gebäuden übersät. Ihre Mauern schimmerten weiß wie der Mond, die Pagodendächer golden wie die Sonne. Dazwischen schwebten auf weiteren Wolken Unsterbliche in altmodischen Gewändern. Der Wind trug ihr Gelächter heran.

Wo mochte der Palast sein, in dem Simon und Melissa untergebracht waren? Aber vielleicht war ja auch alles der Palast, denn chinesische Paläste waren meistens keine einzelnen Prachtbauten, sondern glichen eher kleinen Städten. Voller Stolz erzählte Eisenkrücke, dass die Insel keinen offiziellen Herrscher hatte. Jeder durfte hier tun und lassen, was ihm beliebte. Wenn ausnahmsweise mal jemand eine Beschwerde hatte, beraumten die Acht Unsterblichen eine Verhandlung an, in der jeder Bewohner das gleiche Mitspracherecht hatte. Es war eine richtige Demokratie, auch wenn es diesen Begriff in der Sprache der Unsterblichen nicht gab. Als Zack das Wort aussprechen wollte, klappte sein Mund nur ohne Ton auf, als hätte er plötzlich vergessen, was er sagen wollte.

Während sie über die schimmernden Gebäude hinwegglitten, gesellten sich immer mehr Unsterbliche auf ihren

Wolken zu ihnen. Über einem Pavillon, der mitten in einem See stand, hielten alle an. Im klaren Wasser schwammen bunte Koi-Karpfen und auf der Oberfläche trieben Lotusblumen.

»Zack!«, rief jemand aus dem Pavillon.

Es war Simon. Er und Melissa hüpften auf und ab und wedelten mit den Armen. Zacks Herz schlug vor Freude einen olympiareifen Salto. Endlich sah er die beiden wieder!

»Hey, Leute! Wie seid ihr –« Zack unterbrach sich. Anders als er selbst waren Simon und Melissa nicht gefesselt. Was eigentlich nicht überraschend war, aber trotzdem gab es ihm einen kleinen Stich. Xu Fu und Eisenkrücke ließen die Wolke jetzt auf einem Yin-Yang-Symbol landen, das in den Sockel des Pavillons eingemeißelt war. Die übrigen Unsterblichen verteilten sich auf ihren eigenen Wolken über den See.

»Uns geht's super!«, verkündete Melissa. »Ist es nicht toll hier? Man kann essen und trinken, so viel man will.«

»Essen?!« Zack war nicht davon ausgegangen, dass die Unsterblichen wie normale Menschen aßen. Schließlich hatten sie ihm seit fünf Tagen immer nur den Heiltrank vorgesetzt.

Qin Shi Huang: Ist doch klar. Du bist mein Wirt und sie wollten dich schwächen.

Zur Antwort knurrte Zacks Magen vernehmlich.

Simon wurde wieder ernst. »Wo warst du die ganze Zeit? Die Unsterblichen wollten es uns nicht verraten.« Sein Blick fiel auf Zacks gefesselte Hände. »Und warum steckst du in diesem komischen Brett?«

»Ich … ich habe fünf Tage lang im Kerker gesessen.«

Simon und Melissa erschraken sichtlich. Dann reagierte jeder auf seine Art. Simon versicherte Zack, dass sie überzeugt gewesen waren, er wäre in einem anderen Palastgebäude untergebracht gewesen. Melissa beschimpfte Eisenkrücke Li zeternd, als wäre sie ein asiatisches Tantchen, der man die Handtasche hatte klauen wollen.

»Er ist ein Tyrann. Da mussten wir Sicherheitsvorkehrungen treffen«, verteidigte sich Xu Fu.

»Richtig!«, riefen die anderen Unsterblichen im Chor.

»Nieder mit dem Tyrannen!«, rief ein Einzelner.

»Verjagt ihn!«, kam es von einem Zweiten.

»Ja, verjagt ihn!«, stimmten andere ein, und im Nu hallte es über den ganzen See: »Verjagt ihn! Verjagt ihn! Verjagt ihn!«

Wu Zetian übernahm Melissa. »Ey! Wollt ihr hirnlosen Schwachköpfe nicht erst mal wissen, was wir zu sagen haben?«

Tang Taizong kam ihr zu Hilfe. »Bitte hört uns an! Es ist sehr wichtig!«

»Nun gut«, entgegnete jemand. Zack schaute sich nach dem Sprecher um. Ein eindrucksvoller Mann kam über den See herangeglitten. Er hatte einen Bart und trug das Haar in einem ordentlichen Knoten. Die Hände stemmte er in die Hüften, aber man sah sie nicht, weil sie von den weiten grauen Ärmeln seines Gewands verdeckt wurden. Hinter ihm teilte sich das Wasser plätschernd. »Jeder hat das Recht, sich zu verteidigen. Lasst uns hören, was die Kaiser vorzubringen haben.«

Als der fremde Mann näher kam, erkannte Zack, dass er auf einem langen Schwert balancierte. Eine Beschreibung ploppte auf:

LÜ DONGBIN

Gelehrter der Tang-Dynastie und Dichter. Bestand zehn Prüfungen, die zeigen sollten, ob er im Einklang mit der Welt lebte. Wurde anschließend unsterblich und gilt inzwischen als Anführer der Acht Unsterblichen. Sein magisches Attribut ist ein Schwert, mit dem er das Böse bezwingt. Sieht harmlos aus, ist aber ein großer Frauenheld. Wu Zetian sollte sich lieber in Acht nehmen.

Als Lü Dongbin von seinem Schwert in den Pavillon sprang, flog die Waffe aus dem Wasser in seine Hand, dass die Tropfen nur so spritzten. »Und nun begrüßt meine geschätzten Kollegen!«

Überall auf dem See plätscherte es jetzt und aus allen Richtungen kamen weitere Unsterbliche angeglitten. Da gab es eine Frau auf einer großen Lotusblüte; einen alten

Mann, der verkehrt herum auf einem weißen Maultier ritt; ein Kind in einem Blumenkorb; einen Mann mit zwei Haarknoten und einem dicken Bauch unter einer offenen Weste auf einem großen Fächer und noch ein paar andere. Die Unsterblichen applaudierten und der See strudelte wie ein Whirlpool.

Es war eine Nachstellung der Legende »Die Acht Unsterblichen überqueren das Meer und präsentieren ihre übernatürlichen Fähigkeiten«. Qin Shi Huang hatte Zack die Geschichte während der endlosen Stunden im Kerker erzählt. Die Acht Unsterblichen standen dafür, dass im Daoismus alle Menschen harmonisch zusammenlebten – seien sie nun jung oder alt, Frau oder Mann, reich oder arm, adlig oder niederer Herkunft. Die Acht waren sozusagen eine Justice League, die sich dem Kampf gegen irdische Ungerechtigkeiten und tückische Geister verschrieben hatte. Einst waren sie zu einem Festmahl außerhalb von Penglai eingeladen gewesen. Dafür hatten sie das Ostmeer überqueren müssen. Einer von ihnen hatte zum Spaß vorgeschlagen, sie könnten doch statt auf Wolken auf ihren magischen Artefakten fliegen. Diese Szene hatte die Fantasie chinesischer Künstler so beflügelt, dass überall Darstellungen davon auftauchten. Doch dass sich die Acht so prächtig amüsierten, ärgerte den Drachenkönig des Ostens. Er schickte seine Krebsgeneräle mit einem Garnelenheer aus. Sie nahmen das unsterbliche Kind Lan Caihe gefangen. Dessen erzürnte Gefährten griffen daraufhin ihrerseits den Drachenkönig an und töteten zwei seiner Söhne. Der Drachenkönig wiederum forderte seine drei Brüder als Verstärkung an. Die beiden Parteien waren einander kräftemäßig ebenbürtig. Irgendwann legte Guanyin, die Göttin des Mitleids und der Barmherzigkeit, den Zwist bei. Wie es der Zufall wollte, war Ao Guang, der Drachenkönig des Ostens, auch im Besitz des Kaiserlichen Siegels. Nun wollten sich Qin Shi Huang, Tang Taizong und Wu Zetian den alten Groll der Acht Unsterblichen auf den Drachenkönig zunutze machen.

Einer nach dem anderen sprangen die Acht von ihren magischen Artefakten in den Pavillon. Das Maultier des alten Mannes schrumpfte zusammen und er steckte es in die Tasche. Eisenkrücke Li ließ Zack stehen und ging zu seinen Kollegen hinüber. Xu Fu dagegen bestieg eine Wolke und entschwebte. Die Acht stellten sich im Halbkreis um Zack und die Kaiser auf.

»Die Verhandlung ist eröffnet!« Lü Dongbin sah Zack scharf an. »Warum zeigst du dich nicht, Qin Shi Huang?«

Zack stockte das Herz. Wie kam der Unsterbliche darauf, dass es sich mit ihm anders verhielt als mit Simon und Melissa, von denen die jeweiligen Herrscher bereits Besitz ergriffen hatten? Sollte er sich aufrechter hinstellen? Merkte man ihm an, dass ihn die Acht einschüchterten?

Qin Shi Huang: Mach schon, Kleiner.

Qin Shi Huang: SEI ICH.

Zack holte tief Luft. Dann schloss er demonstrativ die Augen, senkte den Kopf und ballte die Fäuste. Anschließend richtete er sich wieder auf und öffnete die Augen wie ein erwachender Vampir. Als ihm Qin Shi Huang einen zusätzlichen Magieschub verpasste, standen ihm kurz die Haare zu Berge.

Die Unsterblichen waren sichtlich beeindruckt. Einige schluckten hörbar, dann wurde es totenstill. Nur der Wind strich durch die Weidenbäume und irgendwo rieselte Wasser.

Zack hätte beinahe laut herausgelacht. Offenbar ahnte niemand, dass er ein Betrüger war.

Er hob die gefesselten Hände. »Ich finde, das hier grenzt an Verfolgungswahn. Ich will euch nichts Böses. Ehrlich nicht.«

»Wir glauben dir kein Wort!«, rief jemand.

Zack gelang es, sich zu beherrschen. Er drehte sich nur in die betreffende Richtung um und zog auf Superschurkenart die Augenbrauen hoch. »Anscheinend habe ich hier nicht allzu viele Fans. Schade.«

Wu Zetian mischte sich ein. Sie breitete die Arme aus und drehte sich einmal um sich selbst. »Also«, wandte sie sich an das schwebende Publikum. »Das Geisterportal, das Qin Shi Huang seinerzeit erschaffen hat, ist ernsthaft beschädigt. Um es wieder zu verschließen, müssen wir Ao

Guang das Kaiserliche Siegel entwenden. Wenn es nicht wichtig wäre, wären wir nicht hier. Dann würden wir uns nicht freiwillig mit *ihm* zusammentun.« Sie zeigte auf Zack.

»Ihr könnt euch nicht vorstellen, wie sich die Welt inzwischen verändert hat«, setzte Tang Taizong hinzu. »Die Sterblichen haben Waffen erfunden, die auf einen Schlag Millionen Menschen umbringen. Wenn bösartige Geister in die irdische Welt eindringen und Zwietracht stiften, könnte das verheerende Folgen haben.«

»Wir bitten euch nicht um eure richtig starken Unsterblichkeitspillen«, sagte Wu Zetian knapp. »Sondern nur um ein paar schwächere, mit denen unsere Wirte einen Tag lang im Drachenpalast überleben können.«

»Hm … Aber wenn wir *ihm* etwas überlassen, das wir erschaffen haben …« Lü Dongbin und die anderen Unsterblichen schauten Zack durchbohrend an. »Dann hätte er ungehinderten Zugriff auf unsere daoistische Magie. Das könnte genauso verheerende Folgen haben.«

Tang Taizong seufzte. »Wenn er Dummheiten macht, überwältigen wir ihn, versprochen.«

»Wenn ihr euch da mal nicht überschätzt. Seine eigenen Meridiane haben ihn qualvoll verbrannt. Trotzdem ist er nach Penglai gelangt, indem er Li Bais Magie angezapft hat. Dabei war die Insel der einzige Ort, der vor ihm sicher sein sollte.«

»Ich glaube eher, dass uns die Meeresgöttin Mazu hergebracht hat«, sagte Wu Zetian halblaut.

Zack hielt es für das Beste, sich nicht zu äußern. Immerhin bestätigte ihm mal jemand, dass er Qualen gelitten hatte. Die Kaiser hätten ihn ruhig vorher warnen können.

Die einzige Frau unter den Acht Unsterblichen – ihr Name war He Xian Gu – ergriff das Wort. »Du bist so still, Qin Shi Huang. So kennen wir dich gar nicht. Hast du uns denn nichts mitzuteilen?«

Zack begriff nicht gleich, dass er gemeint war, merkte dann aber, dass ihn alle erwartungsvoll anschauten.

Nachdem ihm der echte Qin Shi Huang schnell ein paar Anweisungen für die Antwort gegeben hatte, atmete er tief durch und erwiderte: »Anscheinend habt ihr euch längst eine Meinung über mich gebildet. Was mir ehrlich gesagt gleichgültig ist. Aber eine Frage hätte ich trotzdem. Ist *euch* China gleichgültig? Soll das Land ins Verderben stürzen, nur weil ihr mir misstraut? Ist euch eure sichere Insel wichtiger als die Zukunft von Milliarden Sterblichen?«

Die Zuhörer tuschelten miteinander.

»Wir müssen uns beraten.« Lü Dongbin winkte mit der Hand unter seinem weiten Ärmel. Alle Acht Unsterblichen warfen ihre Artefakte ins Wasser, wo sie sich wieder in Transportmittel verwandelten, und verließen den Pavillon.

»He, Lan Caihe! Willst du dich denn nicht an Ao Guang dafür rächen, dass er dich entführt hat?«, rief ihnen Wu Zetian nach.

Das Kind drehte sich um. »Wir Unsterblichen halten nichts von Rache. Wir sind nicht wie *ihr*!«

»Sehr schlagfertig«, sagte Tang Taizong. Auch die übrigen Unsterblichen flogen jetzt auf ihren Wolken davon.

»Das ist doch bloß so dahingesagt«, entgegnete Wu Zetian bissig. »Ich glaube nicht, dass die Unsterblichen so durch und durch gut sind, wie sie tun.«

»Sie sind aber *daoistische* Unsterbliche.«

»Egal. Ihre Legenden wurden von den Sterblichen so oft erzählt, dass sie entstellt worden sind.« Wu Zetian grinste schadenfroh. »Wie käme Lü Dongbin sonst dazu, ein Frauenheld zu sein, oder warum sollte Eisenkrücke Li als jähzornig gelten? Geschichten über vollkommene Heilige sind langweilig.«

»Hoffentlich hast du recht«, brummte Tang Taizong.

Auf halber Höhe des Sees hielten die Acht an und die anderen Unsterblichen scharten sich um sie. Die Unterredung schien Stunden zu dauern. Nachdem Zack und die Kaiser eine Weile gewartet hatten, lehnten sie sich erst ans Geländer des Pavillons und hockten sich schließlich auf den Boden. Sie spähten nicht mal mehr zu der Versammlung hinüber. Tang Taizong und Wu Zetian zogen sich zurück und Simon und Melissa kamen wieder zum Vorschein.

Weil es hier kein WLAN gab, konnten sie sich die Zeit nur damit vertreiben, Zacks Kenntnisse der chinesischen Mythologie zu vertiefen. Simon erzählte Zack, dass der

Drachenkönig Ao Guang in den Legenden oft der Unterlegene war. Er war geradezu dafür berühmt.

»Die bekannteste Legende handelt davon, wie ihn der Affenkönig Sun Wukong überlistete. Den kennst du aus *Mythrealm*, oder?«

»Klar. Hat er nicht mal den Himmel zerlegt? Und sich dann zusammen mit einem Mönch nach Indien aufgemacht, um buddhistische Schriftrollen aufzutreiben? Und er kann Feuer-Kreaturen upgraden.«

»Aber nur im Videospiel«, entgegnete Simon lachend. »Sun Wukong wurde einst aus einem Felsen geboren und war ein großer Unruhestifter. Weil er eine Waffe brauchte, begab er sich in den Drachenpalast des Ostmeeres. Dabei besiegte er erst den Drachenkönig und all seine Krieger und anschließend die drei Brüder des Königs, als sie ihm zu Hilfe eilten. Alle vier mussten ihm ihre wertvollsten Schätze aushändigen. Danach verwüstete er den Himmel und die Unterwelt. Was wir über ihn wissen, stammt vor allem aus einem fünfhundert Jahre alten Buch mit dem Titel *Die Reise in den Westen*. Allerdings beruht der Inhalt ausschließlich auf Volkslegenden.«

»Der Typ ist heute noch eine Ikone.« Melissa schüttelte belustigt den Kopf. »Ich wette, jeden Tag wird irgendeine Show oder ein Film über ihn gedreht.«

»Stimmt«, bestätigte Simon. »*Die Reise in den Westen* ist sogar das Vorbild für *Dragon Ball Z*. Wukong heißt nämlich auf Japanisch ›Goku‹.«

Zack staunte. »Hat Son Goku etwa deswegen einen Affenschwanz?«

»Wenn du wieder zu Hause bist, schicke ich dir eine Liste der besten Filme über Sun Wukong.«

Zack nickte, doch ihm war plötzlich zumute, als würde ihm der Boden unter den Füßen weggezogen. Natürlich wollte er wieder nach Hause – vor allem wegen seiner Mom –, aber mit einem Mal wurde ihm bewusst, dass er sich dann von Simon und Melissa verabschieden musste. Und das schon bald und vermutlich für immer. Dass ihn dieser Gedanke so traurig machen würde, hatte er nicht erwartet.

»Es war aber nicht das erste Mal, dass der Drachenkönig fertiggemacht wurde«, fuhr Simon fort. »Das erste Mal ist ungefähr dreitausend Jahre her, während der Shang-Dynastie. Am Ufer des Ostmeeres lag eine kleine Militärgarnison. Die Frau des Befehlshabers war schwanger, aber seltsamerweise ganze drei Jahre lang. Als dann endlich die Wehen einsetzten, gebar sie –«

Zacks AR-Brille blitzte plötzlich so grell auf, dass er zusammenzuckte.

»Aua!« Er wollte sich die Augen zuhalten, aber seine Hände waren ja gefesselt. »Qin Shi Huang?«, flüsterte er zaghaft.

Keine Antwort.

»Genug der Geschichten!« Tang Taizong übernahm Simon wieder. »Lasst uns das Urteil hören.«

»Ist es denn schon so weit?« Die Unsterblichen schienen immer noch in eine hitzige Diskussion vertieft.

»Wenn nicht, wird es langsam Zeit.« Das war Wu Zetian. Sie wölbte die Hände um den Mund und rief schallend: »Hey! Wie lange braucht ihr denn noch?«

Lü Dongbin, auf den mindestens ein Dutzend andere Unsterbliche einredeten, drehte sich um. Als er abgrundtief seufzte, hob und senkte sich sein säuberlich gestutzter Bart. Dann sagte er etwas, wozu die anderen Versammelten nickten, stieg auf sein Schwert und kam zum Pavillon zurück.

Weil Zack vor Nervosität immer noch weiche Knie hatte, half ihm Tang Taizong beim Aufstehen.

Er hatte seine Sache doch gut gemacht, oder? Eigentlich konnten die Unsterblichen die Bitte um die Ein-Tages-Pillen nicht ablehnen. Immerhin ging es darum, China zu retten.

»Wir haben uns geeinigt.« Lü Dongbin und die übrigen sieben sprangen von ihren Artefakten und stellten sich wieder im Halbkreis um Zack und die beiden anderen auf. »Tang Taizong und Wu Zetian bekommen von uns etwas, das ihre Wirte einen Tag lang unsterblich macht. Aber nach eingehender Beratung sind wir zu dem Schluss gekommen, dass wir das Qin Shi Huang nicht gewähren können. Es wäre einfach zu riskant.«

»Wie bitte?!«, riefen Zack und die Kaiser wie aus einem Mund.

»Trotzdem heißen wir euer Vorhaben gut!«, übertönte Lü Dongbin den entsetzten Ausruf. »Und darum schließen meine Kollegen und ich uns eurem Beutezug im Drachenpalast an. Auf diese Weise kommt ihr auch ohne Qin Shi Huang aus.«

»Nein!« Zack trat stolpernd einen Schritt vor. Er war nicht scharf darauf zu kämpfen, aber der Gedanke, untätig auf den Ausgang des Raubzugs warten zu müssen, war unerträglich. Wenn nun etwas schiefging? Wenn alles umsonst wäre, bloß weil *er* nicht mitgekommen war?

Immerhin war er derjenige, der Wasser kontrollierte! »Das kommt nicht infrage. Ich kann hier nicht rumsitzen und Däumchen drehen. *Ich muss meine Mutter aus den Klauen des Dämons befreien!*«

Lü Dongbin verschlug es die Sprache. Alle Acht Unsterblichen musterten Zack argwöhnisch.

Qin Shi Huang: GEHT'S NOCH?

Qin Shi Huang: DU SPINNST WOHL!

»Deine Mutter?«, fragte der alte Mann, der auf dem Maultier geritten war, erstaunt.

»Du *hasst* deine Mutter!«, schob der dickbäuchige Unsterbliche mit den zwei Haarknoten nach.

Lü Dongbin fand die Sprache wieder. »Als du volljährig wurdest, stiftete sie ihren Geliebten an, ein Heer um sich zu scharen und einen Aufstand gegen dich anzuzetteln. Fast alle Einwohner deiner Hauptstadt schlossen sich ihm an und du hättest beinahe deinen Thron eingebüßt. Du hast die Familie des Verräters ermorden lassen – darunter auch deine Halbbrüder, die Söhne deiner Mutter und ihres Geliebten – und deine Mutter vom Hof verbannt.«

»Und als dich etliche deiner Beamten beknieten, sie zurückzuholen, hast du alle siebenundzwanzig von ihnen lebendig gekocht!«, rief Xu Fu von Weitem.

»Stimmt das?«, fragte Zack entsetzt.

Qin Shi Huang: MEINE MUTTER HATTE MICH ZUTIEFST VERLETZT.

Qin Shi Huang: IN MEINEN ERSTEN NEUN LEBENSJAHREN WAR SIE MEIN EIN UND ALLES. TROTZDEM WOLLTE SIE MICH UMBRINGEN LASSEN!

Qin Shi Huang: Die Beamten haben mir zwar klargemacht, dass es Proteste geben könnte, wenn ich meine Mutter verbannen würde …

Qin Shi Huang: ABER SIE IST EINFACH ZU WEIT GEGANGEN.

Qin Shi Huang: SAG IHNEN, DASS DU NICHT ICH BIST.

»Ach übrigens … ich bin gar nicht Qin Shi Huang.« Zack lachte künstlich. »Hier spricht sein Wirt. Ich habe aus Versehen übernommen, weil ich … mich ein bisschen aufgeregt habe.«

Lü Dongbin machte ein misstrauisches Gesicht.

Dann holte er mit dem Schwert nach Zack aus.

Zack schrie auf und riss die gefesselten Hände hoch. Kalte Magie durchströmte schmerzhaft seine Meridiane. Die Schwertklinge hielt dicht vor seinem Hals inne. Von dem Luftzug bekam er eine Gänsehaut.

Als er sich wieder traute hinzugucken, drehte sich vor ihm eine Wasserkugel in der Luft, die aber sofort herunterfiel und zerplatzte. Anscheinend hatte er das Seewasser beschworen, ohne es mitzubekommen.

Lü Dongbin zog das Schwert nicht weg und trat mit Unheil verkündender Miene näher. »Wenn du nicht er bist, wie du behauptest, wieso kannst du dich dann seiner Magie bedienen? Was hat das alles zu bedeuten?«

Zack öffnete und schloss tonlos den Mund, dann riss er sich zusammen und improvisierte. »*Jetzt* bin ich Qin Shi Huang. Wie kannst du es wagen, den unschuldigen Jungen zu bedrohen, der mein Wirt ist?«

Lü presste Zack die flache Klinge an den Hals. Es brannte, aber Zack biss die Zähne zusammen.

»Mein Schwert bezwingt das Böse«, sagte der Unsterbliche. »Wenn du tatsächlich der Tyrann bist, tut es gleich noch mehr weh!«

Zack drückte die Schwertklinge mit dem Brett um seine Handgelenke weg. »Vielleicht bin ich gar nicht so böse, wie ihr alle glaubt«, entgegnete er scheinbar gelassen. Insgeheim gab ihm das mit den lebendig gekochten Beamten aber zu denken. Schätzte er Qin Shi Huang etwa doch falsch ein? Nicht, dass er ihn anfangs sympathisch gefunden hätte …

Lü Dongbin schüttelte nachdrücklich den Kopf. »Du lügst. Du bist –«

Jemand schnappte nach Luft, dann rief Eisenkrücke Li: »Das Ding auf seiner Nase!«

Lü Dongbins Augen weiteten sich in jäher Erkenntnis. Er hielt das Schwert vor Zacks AR-Brille. Die Klinge sprühte Funken wie eine durchgebrannte Sicherung. Zacks Sichtfeld verschwamm und verrutschte.

»Du hast recht, Li«, sagte Lü Dongbin. »Der Tyrann sitzt nicht in dem Jungen, sondern in dieser Vorrichtung!«

»Dann muss etwas schiefgegangen sein, als Qin Shi Huang von ihm Besitz ergreifen wollte«, erwiderte Eisenkrücke und kam humpelnd näher. »Wenn wir die Vorrichtung zerstören, vernichten wir auch ihn.«

»Bitte nicht!« Zack mühte sich ab, die Hände aus dem Brett zu ziehen, auch wenn er sich dabei verbrannte. »Ihr habt recht. Qin Shi Huang hat nicht von mir Besitz ergriffen. Aber das ist gut so! Weil es bedeutet, dass er mich zu nichts zwingen kann. Er kann eure Magie nicht missbrauchen, wenn ich es nicht zulasse. Bitte – ich will doch nur die Seele meiner Mutter retten! Ein Dämon hat sie ihr geraubt.«

»Und was für ein Dämon soll das sein, bitte schön?«, gab Lü Dongbin ungerührt zurück. »Ich habe noch nie von einem Dämon gehört, der die Macht hat, Seelen einzufangen. Und glaub mir, zu meinen Lebzeiten hatte ich es mit einer Menge Dämonen zu tun.«

»Ich – ich weiß es doch auch nicht. Aber Tang Taizong war dabei.« Zack drehte sich zu dem Kaiser um. »Hast du gesehen, was für ein Dämon das war?«

»Die Sorte kennt ihr Unsterblichen sowieso nicht. Hier auf eurer Insel der Seligen bekommt ihr ja nichts mit. Wie gesagt, die Welt hat sich sehr verändert.«

»Schluss jetzt!« Xu Fu kam auf seiner Wolke angeschwebt. »Die Kaiser nutzen den Jungen nur aus. Werft das Ding, das er vor den Augen hat, in den Guixu. Dann kann der Tyrann uns und die irdische Welt nie mehr heimsuchen.«

»Gute Idee!«, riefen ein paar andere Unsterbliche.

»Was ist der Guixu?« Zack sah die beiden Kaiser fragend an.

»Ein Ort der Rückkehr ins Nichts«, antwortete Wu Zetian gedämpft. »Ein mythischer Abgrund. Dort fließt das Meerwasser ab und das Wasser der Flüsse strömt hinein. So wird das Gleichgewicht gewahrt.«

Qin Shi Huang: LAUF!

Doch im selben Augenblick riss Lü Dongbin Zack die AR-Brille herunter und der dickbäuchige Unsterbliche mit den zwei Haarknoten wedelte mit seinem magischen Fächer. Ein Windstoß ließ Zack und die beiden Kaiser zurücktaumeln. Lü Dongbin trat von dem Yin-Yang-Symbol auf den Boden und führte sein Schwert in verschlungenen Bögen durch die Luft. Der Sockel des Pavillons bebte und grollte, dann spaltete sich das Symbol plötzlich und ein gähnender Abgrund tat sich auf.

Der Unsterbliche ließ die AR-Brille hineinfallen.

»Nicht!«, schrie Zack.

Ohne daran zu denken, dass seine Hände gefesselt waren, sprang er hinterher.

Er stürzte durch winddurchtoste Finsternis und klatschte in einen schwarzen Wasserstrudel. Über ihm verhallten die erschrockenen Schreie der Kaiser und der Unsterblichen.

15

Wie man ein ungewöhnliches U-Boot chartert

Zack hatte immer schon mal in einen Wasserpark gewollt. Aber weil seine Mutter kein Geld dafür übrig hatte und keiner seiner Freunde ihn je dorthin einlud, war es ein Traum geblieben.

Der sich jetzt erledigt hatte. Ein für alle Mal.

Es war, als würde er die steilste Wasserrutsche der Welt hinuntersausen. Es verschlug ihm den Atem, doch weil überall nur eisiges Wasser war, konnte er keine Luft holen. Das Wasser drang ihm in die Nase, bis seine Schleimhäute brannten. Mit den gefesselten Händen konnte er sich auch nirgends festhalten und wurde herumgeschleudert wie eine leere Limodose im Müllschlucker. Immer wieder prallte er gegen Felswände. Bestimmt war er schon überall grün und blau.

Seiner AR-Brille erging es nicht besser. Er sah sie vor sich schimmern wie den leuchtenden Köder eines Anglerfischs. Immer wieder streckte er die gefesselten Hände danach aus, bis er sie schließlich zu fassen bekam.

Die Magie, die ihn schlagartig durchströmte, linderte

den Druck in seiner Brust ein wenig. Doch als er versuchte, das Wasser zu kontrollieren, schmerzten seine Meridiane wie offene Wunden. Er war dem reißenden Strudel weiter hilflos ausgeliefert.

Dann schmeckte das Wasser in seinem Mund auf einmal salzig und das Schwarz ringsum wurde zu Dunkelblau. Er wurde nicht mehr gegen Felsen geworfen, sondern stattdessen von einer Strömung mitgerissen. Weiter vorn erkannte er undeutlich eine schwarze Öffnung. War das der Ort der Rückkehr ins Nichts? Was würde geschehen, wenn er davon eingesaugt wurde? Es gelang ihm, sich die AR-Brille vor die Augen zu halten. Konnte ihm Qin Shi Huang vielleicht einen Rat geben? Doch er sah alles so verschwommen und verzerrt, dass er gar keine Nachricht hätte lesen können.

Zack war zu Tode erschöpft. Ihm tat alles weh. Vielleicht war es das Beste, wenn er –

Jemand packte ihn an der Schulter und drehte ihn herum. Goldenes Licht schien ihm in die Augen, dann wurde ihm etwas in den Mund geschoben. Es war eine Art vibrierende Kugel. Erst wollte er sie sofort wieder ausspucken, doch sie verströmte eine so angenehme Wärme, dass er sie dann doch hinunterschluckte.

Die Wärme breitete sich erst in seiner Kehle und dann in seinem ganzen Körper aus, als hätte er an einem klirrend kalten Wintertag in Maine einen Schluck von der Fleischbrühe seiner Mutter getrunken. Schmerzen und Hungergefühl verflogen, seine Sinne schärften sich und der Drang, Luft zu holen, ließ nach.

In seinem Blickfeld erschien Tang Taizongs – beziehungsweise Simons – Gesicht. Doch es hatte einen panischen Ausdruck. Der Kaiser fuchtelte herum und zeigte auf etwas, das hinter Zack war.

Währenddessen saugte der Guixu sie beide ein wie ein Schwarzes Unterwasserloch.

Zack ballte die Fäuste. Das Brett um seine Handgelenke verbrannte ihn nicht mehr. Als er die Ellbogen mit einem kräftigen Ruck auseinanderdrückte, zerbrach es und seine Hände waren wieder frei. Doch die Freude darüber währte nicht lange, denn der Sog des Guixu war jetzt so stark, dass er beinahe eine Sandale verloren hätte.

Rasch schlang er den Arm um Tang Taizong und trat Wasser. Dabei beschwor er stumm das Meer, sie beide an die Oberfläche zu befördern. Es klappte tatsächlich. Sonnenstrahlen drangen durch die Wellen und es wurde heller. Zacks ausgestreckte Hand war von Lichtflecken gesprenkelt. Schließlich schnellte er das letzte Stück in die Höhe.

Röchelnd würgte er Wasser aus und fegte es mit einer Handbewegung weg, worauf auch seine Haare auf magische Weise trockneten.

»Du bist ein Genie, Kleiner!«, rief Tang Taizong hustend. Er hielt sich an Zacks Schulter fest. »Dass du in den Abgrund gesprungen bist, hat den Unsterblichen keine Wahl mehr gelassen. Sie mussten mir eine Unsterblichkeitspille aushändigen, damit ich sie dir verabreiche. Sonst hätten sie deinen Tod verantworten müssen. Großartig! Fabelhaft! Grandios!«

»Das haben sie gemacht?« Zack traute seinen Ohren nicht. »Heißt das, ich bin jetzt auch unsterblich?«

»Nur einen Tag lang. Ich muss zugeben, so viel Mut hätte ich dir nicht zugetraut. Der Guixu hätte deinen Leib *und* deine Seele zermalmen können!«

»Echt?« Zack wurde es ganz anders.

Tang Taizongs Züge wurden sanfter. Er kniff kurz die Lippen zusammen, dann antwortete er: »Vielleicht ganz gut, dass du das vorher nicht gewusst hast.«

Anscheinend verkürzte der Guixu Entfernungen auf magische Weise, denn die drei Inseln der Unsterblichen waren viel weiter weg, als Zack getaucht sein konnte. Er und der Kaiser hielten sich aneinander fest und schwammen zurück. Dabei gab ihnen das Wasser Anschub, als wären sie Meerjungfrauen mit Düsenantrieb. Als sie näher kamen, schienen die Berge den gesamten Horizont auszufüllen.

Eine Gruppe Unsterblicher auf Wolken erwartete sie bereits. Weil Penglai keinen richtigen Strand hatte, mussten sie auf die Uferfelsen klettern. Mit einer Handbewegung trocknete Zack Tang Taizong und sich selbst.

Lü Dongbin und seine sieben Kollegen kamen zu ihnen herabgeschwebt. Sie wirkten angespannt und beunruhigt. He Xian Gu hielt Wu Zetian gepackt – als Geisel? Hoffentlich nicht.

Zack wollte sich eben dankend verbeugen, da traf Xu Fu ein. Vor ihm wollte er sich keine Blöße mehr geben.

»Danke, dass ihr mir eine Chance gegeben habt«, sagte er darum nur knapp. »Ich gelobe, die mir anvertraute Magie nicht zu missbrauchen.«

»Gut so«, gab Lü Dongbin zurück.

»Wollen du und deine Kollegen immer noch mitkommen?«, erkundigte sich Tang Taizong.

Die Acht Unsterblichen wechselten vielsagende Blicke, dann antwortete Lü Dongbin: »Wir werden das Heer des Drachenkönigs vom Palast weglocken, indem wir das Meer mit unseren übernatürlichen Kräften aufwühlen. Mehr können wir nicht tun.«

Qin Shi Huang: Soso.

Qin Shi Huang: Sie haben Angst, dass ich sie überwältige, wenn sie sich zu weit von ihrer Insel entfernen und geschwächt sind.

Zack merkte, dass er sauer wurde. Okay, die Unsterblichen hatten gute Gründe, Qin Shi Huang nicht über den Weg zu trauen, aber allmählich übertrieben sie es. Als er dann daran dachte, wie sie *ihn* behandelt hatten — dass sie ihn fünf Tage lang ohne Nahrung eingesperrt, danach seine Hände in ein sengend heißes Brett gezwängt und zu guter Letzt trotz seiner flehentlichen Bitten die AR-Brille in einen bodenlosen Abgrund geworfen hatten –, wurde er richtig wütend. Er breitete die Arme aus und bot alle Magie auf, über die er verfügte. Seine Meridiane strahlten so golden wie die Pille, die er geschluckt hatte, und hinter ihm türmte sich eine gewaltige Tsunamiwelle auf. Der salzige Seewind ließ seine Haare wehen.

Die Acht griffen sofort nach ihren Artefakten, als wären es Waffen. Die übrigen Unsterblichen stießen Schreckensschreie aus und flüchteten sich auf ihre Wolken.

Zack grinste sie grimmig an, vor allem Xu Fu, dann ballte er die Fäuste. Die Riesenwelle fiel in sich zusammen und das Wasser schäumte wie sprudelnde Limonade. »Haha, reingelegt!« Er hob die flachen Hände. »Ich bin immer noch nicht der Böse!«

Tang Taizong musste sich offenbar das Lachen verkneifen. »Warum hast du das gemacht, Kleiner?«

»Weil ich's kann.«

Als Nächstes mussten sie in Erfahrung bringen, *wie* man überhaupt zum Palast des Drachenkönigs gelangte. Das erforderte einen weiteren Einsatz von Li Bai. In seinen

Gedichten verglich er sich oft mit einem *Kūnpéng*. Das war ein mythisches Geschöpf, das entweder als Wal oder als Riesenvogel erschien. Zack kannte es schon aus *Mythrealm*. Blake, ein Junge aus seinem Team, hatte im Urlaub einen *Kūnpéng* gefangen, als er einen Ausflug zu einem Wasserfall unternommen hatte. Ein *Kūnpéng* konnte zwischen Typ Wasser und Typ Wind hin und her wechseln.

Schon irre, was Zacks Leben für eine Wendung genommen hatte!

Inzwischen kam es ihm vor, als wären seine Teamkameraden nie richtige Freunde gewesen. Schon gar nicht Aiden. Wie lange hatte Zack ihm in allem nachgegeben und sich selbst zurückgenommen, um nicht ausgeschlossen zu werden! Und was hatte es gebracht? Im Grunde hatten ihn die anderen nie richtig akzeptiert. Alles, worum er sich in der Schule Sorgen gemacht hatte, kam ihm im Vergleich zu seinen jetzigen Problemen kindisch und albern vor.

Weil Simon die Erinnerung der anderen gelöscht hatte, wussten sie nicht mehr, dass sie besessen gewesen waren. Aber Zack hätte die Zeit am liebsten noch mal zurückgedreht. Dann hätte er es Aiden richtig gezeigt! Und wenn Aiden sich beschwert hätte, hätte ihm niemand geglaubt. Vielleicht war auch dieses Rachegelüst kindisch, aber das war Zack inzwischen egal.

Die Acht Unsterblichen nahmen die ganze Truppe – die Kaiser, Li Bai und Zack – auf ihren magischen Artefakten mit zu der Stelle, wo das friedliche silbrige Meer in das unheimliche dunkle überging. Dort schien eine magische Grenze zu verlaufen, die Penglai und die beiden Nachbarinseln vor ungebetenem Besuch schützte. Wu Zetian und Tang Taizong standen auf He Xian Gus Lotusblume und legten je eine Hand auf Li Bais Schultern. Weil sie ebenfalls Unsterblichkeitspillen geschluckt hatten, konnten auch sie die Magie von Penglai anzapfen. Das half dem Dichter, sein Werk Wirklichkeit werden zu lassen.

»*Eines Tages wird sich der große Péng-Vogel wie ein Wirbelsturm emporschwingen*«, deklamierten alle drei im Chor. »*Selbst wenn er seinen Flug unterbricht, legt doch ein Flügelschlag von ihm das Meer trocken!*«

Die Meridiane der Kaiser schimmerten golden. Li Bais Geistergestalt leuchtete heller und seine Augen strahlten blendend weiß. Die drei wiederholten die Zeilen unermüdlich, doch zunächst geschah gar nichts. Als Zack schon die Hoffnung aufgeben wollte, begann das schwarze Wasser plötzlich zu wogen und unter der Gischt glitt etwas Blaues heran.

Dann spritzte das Meer so hoch auf, dass sie alle gekentert wären, wenn Zack die Wellen nicht gebändigt hätte. Ein gewaltiger Wal sprang aus dem Wasser. Sein blauer Rumpf war mit einem wunderschönen Muster aus weißen Linien bedeckt.

Zack bekam einen Schreck. »Ist das etwa derselbe Wal, der unser Rettungsboot zum Kentern gebracht hat?«

»Das ist kein Wal«, gab Li Bai ehrfürchtig zurück. »Das ist der *Kūnpéng*.«

Tatsächlich hatte das Geschöpf viel längere und breitere Flossen als ein Wal. Wenn der *Kūnpéng* damit schlug und sie an der Luft kurz trockneten, sprossen blaue Federn darauf. Salzige Tropfen stoben umher und regneten auf Zack und die anderen herab. Der *Kūnpéng* schwamm zu Li Bai hinüber. Der Dichter berührte sein Maul erst mit der Stirn und dann mit der Hand und sagte erneut sein Gedicht auf. Auf einmal zerfloss seine Geistergestalt und verschmolz mit dem Muster auf dem Rumpf des *Kūnpéng*. Das mythische Geschöpf öffnete das Maul und stieß einen singenden Laut aus, der weit übers Meer hallte.

»Da ist unser Eingang«, verkündete Tang Taizong.

»Wir reisen wie Pinocchio im Walbauch?«, vergewisserte sich Zack.

»Kein U-Boot der Welt ist besser getarnt«, konterte Wu Zetian grinsend.

»Stimmt.« Tang Taizong klopfte Zack auf die Schulter. »Wie sieht's aus, Kleiner? Traust du dir zu, die Schatzkammer des Drachenkönigs zu plündern?«

»Nö. Aber das interessiert ja sowieso niemanden.«

16

Wie es ist, wenn einem der Sieg ausnahmsweise mal in den Schoss fällt

Zack, Simon und Melissa machten es sich auf der weichen, fluoreszierenden Zunge des *Kūnpéng* bequem. In seinem Maul roch es salzig, aber es stank nicht. Wahrscheinlich brauchten mythische Geschöpfe nicht zu fressen, sodass nirgends irgendwelche Reste vor sich hin faulten.

»Du, Zack …« Melissa schielte zu ihm hinüber. Im bläulichen Licht sahen sie alle drei wie Lasertag-Spieler aus. »Tut mir leid, wenn du gedacht hast, wir fänden dich lästig und wie einen Klotz am Bein. Du hast es echt drauf.«

»Ich war für euch ein lästiger Klotz am Bein?«

»Jetzt nicht mehr! Am Anfang hattest du einfach von nichts eine Ahnung und hast uns zusätzliche Probleme gemacht. Hättest du Qin Shi Huang richtig von dir Besitz ergreifen lassen, hätten wir uns zum Beispiel die Sache mit dem Messgefäß sparen können. Deswegen … Aber das ist jetzt anders. *Total* anders.«

»Finde ich auch. Danke, dass du uns vor den Vögeln und Meerjungfrauen und zornigen Chu-Geistern gerettet hast.« Simon machte ein verlegenes Gesicht. »Das war ganz schön krass. Ich habe aus meinem Körper heraus zugeschaut und gehört, wie du geschrien hast. Da hatte ich ein echt schlechtes Gewissen. Also noch mal danke.«

»Gern geschehen.« Zack merkte, dass er rot wurde. »Wobei die Schmerzen echt heftig waren – besser gesagt *unerträglich* – und wir mehrere Tage verloren haben. Aber jetzt sind wir ja hier.« Nach kurzer Pause setzte er hinzu: »Obwohl ich immer noch nicht ganz begriffen habe, worum es eigentlich geht. Ich mache einfach mit. Übrigens bist du mir noch das Ende der Geschichte schuldig, Simon. Ich meine die Geschichte über die Frau des Befehlshabers der Garnison, die drei Jahre lang schwanger war.«

»Äh …« Simon und Melissa wechselten einen peinlich berührten Blick. Hatte Zack das mit der Schwangerschaft missverstanden?

»Ich meine die zweite Geschichte über den Drachenkönig.«

»Schon klar«, erwiderte Simon, aber es klang ausweichend.

»Es ist eine sehr lange, verworrene Geschichte. Willst du sie wirklich hören?«, fragte Melissa.

»Und *so* spannend ist sie auch wieder nicht«, schob Simon nach.

»Das denkt man immer, wenn es um Geschichten von früher geht«, gab Zack zurück.

»Ich langweile dich sowieso schon die ganze Zeit mit meinem Gelaber.«

»Überhaupt nicht! Wie kommst du darauf?« Es gab Zack einen Stich. Er hatte oft genug die Schule gewechselt. Wenn man wegzog, schliefen die vorigen Freundschaften meistens ein, aber das Abenteuer mit Simon und Melissa war etwas Besonderes. Vermittelte er etwa den Eindruck, dass er die beiden loswerden wollte? Im Gegenteil! Nach seiner Rückkehr in die USA wollte er den Kontakt unbedingt halten und sehr gern noch mehr von Simons Geschichten hören. »Erzähl schon!«, sagte er.

»Meinetwegen. Die Frau des Befehlshabers brachte ein Kind zur Welt, das Superkräfte besaß. Es konnte von der ersten Minute an sprechen und laufen. Als der Junge sieben war, ging er im Ostmeer schwimmen. Dabei geriet das Meer in solchen Aufruhr, dass der Drachenkönig einen Schreck bekam und einen Kundschafter losschickte. Der Kundschafter entdeckte den Jungen und schimpfte ihn aus. Daraufhin wurde der Junge so sauer, dass er erst den Kundschafter tötete und danach den Sohn des Drachenkönigs, als dieser dem Kundschafter zu Hilfe kam. Er riss dem Drachenprinzen sämtliche Sehnen heraus. Logischerweise war der Drachenkönig sehr zornig darüber, was Ne Zha getan hatte, und …«

»*Der Junge!*«, unterbrach ihn Melissa mit angstvoll aufgerissenen Augen. »Darüber, was *der Junge* getan hatte.«

»Ja klar, der Junge«, sagte Simon hastig. »Der Name spielt keine Rolle. Den kann sich sowieso kein Mensch merken.«

»Ich schon«, erwiderte Zack. »Ne Zha – stimmt doch, oder?«

»Du musst ihn dir nicht merken! Vergiss ihn einfach wieder.« Melissa grinste Zack übertrieben breit an.

Zack ärgerte sich, aber er wurde auch traurig. »Ihr braucht mich nicht wie ein Baby zu behandeln. *So* dumm bin ich auch wieder nicht. Bis jetzt konnte ich der Geschichte gut folgen. Der Drachenkönig war angepisst, weil Ne Zha seinen Sohn umgebracht hatte. Und dann?«

»Dann wollte er den Jungen … also Ne Zha … dem Himmelsherrscher melden, damit er bestraft würde. Aber Ne Zha fing den Drachenkönig vor dem Himmelspalast ab und verpasste ihm eine solche Tracht Prügel, dass der mächtige Drache zu einer kleinen Schlange wurde und davonkroch.«

»Das heißt, dieser Ne Zha gehört zu den Geistern, mit denen wir es aufnehmen müssen, richtig?« Zack schaute sich rasch um, obwohl der *Kūnpéng* das Maul geschlossen hatte. »Benehmt ihr euch deswegen so komisch? Weil ihr Angst habt, dass er hier auftauchen könnte? Er scheint ziemlich aggro zu sein.«

Melissa nickte widerstrebend. »Man weiß nie, wer einen heimlich belauert.«

»Und warum sagt ihr das dann nicht?«

Simon brach in Gelächter aus, aber es klang gezwungen. »Melissa soll zugeben, dass sie Schiss hat? Nie im Leben!«

Jetzt hätte Zack beinahe gelacht. Simon hatte ganz offensichtlich genauso viel Schiss. »Meinetwegen müsst ihr ihn nicht beim Namen nennen. Ihr könnt gern weiter ›der Junge‹ sagen.«

»Ist gut«, entgegnete Simon etwas ruhiger. »Der Himmelsherrscher bekam trotzdem Wind davon, was der Junge angerichtet hatte, und wollte zur Strafe seine Heimatstadt vernichten. Weil der Junge aber nicht wollte, dass seine Familie und seine Nachbarn seinetwegen leiden mussten, nahm er sich zur Buße für seine Taten das Leben. Später schenkte ihm ein daoistischer Weiser einen neuen unsterblichen Körper aus Lotusblumen, aber das ist eine andere Geschichte.«

»Eine langweilige«, ergänzte Melissa sofort.

»Stimmt. Der Drachenkönig kommt darin nicht mehr vor.«

»Ich fasse mal zusammen«, sagte Zack. »Ein Junge mit Superkräften tötet einen Kundschafter und einen Drachenprinzen und schlägt den Drachenkönig zusammen. Danach bringt er sich um, damit andere nicht für seine Taten bestraft werden. Das war jetzt echt nicht schwer zu verstehen.«

»Wir haben ja auch eine Menge Einzelheiten weggelassen«, entgegnete Simon.

»Langweilige Einzelheiten!«, sagte Melissa mit Nachdruck.

»Auch sicher nichts, was uns beim Kampf gegen den Drachenkönig nützlich sein könnte?«, hakte Zack trotzdem nach. »Er hat in den Legenden keine Schwachstelle oder so?«

Melissa schüttelte den Kopf. »Wir machen ihn einfach so lange fertig, bis er um Gnade fleht.«

»Er wird in allen Legenden fertiggemacht und zieht den Kürzeren«, ergänzte Simon.

»Wir packen das schon.« Melissa klatschte grinsend in die Hände.

»Super.« Zack atmete auf.

Es wurde langsam Zeit, dass ihnen mal ein Sieg in den Schoß fiel.

Je weiter sie sich von der Inselgruppe entfernten, desto schwächer fluoreszierte der Schlund des *Kūnpéng*. Als das Riesengeschöpf endlich anhielt, konnte Zack die beiden anderen kaum noch erkennen. Alle drei zogen ihre Sachen aus. Darunter trugen sie Neoprenanzüge, die sie vor ihrem Aufbruch nach Penglai in Shanghai gekauft hatten. Die Unsterblichkeitspillen würden sie zusätzlich davor bewahren, zu erfrieren. Und natürlich auch davor, zu ertrinken. Hoffentlich.

»Und die Pillen wirken hier draußen auch noch?« Nachdem Zack seine normale Kleidung im Rucksack verstaut hatte, betrachtete er seine Hände. Allerdings sah er im Dunkeln nur ihre Umrisse. Simon hatte erwähnt, dass die

Pillen genau wie der *Kūnpéng* von der Magie auf Penglai abhängig waren.

Simon legte die Hände an die Schläfen und konzentrierte sich kurz. Dann antwortete er: »Tang Taizong sagt, dass die Reichweite der Magie von Penglai nicht so groß ist wie angenommen, aber wir müssten es trotzdem schaffen. Im schlimmsten Fall wirken die Pillen kürzer. Aber wir sollten jede Menge Puffer haben. Es *kann* nicht lange dauern, das Siegel zu klauen.«

»Außerdem sind die Acht Unsterblichen ja auch noch da und lenken das Heer des Drachenkönigs ab.« Melissa wirkte etwas abwesend, als sie ihren Rucksack wieder aufsetzte. Wahrscheinlich beriet sie sich mit Wu Zetian. »Wir müssen uns nicht erst verstecken und abwarten. Wir können sofort zur Schatzkammer schwimmen und uns das Siegel schnappen. Allerdings wollen Wu Zetian und Tang Taizong lieber im Hintergrund bleiben, damit die Krieger, die den Palast bewachen, nicht auf ihre Signaturen aufmerksam werden. Können wir?«, wandte sie sich an Simon.

»O Mann.« Simon zurrte die Schulterriemen seines Rucksacks fest und schaute Zack an. »Wie's aussieht, bleiben mir diesmal keine Schmerzen erspart.«

Weil ihnen weder die Pillen noch die Magie der Kaiser die Gabe verliehen, unter Wasser sprechen zu können, beschworen Simon und Melissa ihre Waffen jetzt schon. Simon schnitt eine Grimasse, als sich der Bogen und die

Pfeile, die ihren Schützen bestraften, materialisierten. Melissa verwandelte ihre Peitsche vorsichtshalber gleich in den Hammer. Die Waffen leuchteten diesmal golden. Weil Zack sein Schwert nur beschwören konnte, wenn die beiden anderen pausenlos den Satz *»Zieht Euer Schwert, mein König!«* wiederholten, musste er sich ausschließlich auf seine Wasserfähigkeiten verlassen. Er zog die Taucherbrille über die AR-Brille.

»Und lass den Mund zu, wenn du kein Salzwasser schlucken willst.« Als Simon den Gaumen des *Kūnpéng* antippte, klappte das gewaltige Maul auf. Meerwasser schoss herein. Instinktiv versuchte Zack, den Schwall zu stoppen oder wenigstens eine Luftblase um ihn und die beiden anderen aufrechtzuerhalten. Vergeblich. Im Nu reichte ihnen das Wasser bis über die Köpfe, doch zu Zacks Verwunderung machte es ihm nichts aus. Er fror nicht und hatte auch nicht den Drang zu atmen.

Noch mehr staunte er aber über das, was sich weiter vorn in den dunklen Fluten abzeichnete. Es war eine Palaststadt, deren pagodenähnliche Gebäude aus leuchtend blauem Glas zu bestehen schienen.

Nachdem sie sich von Li Bai und dem *Kūnpéng* verabschiedet hatten – auf dem Rückweg wollten sie sich lieber von den Acht Unsterblichen mitnehmen lassen, weil das weniger riskant war als eine Unterwasser-Verfolgungsjagd –, schwammen die drei das letzte Stück. Zack erzeugte Wellen, die ihnen Anschub gaben, sodass das Gewicht der

Rucksäcke sie nicht behinderte. Je näher sie der Palaststadt kamen, desto mehr Einzelheiten konnten sie erkennen. Die Glasgebäude waren von oben bis unten mit kunstvollen Reliefs verziert, die Korallen, Schalentiere, Fische und andere Meeresbewohner darstellten. Das Ganze erinnerte an wunderschöne Skulpturen aus Eis. Suchscheinwerfer warfen lange bläuliche Lichtkegel. Erst als Zack auf einmal Salz schmeckte, merkte er, dass ihm vor Staunen der Mund offen stand. Er spuckte kräftig aus und ermahnte sich im Stillen, besser aufzupassen. Immerhin würden sie gleich in Feindesgebiet vordringen.

Aber wo wurde das Siegel aufbewahrt? Doch da spürte er es schon. Eine unvorstellbare Kraft, die sich auf ein Gebäude in der Mitte des weitläufigen Palastgeländes konzentrierte. Sie konnten tatsächlich einfach hinschwimmen.

Wenn die Krieger nicht gewesen wären.

Selbstverständlich ließ der Drachenkönig seinen Herrschersitz nicht völlig unbewacht. Die ersten Krieger kamen herbei, als die Suchscheinwerfer Zack und seine Freunde erfassten. Laut den Legenden verfügte der Drachenkönig über Garnelenkrieger und Krebsgeneräle, und genauso war es. Die Krieger glichen übergroßen Garnelen, Hummern und Krebsen, waren aber mit leuchtend blauen Mustern bedeckt und trugen etwas, das aussah wie Science-Fiction-Lasergewehre. Aus den Waffen zielten Geisterstrahlen auf die drei Freunde. Zack kam sich vor wie in *Aquaman*.

Simon feuerte sofort einen Pfeil nach dem anderen ab. Die getroffenen Krieger bäumten sich auf und zerstoben zu glitzernden blauen Pünktchen. Gleichzeitig zuckte Simon jedes Mal schmerzgepeinigt zusammen. Die übrigen Angreifer verwandelte Melissa mit gezielten Hammerschlägen in Glitzerwolken. Weil Zack unbewaffnet war, konzentrierte er sich darauf, dass eine Strömung ihn und die anderen ans Ziel beförderte. Immer mehr Krieger strömten heran, doch Melissa und Simon hielten Zack den Rücken frei. Es war ein erbittertes Gefecht. Weil es aber unter Wasser stattfand, war außer dem Rauschen der Strömung kein Laut zu hören.

Die Palastgebäude hatten gläserne Flügeltüren. Zack, Simon und Melissa machten in einem Schwall aus Luftblasen vor der Schatzkammer halt und Melissa zertrümmerte die Tür mit ein paar schwungvollen Hammerschlägen.

Dahinter tat sich eine Schatzkammer auf, die größer als jede Turnhalle war. Sie war bis an die Decke mit schimmernden Bronzegegenständen, Edelsteinen und kostbarem Porzellan vollgestopft. Das Wasser verzerrte die Umrisse der Schätze und an den Glaswänden flackerten helle Linien wie Lichtreflexe in einer wassergefüllten Höhle. In der Mitte stand auf einem perlmutternen Sockel eine Vitrine mit dem Kaiserlichen Siegel. Das bedeutendste Artefakt der gesamten chinesischen Geschichte – einst von Qin Shi Huang in Auftrag gegeben und im Laufe der Dynastien von einem Kaiser an den nächsten weitergereicht.

Zack hatte Herzklopfen. Das Siegel war nicht groß. Es passte in eine Hand, doch er spürte, dass er unbesiegbar sein würde, sobald er es berührte. Dann wäre die Schlacht gewonnen.

Mit kräftigen Beinschlägen schnellte er darauf zu.

Doch noch ehe er die Vitrine erreichte, drückte ihn das Wasser plötzlich weg und er konnte sich nicht mehr rühren.

Qin Shi Huang: Was machst du denn?

Qin Shi Huang: Los, brich den Bann!

Doch sosehr sich Zack auch anstrengte, das Wasser gedanklich zu bändigen – es gehorchte ihm nicht. Stattdessen spülte es Simon und Melissa neben ihn. Dann zwang eine unsichtbare Kraft die beiden, ihre Waffen loszulassen. Bogen, Pfeile und Hammer trieben davon.

»Überhebliche Sterbliche!«, grollte eine tiefe Stimme dicht an Zacks Ohren, fast so, als käme sie aus den Lautsprechern seiner AR-Brille. »Habt ihr wirklich geglaubt, ich würde *noch einmal* zulassen, dass mein Palast verwüstet wird?« Die drei fuhren herum.

Aus einem gläsernen Gang kam eine Gestalt angeglitten. Der Körper war der eines Menschen und in ein prächtiges grünes Gewand gehüllt. Darauf saß ein Drachenkopf mit Geweih, blauer Haut und einer langen Schnauze mit

Barthaaren. Zwischen den Hörnern schwankte ein Kopfputz, wie ihn auch Qin Shi Huang trug.

»Ich habe das ganze letzte Jahrtausend damit verbracht, die Macht über mein Reich auszubauen.« Es musste der Drachenkönig sein, der da sprach. Allerdings bewegte er nicht den Mund beziehungsweise die Schnauze. Die Stimme drang aus dem Wasser selbst. »Mir gehorcht hier jedes einzelne Wassermolekül. Mir entgeht nichts, nicht mal das winzigste Krillkrebschen. Aber das war euch nicht klar, stimmt's? Nein, denn ihr drei …« Der Drachenkönig kam näher. »Die berühmten Kaiser Wu Zetian, Tang Taizong und Qin Shi Huang …« Er schaute ihnen nacheinander in die Augen. »Ihr dachtet, ihr könntet in meine Schatzkammer einbrechen, in der meine Macht am größten ist. Aber da habt ihr euch gewaltig überschätzt und nun gehört ihr mir. Ich werde euch als Trophäen zur Schau stellen. Ihr sollt allen zur Warnung dienen, die auch nur mit dem Gedanken *spielen*, in mein Hoheitsgebiet einzudringen.«

Das kalte Wasser machte Zack nichts aus, doch jetzt packte ihn eisige Angst. Hinter sich spürte er die Anziehungskraft des Kaiserlichen Siegels, konnte sich dessen Magie aber nicht zunutze machen. Er konnte überhaupt nichts machen. Das Wasser hielt ihn fest, als wäre er in Beton eingegossen. Er konnte nur noch die Augen hinter der doppelten Brille bewegen.

Als Nächstes drehte das Wasser ihn und die beiden anderen so herum, dass sie dem Siegel gegenüberstanden.

»Kein schönes Gefühl, was?« Der Drachenkönig glitt hinter die Vitrine und legte eine blaue Hand darauf. Seine Haut war ledrig, die Nägel waren so lang und krumm wie Krallen. »Ihr seid dem Ziel zum Greifen nah. Jenem Artefakt, für das ihr in eurem irdischen Leben gelitten habt und gestorben seid. Und doch kommt ihr nicht heran!«

Zack hoffte insgeheim, der Drachenkönig würde die Vitrine versehentlich umwerfen und zerbrechen, was aber natürlich nicht geschah. Wut wallte in ihm auf wie Lava in einem Vulkan kurz vor dem Ausbruch. Er wollte das Siegel unbedingt haben. Dafür hätte er sich sogar selbst den Arm gebrochen, aber das ging ja nicht, weil sein Körper nutzlos war. Und er hatte schreckliche Angst, dass sie nie mehr von hier wegkommen würden. Dass sie auf dem Meeresgrund festsitzen und die Unsterblichkeitspillen ihre Wirkung verlieren würden, und dann …

Ihm kamen die Tränen. Er blickte den Drachenkönig flehend an, beschwor ihn stumm, sie laufen zu lassen.

Die Miene des Drachenkönigs veränderte sich. Er schob sein Gesicht so dicht an ihn heran, dass die lange Schnauze fast Zacks Kinn streifte. »Du bist überhaupt nicht Qin Shi Huang! Ich habe noch nie erlebt, dass Qin Shi Huang seine Furcht so offen zeigt.«

Er trat wieder zurück und sah alle drei anklagend an. Dabei zeigte Zacks AR-Brille, dass Tang Taizong und Wu Zetian Simon und Melissa übernommen hatten. Die Kaiser erwiderten den Blick des Ungeheuers voller Hass.

Zack hätte sich auch gern in seinen Körper verkrochen und einem legendären Herrscher alles Weitere überlassen. Doch er war auf sich gestellt und musste allein klarkommen.

Qin Shi Huang: Keine Panik.

Qin Shi Huang: Es gibt einen Ausweg.

Qin Shi Huang: Den gibt es immer.

War Zack doch nicht ganz und gar auf sich gestellt? In Gedanken beschwor er Qin Shi Huang, seine berühmten strategischen Fähigkeiten einzusetzen, mit denen der Eroberer so gern angab.

Bring uns hier weg!, hätte er am liebsten laut gerufen.

Der Drachenkönig glitt um die Vitrine herum und verschwand mit wogendem Gewand wieder in dem Gang, aus dem er gekommen war. Zack und die beiden Kaiser wurden aufrecht wie Statuen hinterhergeschwemmt.

Zacks Panik wurde immer größer. Was ging hier vor? Wo wurden sie hingebracht? War es gut oder schlecht, dass ihn der Drachenkönig entlarvt hatte?

Doch das Wasser hatte ihn so fest im Griff, dass er nicht mal vor Angst zittern konnte. Am Ende des Gangs glitt der Drachenkönig durch eine halb durchsichtige Wand, die seine Gestalt verzerrte.

Als die drei Freunde gegen die Wand gespült wurden, spürte Zack auf einmal einen herrlichen Luftzug im Gesicht. Doch von den Köpfen abgesehen, blieben ihre Körper in der Wand stecken.

Wu Zetian fasste sich als Erste. »*Wie Sonne und Mond* –«

Doch die Zauberformel verklang in einem Prusten, als sich ein Wasserband wie ein Knebel über ihren Mund legte.

Der Drachenkönig erklomm ein Podest und nahm auf einem prächtigen blauen Glasthron Platz. Seine Stimme kam jetzt aus seiner Schnauze und hallte durch den Thronsaal, der so groß wie ein Kirchenschiff war. »Wenn ihr Gören Mätzchen macht, stopfe ich euch die Mäuler. Ein für alle Mal.«

Neben dem Thron waren zwei hummerköpfige Krieger postiert. Gravierte Glassäulen reichten bis an die Decke, die aus wogendem Wasser bestand und bläuliches Licht verströmte.

»Wie kann es sein, dass du derart mächtig bist?«, brachte Tang Taizong erstickt heraus. »Das kommt in keiner Legende vor.«

»Nicht? Dann haben es die Sterblichen anscheinend noch nicht mitgekriegt. Nett von ihnen, dass sie mir einen Überraschungseffekt verschafft haben. Vielleicht ersinnt dann demnächst jemand eine Legende darüber, wie der Drachenkönig des Ostens drei der mächtigsten Herrscher in der Geschichte Chinas besiegte.«

»Wenn du das Kaiserliche Siegel nicht rausrückst, ist

bald niemand mehr da, der eine Legende über dich ersinnen kann«, gab Tang Taizong zurück. »Das Geisterportal ist beschädigt und das kann dazu führen, dass –«

»Dass die irdische Welt ins Chaos stürzt und die Menschheit vernichtet wird. Wogegen ich nichts einzuwenden hätte.«

»Wie bitte?«

Die Miene des Drachenkönigs verfinsterte sich. »Die Menschen werfen ihren Müll ins Meer. Sie vergiften seine Fluten und rotten durch Überfischung seine Bewohner aus. Es wäre ein Segen für uns alle, wenn die Menschheit ausgelöscht würde.«

»Dann würden aber auch die Legenden über dich ausgelöscht … und mit ihnen du selbst!«

Dem Drachenkönig verschlug es kurz die Sprache. Dann erwiderte er: »Wenn es den Meeren helfen würde, wäre ich zu diesem Opfer bereit.«

»Das kann nicht dein Ernst –«

Mit einer Handbewegung verpasste der Drachenkönig Tang Taizong ebenfalls einen Wasserknebel. »Ich will nichts mehr hören!« Er wandte sich Zack zu. »Nun zu dir, Junge. Was willst du hier?«

Qin Shi Huang: Du bist unsere letzte Chance, Kleiner.

Qin Shi Huang: DU MUSST IHN GNÄDIG STIMMEN … IRGENDWIE.

Willst du mich verarschen?, hätte Zack am liebsten erwidert. Dem großen Strategen Qin Shi Huang fiel nichts mehr ein? Er überließ alles *Zack*?

»Edler Drachenkönig, Eure Majestät … ich … ich bin hier, weil es Qin Shi Huang nicht gelungen ist, vollständig von mir Besitz zu ergreifen.« Zack kam ins Stottern. Jedes Wort konnte sein letztes sein. »Deswegen konnte ich nicht verhindern, dass ein Dämon meiner Mutter die Seele raubt. Und um ihre Seele zurückzubekommen, brauche ich das Kaiserliche Siegel.«

Der Drachenkönig brach in schallendes Gelächter aus. Es hallte von den Glaswänden wider, bis es sich anhörte, als würden Hunderte von ihm Zack auslachen. »Köstlich! Ein kleiner Junge hindert den großen Qin Shi Huang daran, seinen Willen durchzusetzen! Aber auf diesen durchschaubaren Versuch, mein Mitleid zu erregen, falle ich nicht herein. Leb wohl.« Der Drachenkönig hob die Krallenhand.

»Was würdest du denn mit dem Siegel machen, wenn du es einsetzen könntest?«, rief Zack mit dem Mut der Verzweiflung.

»Wie bitte?« Der Drachenkönig ließ die Hand ein Stückchen sinken.

»Du spürst doch auch, welche Macht es besitzt, oder? Sonst würdest du es nicht in deiner Schatzkammer ausstellen. Aber man hat mir erzählt, dass du nichts damit anfangen kannst, wenn dir nicht der Geist eines legendären

Kaisers hilft. Das muss total ätzend sein. Jetzt mal angenommen, es gäbe diese Bedingung nicht – was würdest du damit machen?«

»Warum fragst du?«

Der Drachenkönig klang ungehalten, ließ die Hand aber jetzt ganz sinken.

»Weil *wir* legendäre Kaiser sind! Wir können dir mit dem Siegel einen Wunsch erfüllen, den du dir sonst versagen musst. Solange es nicht so was Krasses ist, wie sämtliche Menschen umzubringen, versteht sich.«

Qin Shi Huang: Geschickter Trick!

Qin Shi Huang: Weiter so!

Der Drachenkönig hieb mit der Faust auf die breite Armlehne seines Thronsessels. »Ich bin nicht darauf aus, sämtliche Menschen umzubringen. Das erledigen sie schon von allein, indem sie sich gegenseitig abschlachten. Aber schlägst du mir im Ernst einen Handel vor? Warum sollte ich ausgerechnet *dir* trauen?«

»Weil ich nicht Qin Shi Huang bin. Er kann mir nichts befehlen, sonst hätte ich dich schon längst angebrüllt. Er konnte sich meiner nicht bemächtigen, weil meine spirituelle Verbindung zur chinesischen Mythologie zu schwach ist. Ich weiß zu wenig darüber und mit den Legenden über dich kenne ich mich auch nicht richtig aus. Wenn du also einen vernünftigen Wunsch hast, wüsste ich nicht, wieso ich dich hintergehen sollte.«

Der Drachenkönig kniff die Augen mit den schlitzförmigen Pupillen zusammen und faltete die Hände im Schoß. »Ich wünsche mir nur, dass mein Palast nie wieder überfallen oder verwüstet wird. Aber du kannst ja schlecht als Krieger in mein Heer eintreten. Wie willst du mir dann helfen?«

»Die beiden anderen und ich könnten uns zum Beispiel der Umweltschutzbewegung anschließen. Wir könnten gegen *Sea World* und andere Meeresparks demonstrieren oder so. Aber warum sollte dich überhaupt jemand überfallen? Eigentlich weiß ich gar nicht, wer du bist. Bist du denn ein brutaler Meerestyrann, der die Küsten der Welt terrorisiert oder so?«

»Selbstverständlich nicht! Jedenfalls seit dreitausend Jahren nicht mehr. Seit dieser schändliche Ne Zha meinen Sohn umgebracht und meinen Palast beinahe dem Meeresboden gleichgemacht hätte, kümmere ich mich ausschließlich um meine eigenen Angelegenheiten. Trotzdem richtet deinesgleichen in meinen Fluten immer wieder Unheil an, ohne Rücksicht auf meine Untertanen!«

Zack ließ das kurz auf sich wirken. »Hättest du uns das Siegel denn freiwillig überlassen, wenn wir freundlich gefragt hätten?«

»Wenn ihr respektvoller aufgetreten wärt, dann vielleicht schon.«

Zack schaffte es, den Kopf so weit zu drehen, dass er Wu Zetian und Tang Taizong einen vernichtenden Blick zuwerfen konnte. »Und warum ist keiner von euch auf die Idee gekommen, ihn einfach um das Siegel zu *bitten*?«

Die beiden schauten verlegen weg.

»Das ist doch klar«, sagte der Drachenkönig bitter. »Meinen Palast zu verwüsten, ist sozusagen schon eine Tradition. Die Acht Unsterblichen versuchen es bereits zum zweiten Mal. Aber damit ist jetzt Schluss! Jedenfalls, wenn sich herumspricht, dass ich euch drei besiegt habe.«

»Und wenn *wir* die Acht Unsterblichen in deinem Auftrag besiegen würden?«, gab Zack hastig zurück. Das Herz schlug ihm bis zum Hals. »Wenn du sie bis jetzt noch nicht bezwungen hast, seid ihr einander offenbar kräftemäßig ebenbürtig. Würdest du deinen Palast verlassen, um gegen sie anzutreten, wärst du geschwächt und sie würden dich bezwingen. Wir hingegen können sie besiegen und in deinem Namen Rache an ihnen üben.«

»Ich lasse mich nicht für dumm verkaufen! Ihr seid mit ihnen im Bunde. Ohne ihre Unsterblichkeitspillen könnten eure Wirte hier unten nicht überleben.«

»Wir könnten uns trotzdem heimlich gegen sie verbünden. Ein doppeltes Spiel mit ihnen treiben.«

Aus dem Augenwinkel sah Zack, wie Tang Taizong ein verblüfftes Gesicht machte.

Qin Shi Huang: WAS HAST DU VOR, KLEINER?

Qin Shi Huang: Egal.

Qin Shi Huang: Egal, Hauptsache, es klappt.

»Das traut ihr euch nicht«, entgegnete der Drachenkönig, klang aber verunsichert.

»Warum denn nicht?« Zack lachte hysterisch auf. Er hatte nichts mehr zu verlieren. »Ich bin nicht der Meinung, dass die Acht durch und durch gut sind. Und auch nicht, dass *du* durch und durch böse bist. Mich haben sie jedenfalls nicht besonders gut behandelt und ich bin ziemlich sauer auf sie. Sie haben mir bloß eine ihrer Pillen spendiert, weil ich sonst gestorben wäre. Aber das ist eine andere Geschichte.«

Der Drachenkönig lehnte sich mit gefurchter Stirn zurück. Seine langen Krallen trommelten auf die Armlehnen des Thronsessels.

»Sag Ja«, drängte Zack. »Ich bin nur gezwungenermaßen Qin Shi Huangs Wirt. Logisch, dass es mir da ein Vergnügen wäre, eine Bande Unsterblicher reinzulegen. Mir würden sie so etwas nie zutrauen, darum haben sie uns auch nicht hierherbegleitet. Sie vertrauen uns. Wenn meine Freunde und ich in deinem Namen die Acht besiegen, ergibt das eine viel tollere Legende, als wenn du uns nur hier unter Wasser gefangen hältst. Legenden müssen spannend sein, sonst geraten sie bald wieder in Vergessenheit.«

Der Drachenkönig überlegte. Lange. Schließlich entgegnete er: »Einverstanden. Schließt euch meinem Heer an und besiegt die Acht Unsterblichen und ich überlasse euch das Kaiserliche Siegel. Selbstverständlich erst *hinterher*.«

17

Wie man Unsterbliche bezwingt, indem man zu Unterwasser-Darth-Vader wird

Zack und die beiden Kaiser wurden von blau gepanzerten kleinen Haien bis hinauf zur Wasseroberfläche getragen. So hätten sie tatsächlich in *Aquaman* mitspielen können. Ein weiterer Punkt, der auf Zacks gedankliche Liste mit der Überschrift »Dinge, die ich erlebe, obwohl ich mir nie hätte träumen lassen, dass ich sie mal erlebe« kam.

Der Drachenkönig wollte sie auch im Auge behalten, nachdem sie den Palast verlassen hatten. Darum hatte er sie ebenfalls mit Rüstungen aus blauem Glas ausgestattet. Die Helme hatten nur zwei schmale Augenschlitze und waren wie Hummerköpfe geformt. Auf diese Weise fielen die drei zwischen den übrigen Kriegern nicht weiter auf. Weil sich die Rüstungen über ihren Rucksäcken wölbten, erinnerten sie sogar noch mehr an Krebse. Das Heer zog eine Wolke aus Luftblasen hinter sich her, die vom blauen Leuchten der Rüstungen schimmerten. Die drei konnten weiterhin nicht miteinander sprechen, doch

Wu Zetian und Tang Taizong warfen Zack durch ihre Helmschlitze vielsagende »Hoffentlich-weißt-du-was-du-tust!«-Blicke zu.

Offen gestanden wusste Zack das nicht. In seinem Kopf ging es drunter und drüber und das Herz schlug ihm bis zum Hals. Aber er sah keine andere Möglichkeit, als einfach weiterzumachen.

Um den Drachenkönig wie versprochen abzulenken, wühlten die Acht Unsterblichen das Meer auf. Zack umklammerte mit einer Hand die Zügel seines Reithais und besänftigte mit der anderen die Fluten. Dass er seine Wasserfähigkeiten endlich wieder einsetzen konnte, fühlte sich an, als könnte er wieder durchatmen, nachdem er zwischen zwei Mauern eingequetscht gewesen war.

Über ihm zuckten die laserähnlichen Strahlen, die von den Garnelenkriegern abgefeuert wurden. Die Unsterblichen verteidigten sich mit ihren Artefakten, die sich grell von dem blau leuchtenden Gewimmel abhoben. Weil das Wasser sonst fast völlig schwarz war, erinnerte das Ganze an eine Weltraumschlacht, allerdings ohne Ton. Wobei Zacks Physiklehrer behauptete, eine Schlacht im Weltraum könne überhaupt keinen Lärm verursachen.

Qin Shi Huang: Vernichte als Erstes Lü Dongbin, den Anführer, und dann Zhongli Quan. Das ist der mit dem Fächer.

Qin Shi Huang: Die beiden sind die Mächtigsten.

Zack war gar nicht wohl in seiner Haut. Wenn es darum ging, die Acht hereinzulegen, war er *gung-ho,* aber sie zu vernichten … Klar würden sie sich irgendwann wieder erholen und zurückkehren, aber sie würden die Erinnerung an alles verlieren, das nicht in den Legenden überliefert war. Durfte Zack ihnen das antun, nur weil er scharf auf das Siegel war?

Wobei womöglich alles anders abgelaufen wäre, wenn die Acht in den Drachenpalast mitgekommen wären. Dann wäre das Siegel vielleicht jetzt schon in seinem Besitz.

Im Sichtfeld seiner AR-Brille ploppte ein Kreis auf. Er umgab Zhongli Quan, den Dickbäuchigen mit dem freien Oberkörper und den zwei Haarknoten. Der Unsterbliche ließ seinen magischen Fächer kreisen und fegte die Garnelenkrieger in hohem Bogen zur Seite.

Qin Shi Huang: Banne ihn mit Wasser, sodass er sich nicht mehr rühren kann. Dann kann ihn Tang Taizong mit einem Pfeil erledigen.

Mist. Jetzt wird's ernst.

Sollte Zack im letzten Augenblick versuchen zu fliehen? Der Drachenkönig hatte ihnen zwar gedroht, sie zurückzuholen, falls einer von ihnen »aus der Reihe tanzen« würde, aber sie hatten sich schon ein ganzes Stück vom Palast entfernt. Vielleicht reichte sein Einfluss ja nicht so weit.

Aber dann müsste Zack auf das Kaiserliche Siegel verzichten und seine Mutter sowie ganz China wären verloren.

Er stieß Tang Taizong an und deutete auf Zhongli Quan. Tang Taizong nickte und legte einen Pfeil auf die Bogensehne. Der Drachenkönig hatte ihm und Wu Zetian im Thronsaal gestattet, ihre Waffen zu beschwören (und ihnen im nächsten Augenblick Wasserfesseln angelegt). Wenigstens musste Zack den Pfeil nicht selbst abschießen, sondern war nur der Handlanger.

Tut mir echt leid, Mr Zhongli. Er hob die Hand und ahmte Darth Vaders Macht-Würgegriff nach.

Der fächerschwingende Unsterbliche hielt wie erstarrt inne und riss die Augen auf. Dann traf ihn erst ein Geisterpfeil in die entblößte Brust und dann ein zweiter. Der dritte Pfeil ließ ihn zu Glitzerpünktchen zerstieben.

Alle schienen im Kampf innezuhalten und sich nach der Glitzerwolke umzudrehen. Mehrere Unsterbliche riefen entsetzt (und ohne Ton) Zhonglis Namen. Zack wurde es ganz anders.

Das war ein Riesenfehler!

Qin Shi Huang: LOS JETZT! ERLEDIGE LÜ DONGBIN, SOLANGE ER NICHT AUF DICH ACHTET!

Qin Shi Huang: WIRD'S BALD!

Zacks AR-Brille zeigte Lü Dongbins Standort inmitten einer Gruppe gegnerischer Krieger an. Der Weise hatte sein Schwert gezückt und hielt nach dem Angreifer Ausschau, der Zhongli Quan vernichtet hatte. Zacks Hand zitterte zwar wie verrückt, aber es gelang ihm, auch Lü Dongbin zu darthvadern. Anschließend kamen wieder Tang Taizongs Pfeile zum Einsatz.

Die Geschosse trafen, doch Lü Dongbin war weiter entfernt, sodass Zacks Bann nicht richtig wirkte. Lü Dongbin schüttelte ihn ab und entdeckte Zack und die beiden Kaiser. Mit einem unhörbaren Schlachtruf richtete er das Schwert auf sie, dann verwandelte der nächste Pfeil auch ihn in eine Glitzerwolke.

Inzwischen waren sämtliche Blicke auf Zack und seine beiden Begleiter gerichtet. Der Anblick von Eisenkrückes wutverzerrtem Gesicht löste bei Zack Furcht und Gewissensbisse zugleich aus. Doch als Eisenkrücke sich auf ihn stürzen wollte, hielt He Xian Gu ihn zurück und zeigte nach oben.

Qin Shi Huang: Sie will den anderen sagen, dass sie sich an die Oberfläche begeben sollen. Dort können ihnen unsere Wasserfähigkeiten nichts mehr anhaben.

Qin Shi Huang: DU MUSST SIE AUFHALTEN.

Wu Zetian hatte auf ihrem Hai bereits die Verfolgung der Unsterblichen aufgenommen. Daraufhin zerrte auch Zack an den Zügeln seines eigenen Reittiers. Die freie Hand streckte er aus, um die Unsterblichen wieder in die Tiefe zu ziehen.

Der Sog machte den Weisen sichtlich zu schaffen. Sie scharten sich um He Xian Gu, die beide Arme hochriss. Ihre Lotusblüte dehnte sich aus, schloss sich um alle sechs Unsterblichen und sauste dann wie ein Torpedo aufwärts.

Als Zack selbst sich der Oberfläche näherte, stellte er fest, dass fahle Mondstrahlen durch die Wellen drangen. Ihr Aufbruch von Penglai war schon so lange her, dass es Nacht geworden war.

Die Lotusblüte durchbrach die Oberfläche. Schäumende Kreise breiteten sich im Wasser aus.

Qin Shi Huang: Sei vorsichtig.

Qin Shi Huang: Sie sind mächtiger, als du vielleicht glaubst.

Qin Shi Huang: Zu Anfang haben sie die Schlacht nicht so ernst genommen. Jetzt schon.

Obwohl Zack so gut wie sicher war, dass sein Ende bevorstand, ließ er seinen Hai hinter dem von Wu Zetian aus dem Wasser schnellen.

Zornige Rufe begrüßten ihn – fantasievolle Abwandlungen von »Spinnst du?!«. Nur ein Unsterblicher stimmte nicht in das Schimpfkonzert ein, sondern drehte sich auf der Lotusblüte um. Es war das Kind Lan Caihe in seinem Blumenkorb. Es warf mit leuchtenden Blüten um sich, die aber nicht ins Meer fielen, sondern in die Nacht hinausschwebten.

Qin Shi Huang: VERDAMMT!

Qin Shi Huang: LAN CAIHE RUFT VERSTÄRKUNG HERBEI.

Qin Shi Huang: HALT DICH RAN!

Zack ließ eine Flutwelle auf die Weisen zurollen, doch die zeigten jetzt, was sie wirklich draufhatten. Ein elegant gekleideter Unsterblicher klapperte mit zwei länglichen Holzstücken wie mit Kastagnetten, worauf sich die Flutwelle um die Lotusblüte herum teilte. He Xian Gu vollführte im Schutz der Blütenblätter eine beschwörende Geste. Ein betäubender Geruch wallte auf, von dem es Zack schwindlig wurde. Ein alter Mann fing zu singen an und schlug dabei eine Trommel. Ihre Schallwellen wühlten das Meer auf und die Haie mit Zack und den beiden anderen wurden zurückgespült. Zu allem Überfluss griff ein Unsterblicher in einem weiten Gewand nun auch noch zur Flöte.

Die Haie rasteten aus, als hätten sie Blut gewittert. Sie bäumten sich wie scheuende Pferde auf und warfen ihre drei Reiter ab. Als Zack seitlich ins Wasser kippte, riss sein Hai sogleich gierig das Maul mit den scharfen Zähnen auf. In letzter Sekunde verjagte ihn Zack mit einem Wasserschwall.

Die Haie der beiden anderen verhielten sich genauso. Zack musste sich erst einmal auf sie konzentrieren statt auf die Unsterblichen. Jetzt, da die Weisen wieder an der Wasseroberfläche waren, waren sie klar im Vorteil. Zack musste sie erneut in Richtung Meeresgrund befördern, aber der Typ mit den Kastagnetten wehrte sämtliche Flutwellen ab.

Qin Shi Huang: NUTZE MEINE GABE, DIE ZEIT ZU VERLANGSAMEN!

Zack wollte eben gehorchen, da fiel ihm auf, dass von ihm und den beiden Kaisern goldener Nebel aufstieg. Der Nebel wurde von Eisenkrückes Flaschenkürbis eingesaugt.

Dank der Unsterblichkeitspillen waren die *Qi*-Leisten von Zack und den anderen die ganze Zeit golden und voll aufgeladen gewesen. Jetzt leerten sie sich immer schneller.

Die Pillen verloren ihre Wirkung.

Zack erinnerte sich noch gut an Qin Shi Huangs Geschichte über die Eroberung von Chu. Der Kaiser hatte sich entscheiden müssen, ob er reumütig klein beigeben oder alles auf eine Karte setzen wollte. Auf einmal konnte Zack diesen Gewissenskonflikt lebhaft nachvollziehen. Für die Zeitverlangsamungsmagie war eine Menge *Qi* erforderlich. Was, wenn Zack seine gesamte Lebensenergie dafür aufbrauchte?

Helft mir!, hätte er am liebsten gerufen, aber wer würde ihm jetzt noch helfen wollen, nachdem er so ein heilloses Durcheinander angerichtet hatte?

Obwohl … es gab tatsächlich jemanden, dem eine Menge daran lag, dass sie diese Schlacht gewannen.

»Eure Majestät!«, rief Zack in die Fluten und gab sich Mühe, dabei kein Wasser in den Mund zu bekommen. »Keine Ahnung, ob Ihr mich hören könnt, aber die Unsterblichen flippen total aus und wir werden nicht mehr mit ihnen fertig! Und sie haben Verstärkung angefordert! Und die Pillen wirken nicht mehr! Wenn Ihr uns das Siegel nicht jetzt gleich überlasst, verlieren wir die Schlacht und Euer Ruf ist wieder mal ruiniert!«

Keine Reaktion.

Qin Shi Huang: KÄMPF EINFACH, KLEINER.

Aber wie?

Momentan stand es sechs aufgebrachte Unsterbliche gegen zwei Kaiser und Zack. Wu Zetian ließ ihre Blendblitze los und Tang Taizong schoss Pfeil um Pfeil ab, doch die Unsterblichen agierten in perfektem Einklang. Sämtliche

Angriffe liefen ins Leere. Zacks Unsterblichkeits-*Qi* war bis auf einen kleinen Rest verbraucht und er wurde immer müder. Das musste an He Xian Gus Lotusduft liegen.

»Hey, Leute! Sobald wir nicht mehr unsterblich sind, knockt uns der Duft bestimmt aus«, wandte er sich an seine Begleiter. Doch die beiden hatten so mit ihren magischen Attacken zu tun, dass sie gar nicht hinhörten.

Zack musste handeln. Er beschwor eine Strömung, die ihn und seine Gefährten in die Tiefe zog. Die Kaiser wehrten sich strampelnd, aber Zack entspannte sich, schloss die Augen und überließ sich dem Sog. Vielleicht bestand der Sieg ja darin, sich einzugestehen, dass die Lage aussichtslos war. Sofern ihnen nicht jemand zu Hilfe kam.

Dein Einsatz, Drachenkönig.

Beinahe gelassen ließ er sich vom Gewicht seiner Rüstung und seines Rucksacks hinabziehen.

Da wallte aus der Tiefe eine ungeheure Kraft empor.

Neben Zack trieb plötzlich ein leuchtendes Kästchen. Als er es hastig öffnete, lag das Kaiserliche Siegel darin. Er schloss die Faust um das Artefakt.

Eine gewaltige Druckwelle ging von seiner Hand aus und fegte durch das Meer. Hinter Zacks geschlossenen Augen jagte ein Bild das nächste. Ein unterwürfig kniender Kaiser hielt Qin Shi Huang das heilige Jadestück *Héshìbì* hin. Qin Shi Huangs vertrauenswürdigster Beamter versah es mit der Inschrift, durch die es zum offiziellen Kaiserlichen Siegel wurde. Qin Shi Huang benutzte es unzählige Male, um Regelungen zu erlassen, die das Leben in China zweitausend Jahre lang prägten.

Doch er war nicht der Einzige. Die Bilder wechselten schneller, zeigten die zahllosen anderen, die das Siegel nach Qin Shi Huangs Tod eingesetzt hatten. Die es hergegeben hatten, weil sie die Letzten ihrer Dynastie waren, oder denen es von Feinden entrissen wurde. Als ein Thronräuber einen kindlichen Kaiser gestürzt hatte und die Kaiserinwitwe drängte, sich zu ergeben, schleuderte sie das Siegel in einem Wutanfall auf den Boden. Ein Jadesplitter sprang ab. Der Thronräuber ließ die Bruchstelle mit Gold ausbessern, ehe er selbst gestürzt wurde. Das Siegel wanderte von einer blutbefleckten Hand in die nächste und bekam weitere Gravuren, weil die Begründer neuer Dynastien ihre eigenen Gesetze verewigen wollten. Es wurde zu einem legendären Symbol, um das sich die Menschen erbittert bekriegten. Dabei gewann es selbst immer mehr Macht. Auch Tang Taizong hatte wegen des Siegels getötet. Als erst seine Gestalt und dann die von Wu Zetian vor Zacks innerem Auge erschien, stockte die Bilderflut kurz. Zack bekam Wu Zetians inneren Aufruhr mit, als sie den Thron bestieg und die erste weibliche Herrscherin von China wurde. Dann lief der Film weiter und um das Siegel tobten wieder Kriege und Blutvergießen, bis es irgendwann ein Junge in die Hände bekam. Er wusste noch nicht, was es bedeutete, Kaiser zu sein, und nahm das Siegel mit, als er ins Meer sprang.

Die Bilder erloschen. Zack holte tief Luft, als hätte jemand erst seinen Kopf brutal in eine gefüllte Badewanne gedrückt und ihn jetzt endlich losgelassen. Dann kehrte er jäh in die Gegenwart zurück. Zu seinem Erstaunen flog er in einem tobenden Wirbelsturm *über* das Meer hinweg. Hinter ihm spritzte Gischt auf. Seine Meridiane waren golden und so gleißend, dass ihr Leuchten durch die Lücken in seiner Rüstung drang. Nachdem er so lange fremde Magie hatte anzapfen müssen, war ihm zumute, als wäre er aus einem langen Albtraum erwacht. Was soeben geschah, hatte mit Qin Shi Huangs eigener Legende zu tun, war seine höchstpersönliche Magie. Als sie durch Zack hindurch- und aus ihm herausströmte, breiteten sich seine Arme von allein aus. Um ihn herum entstand eine Art Krater im Meer, als wäre ein Meteorit eingeschlagen. Am Himmel ballten sich schwarze Wolken. Seit Qin Shi Huang in sein Leben getreten war, hatte Zack eine Verbindung zu Gewittern gespürt, doch das hier war das erste, das ihm richtig gehorchte. Per Gedankenkraft ließ er Blitze herabzucken und Donnerschläge dröhnen. Dabei lachte er vor Begeisterung wie ein Irrer, hörte sich allerdings nicht, weil das Gewitter so laut war. Als er sich den Helm herunterriss, peitschte ihm der Sturm die Haare ins Gesicht.

Am Rand des Wassertornados hüpfte die Lotusblume der Unsterblichen wie ein kleines Boot auf den sich auftürmenden Wellen. Trotzdem versuchten die sechs noch immer, Zack mit ihren magischen Artefakten Einhalt zu gebieten.

Zack vollführte eine schwungvolle Armbewegung. Ein goldglänzender Wasserdrache materialisierte sich und brüllte die Unsterblichen zornig an. Es war ein markerschütternder Laut, der sich sichtbar über die Wellen bewegte und Haare und Gewänder der Weisen wehen ließ. Die sechs drängten sich schutzsuchend aneinander, nur ein paar riskierten einen Blick über die Schulter. Am Horizont kam auf Wolken die herbeigerufene Verstärkung angeflogen.

Los, vernichte sie!, hörte Zack in Gedanken einen Stimmenchor rufen. Qin Shi Huang war der Lauteste. *Erobere ihre Inseln! Erobere ihre Meere! Erobere die ganze Welt!*

Doch Zack war nicht wohl dabei.

Deswegen sind wir nicht hergekommen, hielt er den inneren Stimmen entgegen. *Wir haben das Siegel und können wieder verschwinden.*

Die Stimmen kümmerten sich nicht darum und wurden immer lauter, bis Zack urplötzlich von dem überwältigenden Drang gepackt wurde, zu siegen, zu erobern, zu herrschen. Er musste all seine Willenskraft aufbieten, um diesem Drang zu widerstehen. Hinter der Wasserwand machte er Tang Taizong und Wu Zetian aus. Ihre Augen hinter den Helmschlitzen glühten und ihm wurde klar, dass die beiden Teil des Stimmengewirrs waren. Der goldene Wasserdrache flog im Kreis um ihn herum, schneller und immer schneller. Sein Gebrüll wurde von Himmel und Meer zurückgeworfen und schien Zack ebenfalls zum Handeln aufzufordern. Inzwischen folgten die Blitze so rasch aufeinander, dass die Nacht taghell wurde. Zorn und Blutdurst wallten in Zack auf und drohten ihn zu zerreißen. Mit einem Aufschrei hielt er sich den Kopf.

»*Flieht!*«, rief er den Unsterblichen zu. »*Sonst müsst ihr sterben!*«

Doch sie hörten nicht auf ihn, sondern leisteten weiter Gegenwehr.

Zack schrie wieder auf. Die zerstörerischen Kräfte in seinem Inneren zu bändigen, kostete ihn übermenschliche Anstrengung. Würde er sie je wieder in den Griff bekommen, wenn er ihnen freien Lauf ließ? Er wollte kein Blutbad anrichten!

Er war kein Tyrann. Er war nicht Qin Shi Huang.

»Ich … habe … *Nein* … gesagt!«, stieß er hervor. Seine Worte hallten unheimlich über das Meer.

Die Stimmen in seinem Kopf verstummten. Wu Zetian und Tang Taizong wichen zurück, das Lodern in ihren Augen wurde schwächer. Die Blitze erloschen und der letzte Donnerschlag verhallte.

Doch Zacks innerer Aufruhr legte sich nicht. Jede Zelle seines Körpers vibrierte von einer zielgerichteten Energie. Und es war klar, *was* die Magie zum Ziel hatte. Sie wollte in Qin Shi Huangs Mausoleum das Geisterportal abdichten und Zacks Mutter wieder zu ihrer Seele verhelfen.

Mit der nächsten ausholenden Armbewegung gebot Zack dem Wasserdrachen, unter ihn zu fliegen. Dann ließ er sich auf den Kopf der Kreatur fallen, gleich hinter das nasse Geweih, und lenkte den Drachen in Richtung seiner Begleiter.

»Was machst du?«, riefen Tang Taizong und Wu Zetian empört, als er sie packte und so fest auf den Drachen drückte, dass sie mit ihm verschmolzen und nicht abspringen konnten.

»Das, was nötig ist!« Zack streckte die Hand aus. Er spürte den Sog des Festlands, wo einst die Legenden über das Siegel entsprungen waren. Der Drache änderte gehorsam die Richtung und ließ die Unsterblichen hinter sich.

»Bist du vollkommen verrückt geworden?«, protestierte Qin Shi Huang aus den Bügeln der AR-Brille. »Du kannst doch nicht die Flucht ergreifen!«

»Doch. Wenn wir unsere Magie in einer unnötigen Schlacht vergeuden, ist das dann wirklich ein Sieg? So lassen wir uns von dem Siegel vorschreiben, was wir zu tun haben, und nicht umgekehrt. Wir müssen das Portal abdichten. Das ist das Einzige, worauf es ankommt.«

»Ein Ying drückt sich vor keiner Schlacht!«

»Sagt wer?« Feuchter Wind pfiff Zack ins Gesicht. »*Du* sagst doch immer, ich soll mich nicht darum kümmern, was andere Leute denken. Und jetzt bin *ich* derjenige, der das Siegel hat. *Ich* bin jetzt der Bestimmer!«

18

Wie man die Chinesische Mauer in eine Rennstrecke umfunktioniert

Die Schlacht verwandelte sich in eine Verfolgungsjagd. Zacks Wasserdrache sauste im Zickzackflug über die Wellen. Die Unsterblichen auf ihren Wolken waren ihm dicht auf den Fersen beziehungsweise der Schwanzspitze. Sie waren eindeutig noch erbost darüber, was Zack und seine Freunde mit Lü Dongbin und Zhongli Quan angestellt hatten. Tang Taizong und Wu Zetian riefen Zack zu, er solle gefälligst umkehren und kämpfen, doch Zack überhörte die Aufforderung. Er konzentrierte sich auf die Legendenmagie, die ihn zum Festland hinzog. Besser gesagt auf die Legende, die sich über den Norden von China erstreckte und ihre Entstehung dem Kaiserlichen Siegel verdankte.

Die Große Mauer.

Zack schloss die Faust fester um den Jadestein. Vor seinem inneren Auge flackerten alte Landkarten auf. Qin Shi Huangs Mausoleum lag nordöstlich der Stadt Xi'an am Berg Li. Am besten war es über die Mitte der Chinesischen Mauer bei Yulin zu erreichen. Das war eine alte Garnisonsstadt, die einst der Verteidigung gegen die Nomadenstämme des Nordens gedient hatte.

Der Abstand zwischen dem Drachen und den Unsterblichen vergrößerte sich stetig. Gleichzeitig zerfloss Zacks Glasrüstung und tropfte als Wasser an ihm hinab. Wahrscheinlich wirkte die Magie des Palastes hier nicht mehr. Hoffentlich hatte sie kein Sterblicher bemerkt und filmte heimlich. Rasch ließ Zack Gewitterwolken erscheinen, die sich vor Mond und Sterne schoben. Es wurde so dunkel, dass keine Aufnahme etwas Verwertbares zeigen würde.

Schließlich kam die Küste in Sicht. Am Horizont zeichnete sich der Alte Drachenkopf ab, den sie vor ihrem Aufbruch besichtigt hatten. Der Anblick des Mauerstücks mit dem gedrungenen Wachturm, das ins Meer hineinragte, ließ Zack an einen Drachen denken, der ihn bereits erwartete und ehrfürchtig das Haupt neigte. Er hörte unsichtbare Stimmen den chinesischen Namen des sagenumwobenen Ortes raunen und sprach ihn laut aus.

»Wànlǐ chángchéng!«

Die Lange Mauer der zehntausend Wegstunden.

Goldenes Licht fiel auf die Ziegelsteine des Alten Drachenkopfs. Zwei Stellen leuchteten besonders hell. Sie glichen einem wachsamen Augenpaar.

In Gedanken sah Zack einen Streitwagen aus der Qin-Dynastie vor sich. Er wurde von vier Pferden gezogen, hinter denen der Wagenlenker stand. Als Zacks Drache nun aus dem Meer schnellte, schüttelte er das Wasser ab und verwandelte sich ebenfalls in ein Gespann. Allerdings wurde dieser Streitwagen nicht von Pferden gezogen, sondern von einem Motorrad aus verdichteten Wassertropfen. Zack saß auf dem Fahrzeug, Wu Zetian und Tang Taizong plumpsten in den Wagen.

Das Gespann landete unsanft auf dem Alten Drachenkopf. Doch Zack lehnte sich nur auf seinem Motorrad nach vorn und vertraute auf die Macht des Siegels, das in seiner Hand vibrierte. Die Mauer wurde von dem Aufprall nicht beschädigt, sondern das goldene Leuchten erstreckte sich über sie hinweg. In der nächtlichen Dunkelheit glich das Lichtband einer futuristischen Rennstrecke. Sie fuhren über eine Geisterversion der Mauer, die sich aus den Legenden darüber speiste. Das Motorrad und der Streitwagen schlängelten sich zwischen leuchtenden Wachtürmen hindurch und wurden immer schneller. Die Umgebung flog so rasend schnell vorbei, dass alles verschwamm. Zack nahm nur noch den Wind wahr, der ihm um die Ohren pfiff, und die goldene Lichtfläche unter sich.

Rechts und links sausten Neonlichter neben ihnen her, die an die Beleuchtung in U-Bahn-Tunneln erinnerten. Anscheinend durchquerten sie gerade die Innenstadt von Qinhuangdao. Dann verschwand das kalte Licht wieder.

Noch etwas anderes wies darauf hin, dass sie aus der Stadt heraus waren. Die neonbeleuchteten Gebäude wichen den Umrissen von Bergen und Wäldern und die Sterne waren wieder zu erkennen. Zack rauschte das Blut in den Ohren. Eine rastlose Energie erfüllte ihn. Er fühlte sich ganz leicht, als würde er eins mit der ganzen Welt werden. Vielleicht sausten sie gerade im All auf den goldenen Bahnen eines Tierkreiszeichens entlang!

Doch nicht alles war großartig. Zack sah und hörte immer mehr. Der Wind trug die Klagen jener heran, die beim Bau der Mauer umgekommen waren. Das antike Weltwunder hatte einen blutigen Preis gefordert. Lehmverschmierte Geisterhände griffen durch das Wassermotorrad hindurch nach Zacks Beinen.

»Es tut mir leid!«, stieß Zack immer wieder erstickt hervor, bis ihm die Stimme wegblieb.

Er hätte nicht sagen können, wie lange die sausende Fahrt dauerte, aber als er irgendwann wahrnahm, dass sie sich dem Ziel näherten, war er am Ende seiner Kräfte.

Wir sind gleich da, redete er sich gut zu. *Halte durch.*

Wieder sah er eine Karte vor sich. Der rote Punkt, der den Streitwagen darstellte, schob sich stetig auf Yulin zu.

Gleich … gleich …

Inzwischen tat ihm alles weh. Doch er dachte weiter an die Schufterei und das Leid der Arbeiter. Ihr Opfer anzuerkennen, war das Mindeste, was er für sie tun konnte.

Gleich …

Als der Punkt auf der gedanklichen Karte Yulin erreichte, löste Zack Streitwagen und Motorrad auf. Ein Seufzen entfuhr ihm, als würde auch seine Seele entweichen. Dann verlor er das Bewusstsein.

»Du bist so dicht dran, mein Kind … so dicht dran … bitte vergiss es nicht wieder …«

Zack kniete in einem von Öllampen erleuchteten Militärzelt auf der Erde. Neben ihm kniete ein General in einer ledernen Rüstung und vor ihnen stand ein von Kriegern flankierter kaiserlicher Bote. Er las von einer seidenen Schriftrolle eine Botschaft ab.

»Prinz Fusu und General Meng Tian – ihr seid Hochverräter und habt auf Befehl Ihrer Majestät Selbstmord zu begehen!«

»Ich habe mich wohl verhört!« Der General hob ruckartig den Kopf. »Wieso Hochverrat? Wir haben in bedingungsloser Treue zu Ihrer Majestät den Norden des Landes verteidigt!«

»Lasst gut sein, General Meng«, hörte Zack sich mit matter Stimme erwidern. Und obwohl sich alles in ihm dagegen sträubte, bekam er mit, wie seine Hand nach dem Schwert an seinem Gürtel tastete. »Vater hat gesprochen.«

»Das muss ein Missverständnis sein, Fusu! Seine Majestät würde dir niemals befehlen, dich umzubringen.«

»Wie kommt Ihr denn darauf?« Der Prinz, in den Zack hineinversetzt war, nahm das Schwert in beide Hände und richtete die Spitze auf seine eigene Brust. *»Habt Ihr schon vergessen, was er mit meiner Mutter gemacht hat?«*

Nein!

Als Zack die Augen öffnete, zielte Tang Taizong mit einem Pfeil auf ihn. Seine Augen loderten rot und die magische Hitze, die von ihm ausging, versengte Zack das Gesicht.

»Aah!« Zack fuhr in die Höhe und rutschte panisch ans Kopfende des Betts.

»Rück es raus!«, knurrte Tang Taizong. »Es gehört mir.«

Erst da merkte Zack, dass er etwas Hartes umklammert hielt. Er hatte das Siegel noch in der Faust.

»Lass uns doch erst mal drüber reden.« Zacks Stimme war ganz belegt, als hätte er lange nicht gesprochen. Anscheinend war er eine ganze Weile weg gewesen.

O nein! Wie viele Tage waren von ihrer Frist verstrichen?

Tang Taizong spannte die Sehne seines Bogens. Der Geisterpfeil leuchtete heller.

»Ich befehle dir, den Bogen wegzulegen!«, schnauzte Zack ihn an. Das goldene Strahlen des Siegels drang durch seine Finger.

Tang Taizongs rote Augen wurden golden und er taumelte zurück, als hätte ihn jemand geschlagen. Sein Bogen zerstob zu rotem Dunst.

»Guten Morgen!« Melissa betrat das kleine Schlafzimmer. Dann schüttelte sie den Kopf. »Hast du etwa wieder versucht, Zack umzubringen, Tang Taizong? Kann ich nicht mal fünf Minuten im Bad bleiben?«

»Wieso *wieder*?«, fragte Zack heiser.

»'tschuldigung, Kleiner.« Tang Taizong massierte sich die Schläfen, als hätte er Kopfschmerzen. »Die Anziehungskraft des Siegels ist einfach zu groß.« Er blickte ihn schuldbewusst an. »Ich geh mal lieber.«

Er atmete tief durch und hielt dann plötzlich die Luft an. Simon hatte übernommen. Erst musterte er seine Hände, dann warf er Melissa einen giftigen Blick zu und wandte sich schließlich an Zack, der sich immer noch ängstlich an das Kopfteil des Betts drückte. »O Mann, hat Tang Taizong mich etwa wieder mal überrumpelt und ist auf dich losgegangen?«

»*Wie oft hat er –?*« Zack klang ganz piepsig. »Ist ja auch egal. Was ist passiert? Bitte, bitte, *bitte* sagt nicht, dass die Frist abgelaufen ist!« Er blickte an seinem Neoprenanzug hinunter, der von oben bis unten schlammverschmiert war. Seine Unterarme waren mit blauen Flecken übersät.

»Reg dich ab. Wir haben noch vier Tage«, antwortete Simon. Zack atmete auf.

»Nachdem du ohnmächtig geworden bist, hast du eine Menge verpasst«, setzte Melissa lachend hinzu. »Als sich die Geisterversion der Chinesischen Mauer verflüchtigt hat, sind wir irgendwo am Arsch der Welt in einen Erdhaufen gestürzt. Von der echten Mauer ist nämlich nur noch ein kleiner Teil erhalten. Nicht überall sieht es wie in den Reiseprospekten aus. Weil wir aber keine Lust hatten, einen Rettungshubschrauber oder so zu rufen, mussten wir zu Fuß gehen.«

»Ihr seid den ganzen Weg hierher *gelaufen*?« Zack zupfte sich Erdklumpen aus den Haaren. Je wacher er wurde, desto mehr Hunger bekam er und desto stärker schmerzten seine Blessuren. Wenigstens hatte er während dieser Ohnmacht die AR-Brille nicht aufgehabt. Sie lag auf dem Nachttisch neben dem Bett. Es musste also das Siegel sein, das ihn Geisterwaffen und dergleichen sehen ließ.

»Nicht den ganzen Weg«, antwortete Melissa. »Bloß bis ins nächste Dorf, das unsere Handys angezeigt haben.«

»Wir mussten dich tragen, aber gleichzeitig mussten wir unsere Kaiser in Schach halten«, sagte Simon. »Sie haben die ganze Zeit versucht, dir das Siegel abzunehmen.« Er machte ein zerknirschtes Gesicht. »Darum bist du so … äh … dreckig. Und hast so viele blaue Flecken. Du bist uns ein paarmal runtergefallen.«

»Nicht nur ein *paarmal*«, stellte Melissa richtig.

»Tut mir deswegen alles weh?« Zack betastete seinen Hinterkopf. Doch sein Arm schmerzte dabei so scheußlich, dass er ihn wieder sinken ließ.

»Tut uns echt leid«, entgegnete Simon verlegen und kratzte sich den Ellbogen.

»Dafür, dass du so dünn bist, bist du ganz schön schwer.« Melissa stemmte die Hände in die Hüften. »Irgendwann wurde die Hitze unerträglich, aber dann haben wir zum Glück ein paar Rucksacktouristen getroffen. Ich habe meinen Bannblick eingesetzt und sie haben dich das restliche Stück getragen, ohne Fragen zu stellen. Anschließend haben wir sie mit Meng-Po-Brühe besprüht und uns eine Mitfahrgelegenheit organisiert.«

»Das ist –« Zack beschloss, das Thema zu wechseln. »Und wo sind wir hier?«

»In einer Ferienwohnung in Yulin.« Simon verfiel in seinen Geschichtsprofessor-Modus. »Yulin ist eine alte Grenzstadt zwischen der Zentralchinesischen Ebene, wo die Han Ackerbau betrieben, und der Wildnis im Norden, wo Nomadenvölker, wie zum Beispiel die Mongolen, als Jäger und Sammler lebten.«

Bei »Wildnis im Norden« klingelte bei Zack etwas, doch da ging Melissa zum Fenster und zog die Vorhänge auf.

Als es plötzlich hell wurde, kniff Zack erst geblendet die Augen zusammen. Dann schaute er aus dem Fenster. Es ging auf schmuddelige Häuser und eine Straße mit langsam fahrenden Autos, hupenden Motorrädern und Passanten mit Masken vor Mund und Nase hinaus. Am Straßenrand standen zwar auch Bäume, aber die Luft war noch dunstiger als in Shanghai.

»Warum liegt hier so viel Staub in der Luft?«

»Weil wir praktisch in der Wüste sind«, antwortete Simon. »Auf dem sogenannten Lössplateau. Das ist eine Hochlandstufe aus gelber Erde. Seit einiger Zeit wird das Gebiet wieder aufgeforstet, aber das dauert.«

»Wir haben darauf gewartet, dass du wach wirst, damit wir nach Xi'an weiterfliegen können«, ergänzte Melissa. »Erst wollten wir Yaling bitten, uns zu fahren, aber mit dem Auto dauert es sieben Stunden. Wenn wir so lange auf engem Raum zusammenhocken, können wir die Kaiser nicht bändigen. Im Flugzeug können wir Plätze mit Abstand voneinander buchen. Aber mit einem Bewusstlosen wird man nicht an Bord gelassen.«

»Ihr hättet mich doch in einen Rollstuhl setzen und so tun können, als wäre ich krank.« Insgeheim ärgerte sich Zack, dass die beiden so viel Zeit vertrödelt hatten.

»Du glaubst, das hätte funktioniert?«, gab Melissa skeptisch zurück.

»Keine Ahnung. Ich hab so was mal in einem Buch gelesen. Da hat die Mutter der Hauptfigur auf diese Art einen Jungen transportiert, den sie entführt hatte.«

»Du bist ja jetzt wieder wach. Fühlst du dich denn schon fit genug? Ich würde den Flug gern so schnell wie möglich buchen.«

»Auf jeden Fall.« Als Zack die Beine aus dem Bett schwang, rieselten Erdklümpchen auf den Fußboden und ihm wurde schwindlig. »O Mann … ich bin halb verhungert.«

»Geh erst mal duschen. Wir machen dir solange was zu essen.« Melissa holte ihr Handy heraus. »Aber nimm das Siegel mit und lass es nicht aus den Augen! Sonst geraten die Kaiser wieder in Versuchung. Sie behaupten, sie hätten die Macht des Siegels unterschätzt und es würde sie um den Verstand bringen. Frag mich nicht, was passiert, wenn einer von beiden es sich schnappt.«

»So schlimm?« Zack öffnete die Faust und betrachtete das Jadestück. Unten hatte es eine Art quadratischen Sockel, der obere Teil war als fünf ineinander verschlungene Drachen gestaltet. Eine Ecke war mit Gold ergänzt worden. Erst jetzt merkte Zack, dass seine Hand wehtat und dunkelrote Abdrücke aufwies, weil er das Siegel die ganze Zeit über nicht losgelassen hatte.

»Du hast doch gesehen, dass ich nicht mal in Ruhe aufs Klo kann! Letzte Nacht haben wir beide kaum ein Auge zugetan.« Melissa deutete auf sich und Simon. »Wir haben untergehakt nebeneinandergelegen, damit keiner von uns von seinem Kaiser übernommen wird und sich heimlich rausschleicht.«

Simon wurde rot wie eine Tomate. »Wir mussten unsere Kaiser gegenseitig überwachen.«

»Wobei Wu Zetian insgesamt nur viermal die Beherrschung verloren hat.«

»Fünfmal!«

»Das eine Mal zählt nicht. Da konnte ich sie in Gedanken wieder beruhigen.« Melissa streckte Simon die Zunge raus und drehte sich wieder zu Zack um. »Als sie zweiundachtzig wurde, hat sie ihrem Sohn den Thron überlassen und verkündet, dass sie nicht wie ein Kaiser bestattet werden will, sondern wie eine Kaiserinwitwe. Also wie die Ehefrau ihres verstorbenen Gatten. Darum fällt es ihr leichter, der Versuchung standzuhalten. Tang Taizong dagegen hat alle seine Brüder und Neffen umgebracht, um auf den Thron zu gelangen.«

»Und ich dachte immer, er wäre von den dreien der Netteste gewesen«, sagte Zack grimmig.

»Echt jetzt?«, gab Melissa zurück. »Der nette Tang Taizong? Der dich keine Sekunde aus den rot glühenden Augen gelassen hat?«

»Gerade will er mich wieder übernehmen.« Simon drückte die Hände auf den Magen, als wäre ihm übel. »Ich muss mal raus hier.«

»Dann los!« Melissa schob ihn zur Tür hinaus. »Ich habe den Flug jetzt gebucht. Er geht in dreieinhalb Stunden!«, rief sie noch über die Schulter, dann schlug sie die Tür hinter sich zu.

Zack verzog sich ins Bad.

Es dauerte eine ganze Weile, bis das Wasser, das er über sich laufen ließ, wieder klar wurde. Er seifte sich gründlich ein und benutzte so viel Shampoo, dass seine Haare hinterher quietschten. Als er aus der Dusche trat, kramte er frische Klamotten aus seinem Rucksack.

Dabei fiel sein Handy heraus.

Der Akku war leer. Was kein Wunder war, denn er hatte

das Telefon seit einer Woche nicht mehr aufgeladen. Er steckte das Ladekabel in die Steckdose und suchte aus seinen Sachen ein schwarzes Shirt mit einer Brusttasche für das Siegel heraus. Vielleicht würden ihn die Kaiser in Ruhe lassen, wenn er das Artefakt am Körper trug. Gleichzeitig war er auf diese Weise trotzdem mit seiner Magie verbunden. Er drehte das Shirt auf links, streifte es über und steckte das Siegel in die Brusttasche.

Simon hatte in der Zwischenzeit Nudeln mit Süß-Sauer-Soße und Gurkenstücken gemacht. Als Zack seine Schale entgegennahm, wurde er ein bisschen verlegen. Als sie in den USA losgeflogen waren, hätte er nie damit gerechnet, dass er Simon Li, der ein ganz normaler Junge war, irgendwann dem Wunderkind und *Mythrealm*-Weltmeister Shuda Li vorziehen würde. Klar war Shuda cool – so cool, dass sich Zack nie getraut hätte, ihn anzusprechen –, aber der echte Simon war einfach supernett und zuverlässig. Zack staunte, dass er lieber mit so jemandem zusammen war. Wenn er wieder in den USA wäre, würde er aus dem *Mythrealm*-Schulteam austreten und sich seine Freunde nicht mehr danach aussuchen, ob sie als cool galten.

Weil Zack sich von Tang Taizong und Wu Zetian fernhalten sollte, aß er in seinem Zimmer auf dem Bett. Die Superschurken-Kaiser, die doch eigentlich seine Teamkameraden sein sollten, trachteten ihm jetzt nach dem Leben. Na toll.

Nachdem er die Nudeln verputzt hatte, warf er einen

Blick auf sein Handy. Eigentlich sollte man es während des Ladevorgangs nicht benutzen, aber er wollte unbedingt wissen, ob es Neuigkeiten über den Zustand seiner Mutter gab. Er textete Jess. Allerdings war in Maine gerade Nacht, sodass er nicht gleich mit einer Antwort rechnete.

Stattdessen sah er nach, was es auf Reddit Neues gab. Dann kam ihm ein Gedanke. Er schielte zu seiner AR-Brille auf dem Nachttisch hinüber, vergewisserte sich, dass das Bluetooth ausgeschaltet war, und gab *Ne Zha* in die Suchleiste ein.

Warum waren Simon und Melissa so komisch gewesen, als es um den Jungen gegangen war, der den Drachenkönig fertiggemacht hatte?

Die Suchergebnisse zeigten entweder Bilder eines Jugendlichen mit entblößtem Oberkörper und Haaren wie ein Super-Saiyan oder einen kleinen Jungen mit zwei Haarknoten, der eine offene Weste und eine Pluderhose trug. Beide standen barfuß auf Feuerrädern und über ihren Köpfen wehten rote Bänder. Die gleichen Bänder waren auch um ihre Arme geschlungen.

Zack wurde es mulmig zumute. Mit solchen Bändern war auch seine Mutter gefesselt worden. Entstammten sie der chinesischen Mythologie?

Er klickte einen Artikel über Ne Zha an. Anscheinend war er eine daoistische Schutzgottheit, die ihren Ursprung in der hinduistischen und persischen Mythologie hatte. Er trug Beinamen wie »Dritter Lotusprinz«, war die Hauptfigur in mehreren klassischen chinesischen Romanen und verfügte über verschiedene Waffen, die mit Feuer zu tun hatten, wie zum Beispiel einen Speer mit brennender Spitze und Rädern aus Flammen. Er schien geradezu absurde Kräfte zu besitzen.

Doch vor allem stach Zack eine Abbildung von Ne Zhas Vater ins Auge. Der Himmelskönig Li Jing war bewaffnet und in einen Umhang gehüllt. In einer Hand hielt er eine kleine Pagode.

Eine Pagode wie jene, in der die Seele von Zacks Mom verschwunden war.

Zack gefror das Blut in den Adern. Mit zitternden Fingern öffnete er den Artikel über den Vater. Ein Absatz traf ihn wie ein Schlag in die Magengrube.

Mit seiner Pagode fängt der Himmelskönig Li Seelen ein. Sein historisches Vorbild ist der berühmte General Li Jing aus der Tang-Dynastie, der unter Kaiser Tang Taizong diente.

19

Wie man sich um jeden Preis durchsetzt

Zack war, als würde ihm der Boden unter den Füßen weggezogen. Er starrte die Wand an, ohne sie richtig zu sehen.

Ich habe noch nie von einem Dämon gehört, der die Macht hat, Seelen einzufangen, hörte er in Gedanken Lü Dongbin sagen. Der Satz hallte in seinem Kopf wider wie ein unheimliches Echo.

Natürlich nicht.

Natürlich nicht.

Natürlich nicht.

Auf einmal fielen ihm all die Male wieder ein, als sich Simon, Melissa und die Kaiser seltsam benommen hatten, wenn es um seine Mom ging. All die Male, als Simon und Melissa plötzlich supernett zu ihm gewesen waren, als hätten sie ein schlechtes Gewissen … und wie sie rumstotterten, wenn der Name Ne Zha fiel.

Die beiden hatten es *gewusst*. Die ganze Zeit.

Zack sprang vom Bett und riss die Tür zur Küche auf.

Simon und Melissa saßen am Küchentisch und waren

mit ihren Handys beschäftigt. Als Zack hereinplatzte, blickten sie auf.

»Was ist denn?«, fragte Simon verwundert. »Du sollst doch in deinem Zimmer blei–«

»Wer hat meiner Mutter die Seele geraubt? Sagt die Wahrheit!«, fauchte Zack. Er bebte am ganzen Leib. Draußen dämmerte es. Der Wind heulte und plötzlich trommelte Regen ans Küchenfenster.

»Also …« Simon stand langsam auf und hob abwehrend die Hände. »Tut mir leid, ich –«

»Sagt mir sofort, wer die Seele meiner Mutter entführt hat! Das ist ein Befehl!«

Zack schlug das Herz bis zum Hals und das Siegel in seiner nach innen gedrehten Brusttasche wurde ganz heiß. Simons Augen blitzten golden auf und er antwortete hastig: »Das war Li Jing. Tang Taizong hat ihn und Ne Zha in euren Vermieter und seinen Sohn fahren lassen.« Simon schlug die Hand vor den Mund und riss erschrocken die Augen auf.

Zack holte zittrig Luft. Die Küche drehte sich um ihn und er kniff die Augen zu, weil er den Anblick von Simons Gesicht nicht ertrug. »Ihr …«, stieß er heiser hervor. »Ihr beide habt den Überfall inszeniert!«

»Zack …«, setzte Simon an, brach dann aber ab. Er hatte nichts mehr zu sagen. Konnte nicht mehr *lügen*.

Zack machte die Augen wieder auf. Draußen blitzte es und man hörte erschrockene Rufe. Ins Geheul des Windes mischte sich ein Knistern und Knacken. Rauchgeruch drang durch das geschlossene Küchenfenster.

»Es reicht, Kleiner!« Tang Taizong übernahm. »Du hast recht. Wir haben den Überfall inszeniert. Das heißt aber auch, dass die Seele deiner Mutter nicht in Gefahr ist. Kein Dämon wird sie aufzehren.«

Zack war ungeheuer erleichtert und zugleich ungeheuer wütend darüber, wie dreist die Kaiser gelogen hatten. Er hatte solche Angst um seine Mutter gehabt!

»Ich befehle euch, meiner Mom die Seele zurückzugeben!«, brüllte er, als es draußen ohrenbetäubend donnerte. »Und zwar sofort!«

Tang Taizongs Augen leuchteten golden, aber er zuckte so heftig zusammen, als hätte ihn eine Schmerzwelle erfasst. Seine Hände hingen herab, doch die Finger krümmten und streckten sich. »Tut mir leid, aber das schaffen wir vor dem Geistermonat nicht mehr. Dazu müsste ich in die USA zurückkehren und Li Jing ans Krankenbett deiner Mutter beschwören. Aber ich mach's, sobald wir das Portal abgedichtet haben. Versprochen. Deine Mutter schwebt nicht in Gefahr, aber China schon. Das ganze Land!«

»Wir haben noch vier Tage. Du kannst problemlos den nächsten Flug nehmen. *Ich befehle dir*, in den nächsten Flieger nach Maine zu steigen!«

Tang Taizong krümmte sich. »Ich … kann … nicht …«

Zack konnte kaum mit ansehen, wie er – wie *Simons Körper* – sich in Qualen wand, doch er sagte sich, dass sich

Tang Taizong die Schmerzen selbst zuzuschreiben hatte. Wenn er tat, was Zack wollte, würden sie aufhören.

Tang Taizongs Knie gaben nach, er schwankte. Melissa kam ihm zu Hilfe und hielt ihn fest. Als sie Zack wütend anfunkelte, begriff er, dass er es mit Wu Zetian zu tun hatte. »Reg dich ab, Kleiner«, sagte sie mit konzentrierter Miene. Offenbar setzte sie ihren Bannblick ein, doch der wirkte bei Zack nicht mehr. Dafür war er inzwischen zu stark. Sie schnaufte ärgerlich, stellte ihre Bemühungen ein und setzte hinzu: »Es wäre wirklich zu riskant, wenn er jetzt in die USA fliegt. Wenn wir in das Mausoleum eindringen, müssen wir mit Gegenwehr rechnen. Da können wir nicht auf seine Fähigkeiten verzichten.«

»Meine Fähigkeiten sind genauso gut!« Zack riss die Hände hoch. Draußen blitzte es wieder, gefolgt von einem krachenden Donnerschlag.

»Das Portal abzudichten, wird die gesamte Magie des Siegels verbrauchen«, hielt Wu Zetian dagegen. »Und die Geister, die schon hindurchgeschlüpft sind, werden nicht einfach wieder eingesaugt. Ohne uns beide kannst du das alles nicht bewältigen. Sobald wir die Mission erfolgreich abgeschlossen haben, kümmern wir uns um deine Mom. Das hatten wir schon die ganze Zeit vor.«

Zack schüttelte den Kopf. »Abgelehnt.« In seiner Wange zuckte ein Muskel. »Keiner von uns weiß, wie die Mission ausgeht. Kümmert euch zuerst um meine Mom! Ich wiederhole: Tang Taizong, ich befehle dir, unverzüglich nach

Maine zu fliegen und meiner Mutter die Seele zurückzugeben!«

Ein Schmerzensschrei entschlüpfte Tang Taizong. Wu Zetian musste beide Arme um ihn legen, um ihn zu stützen. Seine Augen flackerten abwechselnd rot und golden, als wäre ein innerer Mechanismus kaputtgegangen.

Zack baute sich ungerührt vor ihm auf. »Dass du meine Befehle nicht befolgst, tut ganz schön weh, was? Aber das ist mir scheißegal. Ich …« Er merkte, dass Wu Zetian die Wölbung unter seinem Shirt anstarrte.

»Und du bleibst, wo du bist!« Er hob drohend die Hand.

Ihre Augen funkelten und sie riss sich sichtlich zusammen. »Du … kleiner … Mistkerl …«

Der Regen trommelte heftiger gegen die Fensterscheibe, doch der nächste Blitz kam von drinnen. Zack drehte sich um.

Was da aufblitzte, war die AR-Brille in seinem Zimmer. Es war Qin Shi Huang, der sich bemerkbar machte.

Zack lief nach nebenan und setzte die Brille auf.

Qin Shi Huang erschien. »Hör auf, den beiden Vorwürfe zu machen. Es war meine Idee.«

»Was?! *Warum* hast du das gemacht?«

Nach einer kurzen Pause antwortete Qin Shi Huang widerstrebend: »Weil du sonst nicht mitgekommen wärst. Ohne einen Anreiz hättest du nicht mit uns zusammengearbeitet. Wir mussten es so hinbiegen, dass für dich auch etwas auf dem Spiel stand.«

Zack drehte sich der Magen um, ihm kam die Galle hoch. »Ihr habt meine Mom gefridgt?!«

»Gefridgt? Wie *fridge*, also ›Kühlschrank‹?«, fragte Tang Taizong verwirrt, der mit Wu Zetian hereinkam.

»Das ist ein Begriff aus der Medienwissenschaft«, sagte Wu Zetian. »Er bedeutet, dass eine weibliche Figur sterben muss, um auf diese Weise eine männliche Figur zu motivieren.«

Tang Taizong sah sie verblüfft an.

»Was denn? Glaubst du, ich bin nicht auf dem Laufenden, was feministischen Diskurs angeht?«

»Entspann dich, Kleiner. Deine Mutter ist ja nicht tot«, sagte Qin Shi Huang beschwichtigend. »In Ji Lings Wachturm ist ihre Seele gut aufgehoben.«

»Darum geht es nicht.« Zack merkte, dass ihm die Tränen kamen. »Ihr habt mich angelogen! Alle drei! Nur damit ich euch auf eure blöde … eure blöde …«

Nun wurde auch Qin Shi Huang laut. »Ja, das ist richtig! Und wir hatten sehr gute Gründe! Wie oft hättest du schon alles hingeschmissen, wenn du keinen Ansporn zum Durchhalten gehabt hättest? Tut mir leid, dass ich China nicht wegen eines Jungen opfern wollte, der mit sich selbst nicht klarkommt!«

Draußen krachte der Donner so laut, als würde ein Felsblock vom Himmel stürzen und auf die Erde prallen. Zack wich ans Fenster zurück. Qin Shi Huangs Worte hatten ihn getroffen wie Ohrfeigen.

»Die Bedingungen gelten noch.« Qin Shi Huang heftete die kalten Augen auf Zack. »Sobald du das Portal abgedichtet hast, bekommst du deine heiß geliebte Mutter zurück. Das ist und bleibt so, egal, was du für einen Aufstand machst.«

Zack begriff selbst nicht, weshalb er so geschockt war. So gut wie jeder hatte ihn vor Qin Shi Huang gewarnt. Er war ein so legendärer Tyrann, dass sie während der Mission immer wieder von seinen Gegnern angegriffen worden waren. Gut, vielleicht hatte der Gelbe Kaiser die Geister geschickt, doch sie alle hegten berechtigte Rachegelüste gegen Qin Shi Huang.

Und Zack hatte seinem Gesang und seinen Geschichten gelauscht und sich vorgestellt, Qin Shi Huang wäre sein Dad!

Alles in ihm wehrte sich dagegen, dem grausamen Kaiser weiter zu Willen zu sein.

»Mir reicht's!« Er drehte sich um, riss das Fenster auf und schleuderte die AR-Brille wie ein Frisbee nach draußen.

Tang Taizong und Wu Zetian schrien auf und liefen auf ihn zu.

Zack brachte sich mit einem Satz in Sicherheit. »Ich befehle euch, mir Respekt zu erweisen und die Klappe zu halten.«

Beide ließen sich gehorsam auf die Knie fallen, doch ihre unterdrückten Zorneslaute waren nicht zu überhören.

Zack stapfte im Kreis um sie herum. Er atmete flach und spürte sein Herz bis in die Fingerspitzen pochen. »Die neuen Bedingungen lauten folgendermaßen: Bis meine Mutter aufgewacht ist, mache ich nicht mehr, was ihr sagt.«

»Dafür … ist die … Zeit zu knapp«, stieß Tang Taizong durch zusammengebissene Zähne hervor.

»Mir egal.« Zack verstaute Handy und Ladekabel wieder in seinem Rucksack und ging rückwärts zur Zimmertür. »Überlegt es euch. Ihr könnt mich zu nichts zwingen. Bis später.«

Damit verließ er die Ferienwohnung und knallte die Tür hinter sich zu.

20

Wie man seine Superkräfte richtig einsetzt

Zack lief durch die Straßen von Yulin. Der Regen hatte sich in einen regelrechten Wolkenbruch verwandelt und in seinen Sandalen bekam er nasse Füße. Die anderen Passanten flüchteten sich in Hauseingänge und die Straßenhändler räumten hastig das Feld.

Zack hatte kein Ziel, er wollte einfach nur weg. Alles kam ihm unwirklich vor und sein Hirn schien nur in Zeitlupe zu arbeiten. Er kam überhaupt nicht auf die Idee, seine Fähigkeiten einzusetzen, um nicht nass zu werden.

Anscheinend sah man ihm an, wie durcheinander er war, denn eine alte Frau blieb besorgt vor ihm stehen. Der Widerschein eines Blitzes flackerte über ihr runzliges Gesicht, als sie sich zu ihm hinabbeugte und etwas sagte. Aber Zack verstand sie nicht. In seiner Brusttasche steckte ein Artefakt, von dem das Schicksal von ganz China abhing, aber momentan nützte ihm das überhaupt nichts.

Ich war ein Zwölfjähriger, der ein Land regieren sollte, dessen Sprache ich immer noch nicht beherrschte, schoss es ihm durch den Kopf. Der Satz stammte aus Qin Shi Huangs dramatischer Schilderung seines Lebens.

Zack wich stolpernd vor der alten Frau zurück.

»Ich befehle dir, mich in Ruhe zu lassen und weiterzugehen«, sagte er. Seine Stimme war belegt, weil er einen Kloß im Hals hatte

Die Augen der alten Frau leuchteten golden auf und sie gehorchte.

Er schaute ihr nach, bis sie außer Sichtweite war.

Ohne seine AR-Brille fühlte Zack sich nackt. Er konnte sich nicht mehr orientieren, weil ihm die Brille die chinesischen Schriftzeichen nicht übersetzte. Irgendwann entdeckte er ein grünes Schild in arabischer Schrift, die er komischerweise lesen konnte. Das Schild hing über einem Imbiss und wies ihn als halal aus. Weil Simons Nudeln nicht besonders sättigend gewesen waren, trocknete Zack mithilfe von Magie seine Kleidung und ging hinein.

Es gab nur vier Tische und dazwischen war so wenig Platz, dass man sich zum Tresen durchschlängeln musste. Trotzdem musste das Essen erstklassig sein, denn trotz des Regens standen mehrere Leute Schlange. Beim Duft der Lammkebabs, die hinten im Raum über offenem Feuer gegrillt wurden, lief Zack das Wasser im Mund zusammen. Eine dröhnende Dunstabzugshaube saugte den Rauch ein. Trotzdem hörte man, wie der Koch Gemüse zerkleinerte. Etwas klirrte im Takt der Hackgeräusche und Zack sah, dass das Messer mit einer Kette an dem metallenen Arbeitstisch befestigt war.

Bei diesem Anblick wurde es Zack ganz anders. Sie waren hier im Westen von China, wo die muslimische Minderheit größeren Einschränkungen ausgesetzt war als im Osten. Anscheinend wollte man nicht mal riskieren, dass ein Koch sein Küchenmesser mit nach draußen nahm. Weil Zack aber solchen Hunger hatte, stellte er sich in die Schlange und kramte sein Handy aus dem Rucksack. Vor dem Abflug aus Shanghai hatte ihm Simon online fünftausend chinesische Yuan überwiesen und ihm gezeigt, wie man bargeldlos bezahlte, indem man einen QR-Code scannte. Diese Art Transaktionen waren offenbar heutzutage in China weit verbreitet. Bargeld war praktisch nicht mehr im Umlauf.

Sobald Zack das Handy einschaltete, erschienen lauter Nachrichten von Simon und Melissa. Sofort stiegen in ihm wieder Wut und Trauer auf und er blockierte die beiden auf sämtlichen Messenger-Apps.

Das Mädchen hinter dem Tresen machte den Eindruck, als käme sie nicht aus Ostchina, sondern eher aus Zentralchina. Sie trug keinen Hijab. War das ihre persönliche Entscheidung oder war das Kopftuch hier offiziell verboten? Als Zack an der Reihe war, beschwor er rasch die Magie, die ihn Chinesisch sprechen ließ. »Ich hätte gern zehn Spieße.«

Das Mädchen schaute ihn verständnislos an.

Mist. Anscheinend sprach er irgendeinen Dialekt, vielleicht Kantonesisch. Tatsächlich redeten die Leute hier anders. Wobei ihn die alte Frau auf der Straße ja verstanden hatte. Notgedrungen probierte Zack es mit: »Ich befehle dir, mir zehn Kebabs zu verkaufen.«

Die Augen des Mädchens wurden golden. Sie drehte sich mit steifen Roboterbewegungen zum Grill um und legte zehn Fleischspieße auf einen Pappteller, den sie Zack überreichte. Er nahm den Teller mit einer Hand entgegen, weil er die andere Hand zum Bezahlen brauchte. Nachdem er die App geöffnet hatte, gab er den Preis für das Gericht ein, der auf der Menütafel stand. Anschließend scannte er den QR-Code auf dem Tresen.

Anscheinend dauerte der Bezahlvorgang etwas zu lange, denn der Mann im Anzug hinter ihm räusperte sich vernehmlich und klopfte ungeduldig mit dem Schuh auf den schmuddeligen Boden.

Zack bekam erst einen Schreck, dann ärgerte er sich. Er brauchte eben länger – na und?

Er drehte sich zu dem Mann um, schaute ihm fest in die Augen und sagte: »Ich befehle dir, dich noch mal ganz hinten anzustellen.«

Der Mann verzog zwar das Gesicht, stapfte aber dann mit steifen Bewegungen los.

Die Frau, die hinter ihm gestanden hatte, blickte erstaunt von ihrem Handy auf, zuckte die Achseln und bestellte. Zack musste grinsen und folgte dem Mann. Dabei machte er sich schon gierig über den ersten Kebab her. Das Fleisch war genauso köstlich, wie er gehofft hatte: saftig, zart und genau richtig gewürzt.

Doch kaum war der Mann am Ende der Schlange angekommen, machte er kehrt, marschierte wieder nach vorn und schnauzte die Frau an. Sie zuckte zusammen, schimpfte dann aber ihrerseits los und deutete auf die Schlange. Der Mann schielte kurz verunsichert zu Zack hinüber und brüllte wieder etwas.

Auweia.

Zack verstand die beiden zwar nicht, aber sie stritten sich offenbar darum, wie man sich zu verhalten hatte, wenn man seinen Platz in der Schlange kurz verließ. Das Mädchen hinter dem Tresen versuchte, die beiden zu beruhigen.

Zack machte kehrt. »Ich befehle dir zu gehen!«, herrschte er den Mann an.

Der Mann verstummte mit offenem Mund und tappte wie ein Zombie zur Glastür des Restaurants und auf die Straße hinaus.

Die übrigen Anwesenden waren sichtlich erleichtert.

Bis der Mann wieder hereingestürmt kam und noch lauter brüllte.

»Ich befehle dir, auf der Stelle an deinen Arbeitsplatz

zurückzukehren und dieses Lokal nie mehr zu betreten!«, rief Zack sofort.

Schwupps, war der Mann wieder draußen und verschwand im Regen.

Die anderen Gäste sahen ihm nach und tuschelten miteinander. Erst als klar war, dass er nicht mehr zurückkommen würde, entspannten sie sich.

Ich führe mich auf wie Lelouch aus Code Geass, dachte Zack leicht zerknirscht.

Von nun an würde er sich den Wortlaut seiner Befehle sorgfältig überlegen und *niemals* durfte er dabei blöde Witze darüber machen, dass jemand ein Massenblutbad anrichtete oder so. Nicht, dass jemand einen seiner Befehle mal zu wörtlich nahm.

Zack hatte den ersten Spieß verputzt und machte sich an den zweiten. Dabei verließ er das Restaurant, blieb aber unter dem Vordach stehen, weil er nicht im strömenden Regen essen wollte. Er schaute zum Himmel hoch, konzentrierte sich und beschwor das Gewitter, sich zu verziehen.

»Zack!«, hörte er da Melissa rufen. Vor Schreck hätte er beinahe den Bissen ausgespuckt, den er gerade im Mund hatte (was eine unverzeihliche Verschwendung gewesen wäre).

Melissa und Simon kamen angelaufen. Beide waren triefend nass.

Ohne lange zu überlegen, ergriff Zack die Flucht. Dabei befahl er dem Regen, seine Kebabs auszusparen. Die Tropfen bildeten daraufhin eine Art Dach über dem Pappteller, als würde jemand einen umgedrehten Löffel unter einen laufenden Wasserhahn halten.

Zack war in Panik losgerannt, doch er wollte auch endlich seine Magie in Ruhe austesten.

Als er um die nächste Ecke bog, landete er in einer schmalen Gasse. Es stank beißend nach Kanalisation und nassem Müll.

»Warte doch mal, Zack!« Simon und Melissa tauchten an der Mündung der Gasse auf. Simon stützte keuchend die Hände auf die Oberschenkel und wischte sich die nassen Ponyfransen aus dem Gesicht. »Komm bitte wieder mit. Dass wir dich angelogen haben, tut uns echt leid. Wir haben ein *total* schlechtes Gewissen deswegen.«

»Warum habt ihr dann gelogen?« Zack fuchtelte mit dem abgenagten Kebabspieß wie mit einer Waffe. Zornestränen brannten in seinen Augen. »Ihr hattet x Gelegenheiten, mir die Wahrheit zu sagen. Was hat euch davon abgehalten? Hattet ihr Schiss, dass euch die Kaiser dann nicht mehr reich und berühmt machen?«

Simon war sichtlich getroffen. Seine Unterlippe zitterte. »Nein. Wir hatten Angst, dass du uns dann nicht mehr hilfst, das Portal abzudichten.«

Zack schnaubte verächtlich. »Haltet ihr mich für so egoistisch? Ihr hättet mir auch erklären können, was bei dieser Mission auf dem Spiel steht, ohne meiner Mom etwas anzutun.«

»Du hast ja recht. Aber da kannten wir dich noch nicht.«

»Außerdem sollte das Ganze nicht länger als zwei Wochen dauern«, kam Melissa Simon zu Hilfe. Sie stampfte energisch mit dem Fuß auf, dass das Pfützenwasser aufspritzte, hörte sich aber an, als wäre sie kurz vorm Heulen. »Was hätte es gebracht, dir die Wahrheit zu sagen, wenn du dann ... na, *so wie jetzt* reagiert hättest!«

»Geht's noch? Ich hätte nicht so eine Scheißangst um meine Mutter haben müssen! Und Simon hätte mehr Zeit gehabt, sie wieder aufzuwecken!«

»Bitte, Zack – wir sind dem Ziel schon so nah«, ergriff Simon wieder das Wort. »Lass uns erst das Portal abdichten. Danach fliegen wir zusammen nach Maine zurück und wecken deine Mutter wieder auf. Bitte!«

Zack war versucht nachzugeben. Doch er schüttelte den Kopf und erwiderte schroff: »Abgelehnt. Dem Ziel schon so nah ... Woher wollt ihr das wissen? Vielleicht lügen die Kaiser, was diese Mission betrifft. Es wäre nicht das erste Mal. Was passiert, wenn Tang Taizong in der nächsten Schlacht etwas zustößt? Das Wichtigste ist meine Mutter. Das Portal kommt erst an zweiter Stelle.«

Melissa zeigte auf den Himmel. »Wegen deinem Gewitter fallen sowieso alle Flüge aus.«

Das gab Zack einen Stich, doch er erwiderte scheinbar ungerührt: »Das regle ich schon. Das ist nicht das Problem.«

»Bitte, Zack!«, flehte Simon erstickt.

Als Zack ihn ganz offen weinen sah, wäre er beinahe weich geworden. Doch er riss sich zusammen. Ging es bei dieser Mission überhaupt um das Portal? Qin Shi Huang hatte das Ganze angezettelt und er war der Schlimmste von allen, wie Zack inzwischen begriffen hatte.

»Keine Chance«, knurrte er. »Ich befehle euch, den Mund zu halten und euch nicht von der Stelle zu rühren. Zehn Minuten lang«, ergänzte er nach kurzem Zögern. Er hatte den Eindruck, dass seine Befehle umso besser wirkten, je präziser sie waren.

Simons und Melissas Augen leuchteten golden auf, sie machten entsetzte Gesichter.

Zack ging langsam auf sie zu. Ihm war übel. »Meine Mutter hat oberste Priorität – keine Diskussion. Ihr braucht nicht mehr nach mir zu suchen. Ich ändere meine Meinung nicht.« Er schaute Simon und Melissa nacheinander an. »Mein Befehl könnte noch ganz anders lauten. Zwingt mich nicht dazu.«

Damit ließ er die beiden im Regen stehen.

Überraschenderweise war es viel schwerer, ein Gewitter dazu zu bringen, sich zu verziehen, als es heraufzubeschwören. Das Gewitter schien auf Zacks Gefühle zu reagieren. Was okay gewesen wäre, wenn Simon trotzdem nach Maine hätte fliegen können.

Den ganzen Nachmittag lief Zack durch die Stadt und versuchte, sich wieder zu beruhigen. Inzwischen regnete es nur noch leicht. Als er an einem Vergnügungspark mit einem Riesenrad vorbeikam, verschaffte er sich mithilfe magischer Befehle Zutritt zu einer Gondel des Fahrgeschäfts. Hier war er außerhalb von Simons und Melissas Reichweite. Er befahl dem Angestellten, ihn so lange in der Gondel mitfahren zu lassen, bis der Vergnügungspark zumachte.

So hockte er allein in der zugigen Glaskabine und legte die Stirn an die Scheibe. Ringsum pladderte der Regen und es roch nach nassem Kunststoff. Weil es ihm nicht gelang einzudösen, rief er sich schöne Erlebnisse mit seiner Mom in Erinnerung. Wie sie im Central Park gepicknickt hatten. Wie sie aus Decken und Kissen eine Höhle gebaut, den Laptop auf einen Stuhl gestellt und gemeinsam Gruselfilme geguckt hatten. Wie sie zusammen Nudeln und Teigtaschen gemacht hatten. Tränen liefen ihm über die Wangen. Er hätte jetzt alles dafür gegeben, wieder essen zu können, was sie für ihn kochte. Und er hatte die liebevoll zubereiteten Mahlzeiten in seiner Lunchbox in die Abfalltonne der Schule gekippt! Was hatte er sich dabei gedacht?

Wenn er seine Mutter zurückbekäme, würde er so etwas nie wieder machen, schwor er sich.

Als der Angestellte des Vergnügungsparks die Gondel öffnete und ihm mitteilte, dass sie jetzt schlossen, war es dunkel. Nur ab und zu fielen noch vereinzelte Regentropfen.

Zacks Magen knurrte schon wieder. Dummerweise hatte er sich nicht gemerkt, wo das Halal-Restaurant war, aber mithilfe seines Handys fand er ein anderes.

Der Weg dorthin führte durch eine schummrige Straße. Eine Gruppe Männer in Motorradklamotten stand rauchend vor einem Club. Aus der offenen Tür kam hämmernde Musik und in den Pfützen davor spiegelten sich flackernde Neonreklamen.

Anscheinend war Zack in einer zwielichtigen Gegend gelandet. Egal. Er musste etwas essen. Er legte einen Schritt zu.

Die Männer musterten ihn und grinsten einander an.

Zack wurde es mulmig zumute.

Die Männer stellten sich ihm in den Weg, sodass er stehen bleiben musste, und sagten etwas, das er nicht verstand. Ein Typ mit struppigem Bart beugte sich zu ihm herunter. Sein Ton war spöttisch und einschmeichelnd. Als Zack eine Schnapsfahne ins Gesicht schlug, wich er zurück.

Der Kreis der Biker schloss sich enger um ihn. Einige lachten. Anscheinend machten sie sich über ihn lustig und wollten ihm Angst einjagen. Der Bärtige schnippte dicht vor seiner Nase die Asche von seiner Zigarette.

Zack wich noch weiter zurück. Allmählich bekam er es richtig mit der Angst zu tun, aber wieso eigentlich?

Schließlich konnte er den Männern alles befehlen, was ihm einfiel.

»Ich befehle euch, mit dem Rauchen aufzuhören. Sofort und für immer. Nikotin schadet der Gesundheit.«

Ihre Augen leuchteten golden und sie wechselten verblüffte Blicke. Dann ließen alle gleichzeitig ihre Zigaretten in die neonbunten Pfützen fallen. Manche kramten auch noch angebrochene oder volle Packungen heraus und warfen sie hinterher. Dabei sahen sie aus, als würden sie gleich in Tränen ausbrechen.

»Ey! Man lässt seinen Müll nicht einfach … Äh, ich befehle euch, euren Abfall nicht auf die Straße zu werfen. Nie wieder!«

Gehorsam hoben die Männer die durchweichten Päckchen auf und blickten ihn an, als wollten sie fragen: *Und was jetzt?*

Zack überlegte. Er brauchte einen Schlafplatz plus ein paar Aufpasser, die Simon und Melissa verjagten, falls sie ihn aufspürten.

Er blickte in die Runde. »Ich befehle euch, mich als euren neuen Anführer anzuerkennen!«

Golden aufleuchtende Augen. Dann fielen die Biker alle auf die Knie und drückten unterwürfig die Stirn auf die nasse Straße.

Zack atmete auf. Die Musik aus dem Club hämmerte wie Herzschläge.

Sein ursprünglicher Wunsch war in Erfüllung gegangen. Er war jetzt stark und hatte Macht. Und er musste zugeben, dass es ihm gefiel, dass ihm andere gehorchen mussten. Das machte das Leben um einiges leichter.

Doch von Macht und Stärke abgesehen – was war ihm noch geblieben?

21

Wie man ein gütiger Anführer ist

»Hier kommt das Essen, Big Boss Ying!« Lawrence, der einzige der Männer, der Englisch sprach, trat mit mehreren fettfleckigen Papiertüten ins Hinterzimmer des Clubs. Mit ihm strömten Musik und zuckende Laserstrahlen herein, dann machte ein anderes Gangmitglied die Tür wieder zu.

»Vielen Dank!« Zack sprang vom Sofa auf und nahm die Tüten entgegen, auf die grüne Halal-Siegel gedruckt waren. Dann verteilte er die Schachteln mit den verschiedenen Gerichten auf dem Couchtisch und reichte den beiden hübschen Mädchen neben sich Essstäbchen. Kichernd nahm sich jede eine Portion Nudeln. Es war tatsächlich ihr Job, hier zu sitzen und alles toll zu finden, was der Anführer der Gruppe machte. Dafür bekamen sie sogar ein richtiges Gehalt. Zack fand das eher peinlich, aber weil er nicht wollte, dass die beiden arbeitslos wurden, durften sie bleiben.

»Und was ist das hier, Lawrence?« Zack hielt eine Art Brötchen hoch, das in einer Papierhülle steckte und mit Hackfleisch gefüllt war.

»Das ist ein Lamm *Ròu jiāmó*. Ein chinesischer Burger und im Nordwesten sehr beliebt.« Als Lawrence zur Bekräftigung eifrig nickte, lösten sich ein paar Härchen aus seinem gegelten Irokesenschnitt.

Zack biss in das Brötchen. Überraschenderweise war es nicht weich, sondern knusprig. »Mmmm! Echt lecker. Ich wusste ja, dass ich mich auf dich verlassen kann, Lawrence.«

Der Biker verzog die schwarz geschminkten Lippen zu einem breiten Lächeln, aber sein Magen knurrte. Erschrocken drückte er die Hände darauf.

»Hast du für dich denn nichts geholt?«, fragte Zack.

Lawrence wich seinem Blick aus. »Na ja, unser alter Boss … der hätte so was nicht gut gefunden.«

»Ach so.« Zack schaute zur Tür, wo der vorige Anführer stand. Per magischem Befehl hatte Zack ihn zu seinem Leibwächter ernannt und ihm verboten, Fragen zu stellen oder sich zu beschweren. »Tja, jetzt bin *ich* euer Boss. Und ich sage: Greif zu!« Er schob Lawrence eine Schachtel hin.

»Im Ernst?«

»Na klar. Immerhin hast du mir den Weg abgenommen.«

»Danke, Big Boss Ying! Danke!« Lawrence ließ sich auf einen Klappstuhl fallen, schnappte sich Essstäbchen und fiel über den gebratenen Reis her.

Während sie noch aßen, klopfte es plötzlich. Lawrence legte die Stäbchen weg und ging zur Tür. Nachdem er sie geöffnet hatte, musste er schreien, um sich mit den Gangmitgliedern, die davor postiert waren, verständigen zu können.

Er schloss die Tür wieder. »Jemand will dich sprechen, Boss«, sagte er verwundert.

»Etwa ein Junge und ein Mädchen in meinem Alter?«

»Nein, eine Frau. Sie sagt, sie kommt von XY Technologies.«

Zack entglitten die Essstäbchen und sie fielen klappernd auf den Tisch. »Will sie … will sie vielleicht zu eurem alten Boss?«

»Nein, sie will zu dir. Zu Ying Ziyang.«

Zack blieb fast das Herz stehen. Es stimmte also, was Simon behauptet hatte. Jason Xuan ließ sie beobachten. Eine andere Erklärung gab es nicht. Wie hätte man bei XY Technologies sonst seinen chinesischen Namen gekannt, der seit zehn Jahren auf keinem offiziellen Dokument mehr auftauchte?

Man hatte ihn gründlich ausspioniert. Jason Xuan wusste über alles Bescheid.

Zacks Instinkt riet ihm zur Flucht, aber warum? Mächtig, wie er jetzt war, würde er mit allem fertigwerden. Außerdem war er neugierig, was das Unternehmen von ihm wollte.

Er stand auf. »Sie soll reinkommen.«

Als Lawrence schon die Hand auf der Türklinke hatte, drehte er sich noch einmal um. »Wer bist du, Boss?«

»Ich …« Auf einmal war Zack nur noch erschöpft. »Ich bin bloß ein Junge, der in eine echt blöde Sache verwickelt ist.«

Lawrence nickte zwar, doch man sah ihm an, dass er nicht begriff, was Zack meinte. Dann öffnete er die Tür einen Spalt, um den anderen Zacks Anweisung auszurichten.

Kurz darauf betrat eine Frau im maßgeschneiderten schwarzen Hosenanzug das Hinterzimmer. Sie hatte die Haare zu einem straffen Knoten gebunden und ihre Augen dunkel geschminkt. Das schien in China gerade Mode zu sein, denn Zack hatte es schon an vielen Frauen hier gesehen. Die Frau wurde von einem hochgewachsenen Bodyguard begleitet. Obwohl im Club Dämmerlicht herrschte, trug er eine dunkle Sonnenbrille. Die Gangmitglieder tasteten ihn nach Waffen ab, dann wurde auch er hereingelassen. Anschließend schickte Zack Lawrence und die Mädchen hinaus. Die beiden winkten ihm noch einmal neckisch zu.

»Da sind Sie ja in reizender Gesellschaft, Mr Ying«, sagte die Frau, als sich die Tür hinter den dreien geschlossen hatte. Ihr Englisch hatte einen leichten britischen Akzent.

»Es ist nicht so, wie Sie denken.«, erwiderte Zack hastig. »Die beiden hatten den Job schon, als ich gekommen bin. Ich … ich stehe gar nicht auf Mädchen.« Als ihm klar wurde, was er gesagt hatte, schoss ihm das Blut ins Gesicht.

»Verstehe.« Die Frau lächelte ihn an.

Zack räusperte sich und riss sich zusammen. Für dieses heikle Thema war jetzt nicht der richtige Zeitpunkt. »Ist ja auch egal.« Er schaute der Frau fest in die Augen. »Ich befehle Ihnen, mir zu sagen, was Sie von mir wollen.«

»Du sollst uns helfen, Qin Shi Huangs Pläne zu durchkreuzen«, platzte sie sofort heraus. Dann schlug sie verdutzt die Hand vor den Mund. »Wow, bist du mächtig!«

Zack stemmte die Hände in die Hüften. Ausnahmsweise mit einer Erwachsenen über diese ganze verrückte Geschichte zu reden, machte alles noch viel *realer*. »Sie wissen also Bescheid.«

»Richtig.« Gefolgt von ihrem Bodyguard, ging sie auf ihn zu und streckte ihm über den Couchtisch die Hand hin. »Tiffany Lei mein Name. Ich bin die persönliche Assistentin von Mr Xuan.«

»Von *dem* Mr Xuan?!« Zögerlich nahm Zack ihre Hand. Er konnte sich nicht erinnern, schon mal jemandem so förmlich die Hand geschüttelt zu haben.

»Ganz genau.« Der Bodyguard nahm die dunkle Brille ab. »Gestatten – Jason Xuan.«

Zack fiel die Kinnlade herunter.

»Sehr erfreut, Sie endlich kennenzulernen, Mr Ying Ziyang.« Jason Xuan – Zacks großes Vorbild, das sein Ansporn gewesen war, programmieren zu lernen – hielt ihm ebenfalls die Hand hin. Seine Haare waren zwar anders gestylt als sonst, aber Zack erkannte das markante Gesicht mit den hohen Wangenknochen auf Anhieb wieder.

Er fasste sich rasch und schüttelte auch ihm die Hand. »Ich heiße Zachary Ying, aber Sie können gern Zack zu mir sagen.«

»Wir können uns auch gern duzen. Entschuldige bitte die Verkleidung. Die Paparazzi sollten nicht mitkriegen, dass ich hier bin. Das hätte nur unerwünschtes Aufsehen erregt. Darf ich ...?« Er zeigte auf den Klappstuhl.

»Aber ja, selbstverständlich.« Zack nickte fast zu eifrig und deutete auf einen zweiten Stuhl. »Sie können dort Platz nehmen«, wandte er sich an Tiffany.

Nachdem alle saßen, fiel Zacks Blick wieder auf den Couchtisch. Seine Mutter hätte ihn ermahnt, den Gästen etwas anzubieten. »Möchte jemand einen *Ròu jiāmó*?« Er tippte auf einen noch eingewickelten Burger.

»Danke, wir haben schon gegessen«, lehnte Jason höflich ab. »Um ehrlich zu sein, Zack, verfolge ich dein Tun und Lassen schon eine ganze Weile.«

Zack musste ein paarmal langsam und tief durchatmen. Seine beiden letzten noch arbeitenden Hirnzellen verbreiteten helle Panik, weil er Jason Xuan persönlich gegenübersaß. Jason war sein Feind!

Oder etwa doch nicht?

Zack beschloss, Klartext zu reden. »Dann weißt du ja, dass ich die Kaiser verlassen habe, weil sie mich angelogen haben.«

»Deswegen bin ich hier. Weil wir uns jetzt endlich unterhalten können, ohne dass sie sich einmischen.«

»Und du weißt auch, dass die drei meiner Mom die Seele geraubt haben, um mich für ihre Mission zu ködern?«

»Ach ja? Nein, *das* wusste ich noch nicht. Wie skrupellos! Das tut mir sehr leid. Wie du siehst, bin ich nicht allwissend. Wobei ich davon ausgegangen bin, dass die Kaiser irgendwann ihr wahres Gesicht zeigen würden.«

»Das kann man wohl sagen.«

»Was haben sie dir denn über mich erzählt?«

»Dass du der Wirt des Gelben Kaisers bist. Dass er dir beim Ausbau deines Unternehmens hilft, indem er die Träume der Kunden beeinflusst. Dass er aber in Wahrheit das Portal zerstören und ein Geisterheer um sich scharen will, um die Herrschaft über die Menschheit zu erlangen.«

Jason lächelte flüchtig, sein Blick wanderte kurz nach unten. »Letzteres ist ein Missverständnis, aber alles andere stimmt. Allerdings wissen nur Tiffany und ein paar andere enge Vertraute darüber Bescheid, was mit mir … wie es sich mit mir verhält. Die meisten Leute würden mich für verrückt erklären, wenn ich ihnen davon erzählen würde. Aber wo wir schon bei meinem Unternehmen sind – darüber wollte ich auch mit dir sprechen, Zack. Die Vermarktung von Videospielen und AR-Brillen plus Zubehör ist nur *ein* Segment meiner Firma. Ein anderer Bereich ist die Personenüberwachung.« Jasons Miene wurde ernst. »Vor zehn Jahren haben wir die chinesische Polizei dabei unterstützt, eine Gruppe angeblicher Extremisten zu verhaften, indem wir ihre Kommunikation untereinander ausgespäht haben. Dabei ist in unseren Filtern auch ein Video eines der Verdächtigen hängen geblieben. Er hieß Ying Qiaosong.«

Zack stockte der Atem.

Dad.

Als Jason sich vorbeugte, quietschte der Stuhl. Er dämpfte die Stimme. »Heute bereue ich die Rolle, die wir dabei gespielt haben, zutiefst. Man hatte uns eingeredet, dass die Mitglieder der Gruppe hochgefährlich wären. Aber ich würde dir gern etwas zeigen. Das ist eigentlich verboten, aber ich finde, du hast ein Recht darauf, es zu sehen.«

Er zog ein Handy aus der Innentasche seines Jacketts, rief ein Video auf und reichte Zack das Telefon.

Das Video zeigte Zacks Vater. Er filmte sich selbst und sprach in dringlichem Ton in die Kamera. Dann hörte man es an die Tür klopfen. Das Bild schwankte und der Ton wurde abgehackt, als Zacks Dad ans andere Ende der Wohnung floh.

Zack konnte den Blick nicht abwenden. Sein Atem ging keuchend, so wie sein Dad in dem Video keuchte. Das hier war sein *richtiger* Dad. Er hatte keinerlei Ähnlichkeit mit Qin Shi Huang. Wie oft hatte Zack sich ausgemalt, wie sein Vater wohl ausgesehen hatte, wie er gesprochen und sich bewegt hatte!

Ziyang schnappte er ein paarmal auf. Die Kehle schnürte sich ihm zu. Die Botschaft seines Vaters war an ihn gerichtet!

Aber er verstand kein Wort. Er konnte nur erkennen, wie verzweifelt sein Dad war.

Im Hintergrund des Videos krachte es laut. Zacks Vater schrie auf und die Aufnahme wackelte heftig. Dann brach sie ab. Das Ganze hatte eine knappe Minute gedauert.

Im Hinterzimmer des Clubs war es mucksmäuschenstill geworden. Man hörte nur die Bässe der Musik durch die Wände wummern. Zack schluchzte erstickt. Seine Tränen tropften auf das Display.

»Ich … ich kann nicht verstehen, was er sagt.« Er blickte Jason mit nassen Augen an. »Es sind die letzten Worte meines Vaters und ich verstehe sie nicht!«

»Spiel das Video noch mal ab«, sagte Jason leise.

Zack tat wie geheißen.

Jason übersetzte. »Er will dir sagen, dass er alles nur für dich und deine Generation getan hat. Damit ihr nicht wie er in Angst leben müsst und zum Schweigen verdammt seid. Er hat für eine Welt gekämpft, in der du stolz auf dich sein kannst. In der du deinen Glauben und deine Überzeugungen frei wählen kannst. Er hofft, dass ihr euch irgendwann wiederseht, aber wenn nicht, sollst du ihm verzeihen.«

Zack drückte die Fäuste auf die Augen und schluchzte so heftig, dass er gar keinen Laut mehr herausbrachte. Dabei lastete das Gewicht des Kaiserlichen Siegels in seiner Brusttasche schwer auf ihm.

Worauf hatte er sich nur eingelassen? Er hatte seine

Macht benutzt, um andere zu unterdrücken. War das nicht genauso grausam wie das Verhalten, gegen das sein Dad gekämpft hatte?

Jason kam um den Tisch herum, setzte sich neben Zack aufs Sofa und tätschelte ihm tröstend den Rücken.

»Beruhige dich. Wenn du mit uns zusammenarbeitest, siehst du ihn vielleicht wieder.«

»Wie bitte?«, stieß Zack hervor. »Ist er denn noch am Leben?«

»Nein. Aber der Tod bedeutet nicht immer eine endgültige Trennung.« Jasons Augen glänzten im Dämmerlicht. »Als das Portal noch weit offen war, sprachen unsere Vorfahren im Traum zu uns. Heutzutage gelingt das nur noch den mächtigsten Seelen. Qin Shi Huang hat die Verbindung zwischen zwei Welten gekappt, die zusammengehören. *Darum* begehren die Geister gegen seine Tyrannei auf.«

Zack wischte sich über die Augen. »Mir hat er gesagt, dass die Geister die Welt ins Chaos stürzen wollen.«

»Er projiziert seine eigenen Ängste und krankhaften Begierden auf Millionen unschuldiger Seelen. Wenn das Portal wieder offen wäre, würden sich alle, denen er je Unrecht getan hat, zusammenrotten und seinen Geist in Stücke reißen.«

Zack nickte. *Das versuchen sie ja jetzt schon.*

»Aber die allermeisten Seelen sehnen sich einfach nur danach, wieder mit ihren Angehörigen in Kontakt zu treten. Wenn du uns mit deinen Fähigkeiten und deiner Macht unterstützt, können wir das möglich machen. Komm mit uns und ich erzähle dir mehr.«

Zack warf einen Blick auf das Handy, auf dem das Video auf der letzten Aufnahme von seinem Dad angehalten hatte. Dann sah er wieder Jason an. »Ich befehle dir, mir zu sagen, ob du es ehrlich meinst.«

»Ja.« Jasons Augen leuchteten golden, sein Gesichtsausdruck war gelassen.

Zack stand auf. »Gehen wir.«

22

Wie man den Romeo der Qin-Dynastie wiedererweckt

»Also, Zack – was weißt du über Fusu, Qin Shi Huangs ältesten Sohn?« Jason drehte ein Glas mit einem bräunlichen Drink in der Hand. Das superschicke Auto, in dem sie saßen, wurde von Tiffany gefahren. Bläuliche LED-Streifen beleuchteten den hinteren Teil des Wagens und man saß einander gegenüber wie in einer Limousine. Vielleicht war es sogar eine Limousine, auch wenn der Wagen nicht ganz so lang war. Es gab auch einen kleinen, gut gefüllten Kühlschrank mit Getränken.

»Fusu?« Zack überlegte. Der Name kam ihm bekannt vor, aber woher?

»Ja, Fusu. Er war Qin Shi Huangs rechtmäßiger Erbe. Ein liebenswürdiger Prinz, den alle als Qin Shi Huangs Nachfolger sehen wollten. Weil er aber Einwände dagegen erhob, dass sein Vater konfuzianische Gelehrte lebendig begraben und die Geschichtsbücher der sechs von ihm unterworfenen Staaten verbrennen ließ, wurde er in den Norden verbannt.«

Vor Zacks innerem Auge erschienen Bilder. Er schnappte

nach Luft, weil sie endlich einen Sinn ergaben. »Und dann … dann sollte er sich das Leben nehmen, weil er angeblich ein Hochverräter war.«

»Richtig, aber der kaiserliche Befehl war gefälscht. Tatsächlich war Qin Shi Huang auf einer Reise durch sein Land plötzlich gestorben. Seine engsten Vertrauten vertuschten seinen Tod und fälschten ein Dekret, das Fusu zum Tode verurteilte. Sie wollten, dass Qin Shi Huangs führungsschwacher jüngster Sohn den Thron bestieg. Er hieß Huhai und sein Ende war weit schlimmer als das seines Vaters. Innerhalb von nur drei Jahren zerfiel die Qin-Dynastie. Wobei man sagen muss, dass sie von Anfang an auf unsicheren Beinen stand. Doch wenn Fusu seinem Vater auf den Thron gefolgt wäre, hätte sie vielleicht länger bestanden. Das Ganze ist eine der großen »Was-wäre-gewesen-wenn«-Fragen der chinesischen Geschichte. Als der Selbstmordbefehl eintraf, war Fusu keineswegs wehrlos. Er war zusammen mit dem berühmten General Meng Tian hierher strafversetzt worden und ihnen unterstanden dreitausend Elitekrieger.«

»Du meinst, *hierher*?!« Zack tippte an die Fensterscheibe, an der die Straßenbeleuchtung wie lauter Sternschnuppen vorbeisauste.

»Richtig. Vor über zweitausend Jahren. Fusu hätte sich gegen den Befehl auflehnen können. Er hätte mit den dreitausend Kriegern gegen die Hauptstadt Xianyang marschieren und eine Erklärung verlangen können. General

Meng Tian drängte ihn dazu. Doch Fusu hatte zu viel Angst vor seinem Vater. Er ergab sich seinem Schicksal und nahm sich das Leben. Über die Gründe ist viel spekuliert worden, aber die Geschichtsschreibung liefert uns einen Hinweis. Als im ehemaligen Chu die ersten Anti-Qin-Aufstände losbrachen, wurden sie von dem bedeutenden General Xiang Yan organisiert und von … Fusu. Aber warum sollten sich Chu-Rebellen für einen Qin-Prinzen einsetzen?«

Zack trank einen Schluck *Bīngfēng*. Das war eine orangefarbene Limonade, die laut Jason in der Provinz Shaanxi das beliebteste Getränk war. »Chu war der Staat, der Qin Shi Huang den erbittertsten Widerstand leistete, oder? Er eroberte Chu erst im zweiten Anlauf, weil sein Onkel heimlich eine Verschwörung gegen ihn angezettelt hatte.«

»Gut aufgepasst. Und dass die Einwohner von Chu so eine hohe Meinung von Fusu hatten, deutet darauf hin, dass seine Mutter eine Prinzessin von dort gewesen sein könnte. Das ist zwar nicht überliefert, aber die Leute damals hätten sich an eine prunkvolle Hochzeit erinnert. Im alten China waren Eheschließungen so wichtig, dass man erst als vollwertiger Mann galt, wenn man heiratete. Wer alleinstehend blieb, machte sich zum Gespött. Trotzdem ging Qin Shi Huang als Junggeselle in die Geschichte ein. Er ist der einzige bedeutende Herrscher, der ohne eine Gemahlin bestattet wurde. Sogar Wu Zetian gab ihren Herrschertitel auf dem Sterbebett auf, weil sie neben ihrem

Gatten beigesetzt werden wollte. Nur Qin Shi Huang entschied sich dafür, unverheiratet in die Ewigkeit einzugehen.« Jason schüttelte den Kopf. »Er liegt ganz allein in einem Mausoleum, das größer ist als das Tal der Könige in Ägypten.«

Zack biss sich auf die Unterlippe. »Geschieht ihm ganz recht.«

»Das ist aber noch nicht alles. Fusus Name stammt aus dem *Shījīng*, dem *Buch der Lieder*. Das ist eine alte Sammlung von Volksliedern. Fusus Name taucht dort in einem neckischen Liebeslied auf. Qin Shi Huang hat seinen Erstgeborenen sozusagen ›Romeo‹ genannt.«

Zack hätte sich beinahe an seiner Limo verschluckt. »Echt?«

»Echt.« Jason schwenkte sein Glas. »Es gibt eine schräge Anekdote darüber, dass Qin Shi Huang gern Liebeslieder hörte. Anscheinend war er in seiner Jugend ein Romantiker. Man braucht sich nur den Text des Liedes anzusehen, nach dem Fusu benannt wurde: ›Im Gebirge stehen *Fúsū*-Bäume, Lotus wächst im Teich. Der hübsche Zidu wollte mich nicht und jetzt tust du es ihm gleich?‹«

Zack war mit einem Schlag in den Kerker auf Penglai zurückversetzt. Als er dort aus der Bewusstlosigkeit erwacht war, hatte Qin Shi Huang dieses Lied gesungen!

»Man kann sich gut vorstellen, wie er sich das Lied von einer jungen Dame vorsingen ließ«, fuhr Jason fort. »Trotzdem wissen wir von keiner einzigen Frau in Qin Shi

Huangs Harem. Wahrscheinlich wurden die Namen systematisch getilgt. Ich persönlich vermute, dass sich die verschollene Königin von Qin irgendwann auf die Seite ihres Heimatstaates Chu geschlagen und an dem Aufstand beteiligt hat, der Qin Shi Huangs erste Invasionsarmee vernichtete.«

»Mir hat er erzählt, dass Chu anzugreifen sich so angefühlt hat, als würde er seine eigene Gemahlin angreifen!«, rief Zack aus.

»Tja, vielleicht war das nicht nur eine Metapher. Wenn die Beziehung zu seiner Ehefrau so ein unschönes Ende genommen hat, würde das auch sein gestörtes Verhältnis zu Fusu erklären. Zum Beispiel hat er Fusu nie offiziell zum Kronprinzen ernannt, was der Verschwörung gegen ihn den Boden bereitete. Es würde außerdem erklären, weshalb Fusu den Befehl seines Vaters, sich das Leben zu nehmen, so widerstandslos akzeptierte. Trotzdem – wenn Fusu eine zweite Chance bekäme, glaube ich nicht, dass er Qin Shi Huang wieder blind gehorchen würde.«

»Was meinst du damit?« In Zack machte sich ein beklemmendes Gefühl breit.

»Dass *du* dich Fusu als Wirt zur Verfügung stellen könntest, Zack. Schließlich ist er Qin Shi Huangs Sohn. Und weil beide Verwandte ersten Grades sind, hat Fusus *Pò*, also der Teil seiner Seele, der in seinem Leichnam verblieben ist, bis heute überdauert. Wir sind unterwegs zu seinem Grab.«

»I…ich soll zulassen, dass er von mir Besitz ergreift?«

»Fusu kennt sich in Qin Shi Huangs Mausoleum aus wie kein anderer. Außerdem würde deine Magie dadurch gestärkt.«

»Was wollen wir überhaupt in Qin Shi Huangs Mausoleum? Ich dachte, wir wollen seine Pläne durchkreuzen!«

»Machen wir ja auch.« Die bläuliche Innenbeleuchtung des Wagens spiegelte sich in Jasons Augen. »Er will das Portal verschließen – wir öffnen es.«

»Können wir nicht einfach den Geistermonat abwarten?«

»Der Ansturm der Geister kann das Portal nur weiter beschädigen. Wenn wir es aber mithilfe des Kaiserlichen Siegels noch mehr schwächen, können es die Geister ein für alle Mal aufsprengen.«

Zack fuhr geistesabwesend mit der Hand über die Limoflasche. »Ist das nicht sehr riskant?«

»Nein. Wir verschaffen nur ganz gewöhnlichen Seelen wieder Zugang zu unserer Welt. Zum Beispiel der Seele deines oder meines Vaters.« Jason beugte sich vor und umschlang seine Knie. »Wie du habe ich meinen Vater verloren, als ich noch ganz klein war.«

»Weiß ich«, erwiderte Zack nur knapp. Dabei war das einer der Gründe, weshalb ihm Jason immer so viel bedeutet hatte.

Jason nickte und fuhr fort: »Legendäre Geister können auch ein nur leicht beschädigtes Portal überwinden, aber die Seelen normaler Menschen sind dafür zu schwach. Es ist unsere einzige Chance, unsere Väter wiederzusehen.«

Zack drückte die Limoflasche an sich. »Trotzdem kommt mir das alles irgendwie zu krass vor.«

»Nur, weil du nicht gewohnt bist, so bedeutende Entscheidungen zu treffen. Glaub mir, ich habe mir vor Angst fast in die Hose gemacht, als mein Unternehmen plötzlich so erfolgreich war. Auf einmal war ich für unzählige Leute verantwortlich, die von allen meinen Entscheidungen mit betroffen waren. Aber ich klammerte mich an die Überzeugung, dass ich dazu berufen war, die Welt zu verändern. Mag sein, dass ich den Großteil meines Erfolgs dem Gelben Kaiser verdanke, aber er hat mich bestimmt nicht ohne Grund zu seinem Wirt erwählt. Auch Qin Shi Huang muss in dir etwas Besonderes gesehen haben. Wir beide können das hinkriegen. Wir sind dazu bestimmt.«

Zack ließ die Limoflasche los. Er dachte an seinen Dad, gab sich einen Ruck und erwiderte: »Okay.«

Fusu war auf einer Anhöhe mitten in einer abgelegenen ländlichen Stadt bestattet. Der hohe Grabstein mit dem Pagodendach stammte eindeutig aus neuerer Zeit. Dahinter erhob sich ein runder, mit einer niedrigen Betonmauer eingefasster Erdhügel. Der kalte Wind ließ Zack frösteln.

»Bitte sehr!« Jason überreichte ihm ein in Folie eingeschweißtes Schwert, das Tiffany aus dem Auto geholt hatte. »Das ist die originale Waffe, mit der sich Fusu das Leben genommen hat. Das Schwert wurde in einer leeren Kammer entdeckt, die Teil der Grabanlage für Qin Shi Huangs Kinder war. Meine Mitarbeiter haben es den Archäologen abgekauft. Damit müsstest du eigentlich mit Fusu Kontakt aufnehmen können.«

Zack schluckte, nahm die antike Waffe aber entgegen. »Und was genau soll ich machen?«

»Leg dich auf den Grabhügel und warte ab.« Jason klopfte ihm auf die Schulter. »Du musst keine Angst haben. Er ist ja dein Vorfahr.«

Das ist Qin Shi Huang auch. Doch Zack nickte. »Gut.«

Um sich zu beruhigen, atmete er tief durch. Dann stieg er über die Betonmauer und erklomm den Grabhügel. Jason und Tiffany blieben am Grabstein stehen und schauten zu.

Das klappt sowieso nicht.

Zack legte sich auf die kalte Erde. Anfangs war es ziemlich unbequem, weil sich Steinchen in seinen Rücken bohrten. Doch dann nahm er den Nachthimmel über sich wahr, an dem unzählige Sterne funkelten. Der Wind pfiff, was aber eher etwas Friedliches hatte, statt unheimlich zu sein. Zack hielt das Schwert wie ein Ritter in einer Hand. Die andere Hand legte er flach auf die Erde. Seine Anspannung ließ nach und er wurde ganz ruhig.

Mein Kind …, hörte er in Gedanken jemanden raunen.

»Fusu?«

Dann wurde es unter seiner Hand hell und Geisterfinger flochten sich durch seine.

Als Nächstes wurde sein Bewusstsein mit einem jähen Ruck in brausende Dunkelheit hinabgezogen und pendelte mehrmals durch unendliche Leere. Er hörte sich aufschreien, aber nur wie aus weiter Ferne.

Genauso plötzlich landete er auf festem Grund. Er befand sich in einer von blauen Flammen erhellten Gruft. Vor ihm stand ein attraktiver Mann im langen Geistergewand.

»Du warst das!«, sagte Zack staunend. »Du hast mich schon die ganze Zeit gerufen.«

»Ja.« Fusus sanfte Stimme schien aus allen Richtungen zu hallen. Seine Augen glänzten freudig. »Und es tut mir unendlich leid, dass ich dir keine verständlicheren Botschaften zukommen lassen konnte. *Seine* Abwehr war einfach zu stark. Aber jetzt hast du dich zum Glück von ihm befreit und zu mir gefunden.«

»Und du bist ebenfalls mein Vorfahr?« Zack wagte sich einen Schritt näher heran.

»Richtig. Einige meiner Söhne haben das Blutbad überlebt.« Fusu streckte die Hand aus. »Nun lass uns gemeinsam der Tyrannei meines Vaters ein Ende machen.«

Zack überlief es kalt. Trotzdem legte er seine Hand in die doppelt so große von Fusu.

Doch der Prinz krauste die elegant geschwungenen Brauen. »Du bist noch nicht überzeugt von unserer Mission.«

Zack zog die Hand wieder zurück. »Ich … na ja … so viele Geister auf einmal freizulassen … Klar möchte ich meinen Dad wiedersehen, aber …«

Fusu veränderte sich. Seine Haut wurde schrumpelig und graublau wie die einer Leiche, seine Augen sanken tief in die Höhlen ein. Plötzlich steckte ein Schwert in seiner Brust und auf seinem Gewand erschien ein großer roter Fleck. Zack bekam eine Gänsehaut und wich erschrocken zurück.

Fusu kam ihm nach. Er schüttelte den Kopf. »Wenn Leben und Tod mich eines gelehrt haben, dann das: Schwäche führt immer nur zum Misserfolg.«

Damit riss er sich das Schwert heraus und stieß es Zack in die Brust.

23

Wie man mit dem Vaterkomplex anderer Leute fertigwird

Als Zack die Augen wieder öffnete, stand er im Park eines alten Palastes. Alles wirkte etwas unwirklich und irgendwie verlangsamt. In der Ferne spazierten Eunuchen mit hohen Hüten und Zofen mit kunstvoll hochgesteckten Haaren durch überdachte Wandelgänge und hinterließen dabei Nachbilder in der Luft.

»Wonach haltet Ihr Ausschau, mein Prinz?«, fragte eine Frauenstimme freundlich.

»Nach meiner Mama«, antwortete Zack. »Wo ist sie?«

»Nun ja …« Die Stimme klang jetzt bedrückt und schwankte ein bisschen. »Ich fürchte, der König hat …«

Die Frau fasste ihn an der Schulter und er drehte sich um.

Sie hatte keine Gesichtszüge.

Als er aufschrie, kam kein Laut. Er schüttelte ihre Hand ab und lief weg, konnte sich aber nur wie in Zeitlupe bewegen. Um ihn herum verschwamm alles. Er vernahm gedämpfte Stimmen, schnappte aber nur Bruchstücke auf.

»… die Königin hat Qin verraten …«

»… hast du das Gesicht Ihrer Majestät gesehen, als die Krieger sie weggeschleift haben …«

»… für den Sieg würde er alles tun …«

»… alles …«

»… was wird er mit seinem Ältesten machen?«

»… noch keine Anweisungen …«

Ein stechender Schmerz durchzuckte Zacks Kopf. Er kauerte sich hin und hielt sich die Schläfen. Vor seinem inneren Auge flackerten Bilder aus der realen Welt auf. Er sah sich selbst in dem eleganten Auto sitzen, sah sich mit Jason sprechen, sah sich die luxuriöse Lobby eines exklusiven Hotels durchqueren, sah sich am hellen Tag in ein Flugzeug steigen.

»O nein!« Er atmete flach. »Was stellst du mit meinem Körper an, Fusu?«

»Mein Prinz!«, hörte er die gesichtslose Frau rufen. »Wo seid Ihr, mein Prinz? Kommt zurück!«

Nein. Er musste hier weg.

Er schleppte sich einen Wandelgang mit roten Säulen entlang.

»Dort habt Ihr keinen Zutritt, mein Prinz!«

Er strengte sich an, schneller zu laufen, doch alles zog sich wie Kaugummi. Noch mehr Eunuchen und Zofen kamen herbei. Alle hatten keine Gesichter. Er hörte sich selbst laut keuchen.

Der Wandelgang schlängelte sich zwischen verschiedenen Gebäuden hindurch und endete an der offenen Tür eines riesigen Palastes. Die Türflügel waren so hoch, dass Zack den Kopf in den Nacken legen musste, um die Oberkanten zu erkennen. Die Rufe verfolgten ihn immer noch. Er raffte sein Gewand und sprang über die hohe Holzschwelle vor dem Eingang.

Im Inneren war es kühl und dunkel. Drachen wanden sich um wuchtige Bronzesäulen und ein Steg ragte über ein lang gestrecktes Becken. Auf der Wasseroberfläche glitzerte der Widerschein von Hunderten – womöglich *Tausenden* – Öllampen. Sie standen auf bronzenen Baumskulpturen und waren überall im Saal verteilt. Von ihren Flammen stieg geisterhaft weißer Qualm auf und mischte sich mit dem Duft von Räucherwerk.

Am Ende des Stegs stand auf einem Podest mit einem Bronzethron ein Mann im langen schwarzen Gewand. Obwohl die Gestalt Zack den Rücken zuwandte, erkannte er Qin Shi Huang auf Anhieb. Der Kaiser hatte ein Schwert umgegürtet. Es war das Tai'e-Schwert der Könige von Qin.

Zack ignorierte das ungute Gefühl in seinem Magen und lief den Steg entlang. Fische waren in den Steinboden gemeißelt. Das dunkle Wasser ließ ihre Augen und Schuppen blitzen. Als Zack schon fast am Thron war, drehte sich Qin Shi Huang um. Die Perlenschnüre an seinem Kopfputz schwangen hin und her.

Als Einziger von allen hatte er ein Gesicht. Hinter den Perlenschnüren spiegelte sich der Flammenschein in seinen stechenden Augen, sodass sie glühten wie die eines Tigers. Ein dichter Bart bedeckte sein Kinn.

Auf einmal wurde Zack von einer nie gekannten Angst gepackt. Das war also Qin Shi Huangs wahre Erscheinung. So hatte er in der Blüte seiner Jahre ausgesehen. Plötzlich war Zack heilfroh, dass ihm der Kaiser sonst als junger Mann gegenübertrat.

»Vater«, hörte er sich selbst mit bebender Stimme sagen.

»Fusu …« Qin Shi Huangs Stimme war geschmeidig wie Rauch und hallte gespenstisch wider.

Zack zitterte wie Espenlaub.

Dann sah er in Gedanken wieder Bilder ablaufen. Er – beziehungsweise Fusu in seinem Körper – saß vor einem Computer und versuchte zu begreifen, wie man ihn benutzte. Fusu kam auch mit einem Bleistift nicht zurecht und nahm stattdessen einen traditionellen Tuschepinsel, um auf ausgedruckten Satellitenbildern etwas einzuzeichnen. Fusu sprach gestikulierend zu einer Truppe von Leuten, die wie die Ghostbusters ausstaffiert waren. Sie trugen Bergarbeiterhelme und wollten offenbar eine Grabstätte plündern. Auch Jason und Tiffany waren darunter.

»Schluss damit!« Zack schlug sich gegen die Schläfe und krümmte sich vor Anstrengung. »Das ist mein Körper! Er gehört mir!«

»Gar nichts gehört dir«, entgegnete der imaginäre Qin Shi Huang. »Alles hier gehört *mir*.«

Imaginär … Wo auch immer Zack hier gelandet war, es war nicht die Realität. Im richtigen Leben hätten alle Leute Gesichter gehabt, nicht nur Qin Shi Huang.

Warum fürchtete sich Zack dann so, sein Vorhaben in die Tat umzusetzen?

»Das stimmt nicht.« Er richtete sich wieder auf und heftete den Blick auf das Schwert. »Nicht alles gehört dir.«

Mit einem Satz stand er auf dem Podest, riss das Schwert von Qin Shi Huangs Gürtel und stieß es ihm mit beiden Händen ins Herz.

Doch die Klinge glitt nur ein kleines Stück in die Brust des Kaisers hinein, dann packte Qin Shi Huang sie und hielt sie fest. Schwarzes Blut quoll aus seinen ungeschützten Händen. Die Tropfen verdampften zischend auf dem Podest.

Zack wurde erneut von Furcht überwältigt. Als er den Fehler machte, den Kopf zu heben, lähmte ihn Qin Shi Huangs vor Zorn lodernder Blick.

Man konnte den Kaiser nicht bezwingen. Immerhin hatte er zu diesem Zeitpunkt schon ganz China erobert.

Zack musste ihn aber besiegen! Sonst würde er auf ewig hier festsitzen, das spürte er.

Er musste es schaffen.

Er stellte sich breitbeinig hin und stieß das Schwert mit einem lauten Schrei tiefer in Qin Shi Huangs Brust. Als die Klinge zwischen Qin Shi Huangs Händen und Rippen hindurchglitt, strömte das schwarze Blut stärker.

»Das ist für meine Mutter!« Zacks Stimme klang fremd, doch es war trotzdem seine.

Das Schwert brach in der Mitte entzwei. Alles strudelte und verschwamm.

Als Zack wieder zu Bewusstsein kam, war er in die Realität zurückgekehrt. Er – besser gesagt *Fusu* – lief durch einen dunklen Gang. Die Lampe an seinem Helm leuchtete ihm den Weg. Um sich herum vernahm er Schritte, sah weitere Lichtkegel. Doch sosehr er sich auch anstrengte, sein Körper gehorchte ihm nicht.

»Fusu!«, schrie er. Wobei er keine Ahnung hatte, wie es ihm gelang, Laute hervorzubringen. Er hatte nicht das Gefühl, einen Mund zu haben.

»Sieh da, du bist aufgewacht.« Auch Fusus Stimme klang körperlos.

»Gib mir meinen Körper zurück!« Zack war zumute, als säße er in einer Falle fest.

»Das geht nicht. Du würdest den Erfolg der Mission gefährden.«

»Ich –« Zack unterbrach sich. Konnte er Fusu versprechen, dass er mit ihm zusammenarbeiten würde? »Und ich sehe hinterher meinen Dad wieder?«, fragte er etwas ruhiger.

»Ja. Und ich meinen vermutlich auch. Leider. Der Geistermonat steht kurz bevor.«

Doch als Zack die nächste Frage stellen wollte, gebot ihm der Prinz zu schweigen.

In Gedanken hörte Zack wieder ferne Stimmen raunen:

… Armbrüste … nehmt euch in Acht …

»Halt!«, rief Fusu und breitete die Arme aus. »Hier erwartet uns die nächste Falle.«

Die anderen Grabräuber blieben stehen und duckten sich. Fusu klopfte mit einem Stock den Fußboden ab. An einer Stelle gab der Boden nach. Stein scharrte über Stein, dann sausten Armbrustpfeile über ihre Köpfe hinweg. *Ping-Ping-Ping!* Die Pfeile prallten von den Wänden ab.

»Irre«, sagte Zack. »Wer hat uns da gewarnt?«

»Die Seelen jener, die das Mausoleum entworfen haben. Sie wurden hier drin umgebracht, damit sie nichts ausplaudern konnten«, antwortete Fusus körperlose Stimme. »Sie sprechen zu mir. Sie beschützen uns. Sie wollen, dass unsere Mission gelingt.«

Zack sagte nichts mehr. Der einzige Gegner ihrer Mission war Qin Shi Huang und der war ein berüchtigter Tyrann. Da konnten sie doch nur auf der Seite des Guten stehen, oder?

»Erstaunlich.« Jason hob einen Pfeil auf. Er hielt das Geschoss in den Lichtkegel seiner Helmlampe. »Verchromte Bronze. Über zweitausend Jahre alt und keine Spur von Rost. Ein Jammer, dass diese Technik mit dem Untergang deiner Dynastie verloren ging. So haben um 1920 die Deutschen den Ruhm dafür abgesahnt.«

»Das war nicht meine Dynastie, sondern die meines Vaters«, erwiderte Fusu gereizt.

Um den Prinzen nicht abzulenken, sagte Zack nichts mehr. Er schaute zu, wie die anderen den Fallen auswichen, und kam sich vor wie in einem Horrorfilm. Nicht wie in einem Videospiel, denn er konnte ja nicht eingreifen. Es machte ihm immer noch heftig zu schaffen, dass er keinerlei Kontrolle über den eigenen Körper hatte. Simon und Melissa erlebten das andauernd. Wie verkrafteten sie das bloß?

Ironischerweise waren es gerade die raunenden Geisterstimmen, die seine zum Zerreißen gespannten Nerven besänftigten. Sie warnten die Truppe jedes Mal, bevor die nächste Falle kam. Es gab getarnte Gruben voller spitzer Eisenstäbe, die sie mit Brettern überquerten, und Bodenplatten, die beim Drauftreten giftigen Staub aufwallen ließen (die Truppe setzte Atemschutzmasken auf). Auch selbstauslösenden Armbrüsten begegneten sie noch ein paarmal und dazu zahlreichen anderen ausgeklügelten Tücken. Alle paar Schritte ließ jemand einen Leuchtstab fallen, damit sie nachher wieder den Weg hinaus fanden. Verschlossene Türen wurden von einem Fachmann aufgesprengt, während die anderen in sicherer Entfernung warteten. Die Grabanlage war so weitläufig, dass sogar die Todesfallen und Sprengungen irgendwann Routine wurden, doch Zacks Ängste legten sich nicht. Wobei er sich nicht vor dem fürchtete, was ihnen unterwegs zustoßen konnte, sondern davor, was sie am Ziel erwartete.

Die Geisterstimmen feuerten sie immer weiter an.

»*Gleich habt ihr's geschafft!*«, jubelten sie.

Schließlich versperrte ihnen eine Mauer den Weg. »Dahinter liegt die Grabkammer meines Vaters«, verkündete Fusu.

»Na endlich.« Jason ließ kurz den Blick über die Mauer gleiten, wandte sich dann an den Sprengmeister und sagte etwas auf Mandarin zu ihm.

Das war das Stichwort für die anderen, auf Abstand zu gehen, die Augen zuzukneifen und sich die Ohren zuzuhalten. Der Sprengmeister klopfte auf der Mauer herum und horchte. Dann legte er davor Sprengstoff ab. Diesmal gingen alle so weit zurück, dass sie die Mauer nicht mehr sahen. Der Sprengmeister drückte auf den Auslöser.

Bumm! Die Sprengladungen krachten wie Donnerschläge. Sogar Zack wurde durchgeschüttelt, obwohl er seinen Körper kaum wahrnahm. Von der Decke hagelte es Steinbrocken.

Nachdem die Erschütterungen verebbt waren, erspähten sie am Ende des Gangs einen flackernden rötlichen Lichtschein. Obwohl nichts auf einen Brand hindeutete, ging ein beunruhigtes Raunen durch die Truppe. Außerdem ertönten sonderbare mechanische Geräusche. Es quietschte und schepperte.

Zack hätte lieber einem Erwachsenen den Vortritt gelassen, aber Fusu marschierte schon los und spähte durch die in die Mauer gesprengte Öffnung.

Der Anblick war so unglaublich, dass Zack eine halbe Minute lang nicht mehr klar denken konnte. In einer Höhle, die so riesig war, dass man die hintere Wand nicht sah, ragten gewaltige Berge aus Bronze auf. Auf ihren Gipfeln deuteten Gravuren Schnee an, Reliefs von Bäumen zierten die Hänge. Zwischen den Bergen schlängelten sich Flüsse aus Silber hindurch.

Nein, nicht aus Silber. Aus *Quecksilber*.

Die Quecksilberflüsse, von denen Simon erzählt hatte, gab es wirklich!

Fusu setzte den Fuß in einen Fluss. Das Quecksilber spritzte auf und benetzte sein Knie.

»Pass auf, das Zeug ist hochgiftig!«, warnte ihn Zack in Gedanken.

»Reg dich ab.« Fusu watete weiter. Das Quietschen und Scheppern wurde lauter. Offenbar stammte es von einem Mechanismus, der das Quecksilber in Bewegung hielt. »Die Legendenmagie sorgt dafür, dass diese Kammer immer genau so bleibt, wie sie vor zweitausend Jahren eingerichtet wurde. Das Quecksilber dringt nicht in deinen Körper ein.«

Tiffany und der Rest der Truppe hatten vor der gesprengten Öffnung haltgemacht, nur Jason kam Fusu nach. »Zum Glück gelten die Gesetze der Wissenschaft hier nicht«, sagte er fröhlich. »Sonst wären wir über kurz oder lang mausetot.«

Zack schaute sich um, wobei er darauf angewiesen war, dass Fusu den Kopf drehte. Die hohe Höhlendecke war schwarz und mit einem Sternenhimmel aus leuchtenden Edelsteinen geschmückt. Das übrige Licht kam von Öllampen. Sie standen wie in Fusus Erinnerungswelt (oder wie sollte man das sonst nennen?) auf bronzenen Baumskulpturen.

»Der Meerjungenfrauen-Tran!«, entschlüpfte es Zack. »Er brennt tatsächlich jahrtausendelang.«

»Eine höchst überflüssige Spielerei«, entgegnete Fusu gedanklich.

»Stimmt. Wir wurden deswegen von wütenden Jiaoren angefallen.«

»Wenn sich mein Vater etwas in den Kopf setzte, nahm er nie Rücksicht auf andere.«

»Da hast du so was von recht!«

Allmählich fand sich Zack mit seiner Lage ab. Solange Fusu seinen Körper nicht dauerhaft beschlagnahmte, ging vielleicht alles noch gut aus.

Der Quecksilberfluss kam jetzt hinter den Bergen heraus und gabelte sich in mehrere Arme. Vor ihnen erstreckte sich eine bronzene Ebene. Ein Heer aus Kriegerfiguren und Streitwagen war darauf aufgebaut. Die Krieger ähnelten jenen der berühmten Terrakotta-Armee, nur dass sie nicht lehmbraun, sondern bunt bemalt waren. Sie bewachten ein

Podest, auf dem ein gewaltiger, reich verzierter Sarg stand. Auch hier lieferten Jiaoren-Lampen auf Bronzebäumen die Beleuchtung.

»Da ist er.« Als Fusu aus dem Fluss stieg, blieben tatsächlich keine Quecksilberkügelchen an seinen – beziehungsweise *Zacks* – Hosenbeinen hängen. »Der Leichnam meines Vaters.«

»Und wo ist das Portal?«, fragte Jason.

»Unter ihm, wo sonst? Siehst du nicht, wie die Luft flimmert? Das sind die Seelen, die schon herausschlüpfen.«

Jetzt sah Zack es auch. Um den Boden des Sargs herum flimmerte die Luft wie an heißen Sommertagen.

»Verstehe«, sagte Jason. »Sein Sarg ist also der Briefbeschwerer auf dem Unterweltportal. Typisch.«

»Typisch«, stimmte Fusu zu.

»Dann wollen wir mal –«, setzte Jason an.

Fusu zerrte ihn mit einem Ruck zur Seite. Ein roter Geisterpfeil sauste durch die Luft und bohrte sich in eine Kriegerfigur.

Fusu fuhr herum. »Die Lakaien meines Vaters sind hier!«

24

Wie ein neuer Kaiser erwacht

»Wir sind keine Lakaien«, protestierte jemand. Zack erkannte Melissas Stimme. Sie kam hinter den Bronzebergen hervor.

»Ich dachte, meine Leute hätten die beiden so lange weggesperrt, bis das hier erledigt ist.« Jason zog sein Handy aus dem Grabräuber-Overall. »Mist, kein Empfang.«

»Du hast Simon und Melissa entführt?«, rief Zack aus. Dann fiel ihm ein, dass nur Fusu ihn hören konnte. »Jason hat Simon und Melissa entführen lassen?«

»Tja, dann sind sie wohl entwischt«, sagte Fusu laut. »Anscheinend schlummern die Kaiser, während ihre Wirte uns gefolgt sind. Andernfalls hätte ich etwas gespürt.«

Simon und Melissa hatten sich freiwillig in ein todbringendes Labyrinth begeben? Okay, Fusus Truppe hatte die meisten Fallen deaktiviert, aber trotzdem … Geld und Ruhm, wie es die Kaiser den beiden versprochen hatten, konnten nicht der einzige Ansporn für die beiden sein.

»Bitte tu ihnen nichts«, sagte Zack hastig. »Sonst bekommt meine Mutter –«

Doch Fusu ließ ihn nicht ausreden. »Tang Taizong und Wu Zetian!«, rief er schallend. »Ich befehle euch, die Waffen niederzulegen und herauszukommen!«

Jemand rutschte offenbar auf der glatten Bronze aus und plumpste mit einem gedämpften »Uff!« hinunter. Dann kamen beide Kaiser in Sicht und wateten durch den Quecksilberfluss auf Fusu zu. Sie bewegten sich so unbeholfen wie Marionetten.

Zack stieß in Gedanken einen Fluch aus. Hoffentlich wusste Fusu nicht, wie man das Siegel einsetzte.

Aber wieso hoffte er das eigentlich? Wollte er denn nicht, dass Fusu erreichte, was er sich vorgenommen hatte?

»Ich spüre, dass du wieder zweifelst, mein Kind«, ließ Fusu sich gedanklich vernehmen. »Was ist los?«

Ja, was hatte Zack eigentlich für ein Problem? Tang Taizong und Wu Zetian waren der Feind. Sie waren nicht seine Freunde. Sie hatten ihn angelogen und hintergangen.

Vielleicht lag es daran, dass sie äußerlich wie seine Altersgenossen aussahen. So ähnlich musste es den Unsterblichen ergangen sein, als sie dachten, Qin Shi Huang hätte sich in Zacks Körper eingenistet.

Während Tang Taizong noch durch den Fluss watete, machte er Anstalten, seinen Bogen zu beschwören. »*Überfall am Xuanwu–*«

»Ich befehle euch, still zu sein.«

»Mmmpf!« Die beiden versuchten trotzdem zu sprechen.

»Echt erbärmlich«, sagte Jason kopfschüttelnd. »Zwei von Chinas bedeutendsten Herrschern machen sich total lächerlich, weil sie sich ihre Niederlage nicht eingestehen wollen.«

Auf einmal flackerten sämtliche Lampen in der Grabkammer. Aus Tang Taizongs Rucksack schlängelte sich eine schwarze Nebelschwade. Eine zweite wand sich aus Qin Shi Huangs Sarg. Die beiden Schwaden vereinten sich über dem Rucksack, in dem offenbar Zacks AR-Brille steckte, und verdichteten sich zu einer Gestalt.

»Vater!« Der Anblick wühlte Fusu so auf, dass auch Zack ganz flau im Magen wurde.

»Fusu.« Qin Shi Huangs Stimme schwankte kaum merklich. Seine Gestalt schwebte über dem Rucksack, als die beiden Kaiser weiterwateten. »Tu das nicht, Fusu. Du hast keine Ahnung, in welches Verderben du China stürzen würdest. Du hast keinerlei Erfahrung mit Krieg und Chaos – dafür habe ich gesorgt!«

»Tu nicht so, als ob du die Streitenden Reiche meinetwegen vereint hättest. Dir ging es immer nur um deinen eigenen Ruhm und die Befriedigung deiner Eitelkeit.« Fusu deutete auf die prunkvolle Grabkammer.

Qin Shi Huang machte ein Gesicht, als würde er seine innenarchitektonischen Einfälle ehrlich bereuen. »Ja, du hast recht. Ich bin ein eitler, tyrannischer Größenwahnsinniger. Trotzdem liegt mir China am Herzen. Und du musst dein Vorhaben sofort aufgeben! Je undichter das Portal wird, desto mächtiger werden die Geister – auch jene, die als Götter gelten.« Er zeigte anklagend auf Jason. »Der Gelbe Kaiser verfolgt seine eigenen Ziele. Er nutzt dich bloß aus!«

»Ach ja?«, entgegnete Fusu eisig. »Ich habe den Eindruck, dass die Sterblichen den Beistand der Götter gut gebrauchen können. Der Gelbe Kaiser war ein hundertmal besserer Herrscher als du.«

»Das ist nicht wahr! Er hat seine Tyrannei nur besser vertuscht. Kennst du die wiederentdeckte Legende nicht, die schildert, was er mit dem besiegten Kriegsgott Chiyou gemacht hat? Er hat Schießscheiben mit Chiyous Haut beziehen lassen. Seine Organe wurden zu Fußbällen aufgepustet und aus seinem Fleisch wurde eine Soße gekocht, mit der jeder zwangsernährt wurde, der sich gegen den Gelben Kaiser auflehnte.«

Wie bitte?! Zack war entsetzt.

In einem Punkt hatte Qin Shi Huang allerdings recht. Es gab nicht nur Gut und Böse, nicht nur eindeutige Helden oder Schurken. Alle, die hier in der Grabkammer versammelt waren, hatten ihre dunklen Seiten.

Was bedeutete das für ihre Mission?

»Götter sind gefährlich«, fuhr Qin Shi Huang fort. Um ihn herum wogte ein schwarzer Saum wie dunkles Feuer. »Losgelassene Geister sind gefährlich. Dämonen sind gefährlich. Wenn du das Portal öffnest, hat das Folgen, die du nicht einschätzen kannst!«

»Folgen?« Fusu wurde laut. »Das sagt der Richtige! Du hast dich zu deinen Lebzeiten doch nie um die Folgen geschert. Hättest du mich einfach zum Kronprinzen oder Mutter zur Kaiserin ernannt – oder überhaupt geheiratet –, dann wäre Qin nach deinem Tod nicht zerfallen. Dann wären nicht *alle* deine Kinder, meine Brüder und Schwestern, ermordet und grausam verstümmelt worden! Aber du hast es nicht ertragen, deine Macht mit irgendwem zu teilen. Du hast dir eingebildet, du könntest unsterblich werden und bis in alle Ewigkeit regieren.«

»Fusu …« Qin Shi Huang klang verletzt. So kannte Zack ihn gar nicht. »Alles, was ich dir angetan habe, tut mir unendlich leid.«

»Du lügst!« Tränen strömten über Fusus (Zacks) Gesicht. »Du bist Qin Shi Huang, der Begründer Chinas, der Drachenkaiser höchstselbst! Dir hat noch nie etwas leidgetan!«

»Unsere Dynastie war von Anfang an zum Scheitern verurteilt«, erwiderte Qin Shi Huang leise. »Ich wollte die alten Traditionen und Machtverhältnisse reformieren und China in ein neues Zeitalter führen. Doch auch Qin hielt an seinen Traditionen fest. Nicht ohne Grund haben wir nur fünfzehn Jahre länger überdauert als die anderen Streitenden Reiche. Wir standen für etwas, das den Fortschritt verhinderte.«

»Von mir aus kannst du dir das gern einreden. Denk dir ruhig Entschuldigungen für deine Misserfolge aus. Aber sieh dich doch mal um, Vater! Wie lautet die letzte Zeile des Gedichts, das Li Bai über dich geschrieben hat? ›Zwar ist der Sarg des Kaisers aus Gold, doch dem Toten darin war das Glück nicht hold.‹ Du warst damals ein Verlierer und bist es jetzt wieder. Du hast alles verloren, weil du immer nur an dich selbst gedacht hast. Es ging dir immer nur um *deine* Mission, *dein* Land, darum, *deinen* Willen durchzusetzen. Tja, damit ist heute Schluss. Und nichts, was du sagst, kann mich umstimmen.«

Tang Taizong und Wu Zetian stiegen hastig aus dem Fluss und bauten sich vor Fusu auf.

»Ich befehle euch, euch zu verneigen und schweigend in dieser Haltung zu verharren«, sagte Fusu mit einer schwungvollen Handbewegung.

Beide fielen auf die Knie. Bevor sie gehorsam die Köpfe senkten, sah Zack das blanke Entsetzen in ihren Gesichtern.

»Los, steht wieder auf!«, rief Qin Shi Huang ihnen zu, aber sie blieben wie festgeklebt auf den Knien und er selbst schwebte weiter über Tang Taizongs Rucksack.

Zack konnte sich nicht entscheiden, was er jetzt machen sollte, aber im Grunde musste er gar nichts entscheiden. Er saß schließlich in seinem Kopf fest. Alles, was momentan geschah, entzog sich seiner Verantwortung.

»Seid ihr jetzt durch mit eurem Familiendrama?«, fragte Jason ungeduldig. »Die Geister können das Portal jeden Augenblick sprengen.«

»Ja, wir sind miteinander fertig.« Fusu legte eine Hand

auf das Siegel in Zacks nach innen gedrehter Brusttasche und streckte die andere nach Qin Shi Huangs Sarg aus.

Jason packte daraufhin Zacks Schulter und stimmte einen Singsang an: »O Gelber Kaiser, Ahnherr aller Chinesen, verleihe deinen ergebenen Dienern die Kraft, das Portal zu öffnen, das den natürlichen Austausch zwischen den Gefilden der Sterblichen und jenen der Geister verhindert.«

»Nicht! Halt!«, rief Qin Shi Huang.

Eine Hitzewelle durchströmte Zack und seine Meridiane leuchteten golden auf. Unter Qin Shi Huangs Sarg quoll ein buntes Leuchten hervor, das an Nordlichter erinnerte, als noch mehr Seelen aus dem Portal herausschlüpften.

Zacks Herz schlug höher. Würde gleich der Geist seines Vaters erscheinen?

»Halt!«, rief Qin Shi Huang wieder. Seine Stimme brach. »Hört auf – *bitte*!«

Zack erschauerte innerlich.

So außer sich habe ich Qin Shi Huang noch nie erlebt.

Wenn doch nur der Drachenkönig ihn so sehen könnte!

»Junge – *Zachary*!«, rief Qin Shi Huang plötzlich. »Ich weiß, dass du dadrin bist. Ich entschuldige mich dafür, dass ich deine Mutter als Unterpfand benutzt habe. Aber als ich gemerkt habe, dass ich nicht von dir Besitz ergreifen kann, bekam ich schreckliche Angst, nichts mehr für China tun zu können. Ich habe das alles nicht für mich getan, sondern nur für mein Land. Bitte glaub mir!«

»Lass dich nicht von ihm einwickeln«, hielt Fusu

gedanklich dagegen. »In Wahrheit hat er Angst, dass sich die Geister seiner Opfer an ihm rächen.«

Aber wer wollte Zack da eigentlich einwickeln?

»Sag mal, Fusu ... will der Gelbe Kaiser wirklich die Weltherrschaft an sich reißen?«

»Nicht so, wie du dir das vorstellst. Sobald er von seinem Wirt Besitz ergriffen hat, wird er seine Macht ausschließlich zu Chinas Wohl einsetzen. Hier stehen sich Qin Shi Huang, ein legendärer Tyrann, und der Gelbe Kaiser, unser allseits verehrter Ahnherr, gegenüber. Wie kannst du da noch lange überlegen?«

»Du findest es doch ganz furchtbar, wenn du nicht Herr deiner selbst bist, Zachary!«, übertönte ihn Qin Shi Huang. »Willst du in einer Welt leben, in der nur die Mächtigen das Sagen haben? In der zehntausend *Ichs* darum wetteifern, die Machtlosen zu knechten? Du hast meine Erwartungen immer wieder übertroffen. Du hast nicht nur das Kaiserliche Siegel in deinen Besitz gebracht, sondern ihm auch standgehalten und dich von ihm nicht ins Unglück stürzen lassen. Das darf nicht alles umsonst gewesen sein! Du hast mich ausgetrieben, da kannst du auch ihn austreiben. Er ist ja nur *zur Hälfte ich*!«

»Halt den Mund!«, fauchte Fusu. Das bunte Leuchten wurde noch greller und die herausdrängenden Seelen erzeugten Wind, der seine Haare wehen ließ. »Du hast verloren, Vater – finde dich damit ab. Diesmal setzt du deinen Willen nicht durch!«

»Und wenn … wenn ich mich aufgebe?« Qin Shi Huangs Stimme schwankte jetzt nicht mehr.

»Mmmpf?« Die beiden anderen Kaiser hoben aufgeschreckt die Köpfe.

Qin Shi Huang beachtete sie nicht. »Du findest doch sowieso, dass ich es nicht verdient habe zu existieren, Fusu. Wie wär's damit: Ich gebe meine Existenz auf und du verschließt das Portal wieder. Dann ist klar, dass es mir tatsächlich um Chinas Schicksal geht, nicht darum, ob sich irgendwer an mir rächt.«

»Das machst du sowieso nicht.«

»Ach nein?«, donnerte Qin Shi Huang. »Als Eroberer der Streitenden Reiche sind alle Einwohner Chinas meine Untertanen. Ich kann jeden von ihnen herbeirufen, auch …« Ein Kartendeck mit Abbildungen von Geistern erschien. Er blätterte es durch, bis er eine bestimmte Karte gefunden hatte. »Auf Geheiß deines Gebieters – erscheine, Jing Ke, legendärer Attentäter!«

Eine schwarze *Qi*-Wolke stieg aus der Brust des Kaisers auf und verdichtete sich zur Gestalt von Jing Ke. Der Meuchelmörder hatte einen Dolch gezückt.

»Mmmpf – tu das nicht!«, brachte Wu Zetian mühsam heraus.

»Du kannst … diese Version von dir … nie wieder zum Leben erwecken«, schloss Tang Taizong sich ihr an.

Qin Shi Huang atmete schwer, doch er lächelte schief. »Die Furcht vor dem Tod war der einzige Gegner, den ich zu meinen Lebzeiten nicht besiegen konnte. Heute bezwinge ich ihn.« Er breitete die Arme aus und präsentierte Jing Ke seine Brust. »Bring zu Ende, was du vor vielen Tausend Jahren begonnen hast.«

Der Attentäter stieß ohne Zögern zu. Qin Shi Huang taumelte und hielt sich an Jing Kes Schulter fest. Seine Augen wurden groß, die Lider flatterten.

»Nein!«, riefen Tang Taizong und Wu Zetian gleichzeitig. Jason lachte verblüfft auf. Und Fusu wurde erneut von Gefühlen überwältigt, doch sie waren so widersprüchlich, dass Zack nicht schlau daraus wurde. Benommen sah er mit an, wie sich Qin Shi Huang in schwarzen Dunst auflöste. Bis dahin hatte der Kaiser keinen Laut von sich gegeben, doch jetzt schrie er so voller Qual, dass der Anteil von ihm, der sich in Zack eingenistet hatte, ebenfalls zusammenzuckte.

»China …«, brachte Qin Shi Huang mit letzter Kraft heraus. »Rettet China!«

Dann lösten Jing Ke und er sich auf wie Tintenkleckse im Wasser und waren verschwunden. Eine unsichtbare Kraft fegte die beiden anderen Kaiser um und schleuderte Fusu und Jason nach rechts und links.

Zack hatte solche Schmerzen, als hätte ihm jemand ein Organ herausgerissen. Demnach war das Ganze kein Trick gewesen. Qin Shi Huang existierte nicht mehr. Er hatte sich selbst ausgelöscht.

Er hat seinen eigenen Geist ausgelöscht.

Zacks Schock darüber verwandelte sich erst in Entsetzen und anschließend in Begreifen. Dann ergriff er die Gelegenheit, dass Fusu genauso geschockt war, und kämpfte darum, seinen Körper wieder selbst in den Griff zu bekommen.

»Was machst du da?«, protestierte Fusu gedanklich und wehrte sich verbissen. Ein dumpfes Knurren entschlüpfte seinen (Zacks) Lippen.

»Fusu?« Jason fasste ihn an den Schultern. »Verlier nicht die Beherrschung!«

»Wenn Qin Shi Huang sich freiwillig aufgegeben hat, um das Portal wieder zu verschließen, kann er nicht aus Selbstsucht gehandelt haben«, sagte Zack in Gedanken energisch. »Dann war es ihm wirklich wichtig.«

»Willst du deinen Vater denn nicht wiedersehen?«

»Das hat Zeit. Mein Dad wird auf mich warten. Er hat sich genauso für China geopfert – für ein anderes, toleranteres China. Er würde nicht wollen, dass ich dem Land schade, bloß weil ich ungeduldig bin.«

Zack hatte den Eindruck, dass ihm der peitschende Geisterwind zusätzliche Stärke verlieh. Er nahm alle Kraft zusammen und warf Fusu aus seinem Körper hinaus. Der Geist des Prinzen verließ seinen Wirt als ein Flimmern, das Zacks Mund entströmte.

»O nein!« Jason ließ Zack los.

Zacks eigene Sinne kehrten so schlagartig zurück, als würde er aus einem langen Traum erwachen. Er nahm alles überdeutlich wahr: den Geruch nach Metall und Schwefel, der die Höhle erfüllte; das Quietschen und Scheppern, mit dem der Mechanismus die Flüsse strömen ließ; das Brausen des Geisterwindes, das Gewicht seiner Kleidung …

Und die sengende Hitze – dort, wo das Siegel gegen seine Brust drückte.

Mit einem großen Satz flüchtete er aus Jasons Reichweite, griff unter sein T-Shirt und holte das Siegel heraus. Doch er musste erschrocken feststellen, dass es geschrumpft war. Es hatte angefangen, sich in magischen goldenen Dunst aufzulösen. Zack nahm trotzdem all seine Konzentration zusammen. Er musste rückgängig machen, was Fusu angerichtet hatte.

Los, dichte dich wieder ab!, beschwor er das Portal. Der farbige Lichtstrom wurde schwächer, als hätte jemand eine Herdflamme heruntergedreht.

»Unverschämtes Gör!« Das war nicht mehr Jason, der ihn da anbrüllte. Der Gelbe Kaiser hatte übernommen. Seine Augen und Meridiane leuchteten grellgelb und seine Stimme erzeugte ein tausendfaches Echo, das die vordersten Kriegerfiguren zerspringen ließ. »Das Buch von Baí Zé!«, kommandierte er.

Vor ihm erschien ein gelb schimmerndes Geisterbuch und blätterte sich von allein auf. Der Kaiser breitete die Arme aus, was ihm schwerzufallen schien. Im Geisterwind tauchten gelbe Fabelwesen auf. Sie waren durch dünne Fäden mit dem Buch verbunden, als wären lauter *Mythrealm*-Kreaturen zum Leben erwacht.

»Vernichtet den Jungen!«

Die Wesen stürzten sich auf Zack.

Trotz seiner Panik fiel Zack ein, wie die passende Erwiderung lautete: »*Der König von Qin läuft um die Säule herum!*«

Die Zeit verlangsamte sich. Zack wich vor den Geisterwesen zurück und verpasste Jason – nein, *dem Gelben Kaiser* – einen kräftigen Stoß. Als der Kaiser zurückstolperte, hinterließ er Nachbilder in der Luft. Dann lösten sich seine Schuhspitzen vom Boden. Wenn die Zeit wieder in Gang kam, würde er der Länge nach hinschlagen. Das Buch schwebte weiter vor ihm, doch nur noch ein einziger leuchtender Faden verband es mit seiner Brust. Gewohnheitsmäßig wartete Zack auf eine Erklärung, was es mit dem *Buch von Baí Zé* auf sich hatte, aber dann fiel ihm ein, dass Qin Shi Huang ja nicht mehr da war. Doch als er das Buch wegschlagen wollte, glitt seine Hand hindurch.

Blöderweise stand ihm keine Geisterwaffe zur Verfügung. Er musste sich damit begnügen, den Reißverschluss am Overall des Gelben Kaisers aufzuziehen und das Kleidungsstück so zu verdrehen, dass sich der Kaiser darin verheddern würde. Jason Xuans attraktive Züge, die Zack immer so bewundert hatte, waren so verzerrt, dass es fast lächerlich wirkte. Zack ging auf, dass Jason selbst lächerlich war. All seinen Erfolg verdankte er dem magischen

Einfluss des Gelben Kaisers und jetzt war er nur noch eine hilflose Hülle.

Rasch hakte Zack Wu Zetian und Tang Taizong unter, um sie wegzuschleifen. Gleichzeitig hatte er die ungute Ahnung, dass es dazu zu spät war. Der Gelbe Kaiser hatte sich endgültig in Jason eingenistet und seine Kreaturen würden sie im Nu einholen. Zack musste es irgendwie hinkriegen, dass sich die Zeit dauerhaft verlangsamte. Das war der einzige Ausweg.

Aber würde er damit nicht die Macht des Siegels vergeuden? Es löste sich mehr und mehr auf. Sollte er es nicht lieber dafür einsetzen, das Portal abzudichten?

Er ließ den Blick erst über die Reihen der Kriegerfiguren gleiten und dann über Qin Shi Huangs Sarg. Der Erste Kaiser hatte sein *Pò* – also die Anteile seiner Seele, die zu schwer gewesen waren, um seinen Leichnam zu verlassen – benutzt, um das Portal zu verschließen.

Zack kam ein kühner Gedanke.

Er schleifte Wu Zetian und Tang Taizong auf den Sarg zu, was wegen der zähen Zeit sehr anstrengend war. Er ärgerte sich, dass er den Sportunterricht nicht ernster genommen hatte. Allerdings hatte ihnen der Sportlehrer auch nie beigebracht, wie man die Wirtskörper zweier Kaiser durch verlangsamte Zeit zerrte. Doch Zack riss sich zusammen – wie so oft auf dieser Mission – und machte weiter. Er wuchtete die beiden auf das Podest und lehnte sie an den Sarg.

»Ich nehme alle Befehle zurück, die ich euch je erteilt habe«, keuchte er. Würden die beiden jetzt wieder sprechen und sich frei bewegen können? Hoffentlich konnte Wu Zetian den Sarg mit ihrem Hammer zertrümmern.

Zack hielt das sich auflösende Siegel in die Höhe. Er hatte ein schlechtes Gewissen, weil er der Versuchung des Artefakts doch nicht widerstanden hatte. Obwohl er Qin Shi Huang so viele Moralpredigten gehalten hatte, war er zu guter Letzt selbst in die Falle getappt, andere herumzukommandieren und seine Macht über sie zu genießen. Trauer brachte in einem Menschen nicht nur gute Seiten zum Vorschein.

Entschuldige, dass ich mich so verrannt habe, Dad.

Nie wieder sollte jemand so viel Macht besitzen.

Zack beschwor das Siegel, nicht nur die Zeit zu verlangsamen, sondern auch das Portal zu verschließen. Als das vollbracht war, löste sich das Siegel endgültig auf und der letzte goldene Dunst verflog.

Im nächsten Augenblick kam die Zeit wieder in Gang. Die Fabelwesen gingen zum Angriff über, hatten aber nicht mitbekommen, das Zack jetzt *hinter* ihnen war, und stießen miteinander zusammen. Der in seinen Overall verhedderte Gelbe Kaiser landete unsanft auf dem harten Boden. Wu Zetian und Tang Taizong staunten, weil sie sich auf dem Sargpodest wiederfanden.

»Beschwöre deinen Hammer, Wu Zetian, und zerschlage den Sarg!«, forderte Zack die Kaiserin auf.

Man musste es Wu Zetian lassen, dass sie die Situation sofort erfasste. Nachdem sie ein paar Beschwörungsformeln geraunt hatte, erschien der Hammer in ihrer Hand. Sie ließ ihn mehrmals auf den Sarg niedersausen, bis ein großes Loch entstanden war. Erst jetzt war zu erkennen, dass der Sarg aus mehreren Schichten bestand.

Das flackernde Licht der Jiaoren-Lampen beschien Qin Shi Huangs echtes, zweitausendzweihundert Jahre altes Skelett. Es war in eine prächtige schwarz-rote Robe gehüllt. Die Seide war so glatt und glänzend, als wäre das Gewand erst gestern geschneidert worden. Seltsam, dass die fleischliche Hülle des Kaisers verwest war, während alles andere unversehrt wirkte. Doch dann fiel Zack die Geschichte wieder ein, wie Qin Shi Huangs Vertraute seinen Tod verheimlicht hatten, indem sie ihn in seiner Kutsche hatten verwesen lassen. Den Gestank hatten sie mithilfe von verfaultem Fisch überdeckt. Als man den Kaiser endlich bestattet hatte, waren wahrscheinlich nur noch seine Gebeine übrig gewesen.

Hätte Zack Mitleid mit Qin Shi Huang haben sollen? Auf jeden Fall war er beeindruckt. Immerhin blickte er auf die Überreste einer Legende.

Mit zitternden Händen griff er in das Loch und umfasste mit beiden Händen Qin Shi Huangs Schädel.

Die Magie traf ihn wie ein Schlag und er wurde von einem Wirbelsturm aus Erinnerungen mitgerissen. Alles, was ihm Qin Shi Huang selbst über sich erzählt hatte, und alles, was andere über ihn erzählten, stand ihm lebhafter denn je vor Augen. Erst der verstörte Prinz, der sich mit feindseligen Hofbeamten herumschlagen musste, die ihn als Fremden betrachteten. Dann der Eroberer, der sich die gesamte ihm bekannte Welt unterwarf, damit es keine fremden Länder mehr gab.

Als der Erinnerungssturm schließlich abflaute, stand Zack auf einmal in einer halbdunklen, nur von ein paar Öllampen erleuchteten Kammer. Auf einem Bett lag der alte Qin Shi Huang – nein, eigentlich war er noch gar nicht so alt. Er war um die fünfzig und hatte kaum graue Haare. Obwohl er Blut hustete, las er sich die Bambusrollen durch, die sich neben seinem Lager stapelten.

Dann – anders als in allen anderen Erinnerungen – blickte er Zack an, als würde er ihn tatsächlich sehen.

Zack drehte sich um, aber niemand sonst war da.

»Wird China fortbestehen?«, fragte Qin Shi Huang mit tiefer Stimme wie fernes Donnergrollen.

Zack überwand seine Verblüffung. »Ja. Jetzt und auch in Zukunft.«

Die blutbefleckten Lippen verzogen sich zu einem Lächeln. »Dann sollen sie doch über mich reden, was sie wollen.«

Dem Kaiser fielen die Augen zu und die Bambusrolle entglitt seiner Hand. Als sie überraschend laut auf dem kalten Steinfußboden aufschlug, kehrte Zack in die Gegenwart zurück.

Er blickte in die leeren Augenhöhlen des Schädels. Anscheinend hatte er ihn aus dem Sarg geholt. Wu Zetian und Tang Taizong wehrten mit ihren Waffen die Fabelwesen ab und riefen ihm etwas zu. Die Kreaturen hatten ihre Taktik geändert und die beiden umzingelt. Vom Podest her donnerte der Gelbe Kaiser Kommandos.

Zack blieb gelassen. Er wusste, auf welche Legende er sich jetzt berufen musste.

Er hob Qin Shi Huangs Schädel hoch über den Kopf und rief: *»Der Erste Kaiser eint China!«*

Sein Ruf hallte übernatürlich laut wider. Dann erloschen sämtliche Jiaoren-Lampen gleichzeitig.

Nach ein paar Sekunden flammten sie mit unheimlichem blau-weißen Licht wieder auf. Die eisige Magie, die Zack schon länger nicht mehr gespürt hatte, durchströmte ihn wieder. Ihm wurde kalt bis ins Mark und er krümmte sich, als hätte er einen Schlag in den Magen bekommen. Seine Meridiane verfärbten sich pechschwarz und er wusste, dass es sich mit seinen Augen genauso verhielt. Der nächste Atemzug, den er ausstieß, war schneidend kalt wie Winterluft. Qin Shi Huangs Schädel zerfloss zu schwarzem *Qi* und der Nebel wand sich um Zacks Arme und Beine. Ganz kurz erschienen sogar Flügel auf seinem Rücken, die Schwingen ihres gemeinsamen Vogel-Ahnherrn. Zack rang nach Atem. Seine Schultern hoben und senkten sich heftig, seine Finger krümmten sich zu steifen Klauen. Auch das bunte Licht, das aus dem Portal drang, wurde dunkel. Es fegte wie die Druckwelle einer Explosion durch die Grabkammer und das Heer aus Kriegerfiguren. Ihre gemalten Augen wurden schwarz, als hätte jemand Tinte hineingespritzt. Dann erfüllten Phantomgeräusche die kalte Mausoleumsluft: stampfendes Marschieren und gedämpfter Gesang. Alle schauten sich erschrocken um, auch die Fabelwesen.

Die Terrakotta-Krieger erwachten knarrend und quietschend zum Leben und griffen zu den Waffen.

Armbrustschützen ließen sich auf ein Knie nieder und schossen ihre Pfeile auf die Fabelwesen ab. Fußsoldaten schwangen Langschwerter und Dolchäxte. Streitwagen setzten sich in Bewegung. Sie brachten noch mehr Armbrustschützen heran, die sämtliche Geisterwesen unschädlich machten, die Zack und den Kaisern zu nahe kamen. Schlachtlärm erfüllte die riesige Höhle.

Zack atmete tief durch, dann richtete er sich hoch auf und breitete die Arme aus. Weil auch sein Blut schwarz geworden war, verzweigten sich seine Adern zwischen den geraden Linien der Meridiane wie die Äste eines abgestorbenen Baumes. Schwarzes *Qi* umwogte ihn wie eine tödliche Aura. Schwerfällig stieg er vom Podest und blickte dem Gelben Kaiser fest in die glühenden Augen.

Dessen Blick flackerte verunsichert. Sein Gesicht war ebenfalls mit Meridianen bedeckt.

»Zieht Euer Schwert, mein König!«, rief Wu Zetian und sprang vom Podest herunter.

»*Zieht Euer Schwert, mein König!*«, stimmte Tang Taizong ein.

Zack spürte das Tai'e-Schwert kalt auf seinem Rücken. Sofort griff er über seine Schulter und zog die Waffe aus der Scheide. Als die Klinge die Luft durchschnitt, hinterließ sie eine sichtbare Verzerrung.

Mit einem Wutschrei und einer Beschwörungsgeste rief der Gelbe Kaiser eine Schar Fabelwesen herbei, die ihn schützen sollten. Dann ergriff er die Flucht.

Zack wollte die Verfolgung aufnehmen, konnte sich aber kaum rühren. Die erwachten Krieger zu befehligen, erforderte seine gesamte Kraft. Als Wu Zetian und Tang Taizong nun verstummten, verflüchtigte sich auch das Schwert wieder.

Doch schon kam wie gerufen ein Streitwagen angerollt und hielt vor Zack und den Kaisern. Der Wagenlenker, die sechs Pferde und das Gefährt selbst bestanden aus unzähligen klirrenden Bronzeplatten.

»Steig ein, Ziyang!«, sagte eine Stimme wie ein Windhauch.

»Dad?«, fragte Zack ungläubig.

Der Wagenlenker bewegte den Mund nicht, wandte aber den Kopf und heftete die pechschwarzen Augen auf Zack.

Zack war so verblüfft, dass er wie angewurzelt dastand.

»Mach schon, Kleiner!« Tang Taizong hievte ihn in den Streitwagen und Wu Zetian half mit einem kräftigen Ruck nach.

»Bist … bist du das, Dad?« Zack umklammerte den bronzenen Rand des Wagens.

Keine Antwort. Hatte er sich die Stimme nur eingebildet?

Der Wagenlenker ließ die bronzenen Zügel schnalzen und die sechs Pferde galoppierten los, hinter dem Gelben Kaiser her. Der hatte sich inzwischen auf den Rücken eines geflügelten Fabelwesens geschwungen. Die Bronzepferde preschten erst mitten durch das Schlachtgetümmel und dann durch den Quecksilberfluss, der aus dem Bronzegebirge hinausführte. Ein metallisch riechender Wind begleitete sie.

Hinter der in die Wand gesprengten Öffnung lagen die übrigen Grabräuber reglos am Boden. Waren sie tot?

»Keine Sorge. Sie sind nur bewusstlos«, sagte Tang Taizong.

»Unsere Wirte haben sie mit dem gleichen Gas betäubt, das auch bei ihrer Entführung benutzt wurde«, setzte Wu Zetian hinzu.

Doch damit konnte sich Zack jetzt nicht befassen. Er konzentrierte sich auf das leuchtende Fabelwesen vor ihnen. So schnell der Streitwagen auch fuhr, sie holten den Gelben Kaiser nicht ein. Dass sein Reittier Flügel hatte, verschaffte ihm einen entscheidenden Vorteil. Außerdem wurde Zacks Magie immer schwächer, je weiter sie sich von der Grabkammer entfernten. Ihm wurde schwindlig. Gleich würde er wieder ohnmächtig werden. Wehe,

Simon, Melissa und die beiden Kaiser passten dann nicht auf ihn auf! Wenn ihn die Fabelwesen umbrachten, würde er als Geist aus dem Portal schlüpfen und Simon und Melissa ihr Leben lang verfolgen.

Inzwischen ging es nicht mehr nur darum, den Gelben Kaiser einzuholen, sondern darum, das Mausoleum lebendig wieder zu verlassen. Einem Kampf fühlte sich Zack nicht mehr gewachsen. Der unterirdische Gang wollte kein Ende nehmen. Zack kamen die Tränen und vor seinen Augen tanzten Pünktchen. Es war unglaublich anstrengend, die Pferde und vor allem den Wagenlenker lebendig zu halten. Er hätte den Mann gern mit Fragen überschüttet, hatte aber nicht mal mehr die Kraft, den Mund zu bewegen.

Als sie ins erste Morgenlicht hinausrollten, brach Zack zusammen und um ihn herum wurde es finster.

Ist schon in Ordnung, Ziyang, glaubte er jemanden sagen zu hören. *Ich bin stolz auf dich.*

25

Wie jeder total nerven kann und noch gar nichts zu Ende ist

Als Zack die Augen aufschlug und sich in einem fremden Zimmer wiederfand, kamen Simon und Melissa sofort angelaufen. Doch sie sagten nichts. Kein Wunder. Wie sollte man auch all das, was passiert war, in Worte fassen?

Zack hatte tausend Fragen, aber einen so trockenen Mund, dass er sich auf die kürzeste beschränkte: »Wie lange?«

»Vier Tage«, antworteten Simon und Melissa wie aus einem Mund.

»Aha.« Er hielt sich den Arm vor die Augen, weil ihn die Sonne blendete, die durchs Fenster hereinschien. »Neuer Rekord.«

»Hey, du hast ein Totenheer aufgeweckt. Wie in *Army of the Dead*. Hätte ich dir echt nicht zugetraut«, sagte Melissa anerkennend.

»Aber weil sich das Siegel komplett aufgelöst hat, hat es diesmal länger gedauert, bis du dich erholt hast«, ergänzte Simon.

»Mhm.« Erleichterung durchflutete Zack wie die Wellen

am Strand von Qinhuangdao. Endlich war er von der schrecklichen Versuchung erlöst, sich die Macht des Artefakts anzueignen.

Fast hätte er die beiden gefragt, ob sie den Wagenlenker auch sprechen gehört hatten, überlegte es sich dann aber anders. Es spielte keine Rolle. Es kam darauf an, was er selbst glaubte.

Danke für die Unterstützung, Dad.

Zum Glück reichte ihm Simon jetzt ein Glas Wasser. Zack setzte sich auf und trank es in einem Zug aus.

»Wir sind übrigens noch in Xi'an.« Melissa füllte das Glas nach. »Und es tut uns echt leid, dass wir dich damit nerven müssen, aber wir müssen kurz checken, ob deine Wassermagie noch funktioniert.«

Zack verzog das Gesicht, hielt aber die Hand über das Glas und konzentrierte sich. Das Wasser wallte auf und schwappte in hohem Bogen ans andere Ende des Zimmers.

Simon und Melissa atmeten vernehmlich auf.

»Zum Glück hast du sämtliches *Pò* aus Qin Shi Huangs Überresten aufgesaugt«, sagte Simon. »Jetzt bist du genauso mächtig, wie er es gewesen wäre, wenn er richtig Besitz von dir ergriffen hätte.«

Zack bekam einen Schreck. »Ist das Portal denn immer noch undicht? Ist unsere Mission gescheitert?«

»Nein, es ist verschlossen«, antwortete Simon. »Aber die Kaiser wissen nicht, für wie lange.«

Melissas Miene verfinsterte sich. »Im Geistermonat drängen nicht alle Seelen gleichzeitig hinaus. Ihr Strom wird erst nach und nach stärker und erreicht seinen Höhepunkt in der Monatsmitte, wenn das Zhongyuan-Fest stattfindet. Das ist in elf Tagen. Bis dahin können sie das Portal noch sprengen.«

Zack stellte das leere Glas mit einem Knall auf den Nachttisch. »Und was unternehmen wir dagegen? Ohne das Kaiserliche Siegel?«

Simon und Melissa wechselten einen vielsagenden Blick. Dann zog Simon Zacks AR-Brille aus der Tasche und hielt sie ihm hin. »*Er* hat dir etwas hinterlassen.«

Als Zack an Qin Shi Huang dachte, gab es ihm einen Stich, aber er ließ sich nichts anmerken. »Die Brille gehört doch schon mir.«

»Das meine ich nicht. Setz sie auf.«

Zack tat wie geheißen, nahm aber keine Magie wahr. Unwillkürlich war er enttäuscht, doch da erschien plötzlich Qin Shi Huang in seinem Sichtfeld.

Reflexartig drückte sich Zack ans Kopfende des Betts. Im selben Augenblick begann der Kaiser zu sprechen. »Hallo, Zachary. Keine Angst, ich bin nicht lebendig. Ich bin eine künstliche Intelligenz, die Qin Shi Huang erschaffen hat, damit sie dich auf deinem weiteren Weg begleitet – denn der ist leider noch nicht zu Ende.«

»Wir haben ihn Qin Ai getauft«, warf Melissa leicht verlegen ein. Simon und sie hatten ebenfalls ihre AR-Brillen aufgesetzt. »Das ist ein Wortspiel mit dem Mandarin-Wort für ›Liebling‹, *qīn ài*, und der englischen Abkürzung AI für ›artificial intelligence‹.« »Qin« sprach sie beide Male unterschiedlich aus.

»Meine Software hat mir gemeldet, dass dieser Name eine Beleidigung ist«, sagte Qin Ai ausdruckslos. »Weil ich aber keine Gefühle habe, ist mir das egal.«

Zack war, als würde sein Kopf gleich explodieren. »Er … er … *er hat eine KI programmiert?* Ein zweitausend Jahre alter Kaisertyrann?«

Simon grinste. »Ich dachte, dich kann nichts mehr überraschen.«

»Also gut, also gut!« Zack hob abwehrend die Hände. »Qin Ai – was sollen wir jetzt machen?«, fragte er dann in dem Ton, in dem er auch mit *Siri* gesprochen hätte.

»Bevor sich mein Schöpfer selbst gelöscht hat, war er überzeugt, dass es für die ganze verfahrene Situation nur eine Lösung gibt. Das Portal muss neu gesichert werden. Die vorige Abdichtung bestand aus fünffarbigen Steinen. Damit hat einst die Schöpfergöttin Nüwa ein Loch im Himmel geflickt.« Als Qin Ai den weiten Ärmel schüttelte, setzten sich leuchtende Polygone zu einer Karte von China zusammen, auf der etwas eingezeichnet war. »Ihr müsst das Land durchqueren und noch mehr solche Steine sammeln, um das Portal zusätzlich abzudichten. Dafür habt ihr elf Tage Zeit.«

Zack starrte die Karte an. Unter seinem Auge zuckte es. »Na toll! Die nächste Mission mit Ablaufdatum.«

»Außerdem muss ich dich warnen, dass sich mein Schöpfer diesmal als Gegner erweisen könnte, Zack. Sein Geist wird sich wieder erholen, aber er wird nicht mehr der Alte sein. Er wird sich nur noch an das erinnern, was im kulturellen Bewusstsein Chinas enthalten ist. Soll heißen, er vergisst alles, was er als legendärer Geist getan hat. Über das Portal wird er nur noch wissen, was darüber überliefert ist. Und an dich wird er sich überhaupt nicht mehr erinnern. Er wird nur wahrnehmen, dass du einen Anteil seiner flüchtigen *Hún*-Seele in dir trägst. Den wird er sich wieder holen wollen. Indem er dich tötet.«

Zack gefror das Blut in den Adern. »Bitte sag, dass du Witze machst.«

Qin Ai verzog keine Miene. »Eine künstliche Intelligenz macht keine Witze.«

Zack riss sich die AR-Brille herunter, ließ sie auf die Bettdecke fallen und vergrub das Gesicht in den Händen.

»Äh … Zack?« Simon tippte ihn an.

»Gleich«, nuschelte Zack in seine Handflächen.

»Ich kann's immer noch nicht glauben, dass Qin Shi Huang sich das angetan hat«, sagte Melissa. »Er hat alles aufgegeben, was ihn ausgemacht hat.«

»Das kann niemand glauben«, sagte Simon leise. »Was bedeutet, dass sein neues Ich, wenn es irgendwann wieder auftaucht, so etwas niemals tun würde. Tang Taizong regt sich jetzt schon darüber auf. ›Zweitausend Jahre lang hat er sich emotional weiterentwickelt – und wofür?‹, hat er gesagt. ›Wenn er zurückkehrt, wird er der Mistkerl sein, für den ihn sowieso schon alle halten.‹«

Zack nahm die Hände vom Gesicht. »Ist okay, ich hab's kapiert«, knurrte er.

Als Simon und Melissa zusammenzuckten, bekam er sofort Gewissensbisse. *Entweder lässt du dich von unserer Mission fertigmachen oder du wächst daran und wirst stärker*, hatte Qin Shi Huang gesagt. Aber so hatte Zack sich das nicht vorgestellt. Ja, er hatte sich gewünscht, stärker zu sein – aber doch nicht, indem er sich in einen Fiesling verwandelte, den niemand leiden konnte und der irgendwann einsam und allein sterben würde.

Nein. Er war nicht Qin Shi Huang. Und auch nicht Jason Xuan oder Shuda Li. Zack hatte viel zu viel Zeit damit verbracht, seinen Idolen zu folgen und zu ihnen aufzuschauen. Er hatte immer jemand anders sein wollen. Doch alle seine Idole hatten sich als Hochstapler entpuppt, die weit größere Probleme hatten, als sie öffentlich zugaben. Zack hatte die Nase voll davon, andere zu bewundern. Er war Ying Ziyang, Zachary Ying, und ab jetzt würde er seinen eigenen Weg gehen.

»Entschuldigt bitte«, wandte er sich an Simon und Melissa. »Wir werden schon mit ihm fertig, so wie wir bis jetzt mit allem fertiggeworden sind. Aber viel wichtiger ist …« Er gab sich Mühe, Simon nicht allzu durchbohrend anzublicken. »Hast du inzwischen meiner Mutter die Seele zurückgegeben?«

Simon öffnete den Mund, ohne dass ein Laut herauskam, und schloss ihn wieder. Dann antwortete er verlegen: »Was deiner Mom zugestoßen ist, tut uns total leid, Zack, ganz ehrlich.«

»Es war nicht okay, dass wir es dir verschwiegen haben«, schob Melissa nach. Sie schien sich genauso unwohl zu fühlen.

Offenbar war Simon *nicht* nach Maine zurückgeflogen. Zack musste sich beherrschen, um nicht wieder auszurasten. In seinem Kopf pochte es. Die Erinnerungen daran, wie er sich aufgeführt hatte, als er das Siegel noch hatte, trafen ihn wie lauter Ohrfeigen. Was davon war von dem Siegel gekommen und was von ihm selbst?

Zack war keineswegs ein Unschuldslamm. Ja, Simon und Melissa hatten ihn hintergangen, aber er hatte die beiden ebenfalls schlecht behandelt.

Er fuhr sich mit der Hand übers Gesicht. »Dann mach es jetzt und wir sind quitt.«

»Na ja …« Simon biss sich auf die Unterlippe.

»Was?«

»Bitte werd jetzt nicht sauer …«

»Klar wird er sauer!« Melissa wich Zacks Blick aus, zwang sich dann aber, ihn wieder anzusehen. »Aber wir wollten doch keine Geheimnisse mehr voreinander haben.«

»Keine Geheimnisse mehr.« Simon nickte so todernst und feierlich, als müsste er gleich in eine Schlacht ziehen.

»Was ist denn los?« Zack schlug die Decke zurück und stand auf. Seine Knie waren weich wie Wackelpudding.

»Wir …« Simon schluckte. »Yaling hat uns eine Nachricht geschickt. Das Krankenhaus hat sie angerufen. Deiner Mom geht es wieder gut und sie hat sich selbst entlassen.«

»Aber –«, setzte Zack an.

»Aber Tang Taizong hat sich mit Li Jing in Verbindung gesetzt. Und der behauptet, dass sich ihre Seele immer noch in seinem Turm befindet.«

In Zacks Ohren rauschte das Blut. »Und wer … oder *was* steuert dann ihren Körper?«

»Das ist das Problem.« Simon war das Ganze sichtlich peinlich. »Wir haben keine Ahnung.«

Danksagung

Ganz ehrlich – ich habe keine Ahnung, wie ich es hingekriegt habe, dieses Buch zu beenden. Sogar als nur noch drei Kapitel fehlten, konnte ich mir nicht vorstellen, dass es jemals fertig sein würde. Es ist ein verrücktes und oft auch lustiges Buch, aber als ich es schrieb, stand ich unter großem Stress. Ich war gerade mit dem Studium fertig, als die COVID-19-Pandemie ausbrach. Ein Verlag hatte *Iron Widow* angenommen, aber meine Familie nahm mein Schreiben immer noch nicht ernst, weil es bis zu diesem ersten Buchvertrag so ewig gedauert hatte. »Du hast einmal im Lotto gewonnen – wie kommst du drauf, dass du noch mal Glück haben wirst?«, wurde ich gefragt. Alle wollten wissen, wie mein *richtiger* Fünfjahresplan für meine Zukunft aussah. Jeder fand es kindisch, dass ich so viel las und lieber meinem »Hobby«, dem Schreiben, nachging, statt einen »erwachsenen« Beruf zu ergreifen. Immer wieder kam es zu heftigen Auseinandersetzungen mit meinen Eltern, aber wegen der Pandemie konnte ich nicht bei ihnen ausziehen. Das ging monatelang so und meine einzige Zuflucht war die Arbeit an *Rise of Legends*. Meine Leidenschaft für chinesische Geschichte, Science-Fiction und Shonen-Anime-Abenteuer flossen in das Buch ein. Wenn ich meinen Eltern davon erzählte, kam ich mir albern vor, also ließ ich es bleiben. Wundersamerweise zahlte sich das Ganze aus, denn das Manuskript fand auf einer Auktion einen Käufer. Gleichzeitig ging es überraschenderweise mit meinem Youtube-Kanal steil bergauf und inzwischen gelten meine Eltern, wenn sie gegenüber ihren asiatischen Freunden mit mir angeben, als »ein bisschen seltsam, aber sonst ganz in Ordnung«. Darum möchte ich ihnen danken, dass sie zu guter Letzt doch noch an mich geglaubt haben. 😂

Wobei ich es ihnen im Grunde nicht übel nehme, dass sie anfangs skeptisch waren. Wie viele junge asiatische Autor*innen sind schon in der Literaturszene bekannt? Da fällt es Eltern, die in ein fremdes Land ausgewandert sind, schwer, ein solches Glücksspiel ernst zu nehmen. Vor allem dann, wenn dabei nie jemand zu gewinnen scheint, der aussieht wie ihre eigenen Kinder. Doch je mehr von uns Jüngeren Geschichten veröffentlichen, die von unserer eigenen Kultur inspiriert sind, desto eher werden die Älteren ihre Haltung ändern. Ein Hoch auf die Autor*innen, die mich inspiriert haben: Joan He, Kat Cho, Elizabeth Lim, Julie C. Dao, Chloe Gong und viele andere.

Zum Glück musste ich meinen Weg nicht allein bestreiten. Mein größter Dank gilt Rebecca Schaeffer, die mich auf einer SkyTrain-Fahrt überredete, es mit einem Kinderbuch zu versuchen. Danach hat sie monatelang geduldig mein Gejammer ertragen. Und natürlich hätte dieses Buch ohne meine geniale, umsichtige Agentin Rachel Brooks niemals das Licht der Welt erblickt. Sie war schon von der Geschichte begeistert, als ich ihr nur den Entwurf vorstellte, und brachte sie bei Simon & Schuster Margaret K. McElderry Books unter, was einfach großartig war. Meine Lektorin Sarah McCabe verstand sofort, worauf ich mit dem Buch hinauswollte, und spornte mich immer wieder an. Überhaupt danke ich dem ganzen Team bei McElderry Books.

Danken möchte ich auch meinen Testleser*innen: Rebecca Schaeffer, Francesca Tacchi, Marco Malvagio, Tina Chan, Carly Heath und Kate Foster. Eure Zustimmung und Kritik haben mich motiviert, das Buch immer wieder zu überarbeiten, bis es seine endgültige Form gefunden hatte!

Ich danke meinen neuen Freund*innen in der *Ultraman*-Fangemeinde: Emcee, Taya, Cubee, Tri, Klenda, Gun, Tori, Mike Dent, Ori und vielen anderen. Sie waren mein Online-Zuhause, wo ich von meinem chaotischen Leben als Influencer*in/Autor*in verschnaufen konnte.

Ein Dank meiner Assistentin Trisha Martem, die mir half, dieses Chaos zu bändigen.

Und zu guter Letzt möchte ich Kazuki Takahashi und LittleKuriboh danken. Ohne *Yu-Gi-Oh* und *Yu-Gi-Oh: The Abridged Series* wäre ich nicht die geworden, die ich bin.

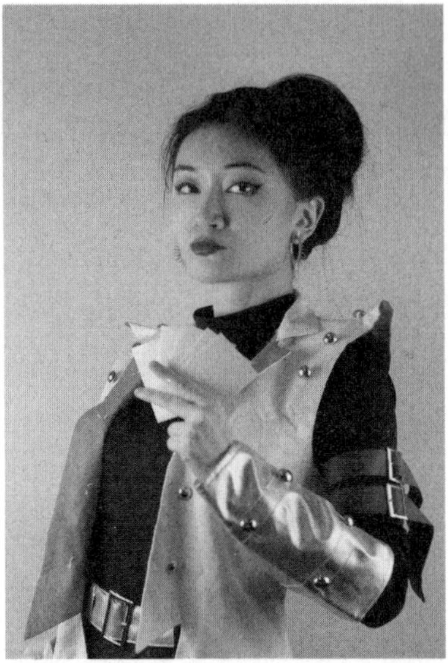

Xiran Jay Zhao stammt aus einer Hui-Familie, die aus einer chinesischen Kleinstadt nach Kanada auswanderte. Nach einem erfolgreichen Biochemie-Studium hat sich dier Autor*in lieber dem Schreiben zugewandt. Außerdem hat xier sich schon immer im Internet zu Hause gefühlt und kreiert Content auf vielen Kanälen. Unter @XiranJayZhao lassen sich Memes auf Twitter, Cosplays und schräge Outfits auf Instagram, lustige Clips auf TikTok und längere Videos über chinesische Geschichte und Kultur auf Youtube finden. Mit dem Auftakt der Reihe *Iron Widow* stand Xiran Jay Zhao auf Platz 1 der *New York Times* Bestsellerliste. *Rise of Legends – Das Erbe des Drachenkaisers* ist xies erstes Buch für jüngere Kinder.